NAOMI JOY

Flieh, so weit du kannst

Über die Autorin:

Naomi Joy ist in Jersey, Großbritannien, geboren und aufgewachsen. Nach einem Studium der Englischen Literatur arbeitete sie in London über zehn Jahre als PR-Managerin. »Flieh, so weit du kannst« ist ihr erster Roman.

NAOMI JOY

Flieh, so weit du kannst

THRILLER

Aus dem Englischen
von Angela Koonen

lübbe

Dieser Titel ist auch als E-Book erschienen

MIX
Papier aus verantwortungsvollen Quellen
FSC® C014496
www.fsc.org

Vollständige Taschenbuchausgabe

Deutsche Erstausgabe

Titel der englischen Originalausgabe: »The Liars«
Originalverlag: Aria, an Imprint of Head of Zeus Ltd., London
Published by arrangement with Rights People, London

Textredaktion: Ulrike Brandt-Schwarze

Umschlaggestaltung: Manuela Städele-Monverde
Umschlagmotiv: © RICHARD NIXON / Arcangel Images
Satz: Dörlemann Satz, Lemförde
Gesetzt aus der Palatino Linotype
Druck und Verarbeitung: GGP Media GmbH, Pößneck
Printed in Germany
ISBN 978-3-404-18320-3

2 4 5 3 1

Sie finden uns im Internet unter luebbe.de
Bitte beachten Sie auch: lesejury.de

Für Jackie, meine Mutter,
und Charlotte, meine Schwester

ZWEITER SCHICKSALSSCHLAG FÜR DAVID STEIN

Multimillionär und PR-Guru David Stein zeigt sich bei amtlicher Feststellung der Todesursache seiner Tochter erstmals wieder in der Öffentlichkeit

Olivia Stein, David Steins einzige Tochter, starb an Herzstillstand infolge einer »enormen« Überdosis Kokain, wie der Coroner heute bekannt gab. Ihr Vater hatte sie »hingesunken« in ihrem Haus gefunden. Außerdem habe ihr Alkoholspiegel entscheidend zu ihrem Tod beigetragen, hieß es.

Der Rechtsmediziner erklärte, es sei »allgemein bekannt, dass der gleichzeitige Konsum von Kokain und Alkohol viel gefährlicher ist als eine isolierte Einnahme des jeweiligen Rauschgifts. Die hohe Konzentration im Blut hat zusammen mit ihrem Herzleiden zu dem plötzlichen, verfrühten Tod geführt.«

Ihr Vater, David Stein, der vor zwanzig Jahren seine Frau und Geschäftspartnerin Kate Watson durch eine Überdosis verlor, sagte, dass Olivia »sich in den vergangenen Monaten sehr bemüht hat, ihre Sucht in den Griff zu bekommen«. Des Weiteren erklärte er, »sie träumte davon, eines Tages meine Firma zu übernehmen«, und für ihn gebe es »keinen Grund«, zu glauben, dass sie die Überdosis absichtlich eingenommen habe.

Ihr Tod wird nicht als verdächtig eingestuft.

1

Ava

Wenn ich an Olivia denke, fällt mir sofort ein, wie sie an dem Morgen nach ihrem Tod gerochen hat. Nicht abstoßend oder penetrant, denn sie war noch nicht lange tot, aber unangenehm süßlich. Und an diesen frühen Totengeruch erinnere ich mich immer als Erstes. Als Nächstes sehe ich die unbeschwerte Haltung ihrer erstarrten Glieder vor mir und den stark nach hinten gebeugten Kopf, der über die Sofakante hing, fast bis zum Boden, und die geradeaus gerichteten schwarzen Augen. Es sah unbequem aus, so als hätte ein Puppenspieler ihre Fäden durchtrennt. Ich habe mich oft gefragt, woran sie wohl dachte, was ihr während der letzten Atemzüge durch den Kopf ging. War ihr bewusst, dass sie sterben würde? Manchmal versetze ich mich in ihre Lage und stelle mir vor, wie bedrohlich mein Herz klopft, wie meine Hände schwitzen, sich Blut in meiner Lunge sammelt und aufsteigt, als wollte es ans Licht. Wegen ihrer letzten Körperhaltung – der rechte Arm lag über den Beistelltisch ausgestreckt – ist mir auch immer wieder der Gedanke gekommen, dass sie vielleicht noch nach dem Telefon greifen wollte. Es lag nur ein paar Zentimeter von ihren Fingerspitzen entfernt. Olivia war eine freundliche, schöne und sehr intelligente junge Frau; sie hatte es nicht verdient, auf so würdelose Art zu sterben.

Ich schlug die Hände vors Gesicht, um die entsetzliche Slideshow in meinem Kopf anzuhalten, und drückte mir die Fingerspitzen an die Stirn, die Nägel in die Haut. Ich holte scharf Luft und fühlte dann meinen warmen Atem gegen die Handflächen strömen, allein in der Totenstille an meinem Arbeitsplatz, denn das Großraumbüro jenseits der Glaswand war verwaist. Tagsüber herrschte dort reger Betrieb, nachts glich es einem Friedhof.

»Alles in Ordnung?« Ich schreckte zusammen. David. Bei seiner Frage klopfte er entschieden an meine offene Tür. David ist mein höchster Vorgesetzter, der Inhaber von Watson & Stein Partners, kurz W&SP, und Olivias Vater. Überrascht, dass er noch da war, sah ich zur Uhr. Kurz nach zehn. Ich hätte schon vor Stunden heimfahren sollen. Seine katzenhaften Augen wurden schmal. Offenbar zögerte ich zu lange mit meiner Antwort. Er wartete sie nicht ab. »Du solltest so spät nicht mehr arbeiten.«

»Ich weiß. Ich hab nur …«

»Den Bericht über die Bekanntgabe des Coroners gelesen?«

Ich blickte ihn entschuldigend an. Er wusste es. »Ja«, räumte ich ein und wich seinem Blick aus. Er kam herein und setzte sich schweigend in einen der Sessel mir gegenüber. Die Dunkelheit ringsherum hatte die Glaswände in schwarze Spiegel verwandelt, sodass ich sein Gesicht in beiden Scheiben sehen konnte. Einen Moment lang betrachtete ich seine kantigen Züge, seine scharf geschnittene Kinnpartie, die hohlen Wangen, die vorstehende Stirn und tief liegenden Augen. Kein Wunder, dass ich in seiner Gegenwart oft nervös wurde. Sein Gesicht hatte nichts Freundliches. Doch das war nicht der einzige Grund. Er besaß auch eine furchteinflößende Erhabenheit. Eine Aura. Er war ein Mann, vor dem man gewarnt wurde: gefährlich, kontrollsüchtig, mehr Geld als Verstand. Ich denke, ich habe ihn immer ein wenig beunruhigend gefunden, aber als er in dem Moment vor mir saß, fiel mir zum ersten Mal die Verletzlichkeit, die Zartheit an ihm auf. Seine Trauer war spürbar.

Unsicher, was ich sagen sollte, sah ich ihn vorsichtig an.

Ich kann mir nicht vorstellen, wie Sie sich fühlen. Das hatte ich seit Olivias Tod schon x-mal zu ihm gesagt. Wahrscheinlich hatte er solche Bekundungen satt. Stattdessen füllte ich den Raum zwischen uns mit Schweigen. Nur das Geräusch des Lüfters in meinem Computer war zu hören. David schien sich an der Stille nicht zu stören. Er wirkte gedankenverloren und schaute ins Leere. Er strich über die Bügelfalte seines linken Hosenbeins und zog sie glatt.

»Ich habe mich so sehr bemüht, ihr zu helfen«, sagte er leise und kniff die Falte wieder zusammen. »Die besten Rehas, die besten Ärzte, die besten Therapien … Nichts hat geholfen gegen …«

Er stockte abrupt, nicht gewillt, den Namen der Substanz zu nennen, die seine Tochter getötet hatte. Kokain. Als Olivia noch lebte, war das Zeug bei W&SP reichlich verfügbar gewesen, aber seit ihrem Tod zeigte David sich entschlossen, das Büro von dem Gift zu reinigen. *Besser spät als nie.*

Eines Morgens hatte er von einer Privatfirma die Schreibtische der Angestellten durchsuchen lassen und jedem fristlos gekündigt, bei dem Rauschgift gefunden wurde. Die Säuberung wirkte. Alle, die nicht über den Tag kamen, ohne auf der Toilette ihre Lines zu ziehen, verließen seine Agentur. Ich persönlich habe den Reiz nie verstanden. Für mich fallen Drogen in dieselbe Nein-danke-Kategorie wie Achterbahnfahrten, Hubschrauberrundflüge und Käfigtauchen mit Haien. Mir ist unbegreiflich, wie etwas derart Lebensbedrohliches als Spaß empfunden werden kann.

David blickte zu Boden, um sich zu fassen, und kaute wie so oft auf den Innenseiten seiner Wangen. Ich stellte mir einen löchrigen Hautstreifen vor, entstanden durch das besessene Nagen. Und das brachte mich zurück zu dem Morgen, als ich ihm mitgeteilt hatte, dass Olivia nicht zu unserer Neun-Uhr-Besprechung erschienen war. Zunächst hatte er mich misstrauisch angesehen – ich arbeitete erst seit drei Monaten bei W&SP – und den Kopf schräg gelegt, als wollte er sagen: Wer sind Sie, und was tun Sie in meinem Büro?

»Haben Sie bei ihr angerufen?«, fragte er, nachdem er mich kritisch gemustert hatte.

»Ja«, antwortete ich geduldig. »Fünf Mal schon.«

Er fing an, auf einer Wange zu kauen, so wie er es jetzt auch tat, und ich plapperte weiter.

»Ich dachte nur, jemand sollte nach ihr sehen. Haben Sie einen Schlüssel von ihrer Wohnung?«

Ein Schatten war über den Raum gefallen, und er hatte mich gefragt, ob ich ihn begleiten wolle. Mehrmals setzte ich zu einer Antwort an. *Nein,* sagte mein erster Impuls, *wieso wollen Sie das?* Aber ich hatte nicht darauf gehört, sondern gedacht, dass es nur gut sein konnte, persönlichen Kontakt mit David zu bekommen.

»Sicher«, antwortete ich. »Wenn es ihr gut genug geht, können wir die Besprechung dort abhalten. Ich hole meine Sachen.« Hätte ich nur auf meinen Instinkt gehört!

Jetzt kann ich nicht an Olivia denken, ohne den hellroten Schaum auf ihren Wangen, die urindurchnässte Hose und das klumpige Erbrochene in ihren Haaren vor mir zu sehen.

»Du kanntest sie einige Jahre. Glaubst du, sie wollte sterben?«, fragte David geistesabwesend. Ich ließ mir mit der Antwort einen Moment Zeit. Es drängte mich, Ja zu sagen, doch das wäre nicht die Wahrheit gewesen.

»Nein. Aber ich denke, sie hatte keine Angst vor dem Tod. Von Angst hat sie sich nie zurückhalten lassen.«

Das war vermutlich das Problem gewesen.

Meine Gedanken wanderten zurück zu der glücklicheren Zeit an der Universität, wo Olivia und ich uns zum ersten Mal über den Weg gelaufen waren. Ich bewunderte sie, weil sie rauchte, ohne einen Gedanken an Lungenkrebs zu verschwenden, weil sie sorglos One-Night-Stands genoss und sich nicht um antibiotikaresistente Tripperkeime scherte, weil sie sich lieber über die Bedeutung des Lebens ausließ als über die von Essays oder Abgabefristen und Prüfungen. Ich erlebte alles ganz anders, für mich war das Erwachsenwerden nichts weniger als eine Feuertaufe. Zu der Zeit bekam ich meinen ersten richtigen Kuss, und zwar von einem Jungen mit kräftiger Kinnpartie und Rugby-Stipendium, bei dem ich in den Spalten seiner Mundhöhle auf den Geschmack von Kotze stieß. Das beeindruckte mich mehr als der Kuss selbst, und später war mir ebenfalls schlecht. Auf dem Heimweg erbrach ich mich über dem gelb blühenden Beet eines Vorgartens. Am nächsten Morgen kehrte ich dahin zurück. Bröckchen von Erbsensuppe hatten das Erdreich überkrustet, und ich stahl mich durch das Gartentor, um sie zu entfernen. Als ich Olivia davon erzählte, lachte sie, aber freundlich. *Kotze ist biologisch abbaubar, Dummchen. Du hättest das lassen können. Deshalb sind Friedhöfe so grün: Die Toten nähren die Pflanzen.*

»Sie ist der Sonne zu nahe gekommen. Genau wie ihre Mutter.« David richtete seinen Blick wieder auf meine tränenfeuchten Augen. »Sie haben beide nie auf mich gehört.«

Mir kam eine Erinnerung: wie Olivia meine Hände ergriff und mich anflehte, ihren Rückfall für mich zu behalten. Sie hatte schreckliche Angst, es könnte in der Firma die Runde machen und bis zu ihrem Vater gelangen. Er hatte für ihre Entzugsbehandlungen Tausende ausgegeben. »Bitte«, hatte sie unter Tränen gesagt. »Er bringt mich um, wenn er das erfährt.«

In dem Moment vibrierte mein Handy auf der Glasplatte des Schreibtischs, ratterte wie ein Pressluftbohrer. Ich drückte den Anruf weg, bevor es zum zweiten Mal auf sich aufmerksam machen konnte, aber David hatte mir die Panik schon vom Gesicht abgelesen.

»Lass mich raten. Dein Freund?«

»Woher weißt du das?«

»Nun, du bist noch hier, zu einer unvernünftig späten Uhrzeit, und informierst dich über das Untersuchungsergebnis des Coroners. Offenbar findest du nicht, dass du mit ihm darüber reden kannst. Andernfalls wärst du jetzt zu Hause.«

Ich war überrascht, weil er sich zu meinem Privatleben äußerte. Er hatte sich noch nie daran interessiert gezeigt. In den Monaten nach Olivias Tod war zwischen uns eine gewisse Nähe entstanden. Dabei war mir nie der Gedanke gekommen, dass wir Freunde werden könnten, doch da saßen wir nun und durchbrachen die Schranke zwischen Beruflichem und Privatem verblüffend leicht. Ich überlegte, warum das so war. Vielleicht war ihm durch die amtliche Bekanntgabe der Todesursache an diesem Morgen bewusst geworden, was wir miteinander geteilt hatten.

Ich zögerte und überlegte. Dann entschied ich, David in mein Leben zu lassen.

»Ehrlich gesagt möchte ich ihn verlassen.« Ich spreizte die rechte Hand auf dem Schreibtisch, dann schloss ich sie zur Faust. »Aber unsere Miete ist zu hoch, als dass ich einfach ausziehen könnte, und ich kann nirgendwo anders hin.«

Ich schaute auf das Handy. Auf dem Display war eine neue Nachricht aufgeleuchtet. Sie reihte sich unter den anderen ungelesenen widerlichen Beleidigungen ein:

Komm heute Abend besser nicht nach Hause. Ich will ihn nicht an dir riechen müssen ...

Ich weiß, dass du bei ihm bist, ich weiß genau, was du tust, ich weiß immer ...

Das kann nicht so weitergehen. Du musst aufhören zu arbeiten. Entweder er oder ...

In diesen Nachrichten war Charlie nicht wiederzuerkennen. Zu Hause hätte ich ihn jetzt am Esstisch sitzend angetroffen, tief über sein Handy gebeugt, voller Wut schreibend. Zunächst hätte er mich ignoriert. Dann hätte er mir mitgeteilt, dass er noch nichts gegessen habe. *Du hättest pünktlich hier sein und kochen sollen.* Aus Protest hätte er sich braune Frühstücksflocken, eine Marke für Kinder, in ein Schälchen geschüttet und es vor meinen Augen bis zum Rand mit Milch gefüllt, gewartet, bis die Puffreisstücke weiß und vollgesogen wären und die Milch die Farbe einer Schlammpfütze angenommen hätte, dann das Zeug in sich hineingeschaufelt. Ich hätte mich still aufs Sofa gesetzt und abgewartet. Dann wäre der zornige, vorwurfsvolle Schlagabtausch losgegangen.

»Warst du mit ihm zusammen?«
»Ich hab gearbeitet. Es gibt da niemanden.«
»Gib mir deinen Laptop, dein Handy. Ich will sie durchsehen.«
»Das ist wirklich überflüssig.«
»Und deine Unterwäsche. Ich will sie mir anschauen.«

All das hätte ich getan, nur damit er aufhörte, hätte ihm meine persönlichen Sachen ausgehändigt wie ein Flüchtling an der mexikanischen Grenze. Dabei hätte er versucht, seine Wut zu verbergen, sich zu beherrschen, aber sein zitternder Löffel hätte ihn verraten. Die überfließende Milch wäre ihm am Kinn hinabgelaufen, teils im Bart hängen geblieben, teils auf den Tisch getropft und hätte eine trübe Lache gebildet, die ich am nächsten Morgen weggewischt hätte.

»Sieh selbst.« Ich stand auf und gab David mein Handy.

»Ava, das ist …« Ich sah, wie er die Nachrichten überflog. Sein väterlicher Instinkt erwachte. »Das ist inakzeptabel. Du darfst nicht bei diesem Mann bleiben.«

»Es geht nicht anders«, erwiderte ich.

»Du musst mir erlauben, dir zu helfen.«

Nervös schaute ich ihn an und fragte mich halb, ob ich einen Schritt zu weit gegangen war. Bis dahin hatte ich niemandem erzählt, wie schlimm es mit Charlie war.

»Ich sollte gehen«, sagte ich und nahm meinen Mantel vom Garderobenständer in der Ecke.

»Nach Hause zu ihm?« David sah beunruhigt aus.

Achselzuckend ging ich an ihm vorbei. »Wie gesagt.« Bevor ich den Raum verließ, drehte ich mich noch mal zu ihm um. »Danke, dass du zu mir hereingeschaut hast. Es tut mir gut, wenn ich mit jemandem über Olivia reden kann. Sie fehlt mir sehr.«

Er stand auf und suchte offenbar nach einer angemessenen Formulierung.

»Hättest du etwas dagegen, wenn ich morgen früh noch mal vorbeikomme? Wir müssen deine Situation besprechen. Ich möchte helfen.«

Ich lächelte und zögerte, ihm zu glauben, aus Angst, mir falsche Hoffnungen zu machen. Charlie, mein Lebensgefährte, hatte mich, als wir nach London zogen, von allen Kontakten abgeschnitten. Und keiner von meinen Freunden verfügte über die Mittel, mir in derselben Weise zu helfen wie David, auch wenn sie mir ganz sicher Hilfe angeboten hätten. Meine Mutter hätte mir nur gut zugeredet, der Beziehung noch eine Chance zu geben. Daher hatte ich sie erst gar nicht angesprochen. Ganz anders dagegen David Stein:

Er besaß die Mittel, ich brauchte ihm nur die Motivation zu geben.

Ich stand vor dem verwinkelten Kaninchenstall von Wohnung, den ich mit Charlie teilte, und schob leise den Schlüssel ins Schloss. Im Lauf der Woche hatte ich mehrmals in Hotels übernachtet, um mich von ihm fernzuhalten, aber mein Geld wurde allmählich knapp, und mir blieb nichts anderes übrig, als wieder zu Hause zu schlafen. Leider knarrte die Wohnungstür beim Öffnen, und ich hielt einen Moment inne, um zu horchen, ob ihn das geweckt hatte. Zum Glück rührte sich nichts.

Auf Zehenspitzen schlich ich durch den Flur und sah sofort die Spur der Zerstörung, die sich durch die Küche zog. Offenbar hatte Charlie seinen Zorn am Abendessen abreagiert. Ich atmete auf, weil nicht ich jetzt an den Küchenwänden klebte. Bis spätabends zu arbeiten hatte eindeutig seine Vorteile. Eine Portion Nudeln mit Tomatensoße hatte an unserer Pinnwand dekorative Akzente gesetzt, und wenn ich die roten Flecke wegwischte, würden eine angefangene Einkaufsliste, ein paar Rabattcoupons, eine Hochzeitseinladung und ein gemeinsamer Terminkalender zum Vorschein kommen. *Ein Sinnbild für unsere Beziehung,* dachte ich.

Ich streckte den Kopf durch die Tür und sah, dass die Nudeln nach dem Aufprall an der vormals weißen Küchenwand herabgerutscht waren. Jetzt bildeten sie einen Haufen an der Fußleiste, und die Soße hatte sich auf den Fliesen ausgebreitet.

Während ich zögernd im Flur stand, bemerkte ich den scharfen Alkoholgeruch, der aus dem Wohnzimmer drang und mir ein Kratzen in der Kehle verursachte. Ich sträubte mich dagegen, nachsehen zu gehen, doch ich tat es. Charlie war weggetreten, eine kleine Gnade. Der Fernseher lief, aber ohne Ton. Er hielt eine halb geleerte Flasche Wodka in der Hand, darunter sickerte eine Lache davon in den billigen Holzboden. Meine erste Regung war nicht Mitleid oder Sorge oder Traurigkeit, sondern Erleichterung. Einen Moment lang dachte ich sogar, er sei vielleicht tot, weil ich ihn nicht atmen hörte. Aber ich wurde enttäuscht, denn plötzlich brummte er im Schlaf, und seine Brust hob und senkte sich merklich. Ich betrachtete ihn von oben bis unten: Sein T-Shirt hatte gelbe Schweißflecke, seine Lippen waren blass, und in den Mundwinkeln hatten sich die weißen Spuren getrockneten Speichels abgesetzt. Er ekelte mich an, aber wenigstens brauchte ich mich vor dem nächsten Morgen nicht mit ihm auseinanderzusetzen.

Ich schlich ins Schlafzimmer, drehte den Schlüssel herum und ging zum Fenster, um die Jalousie zu schließen. In dem Moment kam der Mond hinter blauschwarzen Wolken hervor und zeigte seine harte, bleiche Oberfläche. Das hereinströmende Licht strahlte mich an, sodass ich Blicken preisgegeben war, und sein unschuldiges schneeweißes Gesicht schaute enttäuscht. *Warum hast du das getan?*, fragte es schwermütig. Ich bekam entsetzliche Schuldgefühle, und mit einem schnellen Handgriff schloss ich die dünnen Lamellen, um mich vor seiner Anklage zu schützen. Ich kroch ins Bett, zog mir die Decke bis unters Kinn und drehte mich vom Fenster weg. Doch während meines unruhigen Schlafes spürte ich immer wieder den Mond, der durch die Ritzen der Jalousie schien. *Du kannst dich nicht ewig verstecken, Ava. Ich weiß, was du getan hast. Ich kenne dein Geheimnis.*

2

Jade

Ich blickte vom Bildschirm auf. Es war fast elf. Ach, sieh mal an, wer kommt denn da? Die sonst immer so überpünktliche und immer so makellose Ava. Ist wohl spät geworden gestern, hm?

Andere Kollegen hatten ihr spätes Erscheinen auch registriert. Josh (1,92, Superman, mein Zukünftiger) und Georgette (1,82, Essex, Zicke) starrten sie an, als sie mit gesenktem Kopf an uns vorbeiging und die Glastür ihres Büros hinter sich schloss. Das tat sie selten. Nicht dass ihr deshalb die Glaswand mehr Abgeschiedenheit gewährt hätte als sonst. Ich kniff die Augen zusammen und las es Georgette von den Lippen ab.

»Was kann mit ihr los sein? Ist das wegen Olivia?«

Fast hätte ich losgelacht. Natürlich. Wenn mit jemandem etwas los sein konnte, weil der Coroner sein Untersuchungsergebnis bekannt gegeben hatte, dann mit Ava. Offenbar nutzte sie Olivias Ableben weiter gehörig aus. Meine durchsichtigen Strümpfe klebten mir feuchtkalt an den Beinen, was mich nervte. Tja, ich hatte es geschafft, pünktlich zur Arbeit zu kommen, obwohl ich acht Jahre mit Olivia zusammengearbeitet hatte, Ava dagegen nur zwölf läppische Monate. Olivia und ich hatten uns als Kolleginnen sogar extrem nahegestanden, ungefähr zur gleichen Zeit bei W&SP angefangen und uns ein Jahr lang Seite an Seite auf der schlüpfrigen Erfolgsleiter hochgearbeitet. Ava war erst im vergangenen Jahr eingestellt worden, und weil sie und Olivia sich vom Studium her kannten, schien sie gut zu uns zu passen – vielleicht ein bisschen zu gut. Dann starb Olivia und machte aus unserem Trio ein Duo, und es dauerte nicht lange, bis Ava und ich um alles konkurrierten: wer Olivia besser gekannt hatte, wer von ihrem Tod mehr betroffen war, wer am besten geeignet war, ihre Kunden zu übernehmen, wer von uns ihren Platz in der Firma einnehmen würde. Ich war sogar neidisch, weil Ava sie an jenem Morgen gemeinsam mit David tot aufgefunden hatte. Das brachte sie ihm näher und rückte mich umso weiter von ihm weg.

»Psst! George!«, flüsterte ich scharf zu Georgette hinüber und winkte sie zu mir.

»Was denn?«, fragte sie lautlos mit den Lippen über den Gang hinweg.

»Komm mal her!«

Sie unterbrach ihre Unterhaltung mit Josh und kehrte zu unserem gemeinsamen Schreibtisch zurück. Während sie angestöckelt kam, betrachtete ich entsetzt ihr Outfit: ein T-Shirt-Kleid, komplett bestickt mit aquamarinblauen Pailletten. Ich beschloss, darüber hinwegzugehen, wie unangemessen das war – Meerjungfrauen sollten niemals Inspirationsquelle für unsere Bürokleidung sein –, und nahm mir vor, das ein andermal anzusprechen.

»Was?«, krächzte George. Ihr übertrieben konturiertes Gesicht mit der Beinahe-Monobraue – das Ergebnis zu eifriger Pinselstriche – erschien dicht vor mir wie ein mannsgroßer Springteufel.

»Jämmerlich!«, zischte ich und beugte mich nach vorn, damit wir uns noch näher waren. »Absolut jämmerlich.«

Georgette war nicht sonderlich geneigt, mir zuzustimmen. »Eine Kollegin am Morgen nach einer Überdosis tot aufzufinden dürfte einen noch ziemlich lange fertigmachen, meinst du nicht? Und durch die Bekanntgabe des Coroners kommt alles wieder hoch.«

Ich sagte nichts dazu. Auf keinen Fall wollte ich über Olivias Tod reden. Das Thema brachte auch mir schlimme Erinnerungen zurück, nicht nur Ava.

Georgette akzeptierte mein Schweigen. »Josh meinte gerade, dass sie ihm auch total leidtut.«

»Das hat er gesagt?« Das war entmutigend. Denn Josh gehörte mir. Na ja, das war vielleicht ein bisschen voreilig. Josh *würde* eines Tages mir gehören. Mir war klar, das klang widerlich nach Torschlusspanik: eine erwachsene Frau unglücklich verliebt. Aber ich konnte es nicht ändern. Er war von Anfang an für mich bestimmt gewesen. Ich hätte diejenige sein sollen, die ihm leidtat. Er kannte mich schon viel länger als Ava.

Ich wollte mir gerade einen Plan zurechtlegen, wie ich das Blatt zu meinen Gunsten wenden und Josh bewegen könnte, mit mir zu fühlen statt mit Ava, als ich aus dem Augenwinkel jemanden wahrnahm, der sich nur selten blicken ließ. Mein Gesicht verfinsterte sich, ich öffnete den Mund zu einem leisen »Oh«. David Stein, der Firmenchef, der diese Etage sonst nie betrat, schritt erhaben durch die Doppeltür und durchquerte das Großraumbüro. Seine dunklen Haare waren von Grau durchzogen, sein Gesicht wirkte verhärmt und hart. Ich erriet sofort, wohin er wollte: zu Ava.

Georgette folgte meinem Blick und drehte sich mit ihrem Stuhl herum, damit ihr nichts von dem entgehen konnte, was sich dort abspielen würde. Ich schaute zu Ava, die noch nicht bemerkt hatte, wer sich da näherte, und beobachtete gebannt, wie sie ihre langen Haare in eine Hand raffte und den in unzähligen Blondtönen schimmernden Strang immer fester zusammendrehte. Mühelos und geschickt schlang sie ihn auf dem Kopf zum Knoten und steckte ihn mit einem Bleistift fest. Dann klopfte David an ihre Tür, und der Knoten glitt wie geschockt auseinander, ihre Haare fielen herab, fingen dabei die Sonnenstrahlen ein und landeten wogend wie eine sandfarbene Lawine auf ihrem Rücken. Georgette drehte sich wieder zu mir, glücklich bestürzt. Sie liebte dramatische Büroereignisse. Büroklatsch aufschnappen und verbreiten war vielleicht sogar ihre beste Fähigkeit. Und keine, die man in einer solchen Firma verachten sollte: Der Besitz von Informationen war bei W&SP das A und O.

»Was will David Stein bei Ava?«, flüsterte George, um sich gleich darauf wieder von mir wegzudrehen. »Meinst du, das ist wegen der Bekanntgabe der Todesursache?«

Ratlos, was ich sagen sollte, zuckte ich die Achseln und beobachtete Ava, die ihn hereinwinkte und mit einem Kuss auf die Wange begrüßte. Na, so was. Während wir uns wunderten, schien es Ava gar nicht zu überraschen, dass er zu ihr kam. Wollten sie eine Besprechung abhalten? Ohne mich?

Zum zweiten Mal in zwei Minuten riss ich die Augen auf. Zuerst Josh und nun David. Ich saß da wie vom Blitz getroffen. Und der Neid brannte in mir, als wäre gleich nur noch ein Häufchen rauchender Kleidung von mir übrig. *Wo ist sie hin?*, würden die anderen fragen. Oder würde das keinen interessieren?

In dem Moment fällte ich eine überstürzte Entscheidung: Ich musste handeln. Ich durfte nicht außen vor bleiben und zusehen. Ava hatte Olivias Tod nicht für sich gepachtet, und es war unfair, wenn sie ihn ausnutzte, um beruflich weiterzukommen. Zumindest, solange ich das nicht auch tat.

Ich stand von meinem Schreibtisch auf, und ohne auf Georgettes Geblöke – »Jade, nicht! Jade, was hast du vor? Jade, komm zurück!« – einzugehen, hielt ich auf Avas Büro zu.

Ich *hasste* es, dass sie eins für sich allein hatte. Seit acht

Jahren arbeitete ich in der Firma, und das Einzige, womit David Stein das honorierte, war ein Arbeitsplatz, der ein paar Meter abseits des Großraumbüros lag und den ich mit einer Frau teilen musste, die sich anzog wie ein Kind und sich anmalte wie ein Clown.

Mein Atem kondensierte an der geschlossenen Glastür zu einer wütenden Zielscheibe, während ich zweimal kurz anklopfte. Ava machte ein enttäuschtes Gesicht, als sie mich bemerkte. Mein Groll auf sie schwoll sofort an, und ich fragte mich, wie ich sie jemals als Freundin hatte betrachten können. Als Olivia noch lebte, hatten wir mittags zusammen gegessen und uns darüber unterhalten, was man in der Firma verändern sollte. Eine Zeit lang waren wir wie Schwestern gewesen, eine muntere Clique, ein Team. Doch seit Olivia tot war und David Ava unter seine knochigen Fittiche genommen hatte, sie mir in fast jeder erdenklichen Weise vorzog, obwohl sie im Beruf bei Weitem nicht so erfahren war wie ich, hatte sich zwischen uns eine Mauer gebildet. Und anstatt mir zu helfen, nutzte sie freudig jede Gelegenheit, mich zurückzuwerfen. Um alles noch schlimmer zu machen, hatte David uns beide denselben Posten in Aussicht gestellt, eine glanzvolle Beförderung, die ich zehnmal mehr verdiente als sie: nämlich zur Teamleiterin.

Also, da stand ich und kämpfte um meine Karriere.

Ich wartete nicht ab, ob sie mich hereinbitten würde.

»Ist alles okay?« Damit drängte ich mich in ihr heimliches Meeting. »Es war gestern ziemlich hart, den Bericht über die Feststellung der Todesursache zu lesen«, sagte ich in sachlichem Ton und schloss die Tür hinter mir. »Olivia hätte es verabscheut, dass jedes Detail öffentlich wird.«

»Jade, gibst du uns einen Moment?«, fragte Ava höflich. Sie erteilte mir eine Abfuhr.

Da tat sie es schon wieder: Sie benahm sich, als würde

mich Olivias Tod überhaupt nicht betreffen. Als wüsste sie nicht mal mehr, was wir zusammen durchgemacht hatten.

»Es ist nur …«

»Alles in Ordnung, danke, Jade.« Jetzt wurde sie schon lauter.

Ehe ich etwas erwidern konnte, spie David eine rhetorische Frage aus. »Jade, wären Sie so freundlich?«

Das traf mich wie ein Schlag in den Magen, und meine Wangen glühten. Scham öffnete ihr riesiges Maul und verschluckte mich. Dass David mich so grob behandeln würde, hätte ich nie gedacht. Hatte Ava ihn schon gegen mich eingenommen? Jedenfalls ließ ich mir das nicht zweimal sagen und entfernte mich schleunigst. Es haute mich um, dass Ava es schon wieder geschafft hatte, mich in der Firma auszustechen. Niedergeschlagen schlich ich zu meinem Platz zurück.

»Jade, was hast du dir dabei ge…«

Ich schnitt Georgette das Wort ab. »Ich will nicht darüber reden.«

Ich setzte mich und starrte nachdenklich ins Leere. Zur Teamleiterin sollte ich ernannt werden. Das war der Plan. Das hatte ich von Anfang an angestrebt. Doch seit Ava in die Firma gekommen war, schien es, als wären meine Jahre loyaler Knechtschaft umsonst gewesen – seit eine blonde Jungfrau in Nöten mit der Berufserfahrung einer Klobürste und der Statur eines Frettchens die Bühne betreten hatte. Nein, das durfte ich nicht zulassen. Ich musste etwas unternehmen, verhindern, dass mir meine Felle davonschwammen. Ich musste den Trend umkehren, wieder in den Ring steigen. Und unfair kämpfen, genau wie sie.

Wie viel Zeit bei meinen Überlegungen vergangen war, hätte ich nicht sagen können, aber plötzlich merkte ich, dass Georgette über den Schreibtisch hinweg mit mir redete.

»Willst du nicht rangehen?«

Mein Telefon klingelte. Ich war jedoch mit den Gedanken noch meilenweit weg. Den Blick auf das schwarze Loch meines Bildschirms gerichtet, fragte ich mich, was meine Therapeutin mit dieser jüngsten Entwicklung anfangen würde. *Was glauben Sie, warum Sie so stark auf weibliche Konkurrenz reagieren, Jade? Sich mit anderen zu vergleichen ist nicht hilfreich. Jeder Mensch ist anders. Sie müssen darüber hinauswachsen. Ihren eigenen Weg gehen.*

Ich stellte mir vor, ich säße ihr gegenüber und erklärte ihr, wieso sie sich bei unserer letzten Sitzung geirrt hatte. *Ihre Klischees sind nicht einleuchtend. Der Punkt ist der: Es gibt nur einen Weg, und zwar den an die Spitze. Und Ava und ich gehen beide denselben. Wenn ich vor ihr ans Ziel gelangen will, dann darf ich nicht »anders« sein, sondern ich muss besser sein. Und wissen Sie, wie der Chef entscheidet, wer von uns beiden dort ankommt? Indem er uns vergleicht. Indem er uns einschätzt. Folglich kann für mich nichts wichtiger sein, als mich und sie ständig zu bewerten. Ach, wissen Sie was? Ich breche die Therapie ab. Sie raffen es einfach nicht.*

»Jade!«, bellte Georgette plötzlich. Ich schreckte hoch. »Was ist denn heute mit dir los? Also ehrlich«, schnaubte sie und hielt mir das Telefon hin.

Ich schüttelte meinen Tagtraum ab und nahm das Gerät aus ihrer von Selbstbräuner fleckigen Hand, um auf das Display zu blicken. Ich erkannte die Nummer sofort. Sie gehörte dem wichtigsten Kunden von W&SP, nämlich Kai, dem Marketingleiter von AthLuxe, einer neuen, hochwertigen Marke von Sport- und Freizeitkleidung, die für jegliche Freizeitaktivität im Grunde, na ja, total unpraktisch war. Ava und ich waren beide für den Kunden zuständig, und seit wir ihn an Land gezogen hatten – unglaublicherweise gemeinsam, damals, als wir einander noch grün waren –, rangelten wir darum, wer das Sagen hatte. Ava war es sehr schnell gelungen, sich bei Kai als Hauptkontakt zu positionieren, aber da sie gerade ein viel wichtigeres Meeting in ihrem Büro abhielt, musste er auf mich zurückgreifen. Das war gut. Kai zu beeindrucken war immens wichtig. Wenn er eine hohe Meinung von mir hatte, würde das entscheidend dazu beitragen, mir die Stelle der Teamleiterin zu sichern, und ich hatte vor, mit einem fantastischen Telefongespräch bei ihm einen überwältigenden Eindruck zu hinterlassen. Das war meine Chance, ihn für mich zu gewinnen. Ich räusperte mich und schickte ein Stoßgebet zum Himmel.

»Morgen, Kai. Was kann ich für Sie tun?« Kai antwortete nicht sofort auf meine Frage. Stattdessen begann er unser Gespräch mit einer krassen Schimpftirade, weil er niemanden außer mir erreichen konnte. Ich ließ die Herabsetzung von mir abgleiten. »Ava nimmt wegen eines privaten Problems gerade keine Anrufe entgegen«, erklärte ich. Er holte scharf Luft und legte zur dramatischen Betonung eine Pause ein. Er hatte mir mal erzählt, dass er anstatt auf eine normale weiterführende auf eine Schauspielschule gegangen war. Was er da gelernt hatte, wandte er gern im praktischen Leben an. Deshalb wusste ich es besser, als ihn in dem Moment zu unterbrechen.

»Verzeihung.« Er hielt erneut inne. Wahrscheinlich ließ er den Mund offen und griff sich an die Stirn. »Habe ich richtig gehört?«

Diesmal reagierte er genau wie erhofft. Kein Kunde hörte gern, dass etwas anderes wichtiger war, schon gar kein »privates Problem«.

»Ich weiß, und es tut mir leid. Aber ich nehme nur zu gern Ihre Anrufe entgegen, solange Ava … lahmgelegt ist. Was möchten Sie heute besprechen?« Ich überflog meine Notizen, um irgendetwas sagen zu können. Vielleicht könnte ich die Location für die Markteinführung, die Ava ins Auge gefasst hatte, an mich reißen und dem Event den Stempel meiner Autorität aufdrücken: Frontreihen-VIPs, Ticketverkauf an ausgewählte Vertreter der Öffentlichkeit, Medienleute, Berichterstattung, Security. Ich begann mit dem Interessantesten. »Wie wär's mit VIPs in der Frontreihe?«

»Nun, ja, klar. Ich hatte diesbezüglich auf ein Update gehofft. Sprechen Sie weiter.«

Es funktionierte, mein Vorschlag und meine immense Professionalität besänftigten ihn, und obwohl das nicht mein Aufgabenbereich war, bluffte ich zuversichtlich weiter, indem ich Avas Dokumente abgraste und benutzte, als wären es meine eigenen. Aufmerksam hörte ich zu, als Kai gegeneinander abwog, ob er hochrangige Prominente bezahlen oder lieber billigere kleine Stars aus dem Reality-TV nehmen sollte, und riet ihm, besser niemanden für seine Teilnahme zu bezahlen, von dem er nicht vollkommen überzeugt war. Er stimmte mir zu, wir sollten nur auf renommierte Medien und absolute Stars bestehen. Und AthLuxe sollte sie für die Teilnahme nicht bezahlen müssen. Lächelnd sagte ich ihm, er könne das alles ruhig mir überlassen. Ich würde seine Wünsche wahr machen.

3

Ava

»Mir ist da eine Idee gekommen.«

Der knappe, selbstbewusste Ton David Steins füllte den Raum, als er mein Büro betrat. Nun ja, er kam nicht einfach herein, er schritt einher wie ein sehniger Gladiator. Ich sah ihn zum ersten Mal mit Bartstoppeln. Vielleicht hatte er schlecht geschlafen und es nicht mehr geschafft, sich zu rasieren. Oder vielleicht die ganze Nacht wach gelegen und überlegt, wie er mir helfen könnte. Nervös blickte ich durch die Glaswand ins Großraumbüro, da ich erwartete, ein paar hochgezogene Augenbrauen zu sehen. Doch meine Kollegen verzichteten lieber darauf. Sie neigten auch eher zum Tuscheln als zum Gaffen. Ausgenommen Jade Fernleigh natürlich, die von ihrem Schreibtisch herüberguckte und dabei aussah wie ein brodelnder Vulkan.

»Also«, sagte David. »Du musst irgendwo wohnen, während du die Katastrophe mit Charlie aus der Welt schaffst.«

»Stimmt«, sagte ich, gerührt, wie schnell er auf sein Hilfsangebot zurückkam. Er blickte mich liebevoll an und lächelte. Es war unangemessen. Wir sahen einander in die Augen wie zwei potenziell Interessierte in einer belebten Chicagoer Bar bei säuselndem Jazz und einem Glas Bourbon.

»Du wirst sicherlich einiges einzuwenden haben, aber hör mir erst einmal zu.«

Er stockte, als wir jemanden an die Tür klopfen hörten.

Es war Jade, mit rotem Gesicht und außer Atem. Hatte sie eine Katastrophe zu verkünden, oder wollte sie nur um jeden Preis in ein Gespräch platzen, an dem sie glaubte teilnehmen zu sollen? Schwer zu sagen. Unaufgefordert kam sie herein und plapperte etwas wegen der amtlichen Untersuchung zu Olivias Tod. David und ich wechselten einen Blick. Ich wollte ihr Gelegenheit geben, sich wieder zurückzuziehen, doch sie redete weiter, und David wurde grob.

»Jade, wären Sie so freundlich?«, sagte er deutlich verärgert. Er wartete, bis sie die Tür geschlossen hatte, bevor er etwas dazu bemerkte. »Was fällt ihr ein?«

»Sie meint es nicht so«, sagte ich, um die Wogen zu glätten.

Er schüttelte den Kopf. »Sie ist unberechenbar. Ich werde mit ihr reden müssen. Wie auch immer. Wo war ich?«

»Du sagtest gerade, ich würde sicher einiges einzuwenden haben.«

»Ich denke, du solltest in Olivias Haus ziehen.«

Beim Klang ihres Namens, dem allzu vertrauten viersilbigen Arpeggio, verkrampfte ich mich und sträubte mich mit jeder Faser gegen seinen Vorschlag. »Das kann ich nicht, David«, erwiderte ich, entsetzt, weil er das überhaupt in Betracht zog.

»Es ist ja in Pimlico«, sagte er. »Also ganz in der Nähe. Und im Moment steht es leer. Es wartet nur auf jemanden, der wieder Leben hineinbringt. Da die Todesursache nun amtlich feststeht, ist es meines Erachtens an der Zeit, nach vorn zu schauen. Es ist Monate her. Ehrlich gesagt hätte sie gewollt, dass du da so lange wohnst, wie es nötig ist.«

Natürlich dachte ich als Erstes an ihren Geruch an jenem Morgen, an dem wir sie fanden. Dann an meine Schuld, an die Dinge, von denen er nichts wusste, und an die Gerüchteküche im Büro. David sah mir wohl an, dass einiges in mir vorging.

»Was ist los?« Er verschränkte die Arme, indem er die Hände in die Achselhöhlen schob.

»Das letzte Mal war ich dort, als wir …« Ich wurde mit jedem Wort langsamer und leiser.

»Eben. Bring wieder etwas Fröhlichkeit ins Haus. Das hat es nötig. Außerdem wird es dir guttun, dich der Erinnerung zu stellen, meinst du nicht?«

Etwas Schlimmeres konnte ich mir nicht vorstellen. Ich schlang die Arme um meinen Stuhl, als könnte David mich mit Gewalt wegziehen wollen.

»Das Haus ist Millionen wert, Ava. Darin zu wohnen ist keine Entbehrung.« Seine Backenzähne bearbeiteten die Innenseiten der Wangen. Er hielt mich für undankbar.

»Die Leute werden reden«, wandte ich hastig ein und griff zu den erstbesten Argumenten, damit er mich nicht weiter dazu drängte. Denn ich stellte mir vor, wie ich jede Nacht in dem Haus einschlafen müsste. »Was, wenn Charlie mir dahin folgt? Er würde einbrechen, alles kaputt schlagen. In einem Hotel kann er das zumindest nicht tun.«

»Dann werde ich Kameras und eine Alarmanlage einbauen lassen, die einen Notruf an die Polizei absetzt. Danach wird Olivias Haus sicherer sein als ein Hotel. Eine Schlüsselkarte für ein Hotelzimmer kann man sich leicht beschaffen, wenn man nur das Richtige zu den richtigen Leuten sagt.«

Ich ging darauf nicht ein. David wartete geduldig, ob ich akzeptierte. »Ich könnte mir nie verzeihen, wenn dir etwas zustoßen würde. Aber in Olivias Haus wüsste ich zumindest, dass du in Sicherheit bist.« Bedächtig legte er eine Hand auf den Schreibtisch und strich mir eine Haarsträhne hinters Ohr, die mir über die Schulter geglitten war. »Olivia konnte ich nicht retten, aber ich kann versuchen, dich zu beschützen, Ava.« Seine überraschende Sensibilität machte mir eine Gänsehaut. »Ich werde dich begleiten. Ich kann dir beim Einzug helfen, wenn du möchtest«, sagte er leise.

Ich holte tief Luft und merkte, dass ich kurz davor war, sein Angebot anzunehmen. Hatte ich eine Wahl? Das wollte ich doch, oder? »Also gut.« Ich rang mir ein Lächeln ab.

»Du musst nur die Hürde überwinden, das Haus wieder zu betreten.«

Nickend stützte ich die Hände auf, um aufzustehen.

»Aber du musst mich Miete zahlen lassen«, sagte ich. »Sag mir nur, wie viel, oder lass es mir vom Gehalt abziehen, wenn dir das lieber ist.« Als ich mich aufrichtete, hinterließ ich zwei feuchte Handabdrücke auf der Glasplatte.

David schüttelte den Kopf.

Langsam bewegte ich mich von meinem Stuhl weg, um ihn zur Tür zu begleiten, aber David rührte sich nicht vom Fleck. Vielmehr verschränkte er entschlossen die Arme. Mir fiel ein Artikel ein, den ich vor ein paar Jahren gelesen hatte und in dem sein Vermögen auf einige Hundert Millionen geschätzt worden war. Mir war klar, dass er von mir kein Geld nehmen würde, aber ich wollte es anbieten. Es behagte mir nicht, ihm doppelt verpflichtet zu sein. »Es ist mir ernst. Du sollst nicht meinen, dass ich deine Freundlichkeit ausnutze.« Ich fasste an seinen Arm.

»Schau, meine Liebe, ich brauche dein Geld nicht, und ich will es auch nicht.« Ich lächelte ihn an. *Gott sei Dank.* »Geh heute Abend mit mir etwas trinken, Ava«, sagte er nach einem Moment Schweigen. »Um zu feiern.«

Ich stotterte verblüfft, und gerade als ich mir eine Lüge ausdenken wollte, warum ich zu beschäftigt oder zu müde sei, um mit ihm auszugehen, wurde mir bewusst, dass er mich nicht gebeten, sondern aufgefordert hatte.

Ich ließ mich darauf ein. »Einverstanden. Sehr gern.«

Während er mich forschend ansah, leuchtete mein Computerbildschirm auf. Grelles Licht strahlte mich an und ließ jede Regung in meinem Gesicht deutlich erkennen. Ich hielt

Davids Blick fest. Wenn ich jetzt wegschaute, wäre der Moment vorbei. Das Licht wurde noch heller. *Ich weiß, was du getan hast,* zischte es. Hitze kroch mir den Hals hinauf, und ich wippte auf den Zehen wie ein Aufziehhäschen. Plötzlich wurde der Bildschirm dunkel, und Davids Lippen bildeten wieder einen zufriedenen Strich, als er mein Büro verließ.

4

Jade

Mein Telefon klingelte. Auf dem Display leuchtete Avas Name. Verstohlen blickte ich zu ihrem Büro. Sie rieb sich sichtbar verärgert die Stirn.

»Ja?«, fragte ich ungeduldig.

»Ich habe einen verpassten Anruf von Kai. Er sagt, er würde es stattdessen bei dir versuchen. Hast du mit ihm gesprochen?«

Grinsend begann ich, die Kugelschreiber, die auf meinem Schreibtisch herumlagen, aneinanderzulegen. »Hab ich. Er war besorgt wegen der Besucher, die wir in die Frontreihe setzen wollen. Ich habe versprochen, mich darum zu kümmern. Nur renommierte Medien und A-Promis.« Ich sonnte mich in meiner Zufriedenheit. Endlich war ich bei dem Kunden die Nummer eins. Ich legte den letzten Stift dazu, fünf leicht gespreizte Plastikfinger.

»Wie bitte?« Jetzt klang sie aufgeregt. »Warum hast du das zugesagt? Du weißt doch, dass A-Promis für diesen Launch zu teuer sind. Sein Budget ist mickrig.«

Mein Vertrauen in meine Entscheidung ließ nach, aber ich stand das durch und tat mein Bestes, um mich durch Avas herablassende Art nicht einschüchtern zu lassen. »Er meint, er wird ihnen gar nichts zahlen. Er will da nur Leute sitzen haben, denen die Marke gefällt.«

»Wie bitte?« Sie war offenbar geplättet. Ich hielt das Telefon fester. Hatte ich etwas falsch gemacht?

»Jade, was hast du dir dabei gedacht? AthLuxe ist noch gar nicht eingeführt. Niemand kennt die Marke, folglich kann sie auch noch keinem gefallen. Und selbst wenn sie etabliert wäre, Jade, jeder wird bezahlt. Immer. Jeder Prominente, egal wie bekannt. Das wirst du doch wissen. Hast du denn bisher noch kein Launch-Event organisiert?« Um ehrlich zu sein, nicht. Während sie weiterredete, schrumpfte ich auf meinem Stuhl und war dankbar, dass keiner das Gespräch mithörte. »Warum befasst du dich überhaupt mit diesem Aufgabenbereich? Du hast ganz andere Dinge zu tun«, zeterte sie. »Tanz nicht aus der Reihe, Jade. Du machst dich ja lächerlich …«

»Und wo steht geschrieben, dass du mir zu sagen hast, was ich tun soll?«, fauchte ich. »Du führst dich so herablassend auf, aber wenn du deine Arbeit gemacht und Kais Anruf angenommen hättest, anstatt mit David eine geheime Besprechung abzuhalten, dann wäre das gar nicht passiert. Da bist du selber schuld.«

Georgettes Augen leuchteten, als ihr Kopf über ihrem Bildschirm auftauchte.

Ava stockte. *Ja, sie war daran schuld.* Dann kam sie mit einer Drohung um die Ecke, mit der ich nicht gerechnet hatte. »Ich glaube nicht, dass David das so sehen würde.« Wie sie das sagte, so kalt, so gleichgültig, so präzise, das traf mich tief. Ich spitzte die Lippen und überlegte, was ich erwidern sollte, aber Ava redete schon weiter, während ich noch nach Luft schnappte. »Wie auch immer, ich will nicht kleinlich sein. Es geht nicht darum, wer wem was zu sagen hat. Es geht darum, was wir abgesprochen hatten. Du wusstest, dass du mit den Einladungen nichts zu tun hast, und hast dich trotzdem eingemischt. Nun werde ich den Rest des Tages damit beschäftigt sein, das wieder auszubügeln.«

»Tja«, murmelte ich.

»Worauf ich wirklich verzichten könnte.« Ich schmeckte den Triumph in ihrer Stimme, ihre genüssliche Freude, weil sie die Munition verschießen konnte, die ich ihr gerade auf dem Silbertablett serviert hatte. »Ich werde Kai nachher anrufen und erklären, dass du einen Fehler gemacht …«

Ich riss die Augen auf. »Nein!«, rief ich entsetzt dazwischen. »Ich mache das. Ich rufe ihn an.« Um ein bisschen Würde zurückzuerlangen, schlug ich einen sehr bestimmten Ton an. »Ich bringe das in Ordnung, versprochen.«

Sie schwankte, dann gab sie nach. »Also gut«, sagte sie in einem Ton, als redete sie mit einem Kleinkind. »Aber wenn das bis morgen nicht erledigt ist, nehme ich das in die Hand, verstanden?« Und damit legte sie einfach auf, sodass mir im nächsten Moment das Freizeichen ins Ohr tutete.

Ich war wütend auf mich selbst. Meine Unfähigkeit, Ava Paroli zu bieten, hatte sich mal wieder gezeigt. Warum ließ ich mich so von ihr behandeln? Mich von ihr dominieren zu lassen schien eine meiner besonderen Fähigkeiten zu sein. Sie war nicht besser als ich, aber manchmal schien es unmöglich, das zu beweisen.

»Worum ging es denn?«, wollte Georgette wissen, sowie ich das Telefon hinlegte. Ihre angemalten Brauen wölbten sich verblüffend hoch.

»Nichts. Gar nichts. Lass mich einfach in Ruhe«, sagte ich. Dabei wusste ich genau, dass sie alles tun würde, nur das nicht.

Um unmissverständlich klarzumachen, dass ich nicht reden wollte, setzte ich Kopfhörer auf. Dann beobachtete ich Ava, die sich durch die Haare strich und ein mürrisches Gesicht zog. *Gute Mitarbeiter sehen Glaswände, schlechte sehen Kollegen*, dachte ich. Sobald ich die Stelle der Teamleiterin hätte – Zuversicht ist schon der halbe Sieg –, würde ich in ihr gläsernes Büro einziehen und zusehen, wie sie damit zurechtkam, außen vor zu bleiben. Ich verfolgte es genau, als sie zum Telefon griff und innerhalb einer Millisekunde von mürrisch auf freundlich umschaltete, was bei mir eine

Reihe finsterer Gedanken auslöste. Ava und ich waren uns immer einig gewesen, im Job nicht persönlich zu werden – bestimmte Dinge mussten einfach tabu sein. Aber jetzt, da wir gegeneinander antraten, änderte sie heimlich die Spielregeln und ließ mich hinter sich. Als wäre es nicht schon genug, David zu überzeugen, dass ich mir den Posten verdient hatte, musste ich nun auch noch fürchten, dass Ava mich fallen ließ, um ihn selbst zu ergattern.

Ich presste die Fingernägel in die Handflächen und überlegte mir den nächsten Spielzug. Wenn sie damit beschäftigt war, David Stein um den Finger zu wickeln, würde ich eben den anderen Stein umgarnen. Das war natürlich leichter gesagt als getan, besonders weil ich schon seit Jahren bis über beide Ohren in ihn verknallt war. Seit er zum ersten Mal bei W&SP durch die imposante Doppeltür gerauscht kam und in meinem Team landete. Ich hatte ihn damals eingearbeitet und ihm geholfen, sich einzufügen.

Ich sah zu meinem Zielobjekt hinüber. Sein entspanntes Lachen und die Wangen mit den Grübchen verströmten Wärme quer durch den Raum. *Mein* Stein war Josh, Davids Adoptivsohn, der Mann meiner Träume, und inzwischen, nachdem er sechs Jahre erfolgreich in der Firma gearbeitet hatte, war er auch sehr einflussreich im Hinblick auf Beförderungen. Und er würde noch weiter aufsteigen. Denn da Olivia nicht mehr da war, würde David ihn die höheren Posten durchlaufen lassen und aufbauen, damit er eines Tages die Firma leitete. In den Büros von W&SP blühte die Vetternwirtschaft, so viel stand fest. Wenn ich es nur hinbekäme, in die Familie einzuheiraten, hätte ich ausgesorgt. *Also genug getrödelt, genug aufgeschoben, genug »mal abwarten«*, dachte ich. Mir war eindeutig die Zeit davongelaufen. Eine Beziehung mit Josh war jetzt wichtiger denn je, und ich musste mich damit ranhalten.

Gedankenverloren plante ich Phase eins meiner Operation. Zuerst würde ich meinen Bleistiftrock ein bisschen höher ziehen und zu ihm schlendern, neben ihm in die Hocke gehen und die Ellbogen auf den Schreibtisch legen. Ich hatte mal irgendwo gehört, dass man aus Taillenhöhe zu jemandem aufsehen soll, um unbewusst als potenzieller Sexualpartner wahrgenommen zu werden. Ich würde ihn mit einer lässigen Floskel ansprechen: *Was geht ab? Wie läuft's denn so? Was macht die Kunst?* Ja, das war die richtige Ansprache. *Was macht die Kunst?* Originell. Das würde sich ihm einprägen. Dann würde ich ihn bitten, mir bei etwas zu helfen, am besten bei ... Josh behob gern technische Probleme. Ich würde sagen, dass mein WLAN nicht bis ins Schlafzimmer reichte und ich mich abends langweilte. Wäre das zu direkt? *Ja!* Okay, dann etwas anderes. Mir würde schon was einfallen.

Ich griff nach meinem Taschenspiegel und prüfte, ob mein Make-up noch tadellos war. Dabei sah ich hinter mir das übliche Bürotreiben: Georgette stand am Drucker und schlug und trat das Gerät wegen einer Funktionsstörung wie einen störrischen Gaul. Und eine Besprechung mit viel Gestik und Mimik fand statt, bei der aber nichts herauszukommen schien. Ich drehte den Spiegel wieder so, dass ich mich selbst betrachten konnte. Meine Augen waren das einzig Bemerkenswerte an mir. Der auffällige Grünton wäre für farbige Kontaktlinsen klasse gewesen. Deshalb wurde ich ständig gefragt, ob die Farbe echt sei. »Das ist keltisch!«, sagte ich dann immer und führte damit die dreizehn Prozent irisches Erbgut in mir an, die mir mal ein dubioser DNA-Test bescheinigt hatte. Unter dem scharfen Rand meines schwarzen Ponys blickten sie mir mit neuer Zielstrebigkeit entgegen wie die Augen eines Leoparden, der sich an seine nächste Mahlzeit anschleicht. Ich klappte den Spiegel zu und beäugte meine Beute über den Computerbildschirm hinweg, um den richtigen Moment zum Sprung abzupassen. Josh hatte gerade die Unterhaltung mit der Vertriebskollegin (1,67, Pferdegesicht, unübersehbar) am Nachbarschreibtisch beendet und wandte sich wieder seinem Bildschirm zu. Am Morgen hatte ich in seinen Terminkalender geschaut. In der nächsten Stunde stand für ihn keine Besprechung an. Das war die Gelegenheit. In Gedanken probte ich noch mal meine Eröffnungszeile – *Hallo, Josh. Was macht die Kunst?* – und stand auf, strich mir den Rock glatt und zog ihn dabei bis über die Knie hoch.

Mit den Handrücken tupfte ich mir den Glanz aus dem Gesicht, besonders über der Oberlippe, dann schritt ich zu ihm hinüber. Sorgfältig setzte ich einen Fuß vor den anderen, wie ein Model bei der Pariser Modewoche, und versuchte bewusst, Selbstvertrauen, Stärke und Tatkraft auszustrahlen.

Währenddessen bewegte sich jemand höchst alarmiert am Rand meines Blickfelds. Ava. Sie stand von ihrem Schreibtisch auf. Wenn sie jetzt herauskam und zu Josh ging, konnte ich meinen Auftritt abschreiben. Ahnte sie etwa, was ich vorhatte? Ich heftete meinen Blick auf ihn und ging schneller. Er lehnte sich lässig zurück. Sein leichter Pullover saß perfekt an seinen gut geformten Schultern. Durch das Fenster hinter ihm schien die Sonne herein und umgab seine Adonis-Statur mit einem zitronengelben Halo. Ich war auf seinen Duft gespannt. Meistens roch er wie frisch geduscht und ein bisschen nach Grillkohle und Sandelholz. Behaglich schaudernd stellte ich mir vor, den Geruch langsam und tief einzuatmen. Kurz sah ich zu Avas Büro. Sie setzte sich gerade wieder hin, und als sie meinen Blick bemerkte, drehte sie hastig den Kopf weg. Ich hatte sie bezwungen. Das gab mir ein Gefühl, als hätte ich die Goldmedaille gewonnen. Meine Hände wurden feucht, weshalb ich sie ein zweites Mal am Rock abwischte, während ich an seinen Schreibtisch trat. Ich war bereit.

»Hallo, Kunst!«

Ich sah ihn an. Er sah mich an. Die Welt stoppte, ringsherum war es still. Ich wurde zu Stein und hörte nur noch die zwei dämlichen Worte – hallo, Kunst, hallo, Kunst, hallo, Kunst – in einem fort und immer schneller und lauter, als bekäme ich eine Gehirnwäsche. Dachte er jetzt, das sei mein Spitzname für ihn? *Kann ich bitte noch mal neu anfangen? Die Zeit zurückdrehen?* Stockend suchte ich nach Worten, als hätte ich einen hirnschädigenden Anfall.

»Ich … äh …«

Er lächelte mich an. Und an dieses Lächeln klammerte ich mich, als wäre es der Felsen in der Strömung des Niagara, kurz bevor der Fluss in die Tiefe stürzt.

»Kann ich dir helfen?«

Seine Stimme war wie Honig, floss langsam in mich hinein, eine wohlklingende Silbe nach der anderen. Ich ging in die Hocke und legte die Ellbogen auf seinen Schreibtisch, wie ich es mir vorgenommen hatte.

»Kennst du dich mit WLAN aus?« Ich schaute bewundernd zu ihm auf.

»Nur theoretisch, aber schieß los.«

»Gut, ja, also, mein WLAN reicht nicht, äh, bis ins Schlafzimmer, ist quasi irgendwie schwach.«

Ich strich mit dem Zeigefinger um seinen Notizblock, als ließe sich damit eine schlechte WLAN-Verbindung andeuten. Das sah blödsinnig aus und überhaupt nicht so sexy wie beabsichtigt.

»Hast du es schon mit einem Neustart versucht?«

Er wirkte bei seinem Rat sehr sicher, aber die Sache lief nicht nach Plan. Sein Vorschlag war sehr Windows-98-mäßig und ließ mich dastehen wie einen Volltrottel.

Natürlich habe ich das versucht.

»Nein, noch nicht.« Ich blinzelte ein paarmal langsam und verkörperte das Dummchen, das ich mir seinetwegen als Rolle ausgesucht hatte. »Toll. Hoffe, das bringt's.« Ich blieb in der Hocke, weil ich meine großartige Operation noch nicht abbrechen wollte.

»War noch etwas?« Er sah mich direkt an, mit dem Stuhl ein wenig zu mir gedreht, die muskulösen Beine weit gespreizt.

Verdammt, lass dich nicht ablenken, denk schneller. Ist noch was? Natürlich ist noch was. Ich liebe dich? Das wäre was.

»Ist dein WLAN zu Hause immer in Ordnung, klappt es reibungslos? Es gibt ja diese Verstärker, du weißt schon.«

»Ist das eine Umschreibung?«, fragte er amüsiert.

Abbruch.

»Wer hat dich angestachelt, mich das zu fragen? Das klingt mir sehr nach Verarschung!«

Abbruch. Abbruch.

»Nein! Alle haben heutzutage ständig Probleme damit!« Ich klammerte mich an den Felsen, aber die Wellen wurden stärker, gleich würden sie mich wegreißen.

Abbruch! Abbruch! Abbruch!

»Nicht wenn du Profis ranlässt. Die können dein WLAN im Nu auf Vordermann bringen. Ich denke, das geht mit irgend so einem komischen Gerät. Hab ich recht, Harry?« Harry (begrenztes Potenzial, 1,55, empfänglich für Gruppendruck) gab einen steinzeitlichen Paarungslaut von sich. Ich stand auf. Höchste Zeit, die Strömung zu verlassen.

»Sehr gut, Josh, hast mich durchschaut!« Ich rollte die Augen, als wäre ich ihre coole Mum oder lustige Lehrerin, dann blieb ich einen Moment still stehen und hoffte, dass in meinem Gehirn ein Aneurysma platzte, damit alle davon abgelenkt würden, was gerade passiert war. Ich suggerierte meiner Nase, stark zu bluten, damit ich Luftnot bekäme, betete, ich möge ohnmächtig werden und erblinden. Ich wagte noch einen letzten Blick zu Josh und sah seinen Gesichtsausdruck weich werden. Er lächelte mich wieder an.

»Du bist umwerfend komisch, Jade, enorm mutig. Wir reden später.«

Umwerfend komisch? Enorm mutig? Moment mal, hatte es funktioniert? Ich hatte mich nicht komplett lächerlich gemacht? Als er sich seinem Bildschirm zuwandte, nahm ich das als Zeichen, mich schleunigst davonzumachen. Phase eins: abgeschlossen! Ich spürte Avas Blick wie einen Laserstrahl auf mich gerichtet. Sie analysierte die Situation, taxierte mich, wollte mich niederstarren. Ich sah nicht zu ihr hinüber, sondern schaute geradeaus und überlegte, ob meine Operation tatsächlich erfolgreich gewesen war. War sie. Allerdings nicht so wie gedacht – vermutlich sah er mich jetzt als liebenswerten Dummkopf an und nicht als attraktiven, anspruchsvollen Single.

Später an dem Tag leuchtete mein Handy auf, und Instagram lieferte mir die beste Neuigkeit des Jahres: *Josh Stein folgt dir.* Mein Herz setzte aus. *Josh folgt mir? Mann, wieso wusste ich nicht, dass er einen Account hat?*

5

Ava

Auf meinem Bildschirm leuchtete eine Terminerinnerung auf, begleitet von einer kurzen Melodie, sodass ich von der Arbeit hochschreckte.

David, Ava, Drinks im The Whive, Sloane Square, SW1W

»Ach ja«, murmelte ich. Mir fiel wieder ein, dass ich mich am Morgen mit ihm verabredet hatte. Ich nahm Tasche und Mantel und huschte kurz in die Toilette, um ein wenig Make-up aufzulegen, was dringend nötig war. Sorgfältig zog ich mir schwarze Lidstriche, verwandelte meine Wimpern in dicke Spinnenbeine und tupfte mir eine Fingerspitze voll Goldschimmer auf die blassen Wangen. Ich besprühte meine weißblonden Haare mit einem Hauch Arganöl, um fliegende Strähnen zu bändigen, und rückte im Spiegel meinen BH zurecht. Wieso fühlte ich mich, als hätte ich ein Date?

Ich nahm mir ein Taxi, und nach überraschend wenigen Staus kam ich vor dem Restaurant an. Es befand sich in einem prachtvollen alten Gebäude, war bei Prominenten sehr beliebt und hatte einen Türsteher mit Zylinder. David kam immer gern zehn Minuten vor der vereinbarten Zeit und war sicher schon da. Deshalb war ich froh, auch ein bisschen früher dran zu sein. Gleich beim Hereinkommen sah ich seinen klassisch geformten Hinterkopf, seine makellos sitzenden Haare. Diesen Kopf würde ich überall erkennen.

»David.«

Er stand auf und begrüßte mich mit einem Kuss auf die Wange. Verärgert registrierte ich, dass seine Hand ein paar

Sekunden länger auf meiner Schulter blieb, als es sich gehörte.

»Bitte nimm Platz.«

Als unsere Bewegungen die Luft aufwirbelten, bekam ich seinen gefährlich berauschenden Duft in die Nase. Dabei fiel mir auch die klassische Musik auf, die leise im Hintergrund lief.

Er wartete, bis ich saß, bevor er wieder Platz nahm, dann legte er sich die weiße Stoffserviette auf den Schoß.

»Also, das Wohnarrangement.« Er kam sofort zur Sache. »Es wird dich freuen zu hören, dass du schon morgen Abend einziehen kannst, wenn du möchtest. Kameras und Alarmanlage sind installiert, und ich lasse das Haus morgen früh reinigen.«

Eine kunstvoll satinierte Karaffe mit Mineralwasser wurde an den Tisch gebracht, und bis mein Glas eingeschenkt war, schwieg ich, um meine Gedanken zu sammeln. Ein Teller mit aufwendig arrangierten Antipasti wurde zwischen uns gestellt.

»Wow. So schnell«, sagte ich und achtete darauf, nicht allzu aufgeregt zu klingen. Denn ehrlich gesagt hätte ich ihm um den Hals fallen und ihn küssen wollen, und vielleicht hätte ich das getan, wenn ich nicht geglaubt hätte, dass er das falsch auffassen würde. Mein Gott, würde ich Charlie wirklich loswerden? Ich kniff mich. Ja! Endlich war es so weit. Fast schmeckte ich schon die Freiheit.

»Meine Assistentin hat sich die Bestimmungen deines Mietvertrags angesehen. Sie hat die Vermietungsgesellschaft angerufen, unter deinem Namen – ich hoffe, du nimmst das nicht übel. Sie hat deine Wohnung gekündigt. Den Rest Miete habe ich entsprechend den Kündigungsklauseln gezahlt. Nun, das lief alles recht unkompliziert. Die Wohnung muss bis zum Wochenende geräumt sein.«

Er nahm sein Besteck und rollte damit eine Scheibe Salami zusammen.

Ich war fassungslos. »David, das hättest du wirklich nicht tun müssen. Ich … ich weiß nicht, was ich sagen soll.« Alles war so viel einfacher, wenn man reichlich Geld hatte. Ich dachte an andere Frauen in meiner Lage, die nicht das Glück hatten, einen Mann wie David Stein zu kennen.

»Du brauchst nichts zu sagen, meine Liebe. Es ist mir ein Vergnügen.« Er spießte ein Stück Fleisch mit seiner Gabel auf und steckte es in den Mund, um dann langsam zu kauen.

Der Kellner kam und füllte mein Glas auf. David und ich saßen seit zwei Stunden im Whive. Wir unterhielten uns, tranken und lachten miteinander, und ich merkte, dass meine Zurückhaltung allmählich nachließ.

»Du hast mir noch gar nicht erzählt, was zwischen dir und Charlie vorgefallen ist«, sagte er anstelle einer direkten Frage. Er schlang seine langen Finger um den Stiel des Glases und trank einen Schluck Rotwein.

Hin- und hergerissen blickte ich auf. »Ich wüsste nicht, wo ich anfangen soll.«

»Wir müssen nicht darüber reden, wenn du nicht möchtest.« Er spürte wohl, dass es mir widerstrebte, und er schien mir ein wenig gekränkt zu klingen.

»Doch, durchaus. Es ist nur schwer zu erklären. Zwischen uns steht es inzwischen sehr schlecht, aber so war es nicht immer. Na ja, er hatte von Anfang an eine dominante Art, aber solange wir in Reading wohnten, war das kein großes Problem.«

Unser altes Leben in der kleinen Dreizimmerwohnung in Berkshire schien ewig her zu sein. Charlie fühlte sich dort damals sehr wohl. Da hatte er noch eine gute Stelle, einen engen Freundeskreis, ging in einen bezahlbaren Pub.

»Es gab aber gewisse Anzeichen. Einmal zu Weihnachten, als wir zu meinen Eltern unterwegs waren, hat er unser Auto zu Schrott gefahren, weil er glaubte, ich hätte für sie mehr Geld ausgegeben als für ihn. Aber solche Vorfälle waren die Ausnahme, wirklich, nicht die Regel.«

Ich erzählte weiter, und das fiel mir überraschend leicht. »Er sagte immer, ich hätte ihn gezwungen, nach London zu ziehen, damit ich meinen Traum, bei W&SP zu arbeiten, verwirklichen konnte. Und ich hielt ihm entgegen, er hätte nicht mitkommen müssen, wir hätten ja eine Fernbeziehung führen können. Aber das kam für ihn nicht infrage. Er versuchte alles, um mich von dem Umzug abzubringen, aber irgendwie habe ich mich durchgesetzt. Ich habe für uns eine Wohnung gefunden und ihm einen Job besorgt, und eine Zeit lang war alles okay.« Ich hörte auf zu reden, weil ich David nicht erzählen wollte, dass Charlie damals trotz Job anfing, zu trinken und Drogen zu nehmen, und seine Paranoia seitdem außer Kontrolle geraten war. Das erinnerte zu sehr an Olivia, an die Katastrophe.

»Was ist dann passiert?«

»Er wurde entlassen. Er hat mir vorgeworfen, ich hätte ihm eine Arbeit aufgedrängt, die er nicht wollte, und jetzt weigert er sich, eine neue Stelle anzunehmen, solange wir in London wohnen. Er versucht weiter, mich mürbe zu machen, damit ich mit ihm wieder nach Reading ziehe. Aber das werde ich nicht tun. Deshalb bin ich auf Distanz zu ihm gegangen, damit es für ihn kein großer Schock ist, wenn ich mit ihm Schluss mache. Er ist sehr labil. Ich weiß nicht, wie er reagieren wird, wenn er feststellt, dass er aus der Wohnung raus muss.« Ich hielt inne und fühlte mich schlecht, weil ich mir wegen Charlie Sorgen machte.

»Nun, er kann jetzt nach Reading zurück, was er ja unbedingt wollte.«

Darüber zu reden empfand ich als erlösend. Es machte mir bewusst, wie lange ich den Ärger in mich hineingefressen hatte. Bis dahin hatte ich mit niemandem über meine Probleme gesprochen. Wahrscheinlich auch, weil ich glaubte, ich hätte sie mir selbst aufgehalst. Ich dachte an all die Male zurück, da ich versucht hatte, ihn aufzuheitern, ihn zu motivieren und ihm Denkanstöße zu geben, damit er sich weiterentwickelte. Zu seinem Geburtstag vor ein paar Wochen hatte ich praktisch mein Konto geplündert, um ihm ein teures Hemd mit passender Krawatte zu kaufen, weil ich hoffte, das würde ihn anspornen, sich auf Stellenanzeigen zu bewerben. Ich war überzeugt, dass zwischen uns alles gut werden könnte, wenn er wieder arbeiten ginge. Ich weiß noch, wie sich die Stoffe anfühlten: griffig, teuer und wahnsinnig angenehm. Ich hätte mich am liebsten darin eingehüllt und gefeiert, mit Champagner, »Happy Birthday« und Schokoladenkuchen.

Charlie empfand da ganz anders. »Wie viel hast du dafür ausgegeben? Was für eine Geldverschwendung! Wie einfallslos bist du denn? Also wirklich – kaufst mir ein Hemd mit Schlips für den aussichtslosen Job, den ich deiner Meinung nach annehmen soll. Konntest du mir nichts kaufen, über das ich mich gefreut hätte?«

Weinend verließ ich die Wohnung. Später fand ich das Hemd zerrissen in der offenen Mülltonne vor der Haustür, obendrauf die mit Kloreiniger verfärbte Krawatte. Er hatte den Deckel absichtlich offen gelassen, damit ich das Ergebnis seines Wutausbruchs sah. Das war der letzte Tropfen, der das Fass zum Überlaufen gebracht hatte. Ich hatte für das Geschenk so viel Geld ausgegeben, und er hatte es lieber zerstört, als mir die Möglichkeit zu lassen, es zurückzugeben und ein anderes zu kaufen. Da wurde mir klar, dass es sich nicht lohnte, für diese Beziehung zu kämpfen.

»Während ich arbeite, sitzt er zu Hause und trinkt, raucht, kokst, was auch immer, und denkt sich lauter fantastische Szenarien aus, in denen ich ihn tagsüber betrüge. Im Moment ist er von der Idee besessen, dass ich eine Affäre habe.«

»Wissen deine Eltern, wie schlimm es ist? Deine Freunde?«

»Meine Eltern habe ich seit einem Jahr nicht gesehen, und Charlie hat nach unserem Umzug alle Verbindungen zu unseren Freunden abgebrochen. Auch so eine Art, mich auf die Probe zu stellen. Ich habe mir bisher wohl nicht eingestehen wollen, wie es um unsere Beziehung steht.« Das war gelogen. Ich wusste genau, wie übel sie sich entwickelt hatte. Ich hatte mich nur nicht daraus lösen können. Bis jetzt.

»Nun, genug ist genug, Ava. Tun wir's heute Abend, einverstanden? Machen wir mit Charlie Schluss.« Er grinste mich an. Diese Aufgabe versetzte ihn in freudige Erregung, und er winkte den Kellner heran, um Stift und Papier zu verlangen. »Wir können ihm schreiben. Wenn du anrufst oder ihm eine Nachricht sendest, hat er Gelegenheit, zu antworten, und die willst du ihm nicht geben.«

»Was soll ich schreiben?« Das Spiel machte mir Spaß, und ich legte sofort los.

»Dass du ihn nicht mehr wiedersehen willst.«

David ließ seine Hand nah bei meiner liegen, und ich roch den Wein in seinem Atem. Ich sah weg, während er die Hand näher rückte, und als sein dünner kleiner Finger meinen berührte, sprang zwischen uns ein beunruhigender Funke über.

Unter seinem wachsamen Blick schrieb ich: *Charlie, ich hätte das schon längst tun sollen* – aber der Brief war reine Fantasie. Auf diese Art konnte ich nicht mit Charlie Schluss machen, ich musste es persönlich tun. Nur so würde er es akzeptieren.

»Wo wirst du heute Nacht schlafen?«, fragte David, nachdem wir mit dem Brief fertig waren.

»Zu Hause. Ich werde nachher noch meine Sachen packen und morgen früh, bevor er aufwacht, die Wohnung verlassen. Den Brief werfe ich von draußen durch den Türschlitz.«

David nickte zufrieden und nahm meine Hand.

Ich schluckte mühsam. Ihn zu belügen wurde anscheinend zu einer Angewohnheit, die ich nicht ablegen konnte.

*

Blinzelnd öffnete ich die Augen. Der Ton des Weckers war nervtötend. Ich hatte Kopfschmerzen – wohl dank der zweiten Flasche Rioja – und streckte schläfrig den Arm aus meiner Baumwollfestung in die Welt hinaus, um dem schrillen Geräusch ein Ende zu machen. Der Temperaturunterschied war krass. Ich drückte auf den Knopf, dann zog ich den Arm wieder unter die Decke, wo es warm und sicher war. Ich war noch nicht bereit für die Außenwelt. Noch nicht bereit, herauszufinden, mit welchem Charlie ich mich heute auseinandersetzen musste. Manchmal war er morgens noch wütend und betrunken vom vorigen Abend. Ich drehte mich auf die Seite, und meine Schulter, die sich noch von einer Verrenkung erholte, gelangte in einen ungünstigen Winkel. Stöhnend korrigierte ich meine Lage. Mit einer körperlichen Einschränkung würde ich heute nicht klarkommen, nicht so wie mit allem anderen. Um die Gedanken aus meinem Kopf zu vertreiben, atmete ich tief ein und aus, eingehüllt von der wunderbar tröstlichen Daunendecke, die mich bat, noch einen Moment länger in ihr zu schwelgen. Draußen war es noch dunkel, die Sonne lugte gerade eben über den Horizont. Ich drehte mich auf die Seite, als meine

Decke mit mir zusammen gähnte, und gemeinsam sanken wir zurück in den Schlaf.

Fünfzehn Minuten später füllte dasselbe schrille Klingeln meinen Brummschädel. Ich drückte erneut auf den Knopf und stemmte mich widerwillig auf, sodass ich mich kurz ans Betthaupt lehnen konnte, um mich für den Tag zu wappnen. Ich schwang die Beine aus dem Bett und zog mir den alten Morgenmantel über, bei dem die aufgedruckten Teddybären verblasst waren und der Stoff an den Ellbogen dünn geworden war. Als ich die Schlafzimmertür aufschloss, hörte ich das unmissverständliche Scheppern und Klirren. Charlie war in der Küche zugange.

Ich zog die Tür auf und tappte barfuß hinüber, zögernd, um ihn erst mal zu beobachten. Seine rabenschwarzen Haare standen wüst ab. Er wippte beim Gehen auf den Fußballen und redete leise mit sich selbst. Er hatte endlich sein Nudelkunstwerk von der Wand gewischt. Das konnte nur bedeuten, dass er schon ein paar Lines gezogen hatte, um die Sache in Angriff zu nehmen. Ich hatte also den manischen Charlie vor mir, den Ich-mach-das-wieder-gut-Charlie, den Das-wird-nie-wieder-vorkommen-Charlie. Er redete mit den Eiern, die er am Pfannenrand aufschlug. Ich beschloss, ihn lieber nicht zu stören, und zog mich von der Tür zurück, aber eine knarrende Bodendiele verriet mich.

»Aha!« Er drehte sich um. Sein Blick war gehetzt und ungestüm, auf der Wange hatte er einen blutigen Kratzer. Er trug Trainingshosen und ein zerknittertes Oberhemd, das halb heraushing. Wieso ein Oberhemd? Er lief auf mich zu und fasste mich bei den Armen. Wie angewurzelt stand ich da und hielt den Atem an. »Setz dich nebenan hin, okay? An den Esstisch.« Er ließ mich los und wandte sich den Eiern zu. »Alles muss absolut perfekt sein. Geh und zieh dir ein Kleid oder so was an. Die Sache ist wichtig.« Er redete hastig, und der Anschein von Freundlichkeit wurde durch seinen Befehl zunichtegemacht.

In seiner Vorstellung genügte solch eine Geste, um von Vorwürfen befreit zu werden, so als könnten tagelange Misshandlungen mit einem Teller gebratenem Speck und Rührei getilgt werden. Doch diese durchsichtigen Maßnahmen waren nie zu meinem Vorteil. Ich war bloß ein Mitreisender auf seinem Weg zur Selbstvergebung. Meine Aufgabe war es, mitzuspielen. Ich schlenderte ins Schlafzimmer, hob die Kleidung vom Vortag vom Boden auf und legte sie aufs Bett, dann machte ich mich fürs Büro fertig. Als ich in der Nacht heimgekommen war, hatte ich schon das Nötigste in einen Shopper gepackt. Die meisten Sachen würde ich dalassen, auch das Outfit vom gestrigen Abend. Schließlich konnte ich nicht mit einem Koffer gehen, ohne dass Charlie begriff, was ich vorhatte, oder? Ich zog mein Lieblingskleid an, ein schlichtes Schwarzes, das meine Mutter mir damals geschenkt hatte, nachdem ich ihr erzählt hatte, dass ich die Stelle bei W&SP bekäme. An dem Tag war sie mal stolz auf mich gewesen. Als ich fertig war, ging ich ins Wohnzimmer und setzte mich an den Esstisch.

»So! Kaffee, Kaffee, Kaffee!« Voller Energie trat Charlie an unseren billigen, abgenutzten Tisch. *Hier wäre Ihr Wohn- und Essbereich*, hatte die Maklerin gesagt, als sie mir vor einem Jahr die Wohnung zeigte. *Für eine Einzelperson genau das Richtige.* Weil niemand bei mir war, nahm sie an, dass ich allein einziehen wollte. Als ich sie aufklärte, korrigierte sie ihre Phrase übergangslos. *Auch für zwei Personen genau das Richtige.* Ich konnte es kaum erwarten, diese Zweisamkeit hinter mir zu lassen. Eine Tasse mit dünnem Kaffee wurde vor mich hingestellt, kurz darauf ein Teller mit fadem Rührei, gekrönt von einer pappdünnen Scheibe Toast.

»Wow, danke, das sieht lecker aus«, sagte ich. Im Gegensatz zu früher gab ich mir nicht so viel Mühe, begeistert zu klingen. Er setzte sich. Sein Schatten fiel über den Tisch.

»Ist das nicht perfekt?«, fragte er. Dabei wandte er mir sein verschlagenes Gesicht zu und lächelte mich mit leicht geöffneten Lippen und spitzen Zähnen an. Ich aß einen Happen. Das Rührei war furchtbar trocken.

»Perfekt«, bestätigte ich.

»Okay, Ava, ich kann nicht mehr so tun, als wär nichts.« Seine Hände zitterten, sodass seine Gabel klirrend gegen den Teller stieß. Es klang wie eine Alarmglocke. Ich hielt mit Kauen inne. »Ich bin zu nervös, um zu essen. Ich muss das jetzt aus der Welt schaffen.« Gekrümmt wie eine Sprungfeder erhob er sich vom Stuhl. »Gestern Abend – und ich will jetzt nicht so eine Aussage-gegen-Aussage-Situation aufkommen lassen …«

Ich riss mich zusammen, um nicht die Augen zu rollen. Er ließ eine Aussage meinerseits gar nicht erst zu, aber ich war nicht so dumm, das anzumerken.

»Gestern Abend also ist mir etwas klar geworden.« Er betonte das »klar«, als wäre ihm eine lebenswichtige Erkenntnis gekommen. Ich legte mein Besteck hin, denn mir verging der Appetit, als er weiterredete. »Du bestrafst mich.«

Verwirrt sah ich ihn an.

»Mir ist klar geworden, warum du hier leben willst, in London, und warum du Karriere machen willst. Nämlich weil wir, weil *ich* in unserer Beziehung nicht den nächsten Schritt getan habe. *Moment mal,* dachte ich plötzlich. Alles wäre anders, wirklich alles, wenn du nicht meine Freundin wärst, sondern meine Frau.« Er sank auf ein Knie und hielt mir einen Ring hin, den er gekauft hatte, vermutlich von meinem Geld. Er selbst hatte ganz sicher keins. Mein Magen schlingerte, mir wurde plötzlich schlecht. Für den Ring musste er meinen Dispo ausgeschöpft haben.

»Wenn du meine Frau wärst, würden wir eine Familie gründen, und die Familie steht immer an erster Stelle. Meinst du nicht auch, Ava? Dass die Familie an erster Stelle steht?« Ich tat mein Bestes, um mir mein Entsetzen nicht anmerken zu lassen, doch die Tränenflut konnte ich nicht aufhalten. Meine Unterlippe zitterte, und ich spürte, wie die Tränen ihre nasse Spur zogen.

»Oh! Ava! Ich wusste, dass dich das glücklich macht! Ich wusste, dass ich richtigliege.« Er dachte, ich würde vor Freude weinen – was sonst? –, und nahm meine Hand, um mir den Ring an den widerspenstigen Finger zu stecken. Er fühlte sich falsch an, grob, unangenehm, zu locker.

»Ich bin sprachlos«, brachte ich hervor.

Die Zeit verging zäh, während er seinen Monolog fortsetzte. Er steigerte sich in Zukunftspläne hinein, plante schon für unsere Kinder, wie bald wir von London wegziehen müssten, wenn wir in einen anständigen Schulbezirk wollten, und bestand darauf, dass ich nicht mehr zögern dürfe, meine Stelle zu kündigen.

Wie hätte ich ihm beibringen sollen, dass ich gerade dabei war, ihn zu verlassen? Er wäre am Boden zerstört gewesen. Schlimmer noch: Er wäre wütend geworden. Mordswütend.

»Ich wusste, du brauchst nur eins: ein bisschen Verbindlichkeit. Dieses Jahr war nur ein Test, stimmt's? Du warst sauer, weil ich dir noch keinen Antrag gemacht habe. Deshalb hast du so getan, als wärst du karrierebesessen. Das ist mir jetzt alles so klar. Du bist sehr clever, Ava, aber nun hast du deinen Willen bekommen! Und ich, tja, du hast mich endlich an die Kette gelegt!« Zur Illustration schob er seinen Fuß zu mir hin.

»Charlie, ich …« Einen Moment lang, für den Bruchteil einer Sekunde, dachte ich daran, zu sagen, dass das unmöglich sei, dass ich ihn nicht heiraten wolle. Aber ich hielt den Mund. Das war nicht der richtige Zeitpunkt.

»Sollen wir auf unsere Zukunft anstoßen?«

Ich streckte ihm meine Kaffeetasse entgegen, aber er zog seine im letzten Moment zurück, damit ich ihm in die Augen sah. *Na komm, Ava, du weißt es doch: Es bringt Unglück, wenn wir uns dabei nicht ansehen!*

Ich rang mir noch ein Lächeln ab und sah ihm widerwillig in die Augen. Er bewegte den Unterkiefer hin und her.

»Wie wär's mit einem Foto? Das können wir deinen Eltern schicken. Wir müssen ihnen die gute Neuigkeit mitteilen. Sie werden sich wahnsinnig freuen, dass wir wieder in die Heimat ziehen.«

Sein Vorschlag ärgerte mich. Meine Mutter würde sich tatsächlich wahnsinnig freuen. Seit meinem Examen wollte sie schon, dass ich heiratete. Sie redete über nichts anderes. Die Vorstellung, ich könnte erwachsen werden, ohne im Leben weiterzukommen, war ihr größter Kummer. Meinem Eindruck nach hatte sie bewusst übersehen, wie dominant Charlie mir gegenüber war und dass er mich, gleich nachdem wir zusammengekommen waren, davon abgehalten hatte, sie und Dad allein zu besuchen, sich aber zu Weihnachten und an den Familiengeburtstagen aufdrängte. Sie erwartete trotzdem von mir, ihn zu heiraten, und das nahm ich ihr übel. Deshalb stellte es für mich keine besondere Härte dar, als Charlie auch nach unserem Umzug nach London nicht zuließ, dass ich zu meinen Eltern fuhr. Das zeigte, wie schlecht er mich kannte. Er glaubte, mich damit bestrafen zu können. Seine Eltern waren getrennt und lebten in Irland, und er sah sie selten. Er betrachtete sich immer gern als Teil meiner Familie und nannte meine Eltern Mum und Dad.

»Tolle Idee«, stimmte ich zu, worauf er ins Schlafzimmer ging, um mein Handy zu holen. An seinem war die Kamera kaputt. Wie hätte es anders sein können. Mit zitternden Händen saß ich auf meinem Stuhl und versuchte, meine Lage zu begreifen. Ich war entschlossen zu gehen. Unter allen Umständen. Ich würde die Wohnung verlassen und in Olivias Haus übernachten, dann ein paar Tage abwarten, bis Charlie sich beruhigt hatte, damit wir miteinander reden konnten. Irgendwo an einem neutralen Ort. Einem öffentlichen Ort. Er war noch im Schlafzimmer, während ich hastig meine Optionen durchging, dann spürte ich, dass der Wind drehte. Irgendwas war los.

Was mich als Erstes alarmierte, war die Stille. Dann das Rascheln. Dann sein Tonfall.

»Ava?«, rief er. Die Art, wie er meinen Namen sagte, so bedächtig, jagte mir einen Schreck ein. Er musste auf meinem Handy etwas gesehen haben, das ihn störte, dessen war ich mir sicher. Ich fühlte die Vibration in den Dielen, als er mit wütenden Schritten ins Wohnzimmer zurückkam, und mir lief ein Schauder nach dem anderen über den Rücken. »Was soll das?« Er hielt das Blatt Papier, den »Brief« vom gestrigen Abend, in der Hand. Sie zitterte, so wütend war er. Mir wurde klar, was passiert sein musste: Als ich die Kleidung vom Boden aufgehoben hatte, war der Zettel aus der Hosentasche gerutscht, sodass Charlie ihn nun gefunden hatte.

»Charlie, nein, es ist nicht so, wie du denkst …« Er kam direkt auf mich zu, und ich dachte an Flucht. Wäre ein Sprung aus dem Fenster im zweiten Stock tödlich? Ich zögerte. Besser wäre, sich aus der Sache rauszureden und dabei auf ein Wunder zu hoffen.

»Wie es aussieht, hast du eine Entscheidung getroffen«, sagte er, dann biss er die Zähne zusammen und brachte offenbar seine ganze Willenskraft auf, um nicht handgreiflich zu werden. »Also mach, dass du wegkommst.« Er riss die Wohnzimmertür auf und knallte sie gegen die Wand, dass die Klinke eine Delle in den Putz schlug. »Na los!« Jetzt wurde er schon lauter. »Warum machst du es so schwierig? Es ist ganz einfach: Du willst gehen, also geh, verdammt noch mal«, fauchte er, eine Boa constrictor, die mir die Luft abschnürte. Stumm saß ich da und zuckte nervös mit der Ferse, eine neue Angewohnheit. Dabei achtete ich auf seine Atmung, die zusehends unregelmäßiger wurde. Ich kannte die Anzeichen. Das war erst der Anfang. »Steh auf!«, brüllte er. Speichel flog ihm vom Mund.

Ich sagte nichts. Ich gehorchte.

»Geh!« Seine Nasenlöcher blähten sich, als ich den ersten Schritt zur Tür machte, und er zeigte theatralisch mit ausgestrecktem Arm dorthin. *Nach Ihnen, Mademoiselle,* wollte er höhnisch damit ausdrücken. An der Tür angelangt bekam ich seinen heißen, feuchten Atem ins Gesicht und spürte seinen durchdringenden Blick auf mir. Der nächste Schritt würde mich über die Schwelle bringen, aber als ich das Bein dazu anhob, versperrte er blitzschnell mit einem Arm den Durchgang.

»Nein«, sagte er mit übertriebenem Kopfschütteln, schnellte auf mich zu und schob mich zurück zum Tisch, eine Hand auf meinen Mund gepresst, damit ich nicht schrie, die andere an meiner Brust. Ich schmeckte den warmen, klebrigen Schweiß seiner Handfläche, als er mich auf den Stuhl niederdrückte, von dem ich eben erst aufgestanden war. Dann ließ er mich los, und der Esstisch, der gerade noch harmlos auf allen vieren gestanden hatte, drehte sich plötzlich wie ein Karussell um seine Achse, weil Charlie ihn umwarf, und die Kante prallte gegen mein Knie, weil ich nicht mehr ausweichen konnte und alles so schnell ging und er seinen Ausbruch mit ohrenbetäubendem Gebrüll untermalte. Er griff nach einem gerahmten Foto – wir beide unschuldig-naiv bei unserem ersten Jahrestag – und schleuderte es dicht über meinem Kopf an die Wand, und ich kreischte, als die spitzen Glassplitter auf mich regneten.

»Ich hätte das schon längst tun sollen? Meine Arbeit steht an erster Stelle? Ich liebe dich nicht mehr?« Brüllend las er von dem Zettel ab und wandelte die Sätze in rhetorische Fragen um. »Gerade hast du noch meinem Heiratsantrag zugestimmt! Was ist mit dir los, Ava? Wer hat dich dazu angestiftet? War er es? Stein?« Ich wich vor ihm zurück, als er sich meinem Gesicht näherte, und wäre am liebsten in die Wand verschwunden. »Er war es, stimmt's?« Es drängte mich, Ja zu sagen. Ich hätte alles getan, um seine Wut von mir abzulenken.

»Ava!«, brüllte er. Ich roch den Wodka von gestern Abend an ihm, als ob er ihn ausschwitzte. Er zerrte mich vom Stuhl hoch und drückte mich mit einer Hand am Brustbein gegen die Wand. Dann brach er in ein gruseliges, gackerndes Lachen aus, das durch den verwüsteten Raum schallte. »Und da war ich bereit, dir deine Untreue zu verzeihen, reinen Tisch zu machen, unsere Verlobung zu erneuern.« Sein Atem roch giftig. »Man könnte fast darüber lachen, wenn es nicht so verdammt tragisch wäre.«

6

Jade

Seit Josh mir auf Instagram folgte, hatte ich seine Seite nicht mehr aufgerufen. Da waren nur zehn Fotos gepostet, alle erst kürzlich hochgeladen, und seine Freunde hatte ich mir schon angesehen. Von den Firmenkollegen folgte er nur mir – nicht mal Ava. Sein Profil war geradezu künstlerisch gestaltet, ehrlich, man hätte die Fotos in einer Galerie aufhängen können, und die Leute hätten ganz bestimmt am Wochenende vormittags dafür Schlange gestanden, wären scharenweise gekommen, um sie sich anzusehen. Wenn ich ihm in die Augen blickte, und sei es auch nur auf einem Bildschirm, war es, als würde ich in einen klaren blauen Ozean starren, und meine Gefühle für ihn überfluteten mich wie Wellen, zuerst bis zu den Knöcheln, dann bis zur Hüfte, bis zum Hals, bis über die Ohren. Während ich ein Bild nach dem anderen betrachtete, trieb ich immer weiter auf das Meer hinaus. Bald würde ich ertrinken.

Mir war klar, das war bloß Schwärmerei, keine echte Liebe, aber um ehrlich zu sein, wusste ich gar nicht, wie sich Liebe anfühlt. Ich hatte mal geglaubt, jemanden zu lieben, doch wie sich herausstellte, war der große Plan meines Ex, ein Restaurant zu eröffnen, für ihn wichtiger, als mit mir ein gemeinsames Leben anzufangen. 29. Februar. Wir waren seit sieben Jahren und vier Monaten zusammen. Ich hatte alles perfekt vorbereitet: ein 2008er Cabernet Sauvignon, butterzarte Lammkeulen, silberne Ringe, ein Kniefall.

Ihm waren fast die Augen aus dem Kopf gefallen, seine Kinnlade klappte herunter, und er hatte es verdammt eilig gehabt, sich davonzumachen. Andere hatten auf mich eingeredet, das Ganze bleiben zu lassen – du kastrierst ihn damit, das wirkt verzweifelt. Aber wie auch immer, so stellte sich wenigstens eindeutig heraus, dass er nicht dasselbe wollte wie ich, auch wenn er Jahre gebraucht hatte, um das zu erkennen. Nachdem er meinen Antrag abgelehnt hatte, buchte ich den billigsten Flug, den ich kriegen konnte, und schickte ihm auf dem Weg nach Sri Lanka von Platz 33A aus den endgültigen Abschiedsgruß. Wahrscheinlich kann man sagen, dass ich eine Krise hatte – wenn das Wichtigste auf meiner Wunschliste plötzlich eine Fernreise war, die vorher gar nicht draufgestanden hatte. Ich hatte ein halbes Jahr auf Sri Lanka bleiben wollen, vielleicht auch länger, wenn es gut lief, doch es endete ziemlich abrupt schon nach zwei Monaten. Aber diese acht Wochen waren schön gewesen, luxuriös und übel riechend, chaotisch und aufregend, und ich hatte dabei viel gelernt.

Zum Beispiel sollte man auf keinen Fall allein an einem Elefantenausritt teilnehmen, die sind nur für Pärchen gedacht. Das wusste ich damals noch nicht. Ich ging also hin, mit meiner Gürteltasche und meiner Ehrfurcht vor den mächtigen Tieren, und stand neben fünf furchtbar glücklichen Auslandsjahr-Pärchen, mit denen ich an den fünf Elefanten hinaufstarrte. Da ich allein und die anderen zu zweit waren, wurde ich dem Kümmerling der Elefantenherde zugewiesen, der erst hervorgeholt wurde, als ich das Geld für den Ritt schon hingeblättert hatte. Er war blind, lahmte auf einem Bein und litt an chronischem Durchfall. Man stelle sich das nur für eine Sekunde vor: Elefantendurchfall – den Gestank, die schiere Menge, das Gespritze. Es war, als würde ein Rasensprenger mit Fehlfunktion Scheiße in alle Richtungen versprühen. Die anderen Elefanten benahmen sich äußerst gesittet. Ich bildete das Schlusslicht, atmete den

Gestank meines Elefanten ein, sah zu, wie die Paare sich nervös nach mir umdrehten – *hält sie noch durch?* –, sich kichernd wieder abwandten und auf widerlich demonstrative Art ihre Verliebtheit zur Schau stellten. Danach rutschten Fernreisen an die unterste Stelle meiner Wunschliste und eine romantische Beziehung an die oberste.

Nachdem der Ausritt vorbei war, tröstete mich einer der Elefantenwärter mit seinen freundlichen grauen Augen und einer Schulter zum Ausweinen, hauptsächlich aber mit Alkohol, und wir verbrachten die Nacht zusammen in meinem Hotel. Als die Sonne untergegangen war und wir uns bei Sternenschein unter eine Decke gekuschelt hatten, verliebte ich mich in ihn. Ich überlegte, wie schwierig es wohl sein würde, ein Visum zu bekommen, und malte mir aus, mit ihm nach Mumbai zu ziehen und dort ein Vermögen zu verdienen, um schließlich nach Sri Lanka zurückzukehren und seiner Familie unter die Arme zu greifen. Doch er verließ mich vor Sonnenaufgang und nahm mein Herz und 16.000 Rupien mit.

Ich öffnete die Tür zu meinem Reihenhaus im Londoner Südosten, einem typischen Nachkriegsbau: hastig hochgezogen, zwei Stockwerke, Hof mit hässlichen Ziegelmauern. Die Post, die sich am Boden angesammelt hatte, verkeilte sich in dem rissigen Spalt unter der Tür, und ich bückte mich, um sie wegzuziehen und ein Stück weiter in den Flur zu werfen. *Darum kümmere ich mich später*, dachte ich zum x-ten Mal. Die beige-braune, verräucherte Wandfarbe blätterte an manchen Stellen ab. Der Übeltäter war eine alte, undichte Wasserleitung, die noch nicht so schlimm leckte, dass es sich lohnte, einen Klempner zu rufen, aber doch so stetig, dass es im Flur stark nach Schimmel roch. Und diese Bruchbude kostete mich über einen Riesen im Monat. Verrückt. Ich knallte die Flurtür hinter mir zu, zündete mir eine Zigarette an und warf mich auf das durchgesessene Sofa im Wohnzimmer. Während ich versuchte, mich zu entspannen, schien mir die Abendsonne in die Augen, so hartnäckig, als wollte sie mich auf etwas aufmerksam machen. Ich fluchte über mich, weil ich noch immer keine neuen Vorhänge gekauft hatte und deshalb hinter nackten Fenstern wohnte. Dann ließ ich mich vom Sofa auf den Boden rutschen und schob dabei die benutzten Teller und die leeren Zigarettenpackungen beiseite. Als ich nun im wohltuenden Schatten saß, zog ich mein Handy hervor. Es zeigte eine neue Nachricht auf Instagram an. Ich öffnete sie. Josh hatte mir ein GIF mit einem brennenden Computer geschickt. Mein Herz setzte einen Schlag aus.

Was macht das WLAN?

Mein Lächeln wurde breiter, so breit wie der Grand Canyon. Die schimmligen Zimmerecken und nackten Fenster wurden bedeutungslos, denn Josh Stein war an mir interessiert, und jetzt würde alles gut werden.

Am nächsten Morgen nahm ich eine heiße Dusche, um mich zu beruhigen. Ich rasierte mir die Beine, schrubbte mir die Fußsohlen mit einem zehn Jahre alten rosa Körperpeeling und cremte mich dick mit einer Feuchtigkeitslotion ein, die nach Dosenananas roch. Ich zog mir eine hautfarbene Strumpfhose, einen Bleistiftrock und einen schlichten Wollpulli an. Meine Haare bürstete ich fünf Mal durch, zupfte die sichtbaren Schuppen weg und betrachtete mich schließlich im Spiegel. *Total akzeptabel*, dachte ich. Trotz allem, was die Mädchen früher in der Schule gesagt hatten – ich sei schmutzig, voller Keime, versifft –, hatte sich der Aufwand gelohnt: Ich sah ganz okay aus. Nicht so, dass sich jemand vor Begeisterung überschlagen würde, also nicht wie Ava, sondern auf eine Art, die keine unnötige Aufmerksamkeit anzog. Sicherlich hatten die meisten Leute zu meiner äußeren Erscheinung keine besondere Meinung. Ich wusste, ich war harmlos, entwaffnend, unscheinbar. Genau so gefiel ich mir. Und Josh anscheinend auch.

David hatte mich in ein exklusives Café um die Ecke bestellt. Ich fand ihn an einem der hintersten Tische, wo er schwarzen Kaffee trank, neben sich eine unberührte gefaltete Serviette. Zuversichtlich ließ ich mich ihm gegenüber auf den Stuhl plumpsen. Jetzt war ich mal an der Reihe, mit dem Chef allein zu sprechen.

Ich nahm an, er wollte mich über sein gestriges Meeting mit Ava informieren, und beschloss, ihm zu verzeihen, dass er zuerst mit ihr geredet hatte.

Er fragte, ob ich etwas trinken wolle, und eine magere Kellnerin mit Glupschaugen, die durch ihre Brillengläser noch größer aussahen, erschien neben mir.

»Was haben Sie denn?«, fragte ich, um sicherzugehen, dass ich das Richtige bestellte. Etwas, das David beeindruckte.

Sie redete schnell und mit italienischem Akzent, sodass ich kaum mitkam. *»Caffe latilimo, Caffe lungo, Caffe diabolo, Caffe Michelangelo, Caffe nuevo …«*

David verschränkte die Hände um seine Tasse. Ich überlegte, was er wohl trank. Sollte ich einfach dasselbe bestellen? Oder wäre das peinlich? Zu durchsichtig?

Mir war klar gewesen, dass das ein nobler Laden war, wo man sechs Pfund für einen Kaffee blechte, und ich fluchte im Stillen, weil ich nicht schon vorher einen Blick in die Karte geworfen hatte. Verlegen erinnerte ich mich daran, dass ich mal einen Babyccino in einem schicken Café bestellt hatte, weil ich ihn für einen sehr kleinen, sehr italienischen, sehr anspruchsvollen Cappuccino hielt.

»Haben Sie ein Kind bei sich? Nein? Dann kann ich Ihnen keinen Babyccino bringen. Der ist nur für Babys.«

Damals war ich vor Peinlichkeit im Boden versunken und hatte mir vorgenommen, nie wieder etwas zu bestellen, das ich nicht kannte. Aber schon verstieß ich gegen diesen Grundsatz.

»Das Erste«, sagte ich, um die Kellnerin zu unterbrechen.

»*Caffe latilimo*«, bestätigte sie, soweit ich sie verstand. Ich nickte hastig, und sie sauste davon.

»Jade, danke, dass Sie gekommen sind.« David lenkte meine Aufmerksamkeit wieder auf sich und seine makellose Erscheinung. Ich holte tief Luft und hielt mir vor Augen, dass es noch immer äußerst wichtig war, ihn von mir zu überzeugen. Josh zu umgarnen war eine Sache, er war meine Garantie, aber David war der Mann, der das Sagen hatte.

»Ja, Sir«, antwortete ich überraschend, so als hätte ich das Vokabular eines Marinesoldaten übernommen und würde gleich salutieren. David trank einen langen Schluck und stellte die Tasse wieder hin. Er faltete seine Serviette auseinander und drückte sie an die Lippen. Trocken. Er faltete sie wieder zu einem makellosen Dreieck und legte sie neben sich. Währenddessen verhielt ich mich still und hing meinen Gedanken nach. Wie wäre David wohl als Schwiegervater? Freundlich, glaubte ich. David hatte Josh adoptiert, als der noch ein Kind war, und sorgte seitdem für ihn, als wäre er sein leiblicher Sohn. *Wenn das kein Beweis für starke Anteilnahme ist,* dachte ich. Josh war der Sohn seines älteren Bruders, der zusammen mit Joshs Mutter bei einer furchtbaren Massenkarambolage in Südfrankreich ums Leben gekommen war. Ich hatte im Internet darüber gelesen. Ein Lkw-Fahrer war am Steuer eingeschlafen, prallte gegen die mittlere Leitplanke, und weil es an dem Tag außerdem neblig war, fuhren Joshs Eltern in ihrem 1930er Jaguar, einem Cabrio mit großen Scheinwerfern, geschwungenen Kotflügeln und schwacher Karosserie, frontal und ungebremst in dessen Seite, denn sie konnten den Unfall erst sehen, als es zu spät war. Das auslaufende Benzin fing Feuer und griff auf die brennbare Ladung des Lkw über, worauf Joshs Eltern und eine Handvoll anderer Autofahrer in den Flammen umkamen.

Nach der Adoption wuchs Josh zusammen mit Olivia auf. Sie hatte schon ihre Mutter verloren, und die Trauer verband die beiden. In seinen späten Teenagerjahren schlug er mit ihr zusammen über die Stränge. Es gab noch immer unzählige Fotos von den beiden im Netz, wo sie aus Nachtklubs torkelten, mit trübem Blick und ungesund dünn, Josh mit langen, zottigen Haaren. Seine Schönheit war nur zu erahnen. Olivias Tod hatte ihn wirklich schwer getroffen. Vielleicht machte er sich Vorwürfe, weil er ihren destruktiven Lebensstil so viele Jahre mitgemacht hatte. Armer Josh, so oft mit dem Tod konfrontiert – er hielt sich bestimmt für verflucht, weil wieder jemand, der ihm sehr nahegestanden hatte, ein so grausiges Ende fand, so früh aus dem Leben gerissen wurde.

Doch inzwischen sah es nicht mehr so finster aus: Josh war Davids Protegé, der ihn zu seinem Nachfolger aufbaute, damit er eines Tages die Firma mit seiner eigenen Partnerin führte. Ich gab mich oft der Fantasie hin, ich könnte diese Partnerin sein … jetzt noch mehr als bisher. Wir könnten den Firmennamen in Stein & Fernleigh ändern und jeden Freitagabend im Büro zusammen eine dicke Zigarre rauchen und die Feiertage in unserem Haus auf dem Land verbringen. David wäre sicherlich ein besonderer Schwiegervater. Mit besonderen Gewohnheiten. *Aber großzügig,* dachte ich. Und oft besorgt, mit den Gedanken woanders, mit seiner Trauer beschäftigt. Er würde Weihnachten nachdenklich in einem Lehnstuhl sitzen und ins Kaminfeuer starren, während seine Familie um ihn herum Geschenke auspackte.

Plötzlich riss er mich aus meinem Tagtraum, aus meiner Weihnachten-bei-den-Steins-Szene, und sagte: »Wir müssen uns unterhalten.«

Die vier schlimmsten Worte der Welt.

»Hören Sie zu, Jade.« Er milderte den Schlag ein wenig ab. »Charlie ist heute Morgen gegen Ava handgreiflich geworden.« Er sah mich durchdringend an, als sich meine Gedanken bereits überschlugen. *Ist sie verletzt? Will er mir ihre Stelle anbieten? Wieso weiß er davon? Warum erzählt er mir das?* »Es war hässlich.« Ich glotzte ihn an wie ein Goldfisch. Mein Mund bewegte sich lautlos, denn mir fiel nicht das Geringste ein, das ich sagen könnte. »Und ich hoffe, ich kann mich darauf verlassen, dass Sie dem Team eine Stütze sind, bis sie zurückkommt.«

Die warme Luft kam mir plötzlich stickig vor, und ich zerrte mir den Pullover ein Stück vom Leib. *Er hat es unmissverständlich gesagt: Sie sind Avas Stellvertreterin.*

»Okay«, antwortete ich nach einer Weile. Und dann ging ich ein Risiko ein. »Heißt das, Sie möchten, dass ich den Fehler ausbügele, den sie gestern bei Kai gemacht hat? Hat sie Ihnen davon erzählt? Oder er?«

»Wie bitte?«

»Oh, tut mir leid, ich …« Er schaute im Grunde desinteressiert, ließ mich die Sache aber weiter ausführen. »Das ist eigentlich nicht mein Gebiet, aber ich springe gerne ein. Ich bin sicher, ich kann das wieder hinbiegen.«

»Jade«, sagte er langsam. »Kennen Sie den Ausdruck ›jemanden treten, der schon am Boden liegt‹?«

Er trank einen Schluck, tupfte sich den Mund ab und faltete die Serviette wieder zusammen.

»So hab ich das nicht gemeint.« Innerlich fluchte ich, weil ich Ava zu eifrig schlechtgemacht hatte.

David unterbrach meine lahme Widerrede. »Ich will etwas klarstellen ...«, begann er, hielt aber inne, weil die glubschäugige Kellnerin am Tisch erschien. Sie hielt mein Getränk mit beiden Händen, eine brennende Wunderkerze steckte in dicken Spiralen aus Sprühsahne, die mit bunten Streuseln verziert war.

Ich hatte ein verdammtes Dessert bestellt.

Sie stellte das Glas vor mich hin.

David hüstelte, schlug die Beine übereinander und kratzte sich an der Schläfe; damit war klar, dass ihn der Firlefanz anwiderte.

»Entschuldigung«, sagte ich, verlegen, weil ich mich für einen Kaffee entschuldigen musste.

»Ich will etwas klarstellen«, begann er von Neuem. »Dieser schwierige Abschnitt in Avas Privatleben wird ihre Chancen, die Teamleitung zu übernehmen, nicht schmälern.«

Ich brachte noch einen Rest an Kampfgeist auf. »Es tut mir leid, David, es ist nur so, dass Sie nicht ganz im Bilde sind. Sie wissen nicht, was ich ausbügeln muss, wenn sie nicht da ist.«

»Jade, hören Sie auf damit. Sie tun sich keinen Gefallen. Wagen Sie es nicht, noch ein Wort gegen sie zu sagen.« Mir lief der Schweiß aus den Achselhöhlen, und mein Verstand setzte aus. Ich suchte nach Worten, aber mir fiel nichts Passendes ein.

Du musst cleverer sein als sie. Ihretwegen stehst du schon wieder dumm da! Die Kritik meiner inneren Stimme war niederschmetternd, und ich versuchte, sie auszublenden. Ich musste etwas erwidern, um die Situation zu retten. David war im Begriff, vom Tisch aufzustehen. Er hatte genug und wollte gehen. Ich hätte locker und souverän damit umgehen, den Eindruck erwecken sollen, dass ich längst eine Stütze des Teams war, ob mit oder ohne Ava.

»Ich werde dafür sorgen, dass alles gut läuft, während sie weg ist.«

»Gut. Danke, Jade.«

Er klang gleichgültig, und ich suchte nach einer Bemerkung, um das Gespräch wenigstens zu einem guten Abschluss zu bringen. »Ich hoffe, es geht ihr bald besser.«

Das kam jedoch zu spät. Er ging bereits an mir vorbei und war im nächsten Moment außer Hörweite. Wie vor den Kopf geschlagen saß ich da. Währenddessen verlosch die Wunderkerze, und Ascheflöckchen sprenkelten die Sahne.

Ich hetzte zurück zum Büro, den Kopf voller Verschwörungstheorien. Was ging zwischen Ava und David wirklich vor? Worauf war sie aus? Worauf war er aus? Waren sie zusammen? Ein Paar? Sie als meine Schwiegermutter, das wäre wirklich furchtbar. Während ich gründlich daran herumrätselte, fiel mir etwas ein, das Charlie mal zu mir gesagt hatte: *Hältst du sie etwa für die Tugend in Person? Sie würde mit deinem Vater ins Bett steigen, wenn das ihrer Karriere nützt …* Das wollte was heißen, denn mein Vater sah aus wie der Vorsitzende Mao zum Aufblasen, und darum war die Bemerkung bei mir hängen geblieben. Schlief Ava mit David, um befördert zu werden? Wirklich? Wie in den Achtzigern?

Abrupt blieb ich mitten auf dem Bürgersteig stehen, worauf ein Passant gegen meinen Rucksack prallte, und dachte über Charlie nach. Ich kannte ihn (1,85, schwierig, emotional) von den vielen Abenden mit Ava und Olivia, als wir noch zusammen durch die Klubs gezogen waren. Ava hatte sich immer darüber beschwert, wie sehr er sie dominieren wollte, wenn er high war, dass er häufiger high als nüchtern war und sie nicht wusste, wie lange sie das noch aushielte. Mir war das schon selbst aufgefallen. Ich fand es interessant, dass er trotz seiner reichen Erfahrung mit verbotenen Substanzen nicht besonders gut mit dem Zeug umgehen konnte. Sie hatte recht: Es machte ihn reizbar, panisch und paranoid. Er flüsterte mir häufig zu, dass Ava seiner Ansicht nach fremdginge, und wenn er über sie redete, klang sein irischer Akzent ziemlich aggressiv. *Ich weiß es. Sie ist anders als sonst. Sie sieht mich anders an. Wir sind uns nicht mehr so nah wie bisher.* Ich war zu der Zeit sogar für Ava eingetreten, was ihn wütend gemacht hatte. *Lüg mich nicht an, ich weiß, dass du es weißt. Wahrscheinlich hast du gesehen, wie sie ihn im Büro geküsst hat. Ich weiß, dass sie zusammen sind, wenn sie angeblich länger arbeiten muss. Frauen werden wohl immer zusammenhalten, aber wenn ich rausfinde, dass du es wusstest, ohne es mir zu sagen, dann werde ich dir das nie verzeihen.* Früher hätte ich nie an Ava gezweifelt, aber mittlerweile war ich mir gar nicht mehr sicher. War Charlie auf der richtigen Spur gewesen?

Vielleicht hatte er die ganze Zeit recht gehabt.

7

Ava

Alles passierte so schnell. Als ich zu mir kam, glaubte ich im ersten Moment, schwarz-gelbe mannsgroße Insekten zu sehen. Die entpuppten sich dann als Polizisten, die aufgrund von drei Notrufen unserer Nachbarn hergekommen waren. Ich wurde zur Untersuchung ins Krankenhaus gebracht und anschließend zum Polizeirevier, damit ich aussagen konnte. So viel zu meinem Plan, mit Charlie Schluss zu machen und nach ein paar Wochen, wenn er sich beruhigt hätte, zu einem freundschaftlichen Abschluss zu kommen. Nach diesem Vorfall wollte ich ihn nie wiedersehen müssen. Auf dem Revier rief ich David an, den einzigen Menschen, der wusste, was wirklich passiert war, und er fuhr sofort los, um bei mir zu sein. Er versicherte mir, ich könne ein paar Tage freinehmen, um mich davon zu erholen, und bräuchte mir wegen der Arbeit keine Sorgen zu machen. Ich solle die Zeit außerdem nutzen, um in Olivias Haus einzuziehen und mich dort einzurichten. »Es ist nicht nötig, deine Sachen zu holen«, sagte er. »Es wird für alles gesorgt.« Als er mich aus dem Revier nach draußen zu seinem Auto brachte, fasste er mich um die Taille und nutzte jede Gelegenheit für eine Berührung. Wir fuhren sofort zu Olivias Haus. Und während der Fahrt blickte er immer wieder zu mir herüber.

Auf der Treppe zu meinem neuen Zuhause nahm ich behutsam eine Stufe nach der anderen. Dabei erinnerte ich mich mit entsetzlicher Klarheit an die Details meines letzten Besuchs. »Was für ein schöner Tag, nicht wahr?«, bemerkte David hinter mir, um das Schweigen zu überbrücken. Es stimmte. Der Himmel war frühlingshaft blau, und auf der obersten Stufe trat ich einen Schritt zur Seite, um David vorbeizulassen, sehr langsam wegen meines Blutergusses am Knie, und hielt inne, um die Schönheit in mich aufzunehmen. Dabei versuchte ich, ruhig weiterzuatmen. Wie selbstverständlich legte er wieder den Arm um meine Taille, während er die Haustür aufschloss. Er öffnete sie weit, aber ich blieb hinter ihm, da ich halb erwartete, gleich noch einmal mit dem Anblick jenes Abends konfrontiert zu sein.

»Hallo«, rief jemand von drinnen, mit einem osteuropäischen Akzent, wie ich meinte. »Ich bin Oxana. Ich mache für Sie sauber.« David ignorierte sie und hielt mich an der Hand, während ich langsam ins Haus humpelte. Oxana musterte mich abschätzend, bei den Füßen angefangen, und sah mir schließlich in die Augen. Ich konnte ihr anmerken, was sie dachte: *Liest David neuerdings Streunerinnen von der Straße auf?* Ihr Blick schweifte über meine geschwollene Gesichtshälfte.

Es geht mir gut, gab ich beharrlich lächelnd zu verstehen und erzählte ungefragt, dass ich für David arbeitete und er mir einen Riesengefallen tat, indem er mich ein paar Tage in dem Haus wohnen ließ. Aber vielleicht war es eigentlich nicht sie, der ich diese Geschichte einreden wollte. Zumal sie offensichtlich weder ein Wort davon verstand noch sonderlich interessiert wirkte. Sie ließ uns vorbei und nahm ihren Kasten mit Putzmitteln und Tüchern in die andere Hand. Dann hörte ich die Haustür ins Schloss fallen und begriff, dass David und ich allein waren. Das musste ich mir zumindest immer wieder sagen, denn als ich da stand, glaubte ich, Olivia ringsherum zu spüren: in den Wänden, in den Gemälden, in dem Stuck an der Decke, den fein vergoldeten Zierleisten und Blumenornamenten. Ich schaute auf den schwarz-weißen Marmorboden und sah

Olivias Blut auf den Fliesen, obwohl ich wusste, dass es nicht da war. David ließ meine Hand los und drehte sich zu mir um.

»Wie wär's, wenn ich dich herumführe?«

»Gern«, stimmte ich zu und folgte ihm in die Küche wie ein Hündchen. »Das Haus ist fantastisch, David. Danke, dass du mich hier wohnen lässt.« Er nahm eine Strähne, die über die Wange hing, und schob sie mir hinters Ohr, was er mittlerweile viel zu gern tat. Ich nahm mir vor, häufiger einen Pferdeschwanz zu tragen.

»So lange du es brauchst, Liebes«, versicherte er mir, während seine Finger den Bogen hinter dem Ohr vollendeten. »Was möchtest du gern als Erstes sehen?« Eine Stunde lang gingen wir durch alle Räume. Es gab so vieles, das ich mir merken musste. Besser, ich hätte mir Notizen gemacht, denn ich war viel zu müde, um mir alles einzuprägen. Am Ende des Rundgangs sah ich, dass sich die Schwellungen im Gesicht dunkel verfärbten. Ich unterdrückte ein Gähnen. David bemerkte es und beschloss, sich zu verabschieden. Auf dem Weg zur Haustür sagte er noch, ich bräuchte mich mit den Feinheiten des Sicherheitssystems nicht zu befassen.

»Hat die Polizei Charlie gefunden?«, fragte ich, denn dass ich gleich allein sein würde, machte mich nervös.

»Keine Angst, Ava. Ich habe meine Leute darauf angesetzt. Wir kümmern uns um ihn.«

Das hörte sich an, als wären seine »Leute« Mafiatypen, die Charlie zu Tode foltern würden.

Ich zog die Brauen hoch. »Was heißt das? Und was wird die Polizei unternehmen?«

Er zog ebenfalls die Brauen hoch, fein geformte Bögen ohne ein einziges abstehendes Haar. »Er wird dich nicht mehr belästigen. Belassen wir es einfach dabei.«

Meine Fantasie lief auf Hochtouren. Würde David ihm wirklich etwas antun? Aus welchem Grund sollte er das tun? Versuchte er, mich zu beeindrucken? Ich war im Zwiespalt, aber um ehrlich zu sein, je mehr ich darüber nachdachte, desto klarer wurde mir, dass Charlie mir gleichgültig war. Was ihm passierte, hatte er sich selbst zuzuschreiben. Halbwegs zuversichtlich, dass er mich in dem Haus nicht vermuten würde, richtete ich meine Aufmerksamkeit wieder auf David. Ich wollte, dass er jetzt ging. Der Himmel wurde bereits dunkel, die Luft draußen kalt. Ich dankte ihm und verschränkte mit Bedacht die Arme vor der Brust, damit er mir beim Wangenkuss nicht so nahe kommen konnte. »Wir sehen uns morgen«, sagte ich.

»Lass dir so viel Zeit, wie du brauchst.« Und als die Tür zuschnappte, wünschte ich mir fast, ich hätte ihn gebeten zu bleiben. Allein in dem großen, hohen Flur überlegte ich, doch woanders zu übernachten. Wie sollte ich es in dem Haus aushalten? Wie könnte ich darin wohnen, nach dem, was ich getan hatte? Doch dann erwog ich die Alternativen: eine Jugendherberge? Eine Notunterkunft? Unter eine Brücke? Oder sollte ich meinen Job aufgeben und zurück zu meinen Eltern ziehen? Nein, unmöglich. Ich hatte mich zu sehr ins Zeug gelegt, um mich in dem Job zu bewähren, als dass ich bereit war, jetzt alles wegzuwerfen. Und damit täte ich genau das, was Charlie immer gewollt hatte. Da ich ein schönes Haus zum Wohnen hatte, durfte ich keinem ein Bett in der Notunterkunft oder der Jugendherberge wegnehmen, der es nötiger hatte als ich. Mein Bett stand hier. Das war jetzt mein neues Zuhause. Und das war gut. Hier hatte ich die Chance, mich neu aufzustellen. Für eine neue Wohnung zu sparen. Neu anzufangen.

Doch während ich durchs Haus ging, fielen mir die vielen Geräusche auf. Es kam mir lebendig vor. Aus jedem

Raum hörte ich es surren und säuseln. Ich streifte meine Schuhe ab und ging barfuß ins Wohnzimmer, wobei ich versuchte, die Geräusche auszublenden. *In meinem alten Leben bin ich von Monstern drangsaliert worden,* dachte ich, *in meinem neuen werde ich von Geistern verfolgt.*

8

Jade

Mein Computer fuhr surrend hoch, und diverse Töne wiesen mich aufgeregt auf achtzig neue E-Mails hin, die ich an diesem Morgen schon bekommen hatte. Mein Treffen mit David hatte mein ganzes Denken in Anspruch genommen. Ich durchschaute jetzt Avas Strategie. Es war offensichtlich, nur zu offensichtlich – aber Ava würde lange brauchen, um David gefügig zu machen, und ob er auf sie reinfallen würde, war nicht garantiert. Das hieß, ich hatte noch immer eine Chance, und deshalb musste ich mich um ernste, lebenswichtige Dinge kümmern. Mein Vorgehen bei Josh war nun wichtiger denn je. Er hatte mir eine persönliche Nachricht geschickt. Jetzt musste ich genau die richtige Antwort formulieren, und dabei durfte ich nicht wieder als die technophobe Ignorantin rüberkommen.

Ich tippte zahllose Entwürfe in die Handy-Notiz-App und reduzierte die Liste schließlich auf vier Varianten:

WLAN kann mich mal.
Hey, Josh, was bringt dich hierher?
Sieh an, du in meinen privaten Nachrichten!
Hallo, Kunst!

Die letzte Version war eine spontane Anspielung auf unser Gespräch von gestern. *Hahaha, ich hab dich Kunst genannt? Erinnerst du dich an mich, die Verrückte?* Aber vielleicht war das ein bisschen übertrieben. Verdammt. Was sollte ich diesem Halbgott schreiben? Aber antworten musste ich. Ich holte tief Luft und sah auf die Uhr auf dem Computerbildschirm. Zwei Stunden lang änderte ich meine Antwort immer wieder ab. Irgendwann musste Georgette aufgekreuzt sein, denn jetzt saß sie neben mir, heute mal in einer pflaumenblauen Latzhose. Ich verzweifelte.

Ich arbeitete ein paar E-Mails ab, schaute in den Spiegel und lachte halbherzig über die Pointe einer Geschichte, die Georgette einer ihrer Speichelleckerinnen erzählte, die wegen des neusten Klatschs herübergekommen war.

»Wie sich herausstellte, war er ein Pornostar!«

Stichwort: Hahahaha!

Moment mal, dachte ich, Georgette war in solchen Dingen fantastisch. Wahrscheinlich wusste sie genau, was ich Josh am besten antwortete ... Außerdem konnte es nicht schaden, zu erfahren, was man sich im Büro über Avas Fehlen erzählte.

»Entschuldigung?« Ich schoss Georgettes Spezi giftige Blicke zu. »Besprecht ihr dienstliche Angelegenheiten, oder quatscht ihr bloß? Tut mir leid, wenn ich euch den Spaß vermiese, aber wir haben alle noch viel zu tun. Bis zum Launch ist es nicht mehr lange.«

Die Kollegin, eine beachtungsbedürftige Wonderbra-Trägerin, blickte Georgette an und rollte dezent die Augen, bevor sie sich hastig verzog.

Ich beugte mich ein Stück nach vorn. Georgette roch noch mehr als sonst nach Haarspray, und eine enorme Anzahl Spangen leistete ganze Arbeit, um ihren hohen Pferdeschwanz oben zu halten. Ihr Blick war auf den Bildschirm geheftet, als wäre sie konzentriert bei der Arbeit. »George?«

Sie sah mich nicht an. »Ja?«

»Was sagen die Leute, wieso Ava heute nicht da ist?«

»Ich dachte, du wolltest nicht quatschen, *Schatz.*«

»Das ist was anderes.«

Mit der pinken Kralle ihres Zeigefingers drückte sie eine

Taste, senkte die Stimme und beugte sich ein wenig herunter, damit die anderen ihr Gesicht nicht sehen konnten. Ich tat dasselbe. Ich wusste doch, dass sie einer Gelegenheit zu tratschen nicht widerstehen konnte.

»Ich habe heute Morgen eine Nachricht von ihr bekommen: ›Hab Riesenprobleme mit Charlie, muss ein paar Tage freinehmen, ruf mich an, wenn es etwas Dringendes gibt. Bitte behalte Jade im Auge.‹« Sie sah mich entschuldigend an, was natürlich geheuchelt war. »Tut mir leid, offenbar seid ihr zwei derzeit nicht die besten Freundinnen.«

»Anscheinend«, gab ich zu. »Glaubst du ihr?«

Ich überlegte, ob ich mein Treffen mit David erwähnen und erzählen sollte, dass er als Erster davon gewusst hatte, entschied mich aber schnell dagegen. Ich durfte nicht riskieren, seinen Zorn auf mich zu ziehen, und bei Georgette konnte ich mich ganz bestimmt nicht darauf verlassen, dass sie etwas für sich behielt.

Sie lächelte mich hinterhältig an. »Wieso? Was weißt du? Du denkst, sie verbirgt etwas?«

»Ich denke, sie spielt ein sehr cleveres Spiel, George, und mehr sage ich nicht.«

»Mit wem?«, fragte George drängend und beugte sich noch weiter vor. »Mit Charlie? Du meinst, sie will Mitgefühl erregen?«, fragte sie und legte mir etwas in den Mund. »Weißt du, anscheinend hat er ihr einen Antrag gemacht, und das hat die ganze Sache ausgelöst.«

Ich war verblüfft, wollte aber keinen Kommentar dazu abgeben. George wechselte das Thema. »Da wir gerade von aufblühenden Romanzen reden: Ich habe gestern gehört, wie du Josh gefragt hast, ob er dir mit deinem WLAN hilft.« Sie richtete die Kralle auf mich. »Hör zu. Geh nie wieder zu ihm rüber, ohne das vorher mit mir genau zu besprechen. Dein Auftritt gestern war wirklich superpeinlich.«

Bei dem Gedanken, dass das heute die Runde im Büro machte, wurde mir flau.

»Aber ich habe wirklich Probleme mit dem WLAN.«

Sie grinste schief, dann zog sie sich zurück. Gelangweilt von unserem Austausch konzentrierte sie sich auf ein Stück Nagelhaut, um es abzuzupfen.

Ich beschloss, sie lieber nicht wegen meiner Antwort an Josh um Rat zu fragen. Sie war zu schnell bereit, ihren Quellen in den Rücken zu fallen, und selbst wenn ich vorgäbe, jemand völlig anderem zu antworten, würde das innerhalb von dreißig Sekunden bei Josh ankommen, und dann würde er mich für treulos halten. Also war ich auf mich allein gestellt. Ich ließ George links liegen, die noch an ihrem Nagelbett fummelte und wahrscheinlich keine Lust hatte, mit mir zu reden, solange sie damit beschäftigt war.

Ich versuchte, eine coolere, lässigere, hübschere, bessere Jade in mir heraufzubeschwören, und wandte mich wieder meiner Antwort an Josh zu. *Du wirst nie hübsch sein,* sagte die Stimme in mir.

Ich brachte sie zum Schweigen.

Noch einmal ging ich meine Entwürfe durch.

Sieh an, du in meinen persönlichen Nachrichten!

Das war die Richtige. Beiläufig. Nett. Sexy. Gar nicht wie ich. Die war perfekt. Ich schickte sie ab und atmete tief durch die Nase ein und den Mund aus. Wie ich es beim Yoga gelernt hatte. *Dehne deinen Brustkorb aus … und zieh ihn wieder zusammen …*

9

Ava

Ich stand an der Tür zum Wohnzimmer und bereitete mich seelisch darauf vor, hineinzugehen und mich meiner Angst zu stellen. Halb rechnete ich damit, Olivia dort liegen zu sehen, genau wie beim letzten Mal, als ich mit David hier gewesen war. Während ich mir zuredete, wieder an dieselbe Stelle zu treten, überlief mich ein Schauder, und es kribbelte mich am ganzen Körper, als wollte sich meine Haut ablösen. Nachdem ich es lange hinausgezögert hatte, war ich es leid, und mit einem schnellen Schritt betrat ich den Raum und blickte dahin, wo sie gelegen hatte.

Das Sofa war neu: cremefarbenes Kunstleder, auf dem dunkelblaue Sofakissen verteilt waren. Es war das genaue Gegenteil von dem, das vorher dort gestanden hatte, und dafür hätte ich eigentlich dankbar sein sollen. Doch das verhinderte nicht, dass mir eine verstörende Erinnerung von jenem Vormittag einfiel, eine, die ich eigentlich schon vergessen hatte: Als die Sanitäter Olivia vom Sofa hoben, klebten ihre Beine an dem schwarzen Bezugsstoff, und anschließend waren dunkle Flecke an den Rückseiten ihrer Oberschenkel und ihren Waden zu sehen. Wieder schmeckte ich den Übelkeit erregenden süßlichen Geruch im Rachen, und das zeigte deutlich, wie sehr es mir zuwider war, in ihrem Haus zu sein. Ich taumelte zurück in den Flur, überschwemmt von Farben, Geräuschen und Gerüchen, die Kälte der schwarz-weißen Fliesen unter den Fußsohlen. Ich beschwor mich, ruhig zu werden.

Es war jetzt dunkel draußen, der Mond war durch das Schiebefenster zu sehen, als ich tief atmend dastand. Der vergoldete Stuck schimmerte im Schein der Straßenlampen. Das Haus war unglaublich, alles bildschön, wenn nur die aufwühlenden Erinnerungen nicht gewesen wären. Ich ging zur Treppe, die nach oben führte, und redete mir ein, dass es mir bald wieder gut ginge, wenn ich einfach weitermachte. Ich hatte mich der Erinnerung gestellt und überlebt, und jetzt brauchte ich nur nach vorn zu schauen. Aber ich wurde panisch, wenn ich daran dachte, mich auf das allzu helle Sofa zu setzen. Es war zu neu, zu makellos, und es stünde nicht da, wenn Olivia nicht – wenn ich nicht …

Hätte sie sich gefreut, dass ich in ihr Haus gezogen war? Ich war mir dessen nicht so sicher wie David. Vielmehr glaubte ich, dass sie froh gewesen wäre, wenn sie stattdessen noch hier wohnte.

Ich überlegte, einfach die Tür zuzumachen und so zu tun, als gäbe es das Wohnzimmer nicht. Vielleicht sollte ich das für ein paar Tage so halten und es dann noch einmal versuchen. Ich lief die Treppe wieder hinunter und zog laut die Tür zu, lauter als beabsichtigt. Danach war es still, und mir fiel eine Last von den Schultern.

Ich konnte für ein paar Stunden schlafen, allerdings unruhig, denn ich glaubte, Olivia würde jeden Moment hereinkommen und mich rauswerfen. Immer wieder schreckte ich kerzengerade hoch, und dann klopfte mein Herz so unregelmäßig, dass ich mich fragte, ob sie von mir Besitz ergriffen hatte und mich auf diese Weise umbringen wollte. Ich träumte, ich hätte zu dem AthLuxe-Launch Kleidung einer Konkurrenzmarke angezogen, und anstatt auf unserem Catwalk zu erscheinen, wäre ich bei einem anderen Veranstaltungsort abgesetzt worden. Dann kam ich nicht von dort weg, weil ich von lauter Leuten umringt war. Es regnete in der Halle, und ich konnte die Augen nicht richtig öffnen, um in dem Dunst etwas zu erkennen. Ich träumte, meine Mutter hätte für mich eine Ehe arrangiert, aber als die Gäste kamen, merkte ich, dass sie eigentlich meine Beerdigung organisiert hatte. Sie war in Weiß gekleidet. Ich schwebte über allem und sah zu.

Kurz nach sechs schrillte mein Wecker in der Stille, und für einen Moment wusste ich nicht, wo ich mich befand und was passiert war. Aber während sich meine Augen an die Dunkelheit gewöhnten, fiel mir alles wieder ein. Erleichterung durchströmte mich: Ich brauchte mich nicht mit Charlie herumzustreiten, ich hatte meine erste Nacht in dem Haus überstanden, ich war noch am Leben. Müde von der unruhigen Nacht drückte ich auf die Schlummertaste und streckte mich auf der riesigen Kaltschaummatratze wie ein Windhund.

Im Halbschlaf träumte ich von der Arbeit – diesmal von der realistischen Möglichkeit, mit einer leeren Frontreihe dazustehen – und wurde von dem himmlischen Läuten der Haustürglocke unterbrochen. Mit rasendem Puls schwang ich die Beine aus dem Bett, um zu sehen, wer da kam, schob die Füße in die wunderbar molligen Pantoffeln und drückte auf die Sprechtaste.

»Ja?«, fragte ich zaghaft, weil ich fürchtete, Charlies Stimme zu hören. Oder Davids.

Aber es war weder die eine noch die andere.

»Hi, hier Chef.«

»Chef?«

»Genau. David Stein schickt mich. Ich soll hier kochen.«

Was?

Ich griff nach dem seidenen Morgenrock, der an der Schlafzimmertür hing, und eilte die Wendeltreppe hinunter, sorgsam darauf bedacht, nicht an den goldenen Stäben der Stufenkanten hängen zu bleiben. Argwöhnisch öffnete ich die Haustür und war überrascht, weil mich ein Mann grüßte, der mehr wie ein Bodybuilder statt wie ein Küchenchef aussah.

»Morgen, Miss«, brummte er. Er sah nicht nur aus wie ein filmreifer Schlägertyp, er klang auch wie einer. »Wie gesagt, ich soll hier kochen.«

»Gut, dann kommen Sie mal rein.«

Ich hielt ihm die Tür auf, und er trat mit einer braunen Holzkiste voller Lebensmittel an mir vorbei, die er unter einem seiner enormen Arme trug. Erfreut sah ich darin Eier und Spinat und Brot – *ein Axtmörder wird sich bestimmt nicht auf diese Weise vorbereiten,* dachte ich und war beruhigt. Ich führte ihn in die Küche und bedeutete ihm, die Kiste auf der Kücheninsel abzustellen.

»David hat Florentiner Eier vorgeschlagen. Ist das okay?«

Ich nickte begeistert und überließ ihn seinen Vorbereitungen. Auf dem Rückweg nach oben fragte ich mich jedoch, ob das nicht ein bisschen zu weit ging. David riss sich für mich ein Bein aus, und obwohl ich ihn nicht darum gebeten hatte, prügelte mein schlechtes Gewissen auf mich ein. *Du weißt, was du da tust, du weißt, dass er dich mag.*

Ich schlüpfte aus dem Morgenmantel, um mir ein Outfit für den Tag herauszulegen und meine paar Habseligkeiten in den Schrank zu räumen. Als ich ihn öffnete, keuchte ich verblüfft auf – er war bereits gut gefüllt. Ich fühlte mich wie in einem Business-Remake von *Die Schöne und das Biest*. Ich entschied mich für einen schwarzen Hosenanzug mit Satinrevers, eine weiße Bluse, Pumps und eine schlichte goldene Kette. David musste jemanden beauftragt haben, die Sachen für mich zu kaufen. Ich nahm mir vor, ihm höflich zu danken. Was er für mich tat, um mir wieder auf die Beine zu helfen, war wirklich überwältigend. Ich räumte die Sachen aus meiner abgenutzten Handtasche in die schicke Schultertasche, die er auch für mich gekauft hatte, und überprüfte noch einmal, ob ich alles hatte: Kontaktlinsen, Portemonnaie, Schlüssel, Handy.

Wo war mein Handy?

Ich sah zum Nachttisch, zog die Tagesdecke vom Bett, suchte in der alten Tasche und in den Sachen, die ich gestern getragen hatte. Es war nicht da.

Wo hatte ich es liegen gelassen? In der alten Wohnung? Mir graute bei dem Gedanken, Charlie könnte es in den Fingern haben. *Vielleicht im Büro,* überlegte ich, dann nahm ich die neue Tasche und lief nach unten, um zu frühstücken. Der Duft frisch gebackener Muffins empfing mich in der Küche.

»Das riecht unglaublich gut«, sagte ich zu dem Koch, dessen Oberschenkelmuskeln mit denen eines olympischen Radsportlers mithalten konnten. Diesen Muskelberg Kräuter hacken und Eier pochieren zu sehen war verblüffend. Es gefiel mir. Das machte ihn interessant. Er lächelte zurück.

»Wie lange kennen Sie David schon?«, fragte ich und füllte den Wasserkocher.

»Ach, schon eine ganze Weile«, antwortete er, während er das fertige Ei aus dem Topf schöpfte, den er ganz allein im Schrank gefunden hatte. Vielleicht hatte er auch für Olivia gekocht. »Kochen Sie für David?«

Er gluckste leise. »Ab und an.« Pfeifend nahm er eine Handvoll Spinat aus der Kiste und ging damit zur Spüle, um ihn zu waschen. »Dann arbeiten Sie also für ihn? Stimmt das?«

»Ja. Er hilft mir gerade durch eine schwere Zeit. Ich hoffe, ihm nicht allzu lange zur Last zu fallen.«

Der Wasserkocher schaltete sich mit einem Signalton ab. Ich schnitt mir jeweils ein Stück von der Zitrone und dem

Ingwer ab, die der Koch eingekauft hatte, gab sie in eine Tasse und goss das heiße Wasser darüber.

»Möchten Sie auch eine Tasse?«, bot ich an.

»Nein, für mich nicht.«

»Wie soll ich Sie eigentlich nennen?«, fragte ich, verlegen, weil ich mich nicht sofort vorgestellt hatte. »Ich bin Ava.«

»Die Leute nennen mich Sheff«, antwortete er. »Kurz für Sheffield. Da stamme ich her.«

Ich nahm das nickend zur Kenntnis und hob meine Tasse an den Mund, um über den Tee zu pusten. Kurz darauf servierte Sheff mir ein traumhaftes Frühstück, packte seine Sachen ein und ging. Ich schlang es hinunter, dann fuhr ich köstlich gesättigt zur Arbeit, bereit, den Tag in Angriff zu nehmen.

10

Jade

Zuversichtlich ging ich in den Besprechungsraum und setzte mich Ava gegenüber. Nach nur einem Tag war sie schon wieder zurück und trug ihren schwarzblauen Bluterguss im Gesicht wie ein Ehrenabzeichen. Sie benahm sich, als müsse man sie behandeln wie einen Kriegshelden, der von der Front heimgekehrt ist. Ich lächelte sie nicht an. Sie sollte merken, dass ich nicht den Kopf einzog, dass ich es mir nicht bieten ließ, wenn sie Kollegen aus unserem Team bat, mich »im Auge zu behalten«, und dass ich ganz bestimmt nicht bereit war, ihr besonderen Dispens zu gewähren, nur weil sie unfähig war, sich einen geeigneten Partner zu suchen. Also saßen wir frontal voreinander.

Sie hatte zu einer »dringenden Teambesprechung« gerufen und blickte nicht mal auf, als ich den Raum betrat. So entstand ein unbehagliches Schweigen, bei dem jede abwartete, ob die andere das Eis brach. Dann kam Josh herein und beendete die Anspannung. Nervös lächelnd zog ich die Schultern hoch und bekam Herzklopfen. Als ich zu ihm hochsah, lächelte er zurück. Ich schmolz dahin. Als wäre ein riesiges Stück vom Polareis abgebrochen und ins Meer gefallen. Meine Beine verloren ihre Standfestigkeit. Ich war froh, dass ich schon saß. Dann drehte ich den Kopf weg und merkte, dass Ava mich aufmerksam beobachtet hatte.

»Also gut, ich möchte die Aufgabenverteilung im Hinblick auf den Launch klären. Es hat ein bisschen Verwirrung darüber gegeben, wer für was zuständig ist, und ich will die Gelegenheit nutzen, um Klarheit zu schaffen.« Während ihres Eröffnungsmonologs blickte sie mich die ganze Zeit an.

Durch die Glaswand ihres Büros waren wir praktisch für alle zu sehen, und zweifellos verfolgten einige Kollegen, wie die Besprechung ablief, neugierig auf die Dynamik, die sich zwischen uns entwickelte. Die meisten wussten ungefähr, was gerade los war: Ich war in Josh verknallt, Ava und ich standen miteinander auf Kriegsfuß, und es bestand wenig Hoffnung, dass wir drei gut zusammenarbeiteten und den Launch zu einem Erfolg machten. Aber es gab auch vieles, das sie nicht wussten: dass Josh jetzt mich mochte, dass Ava ein schmutziges Spiel trieb, damit sie und nicht ich zur Teamleiterin befördert wurde, und dass ich nicht kampflos aufgeben würde.

Ava dehnte ihren Monolog aus. Einmal seufzte ich und merkte dabei, dass meine Klamotten nach Rauch rochen. Ich hatte eben noch meine Morgenzigarette geraucht.

»Für jede neue Marke ist die erste Präsentation immens wichtig. Deshalb darf es bei dem Event nicht die geringste Panne geben.«

Ich würde wohl doch mit Rauchen aufhören müssen. War mir nicht sicher, wie Josh dazu stand, und Kai fände das garantiert nicht gut, wenn er das mitkriegte. Er dürfte extreme Vorbehalte haben, den Launch einer Sportbekleidungsmarke von einer starken Raucherin organisieren zu lassen, nicht wahr? Man stelle sich nur die Negativschlagzeile vor, die daraus entstünde. Ich machte mir Vorwürfe wegen meiner Schwächen. Ich hatte mit dem Rauchen nur angefangen, um bei den coolen Kolleginnen Anschluss zu finden. Aber die hatten ihre zwanzig Zigaretten pro Tag inzwischen aufgegeben und sich auf Superfood-Smoothies und Algenpulver verlegt, und ich paffte allein die Giftstängel, von denen ich inzwischen abhängig war.

»Ich möchte, dass jeder mit seinem Aufgabenbereich zufrieden ist. Fehler dürfen nicht mehr vorkommen.« Ava sagte das, als ob Josh und ich scharf darauf wären, Fehler zu machen. Mann, sie war unerträglich! Josh guckte allerdings nicht sonderlich betroffen. Er griff mit seiner großen Hand nach seiner Wasserflasche und trank einen Schluck. Ich stellte mir vor, wie es wäre, anstelle der Flasche zu sein, den sicheren Griff seiner Hand zu spüren, seine Lippen an meinen.

»Ich werde Kais Ansprechpartnerin sein und mich um die Besetzung der Frontreihe kümmern«, sagte Ava, während ich mich als Wasserflasche sah. »Josh, du bist wie immer für die Medien …«

Ich konnte mich nicht mehr überwinden, ihr zuzuhören.

Ich blendete ihr Geschwafel aus und dachte daran, was Josh mir in seiner nächsten Nachricht schreiben würde. Vielleicht würde er mit mir essen gehen wollen? Oder etwas trinken? Ins Restaurant gehen war eher sein Stil. Wahrscheinlich würde er ein blütenweißes Hemd tragen und die obersten zwei Knöpfe offen lassen, sodass ein bisschen von den dunklen Brusthaaren zu sehen wäre, ein bisschen von seinen beeindruckenden Brustmuskeln. Er würde garantiert in ein Steakrestaurant gehen wollen. Dann würde ich dasselbe bestellen wie er, um ihm zu zeigen, wie gut wir zusammenpassten. *Oh Gott, hoffentlich steht er nicht auf Gorgonzolasoße. Zum Steak nimmt man doch Béarnaise, oder?*

»Ist das okay, Jade? Du kümmerst dich um die Sicherheitsleute und den Ticketverkauf?«

»Wie bitte?« Ich war noch bei der Vorstellung, vielleicht Gorgonzolasoße essen zu müssen.

Ava sah von ihren Notizen auf, leicht verärgert, weil sie sich wiederholen musste.

»Du besorgst die Sicherheitsleute?«

Nein. Security war überhaupt nicht okay. Ich musste Kontakt zu Kai haben, darauf durfte ich bis zu dem Event nicht verzichten. Security? Meinte sie das ernst?

»Klar, und ich soll mich im Hintergrund halten und dich die Anerkennung für den gelungenen Launch einstreichen lassen, ja? Während du mit Kai und den Frontreihen-Promis herumgondelst, soll ich das Gesindel und die Autogrammjäger mit ein paar dummen Muskelmännern in schlecht sitzenden Anzügen rauswerfen?«

Selbst ich war von meiner Erwiderung überrascht. Normalerweise platzte ich nicht damit heraus, was mir gerade durch den Kopf schoss. Aber seit meinem Treffen mit David war ich gereizt, weil es den Konkurrenzkampf mit Ava verschärft hatte. Es herrschte betretenes Schweigen, solange Ava sich von meinem rechten Haken erholte.

»Also, nein, überhaupt nicht, Jade. Deshalb sitzen wir hier und sprechen darüber. Welche Aufgabe würdest du bevorzugen?«

Ich hustete und sah dabei auf meine Notizen. Dabei kam mir eine Idee.

»Nun, Jade?«, hakte Ava unfreundlich nach.

»Ich habe ja nun mal schon angefangen, mit Kai die Frontreihe zu besetzen. Wir haben gestern telefoniert, und er hat mich extra gebeten, an dem Abend seine Kontaktperson zu sein und mit den Teilnehmern im Gespräch zu bleiben. Du warst gestern nicht im Büro, Ava, da hast du vieles nicht mitbekommen, und ich denke, es wäre befremdlich, wenn ich das jetzt an dich übergebe. Ich glaube nicht, dass Kai das mitmachen würde.«

Die Lüge war mir spontan über die Lippen gekommen, ich hörte sie praktisch wie die anderen zum ersten Mal. Es war, als hätte ich meinen Körper verlassen. Was tat ich denn da? Konnte ich überhaupt damit durchkommen?

Während die Anspannung wuchs, rutschte Josh unruhig auf seinem Stuhl hin und her.

»Warum sagst du das denn erst jetzt?«, fragte Ava verärgert. »Wem hast du zugesagt? Wie viel hast du vom Budget schon ausgegeben? Warum hast du dich mit keinem von uns darüber beraten? Warum hast du mir nicht wenigstens eine Vorwarnung, eine Übersicht geschickt? Warum hast du bis jetzt gewartet, um etwas dazu zu sagen? Meinst du nicht, das ist ziemlich wichtig?«

»Also, Ava, du musst mich mal zu Wort kommen lassen«, erwiderte ich.

Sie war sichtlich aufgebracht, und ich gab ihr den Rest. »Bist du eigentlich sicher, dass es dir gut geht? Kai hat sich gefragt, ob der Bruch mit Charlie deine Arbeit beeinträchtigt. Brauchst du mehr Zeit, um dich davon zu erholen?«

Sie klopfte mit den Fingernägeln auf den Tisch und wurde rot.

»Ich würde es vorziehen, wenn du mit Kunden nicht über mein Privatleben sprichst, Jade. Dafür bezahlen sie uns nicht, und das ist auch nicht gerade prof…«

»Entschuldige, Ava.« Ich fiel ihr ins Wort. »Aber *du* hast deine Privatangelegenheiten hier reingebracht. *Du* hast dich entschieden, eine Beziehung mit einem Irren einzugehen. *Du* brauchtest eine Auszeit, um damit fertigzuwerden. Also sollten wir durchaus darüber reden, wieweit sich das auf den Launch auswirkt. Josh und ich müssen wissen, ob wir uns auf dich verlassen …«

»Jade«, unterbrach Ava mich. Ich sah ihre Augen feucht werden. Die Wahrheit tat weh. Sie setzte ein tapferes Gesicht auf. »Wenn ich Kai jetzt anrufe, wird er deine Geschichte bestätigen? Wird er sich zufrieden äußern, weil du alles im Griff hast?«

Ich krümmte die Zehen und raffte damit den Strumpfstoff zusammen. »Das kannst du gern tun«, sagte mein Alter Ego verblüffend gelassen. Ava schwieg darauf, was wirklich bemerkenswert war.

»Also werde ich mich um Kai und die Frontreihe kümmern und du dich um die Security und den Ticketverkauf«, stellte ich klar und starrte sie nieder. »Ich schicke dir dann ein Update von unseren Absprachen. Ich bin sicher, du wirst zufrieden sein.«

Ich wusste, dass ich mit dem Feuer spielte, als Ava die Besprechung beendete und Josh bat, noch zu bleiben. Sie konnte Kai kurzerhand anrufen und mit ein paar Fragen klären, wie die Dinge wirklich standen, und dann würde er sagen, dass er mich gestern keineswegs gebeten hatte, seine Kontaktperson zu sein. Wenn das passierte, wäre ich geliefert, und deshalb musste ich ihn vor ihr anrufen. Die Fakten schaffen, die ich eben erfunden hatte.

Beim Hinausgehen schwenkte ich die Hüften, was Josh hoffentlich bemerkte, und kehrte schleunigst zu meinem Schreibtisch zurück.

Während ich darauf wartete, dass Kai meinen Anruf entgegennahm, beobachtete ich Ava und Josh, die sich lebhaft hinter der Glaswand unterhielten. Sie redeten eindeutig über mich. Nur wusste Ava nicht, dass Josh jetzt in meinem Team spielte. Ich nahm zwei Pillen aus der Dose auf meinem Schreibtisch und schluckte sie, kurz bevor Kai ranging. Nervosität konnte ich mir jetzt nicht leisten.

»Kai, wie geht es Ihnen?«, fragte ich gut gelaunt, sowie er sich meldete. »Gerade habe ich mit dem Team über den Launch gesprochen. Ava ist absolut dafür, dass wir ein paar Spitzenprominente bezahlen, damit wir wenigstens einige Teilnehmer für den Abend zu hundert Prozent sicher haben …«

Er donnerte sofort los, dass er niemanden dafür bezahlen wollte.

»Ja, ich weiß, und ich stimme Ihnen zu, aber es ist wirklich besser, einige zu bezahlen, damit wir sicher sein können, dass wenigstens ein paar Berühmtheiten an dem Abend erscheinen. Wenn in der Woche ein ähnliches Event stattfindet, könnte es eine Katastrophe geben.«

»War das Avas Idee?«, fragte er. »Gestern haben Sie noch nichts davon gesagt.«

Ich knirschte mit den Zähnen. »Ich habe inzwischen noch mal darüber nachgedacht. Und Ava ist meiner Meinung. Wir haben außerdem entschieden, dass ich an dem Abend Ihre Ansprechpartnerin sein werde.«

»Na gut«, sagte er. Das war also erledigt.

»Wunderbar. Ich freue mich, dass Sie einverstanden sind. Ich werde gleich eine E-Mail versenden, um die genaueren Details zu erläutern.«

Ich sah auf die Uhr. Es war vier Stunden und einundvierzig Minuten her, seit ich auf Joshs Nachricht geantwortet hatte.

An was für einem Tag würde er mit mir essen gehen wollen, falls er mich fragte? Ich wusste, dass er mittwochs zum Footballtraining und donnerstags mit Freunden etwas trinken ging. Würde er eins von beidem absagen? Ich wusste nicht, was er freitags machte. Also vielleicht an einem Freitag. Ich sah auf mein Handy. Keine Antwort. Ich stellte die Lautstärke hoch, damit ich es sofort hörte, wenn die Nachricht einging.

Vier Stunden zweiundvierzig Minuten.

In dem Moment, gerade als ich die Sekunden zählte, erklang der Benachrichtigungston in voller Lautstärke. Quasi der Ausbruch eines Vulkans nach tausend Jahren Schlaf. Da war seine Antwort. Sie war gekommen! Ich atmete tief durch die Nase ein, durch den Mund aus, dehnte meinen Brustraum, beruhigte mich, machte die Augen richtig auf.

Schon aufgeregt wegen der Sommerparty?

Die Sommerparty! Wie hatte ich die nur vergessen können? Wieso hatte George mich nicht daran erinnert? Ich musste vorher noch so viel abnehmen!

»George!«, rief ich über den Schreibtisch. »Die Sommerparty. Wir haben noch gar nicht darüber gesprochen. Wie lange hab ich noch Zeit, um zwanzig Kilo abzunehmen?«

»Schatz, die ist in zwei Tagen.«

»Was?« Ich starrte sie geschockt an. Mir fielen fast die Augen aus dem Kopf.

»Was hast du für ein Problem? Als ich dich neulich darauf angesprochen habe, warst du nicht interessiert.«

Alles war jetzt anders, seit Josh und ich miteinander chatteten und die Chance bestand, dass die Party in unseren ersten Kuss mündete!

»Was für komische Teebeutel sind das, die du benutzt? Würden die noch rechtzeitig wirken?«

»Du meinst den Abführtee?«

»Der wirkt abführend?«

»Ja. Eine Woche lang machst du dir praktisch in die Hosen, aber er wirkt.«

»Meine Güte. Nein. Das klingt furchtbar.«

»Dann fühl dich einfach in deiner Haut wohl, Schatz. Akzeptiere deine Kurven und so weiter. Das ist jetzt sowieso in.«

Ja, du hast leicht reden mit deiner winzigen Kleidergröße. Ich wusste natürlich, was George meinte. In der U-Bahn sah man zurzeit nur Übergrößenmodels auf den Werbetafeln. Aber anscheinend hieß es, alles oder nichts. Niemand repräsentierte die peinliche Zwischenstufe, oder? Die Frauen, die noch keine Übergröße brauchten, aber auch nicht gertenschlank waren. Wo war das leicht wabbelige Model mit molliger, aber deutlicher Taille? Wo war das Model, das sich ein bisschen gehen ließ? Wo das Model, das während des Studiums sechs Kilo zugelegt hatte, und zwar hauptsächlich im Gesicht und unter dem Kinn? Solch ein Model war nirgends zu sehen. Und wieso das? Weil niemand so aussehen oder mit so einer zusammen sein wollte. Man musste also entweder richtig dick oder ein Strich in der Landschaft sein, schien mir. Und Josh würde mich lieber als Strich in der Landschaft sehen. Ich erwog, doch den Abführtee zu trinken, hatte dann aber Visionen von einem Verdauungsmalheur auf der Party und entschied mich endgültig dagegen. Ich rief Joshs Nachricht wieder auf und tippte eine freudige Antwort:

> Schätze ja! Das ging schnell, was? Auf einmal ist es wieder so weit. David haut immer mächtig auf den Putz. Wird bestimmt ein toller Abend.

Er antwortete sofort. So viele gute Nachrichten an einem Vormittag, da bekam ich fast einen Herzanfall. Zuerst hatte ich Ava die Meinung gegeigt, und jetzt war ich dabei, Josh an Land zu ziehen!

> Darf ich mich darauf freuen, dich in etwas Aufregenderem zu sehen als den Büroklamotten?

Mein Herz klopfte wie wild, ich war total euphorisch und hätte das am liebsten sofort jemandem erzählt. Aber das durfte ich nicht, ich musste es für mich behalten. Schließlich sollte das nicht zu einem der vielen Bürogerüchte werden.

Moment mal. Was war verkehrt an meinen Büroklamotten? Gefielen ihm meine Bleistiftröcke etwa nicht?

11

Ava

Ich hatte einen wahnsinnigen Arbeitstag hinter mir und seit meinem fantastischen Frühstück nichts mehr gegessen. Die Teambesprechung mit Josh und Jade war abrupt zu Ende gegangen, weil Jade hinausgestürmt war. Danach waren Josh und ich ein bisschen verdattert gewesen.

»Glaubst du ihre Geschichte mit Kai?«, fragte ich ihn, nachdem sie weg war.

Er und Jade hatten kein enges Verhältnis, obwohl sie rasend an ihm interessiert war. Dem Büroklatsch zufolge hatte sie, als er zwei Jahre nach ihr in die Firma kam, bei ihm landen wollen, was ihr aber nicht gelungen war, und seitdem war sie heimlich in ihn verknallt.

»Warum sollte ich nicht?«, antwortete er.

Er verhielt sich immer irritierend diplomatisch. Gewöhnlich konnte ich mich darauf verlassen, dass er sich auf meine Seite stellte. Er hatte immer gut gearbeitet, obwohl er aufgrund seines Nachnamens eine ruhige Kugel hätte schieben können.

»Na ja, seit wann ist Kai darauf versessen, mit Jade mehr Zeit zu verbringen als unbedingt nötig?«

Josh zuckte die Achseln.

Auch wenn er ihr offenbar glaubte, ich *wusste*, dass sie im Hinblick auf das Telefonat mit Kai gelogen hatte. Das zu beweisen war allerdings ein Problem. Dazu hätte ich Kai anrufen und Jades armseligen Machtkampf mit mir offenlegen und erklären müssen, und das hätte ein schlechtes Licht auf die gesamte Agentur geworfen. Mir blieb also kaum etwas anderes übrig, als sie damit durchkommen zu lassen.

War das Leben nicht ungerecht? Ja, wir konkurrierten um dieselbe Stelle, aber ich konnte nicht verstehen, warum sie dabei so niederträchtige Taktiken benutzte.

Ein leiser Zweifel beschlich mich.

»Ihr beide müsst klären, was immer da zwischen euch passiert. Ich lasse mich da nicht mit reinziehen«, sagte Josh. Er trommelte mit den Fingern einen Rhythmus auf seinem Oberschenkel, irgendein Lied aus dem Fundus seiner Erinnerung. Dann sah er mich mit seinen schönen blauen Augen an. »Wachse darüber hinaus, Ava. Nimm dir das nicht zu Herzen.«

Beleidigt verließ ich den Besprechungsraum und schloss meine Bürotür hinter mir. Das tat ich nicht oft, aber ich brauchte Zeit, um den ganzen Vorfall zu verarbeiten. Josh glaubte Jade also. Hatte sich zwischen den beiden etwas verändert, von dem ich nichts wusste? Ich fuhr mir durch die Haare und starrte geistesabwesend auf den Notizblock auf meinem Schreibtisch. Mir lief es kalt über den Rücken, als ich daran dachte, welches Geheimnis mich mit Jade verband, wie zerbrechlich die Beziehung zwischen uns war, obwohl wir einander versprochen hatten, sie niemals aufzugeben. Mir war nicht aufgefallen, dass es so schlecht zwischen uns stand. Ich musste dringend mit ihr reden. *Halte deine Freunde nah bei dir,* dachte ich, *aber Jade Fernleigh noch näher.*

Der Arbeitstag war seit über einer Stunde zu Ende, aber noch immer sah ich Kollegen aufbrechen und das Büro verlassen. Ich räumte gerade die benutzten Utensilien vom Schreibtisch, als mein Handy summte. Mir fiel auf, wie ruhig es ohne das Ding gewesen war. Es klang gedämpft aus der Schublade, und ich zog sie auf. Ja, da lag es mit leuchtendem Display und vibrierte fröhlich in seinem Versteck. Ich seufzte, denn mir war völlig entfallen, dass ich es dort hineingelegt hatte. Aber es war nicht unwahrscheinlich. Denn in letzter Zeit war ich furchtbar beschäftigt gewesen, und das Ding hatte mich wahnsinnig gemacht. Die Nummer des Anrufers kannte ich nicht. Ich hoffte inständig, dass es nicht Kai war. Noch so eine geharnischte Kritik wegen der Security oder der Presse konnte ich jetzt nicht verkraften. Ich hatte den ganzen Tag bis zum Hals in Arbeit gesteckt, um seinen Launch vorzubereiten.

»Hallo, hier Ava«, sagte ich wie auf Autopilot. Meine Begrüßung traf auf Schweigen, aber ich hörte den Anrufer atmen. »Hallo?« Ich hörte den Anflug von Panik in meiner Stimme. Auf meiner Stirn bildeten sich Schweißperlen, und mein Mund wurde trocken.

»Ava.« Charlies schneidiger irischer Akzent brummte böse aus dem Lautsprecher und schnürte mir die Luft ab. Er war betrunken, wie seine träge, undeutliche Aussprache verriet. Jetzt war ich es, die mit Schweigen reagierte. »Ava«, sagte er wieder. Die Verbindung war schlecht. »Ich brauche …«

»Was willst du, Charlie?«, fragte ich mit schwacher Stimme. Mir war klar, dass er mir die Angst anmerkte und sie ausnutzen würde, doch ich konnte nicht auflegen, ich war wie gelähmt. Sein keuchender Atem war weiter zu hören. Ich fragte mich, wo er war, ob er nach Reading zurückgefahren war, nachdem er aus unserer Wohnung hatte ausziehen müssen, oder ob er sich noch irgendwo in London aufhielt. Jedenfalls sagte er nichts weiter, sondern legte auf. Das wollte ich nicht noch mal erleben. Ich musste mir eine neue Telefonnummer zulegen. Beim nächsten Anruf würde Charlie boshaft und hasserfüllt sein, mir in einem fort unterstellen, dass ich fremdgehen, ihn belügen und hinter seinem Rücken mit anderen Männern schlafen würde. Immer wenn er betrunken oder high war, wurde er paranoid und feuerrot im Gesicht und schleuderte mir denselben alten Mist entgegen. Das war ich absolut leid. Mit einer schnellen, entschiedenen Bewegung schlug ich das Handy gegen die Schreibtischkante, sodass es zerbrach und nicht mehr benutzbar war. Es sähe Charlie ähnlich, wenn er einen Tracker installiert hätte.

Als ich hastig aufbrach, sah ich Jade auf dem Flur auf mich zukommen. Ich streckte die Hand aus, um sie aufzuhalten und zu fragen, ob nach unserem Meeting für sie alles okay sei, aber kaum dass ich ihre Strickjacke berührte, schob sie mich weg und ging weiter. Sie weigerte sich, mit mir zu reden, sie sah mich nicht mal an. Geschockt stand ich im Treppenhaus, dann verbannte ich sie in meinen Hinterkopf. Ich musste mich mit größeren Problemen befassen als mit Jade Fernleighs Groll. Im Parterre bog ich um die Ecke und nahm den hinteren Ausgang, nur für den Fall, dass Charlie vorne auf mich wartete.

Ich verschwand im Gedränge der Pendler in einem Waggon der Victoria Line, wo der Atem der dicht gedrängten Menschen an den Fensterscheiben kondensierte. Ich dachte an meine Eltern. Ich würde sie anrufen und ihnen sagen müssen, was los war, doch es schien mir fast, als wäre in der kurzen Zeit viel zu viel passiert, um alles auf einmal zu offenbaren. Wir hatten ewig nicht miteinander gesprochen, eins hatte zum anderen geführt, und jetzt kam mir alles ein wenig albern vor. Ich beschloss, ihnen bei meinem nächsten Besuch eine vereinfachte Version zu erzählen: Die Beziehung zwischen Charlie und mir habe sich verschlechtert, wir hätten uns gestritten, und ich sei ausgezogen. Vielleicht würde ich für mich behalten, dass ich vorübergehend im Haus meiner verstorbenen Kollegin wohnte – das zufällig meinem Chef gehörte. Mum würde ohnehin schon enttäuscht sein.

Das Schild der Haltestelle Pimlico flog an den Fenstern des Waggons vorbei, als die Bahn unter lautem Bremsen am Bahnsteig anhielt. Beim Verlassen des Bahnhofs genoss ich den Luftstrom auf der Haut. Meine Wangen glühten in der feuchten Sommerhitze, während ich in lebhaftem Tempo auf das Gebäude zuhielt, das ich nun mein Zuhause nannte.

Ich erschrak, als ich jemanden hinter mir spürte, der sich näherte. Es war, als ob sich die Luft an meinem Rücken komprimierte. Als ich den Kopf ein wenig zur Seite drehte, um aus dem Augenwinkel etwas zu erkennen, raste ein Radfahrer an mir vorbei, so dicht, dass ich fast ins Taumeln geriet. Ich lief weiter, so schnell meine Beine mich trugen, und sah mich gehetzt nach allen Seiten um, während ich endlich den Schlüssel ins Schloss steckte und mir aufschloss.

Als ich die Tür aufstieß, sah ich auf der Matte einen ominösen verknitterten Brief liegen. Mir war sofort klar, von wem er kam. Statt der grauenhaften Handynachrichten bekam ich jetzt also überraschende Anrufe und Hassbriefe mit der Post und fühlte mich im Dunkeln beobachtet. Den Umweg durch den Hinterausgang hätte ich mir sparen können. Er hatte mich schon aufgespürt. Ich hob den Brief auf.

Hier warst du also, wenn du Überstunden gemacht hast? Hier warst du, wenn du angeblich mit deinen Freundinnen ausgegangen bist? Hier wirst du mich also weiter mit ihm betrügen, mit meinem Ring am Finger?
Komm zurück zu mir.
Es ist nicht zu spät dafür.
Bitte ruf an.
In Liebe,
Charlie

12

Jade

Josh und ich schrieben uns jetzt während der Arbeit, nur ein paar Meter voneinander getrennt, taten so, als wäre nichts, und sahen nicht zueinander herüber. Dass wir es als unser Geheimnis behandelten, war total aufregend, die aufkeimende Beziehung süß wie eine verbotene Frucht. Ich fragte mich, ob wir es schaffen würden, bei der Sommerparty die Hände voneinander zu lassen. Seine letzte Nachricht ging mir nicht mehr aus dem Kopf. Ich hatte mit ihm geflirtet, Stichwort Sommerurlaub und Badeanzug, und er hatte geschrieben: *Das möchte ich sehen … Du weißt schon, du im Bikini. Vielleicht schickst du mir mal ein Foto?*

Dadurch stand ich allerdings mit einem ziemlichen Problem da, denn der einzige logische Schritt darauf war, seine Bitte zu erfüllen. Ich musste mich ihm im Bikini zeigen, andernfalls würde unser Chat im Sande verlaufen.

Nach der Arbeit sauste ich los, um alles Nötige zu besorgen, damit ich im Bikini annehmbar aussah. Wie ein Puma auf der Pirsch schlich ich durch die Gänge eines nahen Drogeriemarkts. Ich warf Selbstbräuner, Haarentferner, Bronzer, eine Shiny-Leg-Bürste – was sollte das denn sein? – und sogar eins von Georgettes Brauenbürstchen in den Einkaufskorb. Wer bestimmte eigentlich, an welchen Körperpartien wir Haare haben sollten? Und wieso war mir das Memo mit den Augenbrauen entgangen? Wenigstens hatte ich das noch rechtzeitig mitbekommen. Das sollte das Fotoshooting meines Lebens werden. Jetzt war nicht der Moment, um unscheinbar oder gewöhnlich auszusehen. Ich musste gut aussehen. Mich von meiner glamourösesten Seite zeigen. Die

Kassiererin scannte die Sachen ein. Ab und zu sah ich ihren Kaugummi blitzen, wenn sie vor dem Zubeißen den Mund aufmachte wie ein Komiker.

»Haste 'ne Kundenkarte?«

Ich gab sie ihr, bezahlte mit meiner Kreditkarte und hastete aus dem Laden. Draußen sah ich meinen Bus auf der anderen Straßenseite in die Haltebucht einbiegen und rannte wie eine Wahnsinnige im Zickzack zwischen Autos und Bussen hindurch über die vierspurige Straße, um ihn noch zu erwischen.

Im Hausflur schob ich die angesammelte Post zur Seite. *Keine Zeit dafür heute Abend,* dachte ich zum hunderttausendsten Mal und rannte die Treppe hoch. Dabei fing ich schon an, mich auszuziehen, um jede Minute, die mir noch blieb, zu nutzen. *Auf die gereinigte, trockene Haut auftragen und anschließend fünf Minuten trocknen lassen. Wegen der Sofortwirkung einen Einmalhandschuh benutzen, um eine Verfärbung der Handfläche zu vermeiden.* An Handschuhe hatte ich nicht gedacht. Aber es würde auch ohne gehen. Ich würde mir einfach zwischendurch ein paarmal die Hände waschen.

Zuerst sprang ich unter die Dusche, nachdem ich mich fast am ganzen Körper mit Enthaarungscreme eingeschmiert hatte – lieber kein Risiko eingehen. Und als sich die Duschkabine mit heißem Dampf füllte, breitete sich der schale, fischige Gestank der Creme aus und hüllte mich von Kopf bis Fuß ein. Wie konnten die etwas verkaufen, das dermaßen stank? Ich wartete die endlosen acht Minuten Einwirkungszeit ab. Dann klingelte mein Küchenwecker, und mit dem winzigen Spachtel aus der Packung begann ich die Creme abzuschaben. Ich musste fest drücken, um die Haare zu entfernen, so fest, dass die Stellen hinterher krebsrot waren und außerdem streifig, weil die Creme nicht überall mit dem gleichen Erfolg auf meinen braunen Haarflaum gewirkt hatte.

Ich griff zu der Shiny-Leg-Bürste. Vielleicht würde sie helfen, die Reste loszuwerden? Das Ding sah lächerlich aus und war klein wie ein Radiergummi, vermutlich für die Beine mailändischer Laufstegmodels gemacht. Aber ich bürstete damit eifrig meine Schienbeine, die auf dem Foto hauptsächlich zu sehen sein würden. Nach fünfzehn Minuten war noch immer kein Glanz zu erkennen. Ich pfefferte das dumme Ding in den Abfalleimer und machte mit meinen Vorbereitungen weiter. Ich strich mir eine großzügige Menge Selbstbräuner auf die Beine und verteilte ihn weiter auf meinen Bauch, auf die Beulen und Dellen, die ich dort hatte, so sehr ich auch wünschte, es wäre nicht so. Jede Wette, dass Avas Bauch nicht so aussah. Als ich nicht mehr gespenstisch blass, sondern goldbraun aussah, wusch ich mir die Hände und schimpfte vor mich hin, weil die Bräune stur an den Handflächen haftete. Da erst fiel mir ein, dass ich vergessen hatte, mir zwischendurch die Hände zu waschen. Verdammt! Ich rannte ins Schlafzimmer: Nagellackentferner. Der sollte wirken. Ich tränkte ein Wattepad damit und rieb über die verfärbten Stellen. Nicht wesentlich besser. Oh Mann. Tja, das war's dann, meine Hände durften im Bild nicht zu sehen sein.

Mit ein paar strategisch verteilten Kerzen und Lampen, die ich aus allen Ecken der Wohnung zusammenholte, sorgte ich im Bad für dezentes, stimmungsvolles Licht. Ich stellte an meinem Handy den Selfie-Modus ein und konnte so sehen, was es einfing. Als Erstes setzte ich mich auf die Toilette und blickte hoch. *Klick.* Ich betrachtete das Ergebnis. Nicht die richtige Atmosphäre, wirklich. Die Toilette löste nur falsche Assoziationen aus. Ich setzte mich auf den Boden und lehnte das Handy gegen die grauenhaften rosa geblümten Kacheln, die die kompostgrüne Badewanne umrandeten, und legte mich vor die Linse. Igitt, man sah tatsächlich die dreckigen Stellen, wo man mit dem Schrubber schlecht hinkam. Ich sollte wirklich häufiger hinter der Toilette putzen. Ich zog die Knie an und reckte den Hintern hoch. Der automatische Blitz flammte auf – *Klick*! Ich betrachtete das Bild: Cellulite, Doppelkinn, frontaler Blick zwischen die Beine. Abstoßend.

Ich stand auf, zog den Bauch möglichst weit ein und neigte die Kamera in die Diagonale. *Klick*. Das Foto zeigte die untere Gesichtshälfte und meinen Körper bis zu den Oberschenkeln. Zu viel Körpermitte. Zu schade, dass ich keinen Bleistiftrock tragen konnte: Der hielt zuverlässig alles zusammen. Gott, ich musste wirklich abnehmen. Noch ein Versuch mit einem anderen Blickwinkel. Ich hielt die Kamera gerade auf mich gerichtet, zog die Schultern nach vorn, sodass meine üppige Brust zusammengedrückt wurde und von meinem Unterkörper nichts zu sehen war. Ich lockerte das Bikinioberteil ein bisschen und drückte meine Brüste noch fester zusammen. *Klick!* Okay, allmählich wurde es was. Irgendwie. Der Vorteil bei Übergewicht war offenbar eine schönere Oberweite. *Sofern man auf Kuheuter steht*, kicherte meine innere Stimme. Ich musterte das Foto eingehend. Sollte ich das wirklich senden? Mir kamen Zweifel. Ich las noch einmal seine Nachricht. Doch, er wollte das, und außerdem war das sexy, das machte Spaß, das war genau das, was ich tun musste, damit wir uns näherkamen. Ich musste etwas riskieren, die Chance nutzen. Nicht nur unsere künftige Beziehung hing davon ab, ob er mich mochte, sondern auch mein Job.

Nachdem ich die Entscheidung eine halbe Stunde lang aufgeschoben und erst mal eifrig hinter der Toilette geputzt hatte, drückte ich auf *Senden*.

13

Ava

David hatte mich für den Abend wieder auf ein Glas ins Whive eingeladen, und als mich der Türsteher wie eine gute Bekannte begrüßte, fragte ich mich, ob das Restaurant schon zu meinem Stammlokal wurde und was die Kollegen denken würden, wenn sie mich hier sähen. Wahrscheinlich würden sie von unserer plötzlichen Freundschaft den falschen Eindruck bekommen. Im Eingangsbereich blieb ich stehen, um mir einen Pferdeschwanz zu binden.

David saß am selben Platz wie beim vorigen Mal, in einem tiefen Ledersessel mit verschnörkelten Armlehnen. Er wirkte niedergeschlagen und starrte auf den Boden, sein gestärkter Hemdkragen wirkte steif, in einer Hand hielt er ein Glas Whiskey. Als er mich kommen sah, rang er sich ein Lächeln ab. Ich vermutete, dass er an Olivia gedacht hatte, und fühlte mit ihm. Wie furchtbar musste es sein, sein einziges Kind zu beerdigen.

»Danke, dass du gekommen bist«, sagte er zur Begrüßung. Er stand nicht auf, gab mir keinen Kuss auf die Wange, zog mir nicht den Sessel hervor, was untypisch für ihn war.

»Ist alles in Ordnung?«, fragte ich zaghaft.

»Es ist nur …« Seine Stimme versagte. »Entschuldige …«

»Du brauchst dich nicht zu entschuldigen. Ich kann mir gar nicht vorstellen, was du durchmachst.« Mein überschwänglicher Gebrauch der Phrase war mir peinlich. »Olivia und ich hatten gerade erst wieder ein paar Monate lang Kontakt, viel zu kurz, aber ihre Wirkung auf mich war unglaublich. Ich wünschte, wir hätten uns nach dem Studium weiter getroffen.«

Er lächelte mit feuchten Augen und blickte ins Weite. Ich erinnerte mich, dass der Leichensack, den die Bestatter mitbrachten, zu groß gewesen war und das Ende im Wind flatterte, während sie die Tote mit der Rollbahre in den Wagen schoben.

Seine Augen waren leicht gerötet, als er mich wieder ansah. »Warum hast du mir nicht erzählt, dass du verlobt bist, Ava?« Ich war verblüfft. Meine Gedanken rasten. War er gar nicht wegen Olivia traurig, sondern wegen meiner Verlobung? Sein Blick war durchdringend und vorwurfsvoll.

»Woher …«, begann ich ein wenig bestürzt.

Er unterbrach mich sofort. »Charlie.«

»Wann?«, fragte ich.

»Spielt das eine Rolle?«

Er kippte seinen Whiskey hinunter und drückte sich danach ein, zwei Atemzüge lang die Serviette an den Mund.

Auf einmal herrschte eine ungewohnte Anspannung.

»Es ist nicht so, wie du denkst«, sagte ich langsam. »Ich habe seinen Antrag nicht angenommen. Außerdem hat er mich damit überfallen.«

»Und warum hast du mir das nicht erzählt?«

»Ich …« Wie sollte ich es am besten ausdrücken? *Weil dich das nichts angeht,* kam mir als Erstes in den Sinn, erschien mir aber unangemessen. So sehr das auch zutraf. »Ich habe dir das nicht erzählt, weil es unwichtig ist. Es bedeutet nichts. Das war nur eins von Charlies Spielchen.«

Einen Moment lang dachte er darüber nach. »Lüg mich nie wieder an«, sagte er sehr bestimmt und fügte dann etwas entspannter hinzu: »Nicht solange du unter meinem Dach wohnst.«

Der Rüffel machte mich erst mal sprachlos und brachte mich zum Erröten. »Natürlich nicht. Es ist nur, es tut mir leid, das kam so plötzlich. Charlie hat mich gefragt, ob ich ihn heiraten will, ich habe Nein gesagt, und eine Minute später hat er durch einen dummen Zufall den Trennungsbrief gefunden«, erzählte ich und schlüpfte erneut und viel zu leicht in die Rolle der unterwürfigen Frau.

»Gibt es noch etwas, das du mir erzählen möchtest?« Seine Traurigkeit war verschwunden, stattdessen strahlte er etwas Düsteres, Bedrohliches aus. Er wusste etwas. Er spielte mit den Säumen seiner Serviette und sog eine Wange zwischen die Zähne.

Mein Puls ging schneller. Ihn in meine privatesten Angelegenheiten einzuweihen gehörte nicht zur Abmachung. Und er ahnte nicht mal die Hälfte.

Als ich schwieg, redete er weiter. »Du hast gesagt, Charlie sei überzeugt, dass du dich mit einem anderen Mann triffst. Gibt es da jemanden?«

Es war unvorsichtig gewesen, ihm von Charlies Unterstellungen zu erzählen, und jetzt verwendete er sie gegen mich. Hatte er Olivia auch so an der kurzen Leine gehalten?

»Wie ich schon sagte, Charlie ist von dem Gedanken besessen, seit wir in London leben. Er will nicht davon ablassen.« Einen Augenblick lang zögerte ich. »Wo ist er jetzt?«

»Das interessiert dich?«

Ich senkte die Stimme. »Er hat mir einen Brief geschrieben.« Ich holte Charlies Gemeinheiten aus der Tasche. David sollte verstehen, dass Charlie nur dummes Zeug von sich gab, dass er labil war und den Verstand verloren hatte. Und ich wollte Davids Wohlwollen wiedererlangen, was sich nur erreichen ließ, wenn ich mich verletzlich zeigte. »Ich habe Angst, David. Schau, er hat mich aufgespürt.«

Ein Anflug von Zorn huschte über sein Gesicht, und mit zusammengezogenen Brauen faltete er den verknitterten Zettel auseinander. Aber er war auch froh, weil ich das nicht für mich behielt, und ich sah zu, wie sein freudig erregter Blick über die Zeilen glitt.

»Ich habe mein Handy kaputt geschlagen, weil ich Angst hatte, er könnte einen Tracker installiert haben.«

»Soll ich einen Leibwächter engagieren? Ich könnte auch eine Zeit lang im Gästezimmer schlafen, wenn du möchtest.«

Ich hatte nicht damit gerechnet, dass er das anbieten könnte.

»Nein, nein, das ist nicht nötig«, wehrte ich eilig ab und bereute es, ihm von dem Brief erzählt zu haben. »Ich möchte die ganze Sache mit möglichst wenig Aufwand hinter mich bringen. Ich kenne ihn. Das wird ihn bald langweilen. Das Beste ist, überhaupt nicht zu reagieren.« Großartig. Während ich David wieder auf Distanz bringen wollte, hatte ich mich ausmanövriert. Jetzt konnte ich nicht mal mehr zur Polizei gehen. *Wenn du derart beunruhigt bist, Ava, dann sollte ich bleiben, bis er gefunden ist. Oder auch länger, wenn du möchtest.*

David schüttelte den Kopf.

»Du musst es mir sagen, wenn er dich wieder belästigt. Und ich lasse dir ein neues Handy schicken.«

»Danke.« Ich entspannte mich. »Und danke für den gefüllten Kleiderschrank. Die Sachen sind schön. Ich komme mir vor wie die glücklichste Frau der Welt.«

Er gab sich Mühe, nicht allzu breit zu lächeln. »Ich wusste, dass sie dir gefallen würden. Sie haben Olivia gehört. Ich habe sie vor deinem Einzug reinigen lassen.«

Mein Herz setzte aus, mein Magen zog sich zusammen. Ich lief schon den ganzen Tag in den Kleidern einer Toten herum. Plötzlich juckte es mich überall, und der Stoff schien an mir zu kleben.

»Warum lässt du mich ihre Sachen tragen?«

»Sie hätte gewollt, dass du sie bekommst, meinst du nicht? Sie hat immer großen Wert auf ihre äußere Erscheinung gelegt. Sie gehörte nicht zu denen, die ihre guten Sachen im Schrank lassen, bis sie muffig riechen und Mottenlöcher haben.«

Mir war übel. Ich fühlte mich manipuliert und belogen. Doch da saß ich und hatte keine andere Wahl, als mich einverstanden zu geben.

»Alles in Ordnung?«, fragte er, so als wäre nichts.

»Ja, natürlich.«

»Habe ich mich geirrt? Sollte ich lieber für neue Kleidung sorgen?«

»Nein, David, alles ist bestens.«

»Liebes, du kannst mir sagen, wenn etwas nicht in Ordnung ist. Das weißt du, nicht wahr?«

Nein, weiß ich nicht!

Ich sah mich als Puppe, von David aus einem Regal im Spielwarenladen herausgegriffen, um in seiner hinreißenden Villa zu wohnen, mit einem Schrank voll schicker Kleider, einem schönen Himmelbett und einem weißen Gartenzaun rings um das Grundstück. Ich stellte mir vor, wie er in das Puppenhaus griff, mich von Raum zu Raum bewegte, mich zum Baden auszog, zum Abendessen ankleidete, mir Plastikessen vorsetzte, mir abends mit einem Minikamm die Haare kämmte. Und genau wie eine Puppe brauchte ich ihn zum Leben. Mein Leben hing davon ab, ob er mit mir spielen wollte oder nicht, ob er mich in seinem Haus haben wollte, ob er mich interessant und hübsch fand. Ich musste die Rolle weiterspielen, zumindest, bis ich nicht mehr auf ihn angewiesen war.

»Natürlich. Schließlich habe ich dir von Charlie erzählt. Und damit bist du der Einzige.« Seine Stimmung hellte sich auf, und er wechselte das Thema.

»Freust du dich auf die Sommerparty?«

Ich passte mich seinem schnellen Wechsel an, indem ich Begeisterung vortäuschte. Um ehrlich zu sein, konnte ich mir nichts Schlimmeres vorstellen, als mir bei einer Firmenfeier einen Schwips anzutrinken, solange das Problem mit Charlie noch frisch war und die Sache mit David sich so merkwürdig entwickelte.

»Ich bin schon sehr gespannt, was du dieses Jahr organisiert hast«, sagte ich und wich der eigentlichen Frage damit aus.

»Du wirst nicht enttäuscht sein. Leider wird Josh nicht teilnehmen, was wirklich schade ist. Ich habe ihn nach Monaco geschickt, damit er einen potenziellen Kunden für uns sichert …«

Sein Handy klingelte. Er unterbrach sich mitten im Satz, um den Anruf anzunehmen.

Eine Hand über das Mikrofon gelegt, flüsterte er: »Wir sehen uns bei der Party.«

Das war mein Stichwort, um zu gehen. Die schwere Holztür schwang hinter mir zu, als ich aus dem Whive auf die Straße trat und David mit der Rechnung zurückließ. Es ging auf zehn Uhr zu. Die Sonne hatte sich für heute verabschiedet, die Autoscheinwerfer und Straßenlampen blendeten mich, und meine Augen mussten sich erst an die neuen Lichtverhältnisse gewöhnen. Ich umschiffte das Gedränge vor der U-Bahn-Station Sloane Square und bahnte mir einen Weg durch die Touristengruppen, die nach der Vorstellung im Royal Court Theatre auf dem Platz standen und herauszufinden versuchten, wie sie zu ihren Hotels in Chelsea gelangen konnten. Einen Moment lang glaubte ich, Charlies Gesicht in der Menge zu sehen und blieb stehen, bereit, ihm entgegenzutreten. Doch dann sah ich ihn nicht mehr.

Mit dem Festnetztelefon in der Hand saß ich im Schlafzimmer und beendete das Gespräch mit meiner Mutter, nachdem ich endlich die Zeit gefunden hatte, ihr von meiner katastrophalen Woche zu berichten. Doch ihre nervige, besorgte Stimme schrillte mir weiter durch den Kopf. *Mir scheint, das sind reichlich viele Veränderungen. Bist du sicher, dass du Charlie nicht noch eine Chance geben willst? Bist du nicht ein bisschen zu alt, um noch mal von vorne anzufangen? Ich habe neulich einen Artikel gelesen, Ava, darin stand, dass Frauen, die Kinder haben wollen, spätestens mit dreißig anfangen sollten. Zu meiner Zeit war das ja kein Problem, aber heutzutage, nun ja, es ist, als ob die jungen Frauen vergessen hätten, wozu Gott sie erschaffen hat.*

Ich hatte richtig vermutet: Sie sorgte sich nicht um mich, sondern darum, was ihre Freunde von mir denken würden. Sie hätte mir ganz bestimmt nicht geholfen, von Charlie wegzukommen. Obwohl das Verhältnis zwischen David und mir langsam in eine Kontrollbeziehung kippte, war ich ihm zu großem Dank verpflichtet. Er hatte mir geholfen, als ich mich an niemand anderen wenden konnte. Dennoch war ich entschlossen, in Kürze auf eigenen Füßen zu stehen. Ich wollte mich nie wieder jemandem verpflichtet fühlen.

Ich ging hinüber ins Bad, drehte den verchromten Wasserhahn bis zum Anschlag auf und wählte eine mittlere Temperatur. Dampfendes Wasser floss in die große Wanne, die auf vier silbernen Beinen stand. Ich ließ Bittersalz hineinrieseln und sah zu, wie es im Wasser sank und sich am Grund sammelte, um seine heilenden Kräfte zu verteilen. Im Schrank standen alle möglichen Schaumbäder. Ich suchte mir eines mit Zitrone und schwarzem Pfeffer aus und schüttete eine großzügige Menge ins Wasser.

Die Spiegel beschlugen, sodass ich mich darin kaum noch sehen konnte. Meine Wange war abgeschwollen, aber ein schwaches Rotviolett ließ den Bluterguss in Umrissen erkennen und erinnerte mich daran, welches Glück ich gehabt hatte, dass ich ohne schlimmere Verletzungen davongekommen war. Durch den üppigen Schaum, der einen lieblichen Zitronenduft verbreitete, streckte ich prüfend eine Zehe ins Badewasser. Zufrieden mit der Temperatur drehte ich den Hahn zu und stieg in die Wanne. Ich glitt langsam hinein und wartete immer wieder ab, bis sich meine Haut an die Hitze gewöhnt hatte. Endlich eingetaucht, lehnte ich den Kopf an den Rand, sodass ich bis zum Hals im Schaum lag. Ich wollte mich entspannen, genießen, mich von Schaum und Wärme in einen meditativen Zustand versetzen lassen. Doch sobald ich die Augen schloss, sah ich Olivia in der Wanne liegen, die Finger um den Rand geschlungen. Entsetzliche Bilder schossen mir durch den Kopf, blaue Lippen, weit aufgerissene Augen. Hastig tauchte ich ganz unter. Wie fühlte es sich an, wenn man im eigenen Blut ertrank? Wenn ich jetzt den Mund öffnete und das Wasser in die Lunge strömen ließe, würde ich einen ungefähren Eindruck bekommen.

Ich blieb unter Wasser und machte den Mund auf, meine Haare schwebten neben mir.

Eins, zwei, drei, vier … zählte ich und forderte mich heraus. Doch ich konnte es nicht. Mit einem kräftigen Stoß, der das Wasser über den Rand schwappen ließ, richtete ich mich auf und schnappte heftig nach Luft, womit ich mich gegen den Suizid entschied. Denn endlich zeigte sich ein Silberstreif am Horizont, und außerdem hatte ich meiner Mutter an einem Tag schon genug zugemutet. Nicht dass sie das Drama einer verstorbenen Tochter nicht ausgekostet hätte; vermutlich wollte sie mich lieber tot als unverheiratet sehen. Ich dachte an unser soeben geführtes Telefongespräch. Sie hatte angekündigt, mich am nächsten Vormittag zusammen mit meinem Vater zu besuchen. Das sei unnötig, hatte ich mehrmals betont – mein Anruf war reine Höflichkeit gewesen – und innerlich gestöhnt, weil ich mich dann wieder ganz von vorn würde erklären und rechtfertigen müssen.

Während ich so im Wasser lag und an zu Hause dachte, hörte ich weder das Knarren der Haustür noch die vorsichtigen Schritte in den unteren Räumen.

14

Jade

Zehn Uhr. Ich hatte fernsehen wollen, doch der Fernseher und ich wussten beide, dass ich mit den Gedanken woanders war. Meistens starrte ich auf das seelenlose dunkle Handydisplay und beschwor es, aufzuleuchten. Inzwischen hatte ich einen Bärenhunger. Wahrscheinlich war mein Adrenalinspiegel gesunken. Das Foto gefiel ihm offenbar nicht. Mein Versuch, verführerisch zu wirken, war fehlgeschlagen.

Viertel nach zehn. Schnell stellte ich mir in der Küche ein Festessen zusammen, wobei ich jede Minute einmal nachsah, ob mein iPhone ein Lebenszeichen empfangen hatte. Es war auf laut gestellt, aber für den Fall, dass es aus irgendeinem Grund trotzdem nicht klingelte, guckte ich immer wieder hin. Konnte Chorizo schlecht werden? Ich warf sie in den Ofen und drehte den Schalter auf 240 Grad. Gut durchgebraten müssten die Bakterien dann auch tot sein. Im Schrank fanden sich noch ein paar alte Penne, kaum eine Handvoll, und ein kleiner Rest Spaghetti. Ich schüttete beides ins Kochwasser und gab ordentlich Salz dazu. Je salziger das Wasser, desto besser. Erneut schaute ich aufs Handy. Nichts. Hm … keine Soße im Vorrat. Im Kühlschrank stand Milch. Konnte aus Milch Soße werden, wenn man Butter zugab? Zu riskant. Blanke Nudeln waren okay. Ein guter Einstieg in die Diät.

Viertel vor elf. Schrilles Klingeln. Mein Herz machte einen Freudensprung, weil ich glaubte, es käme vom Handy. Doch es war die Herduhr. Die Chorizo war fertig. Verdammt – die Nudeln hatte ich völlig vergessen. Die waren jetzt alle zusammengeklebt und das meiste Wasser verdampft. Trotzdem goss ich sie ins Sieb. Der Dampf, der mir dabei ins Gesicht stieg, war eine kleine Gesichtsbehandlung. Die angekohlte Chorizo schnitt ich klein und gab sie mit einem Stückchen Butter zu den Nudeln. Ich trug mein Abendessen zum Küchentisch und stopfte es still in mich hinein, das Handy lehnte dabei an der Obstschale, die genau null von den täglichen fünf Portionen enthielt, die man zu sich nehmen sollte. Darin lagen lediglich ein Brief, der mich mahnte, einen Termin bei meiner Therapeutin zu vereinbaren, und eine leere Schokoriegelpackung. Ich behielt das Display unentwegt im Auge. Wieso hatte ich ihm ein Nacktfoto geschickt? Unsere Beziehung war gerade mal fünf Minuten alt, und ich zog mich schon für ihn aus. Das war wirklich tragisch.

Elf Uhr. Sperrstunde für die Pubs. Wenn er etwas trinken gegangen und dort hängen geblieben war, überlegte ich, dann machte er sich jetzt auf den Heimweg. In zwanzig oder dreißig Minuten sollte er zu Hause ankommen. Wenn er mein Foto erst in betrunkenem Zustand fand, umso besser, weil seine Hemmungen erst mal gesenkt wären. Aufgeregt sah ich einer nächtlichen heißen Sexting-Session entgegen. Oder er lachte über das Foto, zusammen mit ein paar total attraktiven Freunden.

Halb zwölf. Okay, also ist er vielleicht zu Hause und überlegt, was er antworten soll.

Zwölf. Ich sollte das Handy abschalten und schlafen gehen. Schlafen war wichtiger. Wenn er jetzt antwortete, wollte ich dann den Eindruck erwecken, als hätte ich den ganzen Abend darauf gewartet?

Sähe verzweifelt aus.

Zehn nach zwölf. Käme darauf an, was er schreibt.

Verzweifelt.

Halb eins. Ich war für ein paar Minuten eingenickt, schreckte hoch und sah aufs Handy. Nichts. Die Hintergrundbeleuchtung machte mich wacher, und ich öffnete den Browser. Kaum Neues in den Nachrichten.

Verzweifelt.

Ein Uhr. Ich fühlte Tränen aufsteigen und bekam einen dicken Kloß im Hals. Den Kopf ins Kissen gedrückt, ließ ich ihnen freien Lauf und weinte, bis ich auf dem nassen Bezug einschlief.

Verzweifelt.

15

Ava

Meine Eltern trafen ein. Die Türklingel schrillte wie das Signal der Mikrowelle, wenn sie ihren dubiosen Inhalt zum Verzehr freigab.

»Sind wir hier wirklich richtig? Das ist das Haus?« Ich hörte den urteilenden Tonfall meiner Mutter durch die Tür.

Ich öffnete und stand vor ihnen. Das Gesicht meiner Mutter fiel beinahe in sich zusammen, als sie ihre Verbitterung hinunterschluckte. Der Kronleuchter im Flur spiegelte sich in ihren hellblauen Augen. Sie war nur aus einem Grund so erpicht gewesen, mich zu besuchen: weil sie glaubte, ich sei am Tiefpunkt angelangt und sie könne sich an meinem Unglück weiden, um sich selbst besser zu fühlen.

»Hallo«, sagte ich und tat mein Möglichstes, um ausgeglichen zu klingen.

»Nun ja«, begann sie. Sie begrüßte mich eigentlich nicht, nicht mal mit dem hingehauchten Kuss, den ich erwartet hatte. Stattdessen blieb eine Wolke ihres Parfüms an mir hängen, als sie an mir vorbei ins Haus trat. Mein Vater gab mir die Hand.

Also hatte sich in dem Jahr, das wir uns nicht gesehen hatten, nicht viel verändert.

»Was um alles in der Welt machst du, dass du in solch einem Haus wohnen kannst?«, fragte sie verblüfft. Ihre zierliche Statur ließ den hohen, weitläufigen Flur noch riesiger erscheinen. »Du hast am Telefon gar nicht erwähnt, dass du in eine Luxusvilla gezogen bist …«

Ich durfte weder etwas Besseres noch etwas Geringeres

sein als sie selbst. Das stand fest. Beides wäre verurteilungswürdig, beides wäre zu absonderlich.

»Ich habe das Haus nur vorübergehend, und es gehört dem Firmenchef, nicht mir. Er lässt mich hier vorübergehend wohnen, bis ich etwas Passendes für mich gefunden habe.«

»Meine Güte, im ersten Moment habe ich geglaubt, du arbeitest für einen Escortservice, Liebes.« Mit einer flinken Handbewegung zog sie sich ihren teuren Paschminaschal von ihrem sehnigen Hals. »Himmel. Bist du sicher, dass hier Proleten überhaupt reindürfen? Ich nehme an, du willst, dass wir die Schuhe ausziehen.«

Bei ihr zu Hause – einer Doppelhaushälfte mit vier Zimmern in einer sauberen Straße in Reading – forderte sie Gäste immer dazu auf, sich die Schuhe auszuziehen. Warum sie sich jetzt darüber ärgerte, war mir ein Rätsel. Man sollte doch meinen, dass sie für ein gut gepflegtes Haus Anerkennung übrighätte – sie sorgte sogar stets für frische Blumen im Flur –, doch stattdessen fühlte sie sich persönlich angegriffen. Natürlich fragte sie mich nicht weiter nach meiner Arbeit oder warum der Firmenchef so freundlich zu mir war. Sie interessierte sich selten für mein berufliches Fortkommen. Das war ihr schlichtweg gleichgültig.

»Kann ich euch die Mäntel abnehmen?«, bot ich an, als sie sich aus den Ärmeln wanden. Meine Mutter trug einen beigen Rolli und eine sorgfältig ausgesuchte silberne Schmuckgarnitur mit Herzchen und hatte sich die blonden Haare mit dem Lockenstab frisiert.

»In Ordnung«, sagte mein Vater. »Kann ich ein Bier haben? Ich lechze danach, aber hier gibt es nur gepfefferte Preise.«

Mum sah ihn schräg an. Sie wollte nicht über Geld reden, nicht in solch einem Haus, und stieß ihn mit dem Ellbogen an.

»Sicher. Und du, Mum?«

»Ich würde einen Earl Grey vorziehen.« Ich schoss ihr einen leicht amüsierten Blick zu. Ich hatte sie noch nie so früh Earl Grey trinken sehen. »Hast du denn eine Zitrone da? Ich nehme gern ein bisschen, das hebt den Geschmack. Aber, Liebes, Zucker tut es auch. Was wirst du trinken?«

Meine Eltern saßen dicht nebeneinander auf dem cremefarbenen Sofa im Wohnzimmer und schauten so erschrocken und bange wie zwei Antilopen, die aus Versehen ins Löwengehege geraten sind. Ich hatte ihnen diesen Platz nicht angeboten, und im ersten Moment überlief es mich kalt, als ich zwei dampfende Teetassen mit starkem Yorkshire-Tee hineintrug. Danach brachte ich den Earl Grey für meine Mutter. Anstelle von Zitrone hatte ich Honig hineingetan, quasi als Friedensangebot, und hoffte, sie würde sich beruhigen, falls sie etwas zu bemängeln hatte.

»Keine Zitrone, Liebes?«, fragte sie natürlich und lächelte breit.

»Ich fürchte nein.«

»Meine Güte, solch ein Haus und nicht eine Zitrone! Aber das ist in Ordnung, wahrscheinlich bin ich nur furchtbar eigen. Ich bin sicher, so geht es auch.«

Schweigend hielten wir unsere Tassen in den Händen. Mum hielt es schließlich nicht mehr aus. »Hast du mit Charlie geredet?« Kurzes Innehalten.

»Nein.«

Sie klimperte mit ihren rosa schimmernden Fingernägeln auf der Porzellanwand ihrer Tasse. »Nun ja … Meinst du nicht, Liebes, dass du der Sache noch eine Chance geben solltest?« Nach einem Jahr sahen wir uns wieder, und – welche Überraschung – ihre Gedanken galten meinem Familienstand, nicht mir. Ich trug eine andere Frisur und war sechs Kilo schlanker geworden, aber das schien ihr nicht aufzufallen. Sie selbst sah natürlich noch genauso aus wie immer, klassischer Blazer, gut geschnittene Jeans, Lederstiefel mit einem Logo an den Seiten. Sie kaufte gern Markenware, denn die Leute sollten auf keinen Fall denken, dass sie sich nur Billiges leisten konnte. Ich ignorierte ihre Frage.

»Das Einzige, was ich vorhabe, ist, bei W&SP so hart wie möglich zu arbeiten.«

»Wespe?«, fragte mein Vater.

Überrascht sah ich ihn an. Er schien über mein Leben wirklich gar nichts zu wissen. »Die Firma, in der ich arbeite.« Er nickte und trank einen großen Schluck Tee, danach hing ein milchiger Tropfen in seinem Schnurrbart.

Ich hatte mich schon oft gefragt, ob er für meine Mutter die erste Wahl gewesen war. Eine so förmliche, korrekte Frau wie sie wäre eigentlich auf eine bessere Partie bedacht gewesen, hätte man meinen können, und dass ihr nicht im Traum einfiele, mit solch einem unordentlichen Mann zu Dinnerpartys und Veranstaltungen zu gehen. Sie hätte perfekt zu einem leitenden Angestellten im dunklen Anzug und karierter Krawatte gepasst, der in der einen Hand eine Aktentasche, in der anderen ein Achtzigerjahre-Mobiltelefon hielt. Mein Vater war das Gegenteil davon. Seine Augenbrauen waren lang und lockig, seine Haare am Hinterkopf struppig, die untersten Hemdknöpfe unbekümmert offen gelassen, sodass ein bisschen dunkle Bauchbehaarung hervorlugte. Ich traute meiner Mutter nicht zu, dass sie aus Liebe geheiratet hatte, dafür war sie einfach nicht der Typ. Doch ihre Jahrzehnte währende Ehe bewies das Gegenteil, so seltsam einem das auch vorkam. Die Schiebermütze noch auf dem Kopf saß mein Vater da und war im Begriff, die Lokalzeitung aufzuschlagen, um sie zum zweiten oder dritten Mal zu lesen, nur damit er sich keine »Londoner Neuigkeiten« anhören musste – oder etwa meine.

»Wir können nicht lange bleiben«, sagte Mum. Sie trank ihren Tee mit winzigen Schlucken. Ihre dünnen, harten Hände krochen aus den Blazerärmeln hervor.

»Ich muss die Hunde versorgen«, erklärte Dad über den Rand der Zeitung hinweg.

»Gibt es jemand anderen?«, fragte Mum hoffnungsvoll.

Ich schüttelte den Kopf.

»Ach, Ava.« Sie schaute auf den Boden. »Das ist jammerschade. Du warst ein so hübsches Mädchen.«

16

Jade

Beim Aufwachen war ich voller Hoffnung, Josh könnte während der Nacht geantwortet haben, doch meine schlimmsten Ängste wurden wahr, als ich auf das Blumenhintergrundbild meines Handys blickte. Keine neuen Nachrichten. Es kostete mich immense Kraft, mich anzuziehen und für die Arbeit fertig zu machen, und ich fand, ich hätte eigentlich einen kleinen Applaus von meinen Kollegen verdient, weil ich das geschafft hatte und trotzdem nur zwanzig Minuten zu spät kam, auch wenn ich Selbstbräunerflecke an den Händen hatte und von meinem Fotoshooting noch stark geschminkt war. Kai rief früh an, gerade als ich mich an den Schreibtisch gesetzt hatte. Meine Augen waren vom Weinen verquollen, und mein Kopf war noch weit davon entfernt, den Arbeitstag in Angriff zu nehmen. Ich sah durch das Großraumbüro zu Avas Glaskasten hinüber. Leer. Wieso war sie noch nicht da? Nahm sie etwa schon wieder einen Tag frei? Wurde für die besondere Ava eine besondere Ausnahme gemacht? *Jade, könntest du einfach zur Normalität übergehen?*

Kai klang eingeschnappt. »Ich habe vorhin schon mal angerufen, aber Georgette sagte, dass Sie noch nicht da sind.«

»Meine Bahn hatte Verspätung.«

»Ich dachte, Sie gehen zu Fuß zur Arbeit.«

»Manchmal nehme ich auch die Bahn.«

»Vorige Woche haben Sie mir erzählt, dass es mit der Bahn länger dauert als zu Fuß und dass Sie die Bewegung genießen.«

Was war das? Die spanische Inquisition? Wusste er etwa

noch jede Kleinigkeit aus unseren Gesprächen? Du lieber Himmel!

Während ich ihn reden ließ, öffnete ich eine E-Mail. Avas Assistentin hatte die Aufgabe erhalten, für Kai in einem Hotel einen Saal für den Launch zu buchen. Er wohnte in Oxfordshire, aber wenn er in die Stadt kam, stellte er extrem hohe Ansprüche.

Ich hatte mir die Buchung angesehen und wusste, dass die Kollegin das falsche Hotel ausgewählt hatte.

»Hat Ava Ihnen schon die Hoteldetails übermittelt?«

»Nein, ist das schon gebucht?«

»Sie ist heute noch nicht zur Arbeit erschienen, aber ich werde sie gleich darauf ansetzen.«

»Was ist denn neuerdings mit ihr los? Ich habe kaum etwas von ihr gehört.«

Ich ließ die Frage im Raum stehen, damit er seine Zweifel an Ava selbst nähren konnte.

»Na, jedenfalls lege ich am besten mal los. Denn wie Sie sich vorstellen können, stehen Josh und ich durch ihr Fehlen ein bisschen unter Druck.« Ich ging in meine E-Mails und drückte Strg+N.

> Ava, Kai wundert sich, wo seine Hotelbuchung bleibt …

Ich schickte gleich eine zweite E-Mail hinterher und ließ meine Frustration an ihr aus, weil Josh noch nicht auf mein Foto reagiert hatte.

> Warum muss ich deswegen bei dir nachhaken, Ava? Wir können uns solche Fehler wirklich nicht leisten.

Höhnisch grinsend genoss ich jeden Moment der Überlegenheit.

Als Nächstes griff ich Georgette für ihr Fehlverhalten an. Sie hätte auf meiner Seite stehen sollen.

»George«, flüsterte ich barsch und zog damit nicht nur ihre Aufmerksamkeit auf mich, sondern auch die einiger Kollegen. »Sag nie zu einem Kunden, vor allem nicht zu Kai, dass ich zu spät zur Arbeit komme. Ist dir nicht klar, was für einen schlechten Eindruck wir dadurch machen?«

Augenpaare erschienen oberhalb der Bildschirme und starrten zu uns herüber. In einem Großraumbüro war öffentliche Demütigung immer ein genüsslicher Anblick, und George musste es schließlich lernen.

»Was hätte ich sagen sollen, Jade? Du warst nicht da«, wehrte sie sich.

»Aus dem Stegreif?«, fragte ich laut und stand auf. »Wie wär's mit: ›Oh, tut mir leid, Kai, sie telefoniert von einem anderen Apparat, ich sage ihr, sie soll Sie sofort zurückrufen.‹ Oder: ›Sie frühstückt mit Kate Moss und schmiert ihr Honig ums Maul, damit sie zum Launch kommt, weiß nicht, wann sie wieder hier sein wird.‹ Oder: ›Leider hatte sie einen dringenden Arzttermin, ihre Milz ist heute Morgen geplatzt.‹« Das rasselte ich herunter und wurde immer aufgebrachter.

»Meinetwegen«, erwiderte sie arrogant und verzog sich hinter ihren Monitor, um den Streit schnellstmöglich zu beenden.

Ich wählte den Tonfall der enttäuschten Lehrerin. »Wenn du dir insgesamt mehr Mühe geben würdest, würde aus solchen Kleinigkeiten wie diesem Anruf nicht so ein großes Problem werden, George. Sei nicht so nachlässig, dann hast du auch mehr Erfolg. Im Moment richtest du dich zu sehr nach Avas schlechtem Beispiel.«

Ein paar Kollegen unterdrückten ein Kichern. Georgette dürfte ihre Lektion gelernt haben, so viel stand fest. Ich stand von meinem Platz auf und ging zur Doppeltür, die in den Küchenbereich führte. Mir knurrte der Magen bei dem Gedanken an das Puten-Avocado-Sandwich, das ich mir für die Mittagspause in den Kühlschrank gelegt hatte. Als ich darauf zuhielt, erschien Josh hinter der Tür und stieß sie mit beiden Händen auf. Er sah mich nicht mal an, sondern begab sich zielstrebig zu seinem Schreibtisch. Mir wuchs schon wieder ein Kloß im Hals, ein steinhartes, schmerzendes Ding, und anstatt in die Küche bog ich zur Damentoilette ab. Dort setzte ich mich auf den Toilettendeckel und weinte, zu viel, gemessen an der tatsächlichen Situation.

Du bist hässlich! Das Foto von dir war abstoßend, glaubst du wirklich, er ist an dir interessiert? Du hast viel zu viel von dir gezeigt. Du bist widerlich. Du hättest das kapieren müssen, als hundert Versuche nötig waren, um auch nur ein akzeptables Foto zu erzielen. Unscheinbar warst du ihm lieber. Warum musstest du dich unbedingt derartig inszenieren? Die Stimme in meinem Kopf war so laut, ich konnte sie nicht mehr ausblenden. *Du bist übergeschnappt. Du hast über hundert Mäuse ausgegeben, um dann so übel auszusehen. Du hast literweise Selbstbräuner benutzt, eine Shiny-Leg-Bürste und einen Augenbrauenstift, und trotzdem ist nichts Besseres dabei herausgekommen als dieses schreckliche Foto!* Ich wiegte mich hin und her, während die Beleidigungen weitergingen, atmete durch die Nase ein, weitete den Brustkorb und atmete durch den Mund aus. Ein durch die Nase, aus durch den Mund. Ein durch die Nase … Allmählich fühlte ich mich besser. Ruhiger. Ich musste das rational betrachten. *Er hat es noch nicht gesehen.* Ein durch die Nase. *Es sind gerade mal etwas über zwölf Stunden vergangen.* Aus durch den Mund. *Ja, lass ihm noch einen Tag Zeit, dann kannst du immer noch anfangen, dir Gedanken zu machen.*

Ich rollte büschelweise Klopapier ab und tupfte mir damit das Gesicht trocken. Als ich erschöpft die Kabine verließ, blickte mir mein Spiegelbild entgegen. Eine Katastrophe. Aus meinem strengen Dutt hatten sich etliche Strähnen gelöst, die zerlaufene Wimperntusche hatte wellige Spuren hinterlassen, und an einer Wange war ziemlich viel Lippenstift verschmiert. Ich lief sofort zum Waschbecken, klatschte mir Wasser auf die Wangen, quetschte mir einen Haufen Seife in die Hand und schrubbte mir das Gesicht. Die Mascara zupfte ich mir von den verklumpten Wimpern. Zufrieden, weil ich nicht mehr ganz so fremd aussah, begab ich mich in die Küche, wobei ich den Kopf gesenkt hielt, holte mein Sandwich aus dem Kühlschrank und schlenderte an meinen Schreibtisch zurück. Ich schüttelte mir zwei Pillen in die Hand, und beim Hinunterschlucken spähte ich zu seinem Platz hinüber. Er war weg.

Als ich nach Hause kam, tigerte meine nicht mehr ganz so neue Mitbewohnerin in der Küche hin und her. Ich vermietete in dem schäbigen Reihenhaus das Gästezimmer – kein normaler Mensch hatte derzeit das Geld, um etwas zu kaufen – und war irritiert, weil sie es schon ziemlich lange mit mir aushielt. Normalerweise schaffte ich es, jeden potenziellen Untermieter so schnell zu vergraulen, dass das Gästezimmer eine Drehtür brauchte.

Beim Reinkommen hörte ich sie über mich reden.

»Es ist traurig, wirklich, ich wünschte, ich könnte sie verkuppeln. Ich kenne nur niemand anderen mit einem BMI über 25!«

Wahrscheinlich lachte ihre Freundin gerade über mich.

Ich wollte nur noch zum Kühlschrank und mir ein großes Glas Pinot eingießen. *Sie* würde darüber die Nase rümpfen. *Sie* würde mir vorhalten, dass das nicht gut für mich war. Doch ich stob an ihr vorbei und öffnete ihn trotzdem.

»Du greifst heute sofort zur Weinflasche, Jade? Schlechten Tag gehabt? Das ist nicht gut für dich, das weißt du, oder?«

Ich hörte ihr nicht weiter zu, sondern trank. Allein auf der abgenutzten Couch leerte ich die halbe Flasche, dann kam sie herein und legte los.

»Warum tust du das immer, Jade? Du vermutest immer gleich das Schlimmste, und dann greifst du sofort zur Flasche! Du denkst, das hat ihn peinlich berührt? Und er hat dadurch erkannt, dass du für ihn nicht gut genug bist? Dass es ein großer Fehler war, mit dir zu chatten?«

Es war ein Fehler gewesen, ihr von Josh zu erzählen.

Was war mit mir los? Wieso hatte ich das nicht einfach für mich behalten können? Eine Nachricht ging ein. Endlich. Allerdings nicht auf Instagram.

> Ms Jade Fernleigh, Ihr Termin ist für Mittwoch um zehn Uhr vereinbart. Bitte rufen Sie an, wenn Sie eine Änderung wünschen.

Ich schrie. Ich schrie eine ganze Minute lang. Ich schleuderte mein Handy quer durch den Raum. Ich zertrümmerte ihre Lieblingsvase. Sie schrie ebenfalls und kam angerannt, um den Schaden zu betrachten, die Scherben aufzuheben. Tränen zu vergießen war so dumm. Das war mir eigentlich klar. Ich wusste, es war verrückt, sich dermaßen aufzuregen bloß wegen einer SMS, wegen eines Mannes. Es war nur, ich wünschte es mir wirklich, wünschte mir, dass endlich mal eine meiner Beziehungen klappte.

Sie ging schlafen, ohne noch ein Wort mit mir zu reden. Ich saß auf dem Boden und nahm noch einige Schlucke aus der Flasche, um mich aufs Schlafengehen einzustellen, und sagte mir immer wieder, dass zwischen Mitternacht und sechs Uhr morgens keine Nachricht von ihm zu erwarten war. Es war jetzt mehr als vierundzwanzig Stunden her, also war es vorbei. Aus und vorbei, endgültig. *Hör auf zu denken,* sagte ich mir. *Mach deinen Kopf frei. Nichts ist wichtig. Nicht der Job, nicht Josh, nicht Ava*. Ich trank weiter, weil ich glaubte, dadurch vergessen zu können. So wiederholte ich das Muster. *Hör auf zu denken, hör damit auf. Nur noch ein paar Schlückchen. Mach deinen Kopf frei*. Einen Schluck noch.

17

Ava

Meine Eltern waren ohne Trara wieder gegangen, meine Mutter verärgert, weil sie mich im Hinblick auf Charlie nicht hatte umstimmen können, mein Vater verärgert, weil er sein Zuhause hatte verlassen, seine Gewohnheiten hatte unterbrechen müssen. Ich stellte mir die beiden im Auto vor: *Ein verlorener Tag*, sagte er zu ihr, sobald sie auf der M25 waren, und schnalzte mit der Zunge. Gleich nach ihrer Abfahrt hatte ich mich in ein nahes Café aufgemacht, denn im Haus stank es nach Mums süßlichem Parfüm, und ich hatte davon Kopfschmerzen bekommen.

Als ich später am Abend wieder zu Hause ankam, war ich überrascht, das neue Handy für mich vorzufinden. Es lag auf der Fußmatte in der ungeöffneten Verpackung, und ich war überaus froh, dass David sich nicht entschieden hatte, es mir persönlich zu geben. Während ich es auspackte, ging ich in die Küche und bemerkte, dass das Fenster über der Spüle einen Spalt offen stand. Die heruntergelassene Jalousie bewegte sich leicht in der Zugluft. Einen Moment lang hielt ich inne. Mich beschlich ein unheimliches Gefühl, dann fing ich an zu summen. – Fühlt man sich dadurch nicht gleich besser? Solange man summt, kann nichts Schlimmes passieren. – Ich überlegte, ob das eine Falle war. Alles in allem kam ich zu dem Schluss, dass es wahrscheinlich keine war, und hastete zum Fenster, schlug es zu und verriegelte es. Der nüchtern denkende Mensch in mir versuchte ruhig zu bleiben – vielleicht war Sheff im Laufe des Tages hereingeschneit und hatte vergessen, es zuzumachen? Doch der irrationale Mensch in mir lachte auf.

Klar, und wer da jetzt im Haus auf dich wartet, will nur mit dir reden …

Auf einmal wollte ich nur noch nach oben ins Schlafzimmer und hinter mir abschließen. Hastig nahm ich ein Glas aus dem Schrank und hielt es in den Wasserspender des großen Kühlschranks. Geräuschvoll sprudelte es und schäumte an den Glaswänden hoch. Als ich hinausgehen wollte, den Finger schon am Lichtschalter, um den Raum in Dunkelheit zu tauchen, fiel mein Blick auf die Kücheninsel, und vor Schreck ließ ich das Glas fallen. Dort lag ein verdächtiger Umschlag, auf den mein Name geschrieben war.

Während das Glas klirrend in winzige Scherben zersprang und mir das Wasser gegen die Schienbeine klatschte, überschwemmten mich Bilder, in denen Charlie das Haus durchstreifte. Unter meinen Sohlen knirschten Splitter, als ich zur Kücheninsel ging. Mit fahrigen Bewegungen riss ich den Umschlag auf. Noch so ein Schrieb.

Ava, deine Alarmanlage lässt einiges zu wünschen übrig. Welchen Zweck hat eine Sicherheitskamera an der Haustür, wenn du das Küchenfenster angelehnt lässt? Nächstes Mal werde ich hier drinnen auf dich warten. Aber jetzt möchte ich erst mal, dass du mich anrufst.
Bitte. Wir müssen reden.
In Liebe,
Charlie

Mir zitterten die Hände. Ich las ihn immer wieder, als ob sich die Zeilen dadurch ändern könnten. Der Ton hatte sich gewandelt. Kein »Ich liebe dich noch immer« oder »Es ist noch nicht zu spät«. Stattdessen schürte er Angst. Schlicht und einfach. Ein allerletzter Versuch, mich zu einem Gespräch zu bewegen. Ich blickte zum Fenster über der Spüle. Dort war Charlie eingestiegen. Ich hob mein neues Handy und überlegte, den Notruf zu wählen. Dann hörte ich ein Geräusch, ein langsames, vorsichtiges Quietschen von irgendwo hinter mir, irgendwo im Haus. Ich fuhr herum. Was, wenn Charlie noch da war? Reglos stand ich da und lauschte auf ein weiteres Geräusch, das meine Befürchtung bestätigte. Doch ich hörte nur mein aufgeregtes Atmen und mein Herzklopfen. Ich schauderte und spürte meine nassen Füße. Ich warf den Schrieb hin und schlich auf Zehenspitzen in den Flur, aufmerksam lauschend, ob er seine Position verriet.

Wieder quietschte es. Es kam aus dem Wohnzimmer. Die Tür war geschlossen. Lautlos eilte ich hin und drückte das Ohr dagegen. Ich wollte nicht hineingehen, doch da hörte ich es wieder. Dasselbe Quietschen. Ich wappnete mich dafür, hineinzustürmen. Dabei fiel mir ein, dass ich für einen Zweikampf jämmerlich schlecht gerüstet war. Ich rannte zurück in die Küche, schnappte mir das größte Messer aus dem Block und sauste zurück zur Wohnzimmertür. Mein Mund war trocken, meine Wahrnehmung aufs Äußerste geschärft, das Messer hielt ich unsicher in der Hand. Ich würde nicht wirklich damit zustechen, oder? Und was, wenn dort gar nicht Charlie war, sondern jemand viel Gefährlicheres? Eine Olivia, die auf mich wütend war, weil ich ihre Kleider trug, in ihrem Bett schlief, die Zuneigung ihres Vaters gestohlen hatte. In Gedanken zählte ich bis drei, dann stieß ich die Tür auf und polterte in den Raum, auf das Schlimmste gefasst.

Gehetzt blickte ich durch das dunkle Zimmer, zu jedem Umriss, jeder Silhouette, aber da war niemand. Es quietschte wieder. Ich schlug auf den Lichtschalter. Niemand. Der Lüfter neben der Tür surrte und knisterte schüchtern. Mein Zorn wuchs, und ich nutzte meinen adrenalingestählten Zustand, um in alle Räume zu spähen, die

Zimmer- und Schranktüren aufzureißen, rief und ächzte, wenn ich meinen Mut zusammenraffte, um dem Eindringling entgegenzutreten. Dabei sah ich mich gespiegelt in einer dunklen Fensterscheibe, die Augen angstgeweitet, die Haare durcheinander, in der Hand das schimmernde Messer. Was machte dieses Haus aus mir?

Schließlich beendete ich die Durchsuchung, und obwohl nachweislich allein im Haus, hatte ich eine Todesangst. Langsam stieg ich mit dem Messer in der Hand die Treppe hoch in mein Zimmer und schloss hinter mir ab. Ich brachte gerade noch die Energie auf, die Kommode vor die Tür zu schieben. Das Messer legte ich unters Kopfkissen. Wie lange würde ich das aushalten?

In der Nacht wälzte ich mich im Bett hin und her, und das Mondlicht schien durch die Ritzen der Fensterläden, um mir zuzurufen. *Ich weiß, was du getan hast. Weiß es noch jemand? Kennt noch jemand den wahren Grund, warum du mit Jade zerstritten bist? Den wahren Grund, warum ihr beide einander fürchtet, das ruinöse Geheimnis, das ihr ausplaudern, die Wahrheit, die ihr verraten könntet?*

18

Jade

Die Sonne schien grell in mein Zimmer, zu einer unnatürlichen Uhrzeit.

Was war gestern Abend los gewesen?

Ich fühlte mich benebelt, träge, desorientiert, vielleicht noch ein wenig betrunken. Ich sah die Weinflasche, die Scherben der Vase, das weggeschleuderte Handy und stöhnte. Dann dachte ich: *Kann es sein? Hat er vielleicht?* Nach der leeren, umgekippten Flasche zu urteilen, war ich gestern Abend sturzbetrunken gewesen. Also hatte ich die Nachricht vielleicht verpasst. Auf Händen und Knien krabbelte ich zu meinem Handy, inständig hoffend, es möge beim Aufprall nicht kaputt gegangen sein, und entsperrte es mit fliegenden Fingern. Nichts. Ich öffnete den Chat. Die Nachricht von der Therapeutenpraxis verhöhnte mich. *Du? Du dachtest, Josh Stein wäre ernsthaft an dir interessiert? Du warst fünf Jahre lang nicht beim Zahnarzt. Deine Zähne sind eine Horrorshow, wie von jemandem aus dem 17. Jahrhundert, als die Zahnpasta noch nicht erfunden war. Du hast dir gestern Abend nicht die Zähne geputzt, oder? Nein. Hast du nicht. Du hast sie im Wein faulen lassen.*

Ich schleppte mich in die Dusche, zerrte an den Knoten in meinen Haaren und rubbelte mir die falsche Bräune weg, das Versagen, das noch an mir klebte. Dann nahm ich zwei Pillen. Neuerdings wirkten sie nicht mehr so gut. Vielleicht sollte ich die Dosis erhöhen? Meine Mitbewohnerin verhielt sich still. Ich wollte sie heute Morgen sowieso nicht sehen. Am besten, ich ließ Gras darüber wachsen, was gestern zwischen uns vorgefallen war.

Die große Uhr in der Eingangshalle von Watson & Stein Partners bestätigte meine Befürchtung, entsetzlich spät dran zu sein. George hatte über mich geredet, das merkte ich sofort, sich wahrscheinlich vor den Kollegen laut gewundert, wo ich denn blieb, und überlegt, wie oft ich schon zu spät gekommen war, sich darüber ausgelassen, dass ich bei der Arbeit nachließ und die Stelle der Teamleiterin ganz bestimmt nicht kriegen würde, sondern Ava.

Den Nachmittag über starrte ich meistens auf den Computerbildschirm und die Uhrzeitanzeige, beobachtete, wie der kleine Zeiger auf dem Zifferblatt seine Runden drehte, und beschwor ihn, sechs Uhr anzuzeigen, damit ich nach Hause gehen und mir einen Container Wein reinschütten konnte.

Auf meinem Handy leuchtete die Nummer der Rezeption auf, und ich schaltete die Lautstärke auf eins, damit mein Kopf bei dem brutalen Klingeln nicht explodierte.

»Was?«, fragte ich ungeduldig.

»Hier wurden Blumen für Sie abgegeben.«

Das machte mich sofort munter. Hatte er etwa …?

»Bin in zwei Minuten da.« Ich bekam neuen Auftrieb, und meine Beine trugen mich nach unten, wo ich die Lieferung entgegennahm. Aus dem Papier schauten leuchtend orange, pinke und gelbe Blüten hervor, und ich suchte dazwischen nach einem Kärtchen.

»Wurde ein Umschlag mit abgegeben?«, fragte ich die perfekt proportionierte Schickimickitusse.

»Ähm … vielleicht ist es dieser?« Sie hielt einen Briefumschlag hoch, der offenbar herausgefallen war. Darauf stand: *Zu Händen Jade Fernleigh*. Ich strich mit dem Finger über die raue Stelle, wo sich der Klebestreifen gelöst und die oberste Papierschicht abgerissen hatte. Dann konnte ich meine Freude kaum noch unterdrücken und riss ihn auf.

Liebe Ava,
ich hoffe, Jade kann sich um den Strauß kümmern, solange Sie weg sind. Ich weiß, Sie machen gerade eine schwere Phase durch, also nehmen Sie sich bitte die Zeit, die Sie brauchen, um sich zu erholen.
Und ich habe Ihnen noch gar nicht angemessen gedankt für das aufmerksame Geburtstagsgeschenk, das Sie mir geschickt haben. Darum sind diese Blumen – meine Lieblingsblumen – speziell für Sie!
Kai

Sie hatte Kai etwas zum Geburtstag geschenkt? Im Ernst? Die Rezeptionistin wartete gespannt, ob ich ihr erzählte, was auf der Karte stand.

»Ach wie nett«, sagte ich mit einem wehmütigen Blick auf den widerlichen Text.

Sie witterte Klatsch. »Von wem sind die?«, flötete sie.

Ich tippte mir zweimal an die Nase und sah sie vielsagend an.

»Spielverderberin«, rief sie mir nach, als ich wegging.

Als sich die Aufzugtüren hinter mir schlossen, riss ich die Karte in winzige Fetzen und stopfte sie in die Tasche meiner Strickjacke, um sie später zu entsorgen.

Die Aufzugtüren glitten zur Seite, und ich ging in die Küche, nahm ein Halbliterglas aus dem Schrank und füllte es mit Wasser. Die Stängel schnitt ich einzeln ab und stellte sie in das Glas. Ohne jemanden anzusehen, trug ich den Strauß zu meinem Schreibtisch und stellte ihn auf die Seite, sodass der Blick zu Josh versperrt war.

Er war heute nicht im Büro, aber sobald er zurückkam, sollte er eifersüchtig werden. Er sollte denken, dass es einen anderen gäbe.

19

Ava

Am Abend sollte die jährliche Sommerparty stattfinden, eine verschwenderische Angelegenheit auf Kosten der üppigen Marketingbudgets unserer Kunden. George erschien an meiner Bürotür und kam herein, ein Paket unter dem Arm und ein Fläschchen in der Hand. »Hier ist der Nagellack, den du dir leihen wolltest.« Dann gab sie den wahren Grund für ihren Besuch zu erkennen. »Oh Mann, heute treibt sie mich wirklich in den Wahnsinn.«

Dabei deutete sie mit dem Kopf zu Jade. Georgettes verschlagene Gesichtszüge passten zu ihrer kratzbürstigen Persönlichkeit. Aber abgesehen davon hatte mich die Zusammenarbeit mit ihr gelehrt, dass es nützlich war, sie auf meiner Seite zu haben. Denn sie kam bei jedem hinter sämtliche Geheimnisse und posaunte sie ohne Rücksicht auf Verluste aus. Und ich wusste, dass sie ein doppeltes Spiel trieb: Sie steckte Jade, was ich über sie sagte, und umgekehrt.

»Was ist denn nun wieder passiert?« Ich nahm den Nagellack entgegen und trug sorgfältig goldschimmernde Pinselstriche auf meine Nägel auf.

»Sie schmollt. Eigentlich schmollt sie schon seit Tagen. Weißt du, ich frage mich allmählich, ob sie manisch-depressiv ist. Ihre Stimmung geht rauf und runter wie ein Jo-Jo.«

Ich nickte zu Georgettes Diagnose, blieb aber auf das Lackieren meiner Nägel konzentriert. Die Farbe war für die Party perfekt. Damit fühlte ich mich machtvoll und feminin und unangreifbar, und für einen Abend aus Olivias Haus herauszukommen und viele Leute um mich zu haben, das war genau das, was ich brauchte. Ich gab mir größte Mühe, die Dinge positiv zu sehen. Einen Tag nach dem anderen.

Georgette geiferte weiter gegen Jade. »Was meinst du, was sie heute Abend anziehen wird? Wahrscheinlich ein widerliches Tunikakleid oder einen schlecht sitzenden Bleistiftrock wie immer.«

Ihr zuliebe kicherte ich.

»Und du?«, fragte sie. »Das hier ist nämlich heute Morgen unten abgegeben worden. Da nehme ich stark an, dass etwas Umwerfendes für heute Abend drin ist.« Sie legte mir die große Schachtel auf den Schreibtisch. *Westwood* stand quer auf dem Deckel. »Guck nicht so erschrocken«, rief sie schrill. »Mensch! Man könnte meinen, ein Geist hätte es dir geschickt.«

Diesmal konnte ich mir kein Lachen abringen, ich fühlte mich schwach auf den Beinen. Ich speiste sie mit ein paar Ausflüchten ab, und endlich ließ sie mich allein – sie war nur aus einem Grund gekommen: um zu sehen, wie ich auf das Paket reagierte, in das sie wahrscheinlich schon hineingelinst hatte.

Der große Speisesaal in Taften Manor, Davids in Ehren gehaltenem Landhaus, war in einen sommerlichen Festsaal verwandelt. Üppige Efeustränge rankten sich die Wände hinauf, vereinten sich in der Deckenmitte und wanden sich um die Aufhängung des enormen champagnerfarbenen Kronleuchters. Die Tische waren weiß und goldfarben gedeckt, in der Mitte prangte ein hinreißendes Blumenarrangement.

»Sieht das nicht fantastisch aus?« David legte eine Hand an meinen unteren Rücken, als er neben mir erschien.

Seine Berührung war entschieden und selbstsicher und erschreckte mich: Warum zeigte er seine Zuneigung nicht dezenter? Wollte er denn, dass alle über uns tuschelten?

Ich bewegte mich von seiner Hand weg. »Wunderschön, David. Der Raum sieht wirklich toll aus.«

Sein Blick strich an meinem Körper hinab. Es freute ihn, dass ich das Kleid trug, das er geschickt hatte.

»Dasselbe könnte ich über dich sagen«, erwiderte er leise.

Er hob meine Hand über meinen Kopf und lenkte sie so, dass ich mich einmal um mich selbst drehen musste. Das Kleid, das er ausgesucht hatte, war ein auffälliges, eng anliegendes Teil mit tiefem Ausschnitt und leichter Schleppe. Es hatte Cutouts an der Taille und Schlitze entlang der Ärmel. Ich fühlte mich wie in einem maßgeschneiderten teuren Käfig.

Ich versuchte, ihn davon abzulenken, damit er mich nicht noch länger so ansah. »Gibt es eine Sitzordnung?«

»Keine Sorge, Liebes, du wirst in guter Gesellschaft sein.«

Mein Puls raste, mein Atem ging flach. Deutete ich die Situation richtig? Hatte David mich von Charlie weggeholt, damit er an seiner statt über mich bestimmen konnte? Wo blieb sein Gewissen dabei? Ich wurde nicht schlau aus ihm: Er drängte sich mir nicht unbedingt auf oder benahm sich aggressiv, aber er wollte zu große Nähe. Dass ich die von ihm geschenkte Kleidung trug, nach seinen Vorgaben lebte, nach seiner Pfeife tanzte. Andererseits: Wäre eine normale Frau nicht absolut erfreut, wenn ihr jemand ein Designerkleid für eine Party kaufte, sie in einem schönen Haus wohnen ließ, ihr aus einer schrecklichen Beziehung heraushalf? Was stimmte nicht mit mir? Ich ignorierte die Zweifel und sagte mir, dass er lediglich freundlich sein wollte. Vielleicht zu freundlich für jemanden, der eigentlich mein Chef war, aber trotzdem: In den letzten Wochen hatte ich mehr Zeit mit David verbracht als mit irgendwem sonst. Er war es, der wirklich verstanden hatte, was ich gerade durchmachte, und vielleicht wurde ihm das soeben klar. Er wollte mir einfach nur aufhelfen. Wahrscheinlich behandelte er alle engen Freunde so. Ich stellte mir vor, was die Leute zu mir sagen würden: »Ach, machen Sie sich deswegen keine Gedanken. David überschüttet einen mit Geschenken, aber er ist völlig harmlos, eine Seele von Mensch.«

Während sich die Belegschaft nach und nach einfand, gingen wir in das angrenzende Wohnzimmer, wo Champagner und Kanapees serviert wurden. Dunkel getäfelte Wände, hohe Bücherregale mit Treppchen, damit man ans oberste Fach gelangen konnte. Als ich mir einen winzigen Blini in den Mund steckte, sah ich Georgette mit ihrer verschwörerischen Entourage in einer Ecke stehen. Da schauten lange Arme und Beine aus schimmernden Kleidern, waren Wangen mit Bronzer betont, Makel mit viel Make-up überdeckt. Sie steckten die Köpfe zusammen und kicherten. Georgette war als Wortführerin die Lauteste. Sie winkte, ich solle zu ihnen kommen. Ich wünschte, ich hätte den Blickkontakt vermieden.

»Hallo, Mädels«, sagte ich, als ich mich ihrem exklusiven Klub näherte. »Ihr seht umwerfend aus.«

Das stimmte. Georgette hatte sich extradicke falsche Wimpern angeklebt, um das Bild abzurunden, und die anderen hatten sich bestimmt gemeinsam zurechtgemacht. Mit ihren identischen karamellfarbenen Locken, zierlichen Körpern und graublauen Augen sahen sie fast wie Drillinge aus. Kein Wunder, dass Georgette die Schar anführte, sie strahlte als Einzige Persönlichkeit aus.

»Du bist unvergleichlich, Ava«, gurrte Georgette. »Das Kleid ist atemberaubend. Wir wüssten alle zu gern, wer es dir geschickt hat. Na los, wer ist der heimliche Verehrer?«

Ach, du lieber Himmel, dachte ich. Bis Morgen würde die ganze Belegschaft über meine nicht existente neue Beziehung klatschen. Ich beschloss zu lügen. »Nein, ich habe es mir selbst gekauft.«

»Jade schien zu glauben, dass es von David kam.«

Ich blickte ihr direkt in die glitzernd geschminkten Augen, und sie drehte den Kopf in Jades Richtung, um sich die Nase gleich neben dem Getränketisch zu putzen.

»Aber ich sollte eigentlich nicht darauf hören, was sie über dich sagt. Sorry.«

Ich besserte rasch nach, weil mir einfiel, dass sie den Absender auf dem Westwood-Paket gesehen haben könnte und Jade vielleicht gar nichts damit zu tun hatte.

»David hat nur den Versand veranlasst, mehr nicht.«

Georgette wechselte schnell das Thema, sie hatte alles erfahren, was sie wissen wollte, und war nicht bereit, sich eine gute Geschichte verderben zu lassen.

»Ich hab ja gesagt, dass sie ein Tunikakleid anzieht«, kicherte sie. »Bin mir nur nicht sicher, was sie daran so toll findet. Sie sieht aus, als käme sie aus der geschlossenen Abteilung.« Die anderen prusteten vor Lachen.

In dem Moment wurden wir gebeten, im Speisesaal die Plätze einzunehmen, sodass ich mich aus Georgettes Fängen befreien konnte und mich den Leuten anschloss, die durch die Doppeltür zu den Tischen drängten.

Jades grüne Augen waren auf mich gerichtet, als David sich setzte und mir einen Kuss auf die Wange gab. Wahrscheinlich hasste sie mich dafür und verfluchte mich, weil ich ohne sie am Vorstandstisch saß. Ich hoffte, dass sie vorhin nicht gesehen hatte, wie er mich anfasste. Dass es überhaupt niemand gesehen hatte.

David erhob sich, und ringsherum wurde es still.

»Ich möchte Sie alle in meinem Haus willkommen heißen und jedem persönlich danken für ein weiteres fantastisches Unternehmensjahr.«

Es wurde höflich geklatscht. Der Elefant im Raum war natürlich Olivia. Mir fiel auf, dass David von einem fantastischen Unternehmensjahr, nicht von einem fantastischen Jahr gesprochen hatte. »Wir haben es sogar ohne Skandal über die Bühne gebracht!«

In den Applaus mischte sich nervöses Gelächter, und irgendwo hinten rief jemand: »Beschreien Sie es nicht!« Denn im vorigen Jahr hatten wir einen Zwischenfall zu verbuchen gehabt: Der Parkplatz eines unserer Restaurantkunden war plötzlich in etlichen Internetforen als der Dogging-Hotspot Nummer eins in Großbritannien ausgerufen worden, an dem sich Leute zum Sex verabredeten. Ehe wir es wussten, wimmelte es auf dem Parkplatz von halb nackten Exhibitionisten und Voyeuren, und die Story gelangte in die landesweiten Nachrichten. Dann fielen aggressive Mütter über das Restaurant her, und die Reservierungen gingen um achtzig Prozent zurück – man hätte erwarten können, dass die Voyeuristen ein paar Tische bestellten, um den Schaden abzumildern, aber nein. Und der Twitter-Account der Marke war überlastet, weil so viele Leute empörte Kommentare abgaben. Wir vermuteten alle, dass die meisten der lauten Mütter, die sich »sehr beunruhigt über die Entwicklung in unserem Viertel« zeigten, zu den ersten Doggern gehört hatten, die noch Masken getragen hatten. Die lautesten Trolle waren immer die scheinheiligsten.

David kicherte leise, was die Stimmung augenblicklich auflockerte, und die Belegschaft war merklich erleichtert, weil ihr Chef offenbar nicht vorhatte, sich eine Viertelstunde lang über seinen privaten Verlust auszulassen.

»Ich habe jedoch mit einigen Kollegen über die Skandale gesprochen, die wir dieses Jahr tatsächlich hatten, und möchte heute Abend zwei mit Ihnen teilen, bei denen es uns gelungen ist, nicht in die Schlagzeilen zu geraten.«

Sein Publikum fraß ihm aus der Hand. Er hatte wirklich eine Gabe, zu Menschen eine Verbindung herzustellen, denn er wirkte charismatisch und faszinierend. Immer mehr bewundernde Ausrufe waren zu hören, wenn er bei seiner Rede kurz innehielt.

»Im Januar erfuhren wir, dass unser neuer Kunde, das Kinderbekleidungsgeschäft Gracie & Maine, unwissentlich einen verurteilten Pädophilen als Filialleiter in Cambridge eingestellt hatte.«

An einem hinteren Tisch protestierten ein paar Kollegen, die offenbar mit dem Mann zu tun gehabt hatten.

»Wir mussten das Unternehmen in das Konzept der Leumundsprüfung einführen und verhindern, dass eine Bürgerwehr mit Kameras anrückte, um den Mann in flagranti zu filmen. Offenbar hatten diese Leute das Geschäft seit Wochen beobachtet und wollten ihn ertappen, wenn er heimlich Kinder begaffte. Abscheulich. Und im April stellte sich heraus, dass die Geschäftsführerin unseres Prestigekunden Hollywell Health drei Millionen Pfund unterschlagen hatte, um sich damit etliche Schönheitsoperationen zu bezahlen. Ein Team von W&SP konnte den Knalleffekt auf eine Achtelseite in der Regionalzeitung begrenzen und unternimmt derzeit größte Anstrengungen, um ihre brandneue Doppel-G-Oberweite nicht auf Seite drei erscheinen zu lassen.«

Sein Vortrag war geschmeidig. Ich bewunderte, wie leicht es ihm fiel, vor Publikum zu sprechen.

»Und zu guter Letzt mein Lieblingsfall: Anfang des Jahres wurden wir darauf aufmerksam, dass ein sexgeiler Manager des Lokal-Hotels heimlich Kameras in allen Bädern der Zimmer installiert hatte.«

»Was? Ich hab da übernachtet!«, rief ein Mann an einem Tisch in meiner Nähe.

»Ich bezweifle, dass er dich beim Duschen beobachtet hat, Trevor.«

Trevor, der Gute, war der Hausmeister, und die Jahre waren nicht besonders schonend mit ihm umgegangen. Freundliches Gelächter ging durch den Raum, und der Kollege neben Trevor legte ihm einen Arm um die Schultern.

»Ironischerweise hat eine Sicherheitskamera des Hotels aufgezeichnet, wie er sich die Aufnahmen in seinem Büro ansah. Doch das Beste kommt erst noch: Er war dabei mit einem rosa Tutu bekleidet und stopfte Kochschinken in sich hinein. Keine Sorge, Kochschinken gehört heute Abend nicht zum Menü. Schließlich sollen hier niemandem die Pferde durchgehen.«

Applaus brandete auf, dann bedankte David sich bei allen und setzte sich wieder.

»Das war brillant«, sagte ich strahlend und meinte das ehrlich.

Er lächelte. »Es freut mich, dass du das so siehst, Liebes.«

20

Jade

Sie sabberte quasi, während David seine Rede hielt, bewunderte ihn für jedes Wort, und dabei trug sie ein Kleid, das nichts der Fantasie überließ, und kicherte neben ihm wie ein Schulmädchen. Jede Wette, dass sie in seinem Büro nach Feierabend mit großen Augen und leicht geöffnetem Mund um den Platz an seinem Tisch gebettelt hatte.

Ich drückte mir die Fingernägel so fest in die Handballen, dass es blutete. Das würde ein elend langer Abend werden, denn Josh war nicht hier, hatte mir auch keine Nachricht geschickt, warum er nicht konnte, und auch auf mein Foto nicht reagiert. Es war wirklich aus und vorbei; unsere Liebesbeziehung lag schon in Schutt und Asche, bevor wir sie richtig begonnen hatten. Wahrscheinlich schlief er mit einer anderen.

Mit den Nobodys neben mir wechselte ich kein Wort. Ich war nicht bei der Party, um Freundschaften zu schließen, sondern nur wegen Josh. Da daraus nun nichts mehr werden würde, war der Abend für mich sinnlos. Schon wieder war ich dank Ava im Hintertreffen. Es machte mich total wütend. Gerade als ich mir im Job mehr Autorität erworben hatte, stach sie mich aus. Schon wieder.

Ich überging die Melonenvorspeise, blockte jedes Gespräch ab und stellte eine Flasche Roten vor meinen Teller, um mein Territorium zu markieren.

Ich glaube, dass ich immer die Zweitbeste war, lag daran, dass mir die Erfahrung, Erste zu werden, vollkommen fehlte. Ich konnte mir nur in der Fantasie den Jubel ausmalen, die genüssliche Selbstzufriedenheit, die euphorische

Freude an der Niederlage der anderen. Ich sehnte mich danach, das zu erleben. Ich war immer das Mädchen hinter der Siegerin gewesen, das sich vornahm, sich noch mehr anzustrengen und eines Tages an ihrer Stelle zu stehen. Aber was man bis zum Erwachsenenalter nicht geschafft hat, ist später umso schwerer zu erlernen, zum Beispiel Fahrrad fahren, schwimmen, Freundschaften schließen, Fremdsprachen lernen. Schon als Kind hatte ich immer die zweite Geige gespielt. Meine Eltern waren zwei distanzierte Akademiker, denen ihre Wissenschaft und ihre Beziehung zueinander wichtiger waren als ich, sodass ich mir immer vorgekommen war wie ein überflüssiges Anhängsel. Ich fragte mich noch immer, wieso sie überhaupt ein Kind bekommen hatten. Meine Mutter erzählte mir einmal, mein Vater hätte mit uns wieder nach Hongkong – er stammte daher – ziehen wollen, als ich noch klein war. Ich sei aber »ein so ›heikles Kind‹ gewesen, das krank wurde, sobald wir zu seinen Verwandten reisten, ›nur um Aufmerksamkeit zu bekommen‹«. Der einzige Mann, mit dem ich eine Zeit lang zusammen war, benahm sich mir gegenüber gleichgültig, und als ich vorschlug, wir sollten den Rest unseres Lebens miteinander verbringen, bewies er lebhaftes Desinteresse. In der Schule gab es in jedem Fach irgendein Mädchen mit Rattenschwänzchen, das besser war als ich. Bei allen Sportarten war ich unter den Letzten, ebenso in Musik und in der Theatergruppe. Und nun im Beruf. Das Einzige, was sich tatsächlich geändert hatte, war meine Sichtweise: Früher hatte ich nicht geglaubt, dass das immer so bleiben würde, da war ich noch bemerkenswert stoisch gewesen. *Meine Zeit wird kommen,* dachte ich immer. Inzwischen war jedoch viel Zeit vergangen, und ich war offen gestanden nur noch sauer.

Das lästige Vier-Gänge-Menü war endlich vorbei, und

ich beschloss, mich an die Bar zu setzen. Mein Ziel: genügend Rotwein zu trinken, um die nächste halbe Stunde, in der die Leute tanzten, zu überstehen. Dann würden die ersten Taxis eintreffen.

Es war mir zwar gelungen, Ava so weit aus dem Weg zu gehen, aber meine Glückssträhne ging offenbar zu Ende, denn ich lief Georgette in die Arme, die in einem glänzenden rosa Ballkleid mit Push-up-Möpsen auf mich zutorkelte. War der Barbie-Look wirklich akzeptabel, wenn man über neun war?

»Netten Abend gehabt?«, hickste sie, dann brüllte sie dem Barkeeper, der nur einen Schritt entfernt stand, zu, er solle ihr einen Gin Tonic mit *frischer* Zitrone machen. Wahrscheinlich hielt sie das für vornehm. Ich überlegte, mir genauso laut einen Gin Tonic mit alter Zitrone zu bestellen, damit sie sich blöd vorkam. *Je älter, desto besser.*

Doch ich rollte nur die Augen und trank einen Schluck.

»Wo ist denn Josh abgeblieben, Schatz? Dachte, du angelst ihn dir heute Abend.« Sie schielte praktisch, so betrunken war sie. Barbie hätte das vermutlich nicht gebilligt. Nur – woher wusste sie das mit Josh?

»Er ist nicht da. Nicht dass ich dir je von meinem Liebesleben erzählen würde, du posaunst alles immer gleich aus.«

Sie sollte meinen ganzen Hass spüren.

»Warum bist du immer so zickig?«

Ihre Erwiderung traf mich unvorbereitet, und ich wich erschrocken zurück, sodass mir fast der Rotwein aus dem Glas schwappte. »So kannst du nicht mit mir reden!«

»Ganz im Ernst, du behandelst jeden wie Dreck, erwartest aber von uns allen, dass wir dir den Hintern küssen. Tja, das tue ich nicht. Nicht mehr.«

Sie schnaubte und stöckelte davon, um sich wieder zu ihren gackernden Hühnern zu gesellen. Ihre Bemerkung würde ihr noch leidtun. Dafür würde ich am Montag sorgen.

Zum Glück hatte David nicht die Angewohnheit, seine Angestellten zu fragen, was sie von ihren Vorgesetzten hielten. Georgettes »wahre« Meinung von mir würde meine Chancen auf den Job der Teamleiterin also nicht beeinträchtigen. Wenn ich ihn bekam, würde ich sie jedoch feuern müssen. Ich durfte niemanden, der so wenig Respekt vor meiner Autorität hatte, im Team dulden.

Gelangweilt sah ich mir die Leute an, beobachtete ein paar angesäuselte Kollegen, die versuchten, bei der Firmenfeier ein gutes Benehmen zu wahren, obwohl sie unter dem Gruppendruck beträchtliche Mengen Alkohol tranken. Dabei fiel mir etwas Interessantes auf, das sich weiter hinten im Raum abspielte. Ich lehnte mich ein wenig zur Seite, um sie besser sehen zu können: Ava und David, die miteinander tanzten, und zwar eng. Ich verfolgte es genau, wie sie sich kichernd mit ihm drehte und dabei immer benebelter wirkte, langsamer und ungeschickter wurde. Wahrscheinlich hatte sie den ganzen Tag nichts gegessen, um in das Kleid reinzupassen, und war deshalb schon nach ein paar Schlückchen Wein sturzbetrunken. Sie tanzten von den anderen weg, und ich lehnte mich noch mehr zur Seite, um sie sehen zu können. Sie bewegten sich auf die Tür in der Ecke zu. Dort drückte er sie gegen die Wand und küsste sie. Mir fiel die Kinnlade herunter. Ava ließ die Arme hängen. Sie flüsterte ihm etwas ins Ohr.

Was sie sagte, machte immensen Eindruck auf ihn, denn er schleifte sie praktisch aus dem Raum und durch die Tür von der Feier weg. Ich musste ihnen nach. Ich musste sehen, was daraus wurde.

Ich lief zwischen den Tanzenden hindurch, wich einer Kollegin mit vielen Haarknoten aus, die sich im Kreis drehte und ihr halb volles Glas gefährlich schräg hielt, und anderen, die nach acht großen Gläsern Bier auf der Stelle hopsten und das für einen akzeptablen Tanzstil hielten, und den Frauen, die beständig zur Toilette strömten.

Mir war schwindlig, als ich bei der Tür ankam, durch die David und Ava verschwunden waren. Wie beiläufig drückte ich sie auf und zog mein Handy hervor. Falls ich den beiden gleich hinter der Tür begegnete, würde ich so tun, als wollte ich ungestört telefonieren. Aber dort war niemand. Ich schaute rasch nach beiden Seiten, um abzuschätzen, in welche Richtung sie gegangen sein könnten, entschied mich für links und ging den Korridor entlang auf eine schmale Treppe zu. Weil ich mich auf meine Mission konzentrierte, war ich ein bisschen nüchterner geworden, und der Fußboden schwankte nicht mehr wie bei einer stürmischen Überfahrt. Hinter der Ecke entdeckte ich einen Aufzug, und die Zahl darüber wechselte, während er im Haus nach oben fuhr: eins, zwei, drei, vier, fünf. »Fünfter Stock«, hörte ich eine Automatenstimme sagen. Ich drückte den Rufknopf. Ich war nicht bereit, jetzt aufzuhören.

Es dauerte ewig, bis der Aufzug wieder da war, und sowie die Türen auseinanderglitten, drängte ich mich durch die Lücke und schlug auf den Knopf für den fünften Stock. Na los, los, los, los. Die Mechanik knarrte und ächzte, dann hielt er endlich an. Die Türen wichen so langsam zur Seite, als würden sie von lethargischen Schnecken bedient, aber durch den Spalt sah ich zwei Gestalten den muffigen Flur entlangziehen.

Mist.

Kaum war die Lücke breit genug, huschte ich hindurch und drückte mich gleich neben dem Aufzug flach an die Wand, in der Hoffnung, dass der Mauervorsprung des Zierbogens mir genügend Deckung gab. Genauso langsam, wie der Aufzug fuhr, kündigte die Automatenstimme das Öffnen der Türen an, ungefähr eine Minute nachdem sie sich tatsächlich geöffnet hatten. Ich hielt den Atem an. *Lieber Gott, bitte mach, dass sie sich nicht umdrehen oder zurückkommen.* Ich wartete ab, um nichts zu riskieren, und musterte meine Umgebung. Der Flur war mit dem gleichen roten Teppich ausgelegt wie das Erdgeschoss, ein sattes, majestätisches Rot mit goldenen Punkten. Der Mauerbogen, hinter dem ich mich verbarg, wirkte alt und stammte vermutlich aus der Entstehungszeit des Hauses.

Die Schritte verstummten, dann hörte ich das Rascheln von Kleidung. Vorsichtig streckte ich den Kopf vor und lugte an dem Mauervorsprung vorbei. Ich hatte die Geräusche richtig interpretiert. David trug Ava auf den Armen wie ein frischgebackener Ehemann, sie schmiegte den Kopf in seine Halsbeuge. Ich hatte das Handy noch in der Hand. Gerade öffnete er eine Zimmertür. Ich schaltete die Kamera ein, hob es hoch und zoomte. Er drehte sich zur Seite, um mit ihr durch die Tür zu passen, blickte dabei aber auf den Boden. Ich drückte auf den Auslöser. Erpressung. Die Lösung.

21

Ava

Ein Telefon klingelte laut und durchdringend, es vibrierte auf einer harten Oberfläche in der Nähe. Ich stutzte, weil sich neben mir jemand bewegte. Er ächzte. Das Klingeln wurde gedämpft und verstummte, das Gerät wurde auf die harte Fläche geknallt. Stille. Wo war ich? Mein Gehirn gab mir keine Antwort. Wer lag da neben mir? Zu erschrocken, um nachzusehen. Wonach stank es hier?

Ein säuerlicher, durchdringender Geruch stieg neben mir auf. Wie von selbst tastete meine Hand nach der Quelle, ein fremdes Körperglied, das an der Lösung des Rätsels mehr interessiert war als ich. Ich hielt die Augen fest geschlossen. Auf keinen Fall wollte ich richtig wach werden und mich der Realität stellen müssen. Meine Finger stießen unweit von meinem Gesicht auf Nässe, und ich begriff sofort: Erbrochenes. Jetzt konnte ich es nicht länger ignorieren. Hastig setzte ich mich auf und sah, hörte, roch, schmeckte und spürte alles auf einmal, die Szene ringsherum war ein Angriff auf alle fünf Sinne.

Ein Lichtstrahl schien grell durch einen schmalen Spalt zwischen den roten Vorhängen, wo Staub in der Luft tanzte, und warf einen Lichtfleck auf mein Kleid vom gestrigen Abend, das ordentlich zusammengefaltet auf einem Stuhl in der Zimmerecke lag. Ich saß in einem luxuriösen antiken Himmelbett. Am Betthaupt hingen zwei dicke Metallringe. Welchen Zweck sie hatten, konnte ich nur vermuten. Neben mir lag David und schlief. Er passte so wenig in diese Umgebung, dass ich ihn fast nicht erkannt hätte. Wieso lag er da? Was hatte ich hier zu suchen? Moment mal. War das sein

Schlafzimmer? Ich hörte nichts außer seinem Atmen. Der Geruch des Erbrochenen mischte sich mit dem der schalen Luft und haftete in meiner Nase. Mein Mund war trocken, mein Rachen schmerzte, und ich schmeckte mehr Reue, Scham und Verwirrung als alles andere. Ich griff neben dem Bett auf den Boden. Wo war meine Unterwäsche? Wieso hatte ich das Gefühl, eine Riesendummheit begangen zu haben?

Nach und nach drangen mir Bilder des vergangenen Abends ins Bewusstsein. Ich hatte mit David zu *Sweet Child O' Mine* im Speisesaal getanzt. Ich erinnerte mich an seine Bartstoppeln, den Whiskeygeruch seines Atems. Er hatte mir ständig auf die Brust gestarrt, mich an sich gezogen. Hatte er gefragt, ob er mich küssen dürfe? Es war dunkel gewesen, seine Hände waren an meinem Rücken hungrig nach unten gewandert. Ich hatte das nicht gewollt.

»David?«, sagte ich zaghaft. Meine Stimme klang heiser und überschlug sich bei der zweiten Silbe ein bisschen. Meine Kehle war rau wie Sandpapier.

»Ja, Liebes?« Er machte die Augen nicht auf.

»Was tun wir hier?«

Er zog eine Braue hoch, das Lid folgte träge der Bewegung. »Was glaubst du denn, was wir hier tun, Liebes?«

Sein Ton war anders als sonst. Er klang fast, als machte er sich über mich lustig.

»Ich habe mich im Schlaf übergeben«, sagte ich, wie um mir plausibel zu machen, dass die Situation nicht so sein konnte, wie es schien.

»Puh. Geh dich waschen, und komm zurück ins Bett.«

Er drehte sich auf die andere Seite.

Ich gehorchte automatisch und tappte ins Bad. Mein Magen krampfte sich zusammen, Übelkeit wogte in mir hoch. Ich kämpfte dagegen an. Eine riesige Badewanne stand am Fenster, das einen weiten Blick über Lavendelfelder bot.

Aus einer fast leeren Flasche Schaumbad tropfte es auf den Boden. In der Ecke gab es zwei Waschbecken, eins für ihn, eins für sie. Aber wir waren kein Paar. Das war überhaupt nicht geplant gewesen. Er war ein erstaunlicher, einflussreicher, brillanter Mann, und in letzter Zeit waren wir einander nähergekommen, klar, aber solch eine Nacht hatte ich ganz bestimmt nicht gewollt. Niemals. Meiner Erinnerung nach hatte ich nur ganz wenig getrunken, genau wie ich es mir vorgenommen hatte …

Ich hielt die Hände unter den eisigen Wasserstrahl und klatschte es mir ins Gesicht, bis ich richtig wach war. Dann musterte ich mich im Spiegel: verquollen, blass, wild zerzauste Haare. Ich erkannte mich kaum wieder.

Als ich mich zum Pinkeln auf die Toilette setzte, wurden die Magenkrämpfe schlimmer. Und in dem Moment dämmerte es mir.

Ich musste es nachprüfen, bevor ich den Beweis wegwusch.

Ich langte zwischen meinen Beinen durch in die Porzellanschüssel und hielt die Hand einen Moment lang unter mich.

Dann hob ich sie an die Nase und schnupperte.

Der Geruch war eindeutig.

Plötzlich vollkommen kraftlos, sank ich zu Boden und lehnte verstört an der Toilette. Was hatte ich getan? Ein Wust an Emotionen baute sich auf, aber ich musste mich beherrschen. Ich durfte jetzt nicht weinen. Ich musste das Haus schleunigst verlassen.

»Ava?«, rief David. »Alles in Ordnung da drinnen?«

Mein Bedürfnis zu pinkeln war vergessen. Ich stand auf und zog das T-Shirt – seines? – herunter, um meine Blöße zu bedecken. Zaghaft öffnete ich die Tür und trat auf die Schwelle.

»Ach je«, kicherte er. »Warum so schüchtern?«

»Nein, ich …« Er unterbrach mein Gestotter.

»Ich möchte dein Streben nach Sittsamkeit nicht unterminieren, aber ich kann deinen hübschen kleinen Hintern im Spiegel sehen, Liebes. Vielleicht würde ein Slip helfen?«

Meine Wangen brannten unter seinem zudringlichen Blick. Er hielt das für lustig. Ich tappte zu dem Stuhl und zog den weißen Slip unter dem Kleid hervor. Er war winzig. Ich hatte ihn nur gewählt, weil er der Einzige war, der sich unter der dünnen Seide nicht abzeichnete.

»Vielleicht hättest du etwas, nun ja, nicht ganz so Kurzes anziehen sollen, wenn du vorhattest, heute Morgen die Schüchterne zu spielen, nicht wahr?« Er schürzte die Lippen. Ja, er genoss das ganz offensichtlich. Er gehörte zu den Männern, die eine Frau je nach Wahl ihrer Kleidung für Freiwild hielten.

»Komm wieder ins Bett.«

Er lag auf dem Rücken, seine Brust war nackt, sehr schlank, sein Unterkörper unter der Decke verborgen. War er darunter nackt? Eine Hand unter den Hinterkopf geschoben, beobachtete er, wie ich nach einer Erwiderung suchte.

»Ich habe mich heute Nacht übergeben«, sagte ich noch einmal.

»Im Bett?« Er drehte den Kopf zur Seite. Als er die Fisch- und Kartoffelbröckchen in einer Pfütze liegen sah, sprang er aus dem Bett. Da hatte ich meine Antwort: Er war nackt.

»Oh Gott! Widerlich. Ich gehe duschen.«

Stolz wie ein todgeweihter Stier in der Arena durchquerte er das Zimmer. »Solltest du vielleicht auch tun, angesichts des Malheurs.«

Ich blieb, wo ich war, noch immer geschockt und ohne Erinnerung, wie ich in dieses Zimmer gelangt war. Noch einmal ging ich den Verlauf des Abends im Einzelnen durch. Wir hatten getanzt, sein Atem hatte nach Whiskey gerochen, er hatte mich gierig angefasst. Daran konnte ich mich erinnern. Aber an nichts, was dann passiert war. Gar nichts. Wenn mir wenigstens einfiele, wie sich diese Situation ergeben hatte, wäre mir nicht so unbehaglich gewesen. Er musste etwas zu mir gesagt haben, das alles änderte, sodass wir einander mit anderen Augen ansahen. Warum hätte ich das sonst tun sollen?

»Komm zu mir!«, rief er, was durch das Prasseln in der raumbreiten, ebenerdigen Duschkabine wie schauriges Geheul klang. Wenn ich das vor sechs Stunden wirklich gewollt hatte, warum fand ich den Mann dann jetzt so abstoßend?

Mein Verstand arbeitete nur langsam, und ich ließ die Frage unbeantwortet. Deprimiert setzte ich mich in dem winzigen Slip und dem geborgten T-Shirt auf den Boden und betrachtete die Situation noch einmal von allen Seiten: David war mein Chef. Ich hatte großen Respekt vor ihm und bewunderte ihn. Er hatte mir enorm geholfen. Aber er war älter als mein Vater. Bis zum gestrigen Abend hatte ich kein einziges Mal überlegt, mit ihm ins Bett zu gehen, aber aus irgendeinem Grund – vielleicht weil ich etwas getrunken hatte oder mich ihm verpflichtet glaubte – hatte ich mich plötzlich dafür entschieden. David hatte sich mir ganz sicher nicht aufgedrängt. Das war mir unvorstellbar. Er war bestimmt zu manchem fähig, aber dazu? Wie auch immer, ich konnte jetzt nichts mehr daran ändern, und für die nächsten beiden Stunden standen meine Prioritäten fest: Ich würde mich nach Hause zurückziehen, in das Haus, das David gehörte, und hartnäckig versuchen, mich zu erinnern. Anschließend würde ich mir überlegen, wie ich weiter damit umgehen wollte.

Dieser Mann konnte mich aus seiner Firma und aus seinem Haus rauswerfen. Auf keinen Fall durfte ich ihm etwas anlasten, dessen ich mir nicht hundertprozentig sicher war.

Als er aus dem Bad kam, war er verärgert, weil ich mich nicht zu ihm gesellt hatte, und klaubte unsere Sachen zusammen, dann ließen wir uns im Mercedes nach London chauffieren. Ich war heilfroh, dass kein anderer von der Belegschaft über Nacht geblieben war. Wie sollte ich David sagen, dass ich nicht in dieser Weise an ihm interessiert war? Warum hatte ich es überhaupt so weit kommen lassen? Ich war in sein Haus gezogen, hatte seine Hilfsangebote ausnahmslos angenommen, das Kleid getragen, das er für mich gekauft hatte. Es war offensichtlich, dass ich ihm etwas vorgemacht hatte, nicht wahr? Das war alles meine Schuld.

Während ich mich in Scham und Selbstverachtung wälzte, ging die Fahrt gut voran, das Grün der Felder und Gehölze wurde schon eine halbe Stunde später vom staubigen Grau der Hochhäuser und Straßen abgelöst. Wir plauderten über belanglose Dinge, und ich bemühte mich, meine Angst zu überspielen. Ich wollte ihm Unbehagen ersparen, schließlich hatte ich ihn diesen Morgen schon einmal zurückgewiesen.

Er drückte auf die Taste der Gegensprechanlage, um mit dem Chauffeur zu sprechen.

»Können Sie die Trennscheibe hochfahren?«

Summend fuhr eine schwarze Glasscheibe hinter den Vordersitzen hoch.

»Ich möchte für einen Moment ganz mit dir allein sein«, sagte er.

Ich nickte und starrte auf meinen Schoß, um ihm nicht in die Augen sehen zu müssen.

»Ich hatte eine wunderbare Nacht, Liebling. Und du?«

Verwirrt zog ich die Brauen zusammen und blickte nervös hin und her.

Ich weiß, was du getan hast.

»Ja.« Ich versuchte, mir nicht anmerken zu lassen, wie es tatsächlich in mir aussah, aber es klang nicht überzeugend.

»Du wirkst sehr still.«

»Ich … ich bin mir nicht sicher, ob ich schon bereit dafür bin. Es tut mir leid«, sagte ich kläglich und lächelte ihn an.

»Ach so.« Er verschloss sich. Um sich zu schützen.

»Gibst du mir das Wochenende Zeit, um über alles nachzudenken? Du weißt, ich hab im Augenblick den Kopf nicht ganz frei. Ich bin ziemlich überrascht, wie schnell das alles passiert ist.« *Und dass es überhaupt passiert ist.* »Mir geht so vieles durch den Kopf.«

Er griff nach meiner Hand. »Es tut mir leid, Liebling. Ich wollte deine Lage nicht noch komplizierter machen. Nimm dir so viel Zeit, wie du brauchst.«

Der Wagen hielt vor der marmorierten Säulenfassade von Olivias Haus, und sofort fühlte ich mich wie im Käfig. Nicht nur wegen David, sondern auch durch Charlie – wahrscheinlich wartete drinnen wieder ein Brief auf mich – und durch meine jüngst getroffenen Fehlentscheidungen. Vielleicht wäre es besser, vor all dem zu flüchten, solange ich noch die Chance hatte, unbeschadet aus der Situation herauszukommen. Es war ein großer Irrtum, zu glauben, David würde für seine Hilfe keine Gegenleistungen erwarten. Und nun war es passiert: Ich war praktisch seine Gefangene, und die Fesseln schnitten mir tief ins Fleisch.

22

Jade

Es war Montagmorgen, und ich hatte das ganze Wochenende über das Foto von Ava und David betrachtet. Ich kannte jedes kleinste Detail, hätte es aus dem Gedächtnis bis ins Einzelne beschreiben können, wenn das jemand verlangt hätte. Roter Teppichboden, weiße Tür mit glänzend silbernem Knauf, Davids Arme um ihren Körper, seine seitliche Haltung beim Schritt über die Schwelle, unscharfe Schatten in dem Zimmer dahinter. Ihr Kleid saß gar nicht mehr so hübsch wie während der Feier und war verrutscht, sodass viel mehr von ihrem Busen zu sehen war. Ihre Haut wirkte gelb wie alter Tequila. Ihr Kopf hing herunter, vielleicht hatte sie ihn kichernd in den Nacken geworfen, aufgeregt, weil sie die Nacht mit dem Chef verbringen würde. Davids Gesicht war ausdruckslos.

Das Foto war Dynamit.

Wenn David sie beförderte, dann würde ich das Foto im Büro verbreiten. Sollten die Kollegen entscheiden, ob sie in einer Firma arbeiten wollten, wo man mit dem Chef ins Bett gehen musste, um aufzusteigen. David würde Ava sofort fallen lassen, und ich stünde bereit, ihren Platz einzunehmen. Das Foto war eine erstklassige Versicherungspolice und hätte mir zu keinem besseren Zeitpunkt in den Schoß fallen können.

23

Ava

Eingehüllt in mein ältestes, gemütlichstes Sweatshirt hatte ich das Wochenende über gründlich über den Freitagabend nachgedacht. Den Anruf meiner Eltern hatte ich ignoriert und meine Social-Media-Seite für fremde Leute gesperrt und las von ihnen auch nichts. Ein Jahr lang war ich die meiste Zeit einsam gewesen, aber dieses Wochenende war der Tiefpunkt. Dem einzigen Menschen, der für mich da gewesen war, konnte ich nicht mehr vertrauen. Er hatte mir aus dem Schlamassel mit Charlie herausgeholfen, aber ich war vom Regen in die Traufe gekommen. Was sollte ich jetzt tun?

Einerseits liebte ich meine Arbeit, hatte große Aufstiegschancen bei W&SP, wurde von David gefördert und beschützt, er hatte mir einen Platz zum Wohnen gegeben, sich gekümmert, sich meine Probleme angehört; andererseits hatten wir miteinander geschlafen, ohne dass ich mich im Geringsten daran erinnern konnte, und nun hoffte er ganz offensichtlich auf eine ernsthafte Beziehung. Aber wollte ich deswegen wirklich meinen Job aufgeben? Nein. Was ich mir bei W&SP aufgebaut hatte, wollte ich nicht verlieren und war auch nicht bereit, wegen eines Fehlers auf den Posten der Teamleiterin zu verzichten. Zumindest noch nicht.

Am Montag ging ich nach Feierabend in den vierten Stock hinauf zu Davids Büro und klopfte an seine Tür. Ich wusste, was ich tun musste. Ich klopfte kräftig, durchsetzungswillig, fühlte mich aber, als stünde ich vor den Toren von Mordor. *Ich weiß, was du getan hast. Ich weiß, was du getan hast.* Seine

Assistentin war schon gegangen, zum Glück, denn so würde mein Besuch hoffentlich von niemandem registriert werden. Die Tür öffnete sich, und ich trat in den schwach beleuchteten Raum, in dem es verlockend nach Tequila und starkem Kaffee, Zigarettenrauch und Leder roch. Er saß wie immer weit hinten am Fenster. Seine klassisch geschnittenen Haare lagen makellos, und mit dem vergilbten Zeigefinger des lebenslangen Rauchers schnippte er gekonnt die Asche von der Zigarette. In meinem Beisein rauchte er selten, und ihn jetzt in seinem Büro dabei zu sehen, hatte etwas wirklich Beunruhigendes. War das nicht eigentlich verboten? Aber vermutlich galten solche Gesetze nicht für Leute wie David.

Er hatte mich noch nicht angesehen, sondern starrte durch die Glaswand neben seinem Schreibtisch, von dem er wie aus einer Festung ein wachsames Auge auf die Stadt hatte.

»David?« Ich ging zu ihm und setzte mich in den Sessel gegenüber.

»Ava.«

»Passt es dir gerade? Können wir reden?«

»Sicher.« Er lächelte, um mir die Befangenheit zu nehmen. Ich erwiderte es nicht.

»Erst einmal möchte ich mich entschuldigen. Ich war bei der Party wohl völlig betrunken, und ehrlich gesagt schäme ich mich für mein Verhalten. Dass ich mich übergeben habe, dass ich mit dir im Bett gelandet bin. So etwas tue ich normalerweise nicht.«

»Bitte, entschuldige dich nicht. Wir sind alle einmal jung gewesen, Ava. Sogar ich.«

Ich fühlte mich versucht, zu erklären, dass das nichts mit meinem Alter zu tun hatte.

»Und außerdem möchte ich fragen, ob wir versuchen könnten, es wieder so zu halten wie vorher. Ohne Sonderbehandlung wegen der gemeinsamen Nacht. Es sollte ganz normal zugehen. Ich denke, ich kann das, sofern du auch dazu bereit bist.«

»Natürlich.« Er wirkte bedrückt, ahnungsvoll. Dann drückte er auf dem Telefongerät des Schreibtischs eine Taste. »Du kannst jetzt rauskommen.« Aus seinem Bad drangen Geräusche. Ich drehte den Kopf zu der Tür hinter mir.

»Haben wir Gesellschaft? Soll ich lieber gehen?«

In dem Moment kam eine Frau aus Davids Bad, eine zierliche Erscheinung mit enormen Brüsten. Ihre Haare waren zur Hälfte zu einem Knoten gesteckt, und zur Hälfte flossen sie über ihre schmalen Schultern. Dann erkannte ich sie. Sie hatte vor meinem Einzug Olivias Haus geputzt. Ich stand auf, um ihr die Hand zu geben, und fühlte mich ungeheuer verlegen. Warum hatte er nicht erwähnt, dass sie da war? Was hatte sie durch die Tür gehört?

»Hallo, wir haben uns schon einmal gesehen. Ich bin Ava, Davids äh …« Ich geriet ins Stocken. Was war ich für ihn?

»Ava ist eine erstklassige Führungskraft meiner Agentur, Oxana.«

»Wollen Sie lange bleiben?«, fragte sie mit ihrem starken osteuropäischen Akzent. Ich entspannte mich ein wenig, weil ich hoffte, ihm doch nicht allzu viel zu bedeuten. Oxana schwebte durch den Raum, praktisch ohne jegliche Luftbewegung, und verschwand durch eine Tür hinter seinem Schreibtisch.

»Oxana ist eine Freundin aus Russland. Sie ist für ein paar Wochen in London, um sich um einige geschäftliche Angelegenheiten zu kümmern.«

Offensichtlich, dachte ich.

24

Jade

Entschuldige die Funkstille. Hab eine verrückte Woche hinter mir. Ich musste nach Monaco und hatte hinterher tonnenweise Arbeit zu erledigen. Verzeihst du mir? Und dein Foto ... Ich wollte warten, bis ich die Muße habe, um es zu genießen. Unter deinen schwarzen Kleidern verbergen sich starke Talente, das weißt du, oder?

Sowie ich die Nachricht sah, fing ich an zu hyperventilieren und blähte die Nasenlöcher, um so viel Luft wie möglich einzusaugen. Vielleicht hatte er die Blumen auf meinem Schreibtisch bemerkt oder reagierte endlich, weil ich ihn, seit er mich warten ließ, kaum angesehen hatte. Wie auch immer, meine Pläne hatten funktioniert.

Ich war wie betrunken vor Freude über jedes einzelne Wort und konnte meine Antwort keinen Moment aufschieben. *Also mach dich nicht verrückt, wenn er dir in Zukunft nicht gleich zurückschreibt. Dann hat er wahrscheinlich mega viel Dringendes zu tun, das ist alles. Denn anscheinend mag er dich.* Ich tippte auf *Antworten*. Es war ein Wunder, dass ich nicht eingeknickt war und ihn zwischendurch noch mal angeschrieben hatte. Deshalb ignorierte ich jetzt Georgettes Regel – »lass ihn immer eine Stunde warten« – und schrieb.

Das verstehe ich total. Klingt, als wärst du enorm beschäftigt gewesen. Ich bin froh, dass dir das Foto gefällt ;-)
Ich kam mir ziemlich albern vor, als ich mich gleich nach der Arbeit in meinen alten Bikini geschmissen habe. Das war ziemlich vorschnell!

Ich brauchte nur ein paar Augenblicke zu warten, dann kam seine Antwort. Mann, es war verdammt entspannend, wenn Leute einfach zurückschrieben!

Wenn du meinst, es geht noch besser, nur zu, ich werde mich liebend gern zurücklehnen und Jury spielen.

Scheiße. Noch ein Fotoshooting. Hätte ich bloß die Shiny-Leg-Bürste nicht weggeworfen!

Als ich aufwachte, herrschte draußen das schönste Sommerwetter, und die Sonne verwandelte meinen sonst so langweiligen Weg zur Arbeit in einen prächtigen Spaziergang. Ich pfiff unterwegs und ließ die nach Blumen duftende Luft in meine Lunge strömen. Dabei bekam ich auch einen klaren Kopf, was nicht passierte, wenn ich mit der Bahn fuhr. Ich blieb stehen, um die Buchfinken zwitschern zu hören, die zwischen den Bäumen hin und her flogen, und entdeckte zwei kleine Eichhörnchen, die einander einen Zaun hinauf- und hinunterjagten. Gierig atmete ich den Geruch von Blumen und Gras und *Leben*. Ich tänzelte, sprang und steppte während des ganzen Weges wie in einem Musical. Ich war so verliebt, ich konnte gar nicht anders! Ich hätte vor Freude platzen können! War es nicht fantastisch, wie sehr ein bisschen Sonnenschein die Welt in gute Laune versetzte?

Ehe ich mich an meinen Schreibtisch setzte, kramte ich im Rucksack nach meinem Handy und verzog mich damit in die hinterste Kabine der Damentoilette. Ich setzte mich auf den Deckel und scrollte durch den Chat mit Josh vom gestrigen Abend, bei dem ich ihn zuerst mit weichgezeichneten sexy Selfies zugeschmissen hatte. Zwischen den Bildern 835 und 850 war ich zu Höchstform aufgelaufen, nachdem ich entdeckt hatte, dass sich alle möglichen Sünden kaschieren ließen, wenn man die Haut mit versteckter Hand zur Seite zog. Jetzt wollte ich mich nur mal kurz vergewissern, ob er tatsächlich mit mir gechattet und ich das nicht bloß geträumt hatte.

Du solltest häufiger Grün tragen, das bringt deine Wahnsinnsaugen zur Geltung.

Meine Kleidung ist schwarz, schwarz und schwarz, fürchte ich. Ich sehe gern professionell aus, weißt du, dafür haben viele Kollegen kein Händchen mehr.

Ich finde, du würdest in Grün gut aussehen. Wie wär's, wenn du mal für mich etwas Grünes trägst?

Was zum Beispiel?

Unterwäsche?

Okay. Aber darf ich die aussuchen? Denn ich stelle allerhand Ansprüche an die Sachen, die ich gern trage.

Seit wann legst du die Regeln fest, Miss?

Ab jetzt, Großer.

Danach hatte er mir ein Foto geschickt, eines, das ich schon von seiner Instagram-Seite kannte: er mit nacktem Oberkörper, die Brustmuskeln in die Kamera gewölbt, die Haut schweißfeucht und fest von dem Work-out, das er laut Bildunterschrift gerade absolviert hatte. Seine Haare waren nass, schwärzer als schwarz, und er hatte ein weißes Handtuch gefährlich locker um die Hüften gebunden. Dabei streckte er die Zunge raus und kniff ein Auge zu, als ob er von seinem absolut perfekten Körper ablenken müsste.

Schätze, du kommst damit durch, mir ein altes Foto zu senden, an dem schon viele andere Leute ihre Freude hatten. Aber nächstes Mal will ich eins für mich allein! Du musst mir diese Regeln mal zukommen lassen, damit ich mich daran halten kann. Aber wo waren wir gerade?

Wir hatten die ganze Nacht gechattet, und das echt heiß und schlüpfrig, genau so, wie ich es schon nach meinem ersten Foto erhofft hatte. Wenn ich nur die Zeit zurückdrehen könnte zu dem Abend, an dem ich unbeherrscht in mein Kissen geweint hatte, dann würde ich mich trösten und mir versprechen, dass es nicht vorbei war, sondern das Schönste erst noch kam. Leider würden bis zur ersten Zeitreise noch einige Jährchen vergehen, und schließlich bekam man Regenbögen nicht ohne Regen zu sehen … Fast wurde mir schlecht von der dummen Redensart. Vor ein paar Tagen hätte ich jeden mit Vergnügen erschossen, der mir mit solchem Mist gekommen wäre.

Wer bin ich?

Es ist absolut erschreckend, wie überglücklich ich auf einmal bin!

Ich drückte auf die Klospülung, obwohl ich nichts gemacht hatte, nur damit die Kollegin, die vielleicht vor der Tür wartete, nicht herumerzählte, ich würde nicht abziehen. Nachdem ich vor dem Spiegel noch verschiedene Haarknoten ausprobiert hatte, beschloss ich, den Arbeitstag zu beginnen. Josh war noch nicht da, und ich setzte mich an meinen Schreibtisch. Georgette sah ein bisschen mitgenommen aus.

»Morgen!«, sagte ich gut gelaunt.

»Was ist denn mit dir los?«, krächzte sie.

»Draußen ist strahlender Sonnenschein!«

»Hat dich einer flachgelegt, oder was? Du benimmst dich seltsam.«

Ich lächelte in mich hinein und schaltete den Computer ein, ordnete die gerahmten Fotos um, die auf meinem Schreibtisch standen, sprühte mich demonstrativ mit einem Parfümpröbchen ein, das vor einer Drogerie verteilt worden war und angeblich nach Pfirsich und Perlmutt duftete.

Ich spürte ihn, bevor ich ihn sah, den Schwung der Doppeltür und einen Moment später seinen makellosen Körper, als er hereingeschlendert kam. Sah er ein bisschen übermüdet aus? *Ah!*

Ich muss wohl vor Entzücken gequiekt haben, als er sich hinsetzte, denn Georgette kicherte über mich.

»Du bist heute echt sonderbar, ganz ehrlich, du machst mir Angst.«

Das war so aufregend! Ich hastete zu den Toiletten, damit mich niemand so breit grinsen sah, und schrieb an Josh.

> Musste mich kurz wegschleichen, um meinen Puls zu normalisieren, nachdem ich dich habe reinkommen sehen. Wer hätte es für möglich gehalten, dass man nach einer schlaflosen Nacht den Morgen auf der Arbeit so genießen kann?

> Am besten, du beruhigst dich. Wir haben gleich ein Meeting mit Kai, und du willst ja schließlich, dass das unser kleines unanständiges Geheimnis bleibt.

Kai würde heute in die Firma kommen, um uns über einige Entwicklungen im Hinblick auf den Launch zu informieren. Wie sollten Josh und ich es schaffen, dabei die Finger voneinander zu lassen?

Heute war ein so guter Tag. Ich hatte Josh wieder auf meiner Seite und das belastende Foto gegen Ava in der Hinterhand. Der Mann gehörte mir, die Stelle gehörte mir, und das entscheidende Personalgespräch war nicht mehr fern. Alles, was ich je gewollt hatte, war zum Greifen nah.

Ich trank einen Schluck von meinem Karamell-Macchiato und schaute im Terminkalender nach, was heute anstand. Plötzlich war es im ganzen Büro völlig still. Ich löste mich von meinem Kalender und sah Kai kommen, der es offenbar eine halbe Stunde vor der Zeit geschafft hatte. Die Kollegen verstummten immer, wenn ein Kunde hereinkam. Über meine Blumen hinweg beobachtete ich, wie er zu Josh ging und ihm die Hand schüttelte. Was hätte ich nicht gegeben, um diese große, wunderbare Hand anzufassen. In dem Moment fiel es mir ein: der Blumenstrauß.

Scheiße!

Was, wenn Kai ihn erkannte und fragte, wieso er auf meinem und nicht auf Avas Schreibtisch stand?

Ich musste die Blumen verschwinden lassen. Sie sofort loswerden. Ohne Kai und Josh aus den Augen zu lassen – hoffentlich drehten sie sich nicht ausgerechnet jetzt zu mir und wollten mich zur Besprechung mitnehmen –, beugte ich mich nach vorn und griff rasch nach der Vase. Leider, und das hätte ich mir vorher denken können, stieß ich dagegen, und das so heftig, dass sie umkippte. Entsetzt sah ich zu, wie das Wasser über meinen Schreibtisch lief. Mein Notizblock, die Vorlagen für das Meeting, Zeitungsausschnitte und mein Handy wurden nass. Ich hatte keine Zeit, mein Handy zu retten, denn die Blumen lagen über alles verstreut, und als ich mich halb erhob, um sie wegzunehmen, sah ich Kai und Josh in meine Richtung kommen. Für eine Säuberungsaktion war es zu spät. Ohne Rücksicht auf Verluste raffte ich die Blumen zusammen, sodass viele Blüten abknickten, und warf sie unter den Schreibtisch, wo sie auf meinen Ersatzschuhen landeten, die ich immer dort stehen hatte. Georgette starrte mich an, als hätte ich einen epileptischen Anfall.

»Ich bin heute dermaßen ungeschickt, es ist furchtbar!«,

sagte ich zur Erklärung, dann stand ich auf, gerade noch rechtzeitig, um Kai und Josh entgegenzugehen und ihnen den Blick auf den Schlamassel zu verstellen.

»Hallo, Kai, wie schön, Sie zu sehen. Wie geht es Ihnen? Sind Sie gut durch den Verkehr gekommen?« Ich redete wie ein Wasserfall, mit hochrotem Gesicht und Blütenstaub an den Händen.

Kai warf die Hände hoch. »Grauenhaft! In den Zügen nach London fühle ich mich wie in einer Legebatterie, ehrlich, es verstößt wahrscheinlich gegen die Menschenrechte, die Leute derart eng zusammenzupferchen! Und der Geruch mancher Leute! Besonders im Sommer! Wann bekommen wir endlich klimatisierte Waggons?« Zur dramatischen Betonung tat er, als würde er ersticken, dann stolzierte er vor uns her in den Besprechungsraum.

Josh und ich lächelten uns hinter seinem Rücken schüchtern an.

Kai nahm am Kopf des Tisches Platz, Josh und ich jeweils an der Seite. Wir würden einander während der gesamten Besprechung in die Augen sehen.

»Jade, hast du die Sitzungsvorlagen für Kai?«, fragte Josh vollkommen sachlich.

Ich improvisierte. »Tut mir leid, Georgette hat gerade Wasser darübergegossen, aber ich habe jemanden um einen neuen Ausdruck gebeten. Sollte nicht lange dauern. Ich springe schnell raus und sehe, wo sie bleiben.«

Ich eilte hinaus. Im Großraumbüro krallte ich mir die Bürogehilfin meines Teams – mir fiel gerade ihr Name nicht ein (klein, Beine wie Bambi, Pferdeschwanz) – und gab ihr barsche Anweisungen: Druck das Dokument aus, hefte es zusammen, entsorge die Blumen unter meinem Schreibtisch, trockne mein Handy ab, nein, tu das als Erstes, dann druckst du die Unterlagen aus. Sie machte ein Gesicht, als hätte ich sie angeschossen, hielt sich aber tapfer aufrecht und setzte sich in Bewegung, um meinen Anweisungen nachzukommen. Ich hoffte, dass sie nichts verbockte. Das wäre das Letzte, was ich jetzt brauchte.

Kai, Josh und ich unterhielten uns für zwei Minuten, dann erschien Ava in der Tür in einer engen Lederhose. Ich musterte sie angewidert. Warum um alles in der Welt trug sie im Büro etwas so Aufreizendes? Wie unpassend!

Ich scherzte darüber, um Kai die Verlegenheit zu nehmen.

»Die Playboy-Villa hat angerufen, Ava. Sie wollen die Hose zurückhaben!«

Ihr fiel die Kinnlade herunter, sie wirkte peinlich berührt. *Gut.* Doch man hätte die sprichwörtliche Stecknadel fallen hören können, da keiner der Männer über den Scherz lachte. Stattdessen schoss Kai von seinem Stuhl hoch, um sie zu begrüßen, und sie tauschten mehrere Wangenküsse.

»Ich finde sie fantastisch, meine Liebe. Die hätte ich auch gern, aber dazu müsste ich Ihnen die Beine absägen!«

Kai war unglaublich gepflegt. Er hatte dichtes rotblond gefärbtes Haar, aber im Gegensatz zu den meisten Rothaarigen sonnengebräunte Haut. Der Look stand ihm und machte seine Haare zu einem auffallenden Merkmal, das ihm schmeichelte.

»Danke. Wie geht es Ihnen? Tolles Oberteil. Moschino?«

»Ja! Aus ihrer Capsule Collection. Kaschmir.« Kai schaute selbstzufrieden und bewegte die Schultern hin und her, um das teure Teil vorzuführen.

Ein Wolf im Schafspelz.

Auf dem Weg zu ihrem Platz schoss Ava mir einen Blick zu, der sagte: Behalte deine Ansichten für dich.

Ich sah sofort weg und befasste mich damit, den Projektor an den Laptop des Besprechungsraums anzuschließen.

In dem Moment kam die schreckhafte Bürogehilfin auf ihren Rehbeinen herein und legte die neuen Ausdrucke und eine Schale mit Reiskörnern und meinem Handy vor mich hin.

»Ich habe die Blumen unter Ihrem Schreibtisch aufgehoben, aber …«

Ich schnitt ihr das Wort ab, bevor sie mich noch weiter bloßstellen konnte. »Sie können jetzt gehen.« Sie schaute, als hätte ich sie zum zweiten Mal angeschossen. Gekränkt schlich sie aus dem Raum und machte die Tür ungeschickt hinter sich zu. Erwartete sie etwa frenetischen Applaus, weil sie ihre Arbeit erledigte? Sicher, es war nett von ihr, mein Handy in Reis zu legen. Aber ihr das zu sagen würde ihr Ego nur unnötig aufblasen. Ich hoffte inständig, dass das Foto von Ava und David, für das ich Leib und Leben riskiert hatte, noch abrufbar war. Ehe ich mir weiter Gedanken machen konnte, eröffnete Kai das Meeting.

»Vielen Dank, dass Sie sich alle die Zeit nehmen. Ava, es wäre schön, wenn Sie mir als Leiterin des Projekts einen Überblick über den Stand der Dinge geben und mich anschließend informieren, wie die anderen beiden vorankommen.«

Leiterin des Projekts?

Die anderen beiden?!

Ich sah Josh an und rollte die Augen, er blickte mich vielsagend an. Ich wusste genau, woran er gerade dachte, der schlimme Junge.

»Danke, Kai. Nach meiner Sicht der Dinge läuft alles bestens. Aber wir können jeder selbst darlegen, was wir hinsichtlich Frontreihe, Medienleuten, Security und Ticketverkauf erreicht haben.«

Ich konnte mich nicht im Geringsten konzentrieren, wenn Ava redete, im Ernst, das war ein echtes Problem. Sie hatte einen Singsang, bei dem ich mit den Gedanken sofort abschweifte. Josh schaute Ava ununterbrochen an, aber ich wusste, er dachte dabei an mich. Ich fragte mich, ob ich unter dem Tisch seinen Fuß erreichen könnte.

»Jade, möchtest du anfangen?« Alle Augen waren auf mich gerichtet. Ich schaute aus dem Fußraum auf und konzentrierte mich wieder.

Ich ging meinen Frontreihenüberblick genauestens durch, gab zu jedem Teilnehmer Hintergrundinformationen, die Kais Erwartungen überstiegen, und konnte sogar ein paar Seitenhiebe gegen Avas Reputation landen.

Schließlich fasste ich zusammen: »Alles wurde berücksichtigt, ich habe weitere zehn Teilnehmer bestätigt, ohne sie bezahlen zu müssen, und ich bin zuversichtlich, dass die Frontreihe voll besetzt sein wird.«

Halb rechnete ich mit einer Runde Applaus, aber ehe jemand klatschen konnte, redete Ava dazwischen. Ich lächelte sie süß an, die Arglosigkeit in Person.

»Entschuldige, dass ich kurz einhake, Jade, aber mir kam heute Morgen zu Ohren, dass in dem Lagerhaus hinter unserem eine Modenschau stattfinden soll. Ich glaube, Julien Macdonald oder Alexander McQueen, bin mir nicht ganz sicher, das wird ziemlich geheim gehalten. Bestimmt bist du darüber informiert, aber ich habe mich gerade gefragt, ob du mit unseren Teilnehmern darüber gesprochen hast. Ich möchte nur nicht, dass sie uns in letzter Minute hängen lassen. Hast du mit denen, die bezahlt werden sollen, Verträge gemacht?«

Sie war ein bisschen zu eifrig.

»Richtig, darum muss ich mich kümmern.« Ich klang sauer, und das war ich auch. Sie hätte mir vor dem Meeting Bescheid sagen können.

»Es macht mich wirklich nervös, dass Sie davon noch

nichts wussten, Jade«, sagte Kai. »Könnten Sie das sofort klären? Jemand soll uns die Details schicken, damit wir das besprechen können.«

Ich notierte mir das so wütend auf meinen Block, dass sich die Kugelschreiberspitze durchs Papier drückte. Dann mailte ich Georgette und bat sie, die Information auf den Rechner des Besprechungsraums zu schicken.

Kai ging zum nächsten Punkt der Tagesordnung über. »Als Nächstes möchte ich Sie mit ein paar Fotos der Location auf den neusten Stand bringen, damit Sie ein Gefühl dafür bekommen, wie die Bühne aussehen wird, nachdem das Set nun fertig ist.«

Er versuchte, sein Handy an den Computer anzustöpseln, löste aber ständig Fehlermeldungen aus. »Jade, ich habe Ihnen die Fotos gerade geschickt. Haben Sie vielleicht mehr Glück als ich?«

»Hm, ich kann sie aufrufen, aber ehrlich gesagt bin ich mir auch nicht sicher, wie das geht.«

Josh musste mich für einen Technikfeind halten. Zuerst mein angebliches WLAN-Problem und jetzt das. Ich konnte nur hoffen, dass er das Dummchen, das ich ihm seinerzeit vorgespielt hatte, noch immer liebenswert fand.

Ich entsperrte mein Handy und hielt es ihm hin, erpicht darauf, dass sich unsere Hände berührten.

»Ich kann helfen.« Ava schnappte mir das Gerät aus den Fingern. Sie steckte das USB-Kabel ein, das es mit dem Projektor verband, und ein paar Dialogfenster öffneten sich. Ava klickte sich durch. *Diesem Computer vertrauen? Fotos öffnen. Okay.*

Wir blickten alle auf den Bildschirm, als darauf ein Foto erschien, tausendmal größer als das, was mir von meinem Handydisplay vertraut war: ich mit angezogenen Beinen auf meinem schmutzigen Badezimmerboden, meine Genitalien von einem hässlichen schwarzen Slip bedeckt, mein weißer schlaffer Bauch über den stark gedehnten Seiten des Slips zu Speckrollen zusammengedrückt, ein Arm um meine enormen Titten gelegt, eine Hand auf dem der Kamera zugewandten Nippel, und mein extrem vergrößertes Gesicht mit einem sonderbaren Ausdruck, den ich beim Knipsen für sexy gehalten hatte, der jetzt aber nach schmerzhaften Blähungen aussah.

Das war mein Tod. Ich kreischte auf eine Art, die ich nicht für möglich gehalten hätte. Ich stürzte mich auf Ava, riss das Kabel aus meinem Handy und stieß sie dabei um. Sie jaulte auf, als sie das Gleichgewicht verlor, und Josh und Kai sprangen hinzu, um sie abzufangen, ein Zweikampf um den Titel des rettenden Ritters. Ich rannte hinaus. Ich flüchtete mich in die hinterste Kabine der Damentoilette, wo ich vorhin so glücklich gewesen war, und wiegte mich hin und her, um die Stimmen in mir zum Schweigen zu bringen.

25

Ava

Jade rannte aus dem Raum. Sie war so rot im Gesicht, als hätte sie einen Tausendmeterlauf hinter sich. Kai und Josh halfen mir vom Boden hoch.

»Alles in Ordnung, wirklich, mir ist nichts weiter passiert.«

»Sollte jemand nach ihr sehen?«, fragte Kai, bestürzt über die letzten dreißig Sekunden. Josh bot sich an und ging hinaus, kam aber nach ein paar Augenblicken zurück.

»Sie ist in der Damentoilette, aber sie wird's überstehen. Wir sollten nicht noch mehr Aufmerksamkeit darauf lenken. Machen wir da weiter, wo wir aufgehört haben. Sie kann sich wieder zu uns setzen, wenn sie so weit ist.«

»Wie konnte das passieren?«, überlegte Kai, als wir uns setzten.

»Ich denke, das Foto wurde automatisch hochgeladen, als ich die Geräte miteinander verbunden habe«, sagte ich. »Ich fühle mich schrecklich.«

»Vergessen Sie's«, sagte Kai beruhigend. »In ein paar Wochen wird sie darüber lachen.«

Er täuschte sich. Jade lachte über gar nichts.

Ich ließ Josh und Kai allein erörtern, ob unser Launch ein Reinfall werden könnte, weil zeitgleich eine Konkurrenzveranstaltung stattfand, und lief Jade nach. Ich musste unbedingt mit ihr reden. Dieser Vorfall war genau das, was bei ihr eine seelische Krise auslöste. Unsere Beziehung war ohnehin schon angespannt, sie war kurz davor zu zerbrechen.

Ich drückte die Tür der Damentoilette auf und ging hinein.

26

Jade

Ihre Absätze klapperten über die Fliesen, als sie auf meine Kabine zukam. Ich hasste sie. Ich hasste es, wie sie ging, wie sie nach jedem Schritt anhielt, hasste ihren übertrieben freundlichen Tonfall, als sie mich ansprach, und ich sperrte mich dagegen, die Kabine zu verlassen und ihr blödes Gesicht zu sehen.

»Jade?«, rief sie. Wahrscheinlich machte sie ein angespanntes Gesicht, schürzte ihre dicken Lippen und zog die Stirn kraus. Diesmal war sie zu weit gegangen.

»Jade, mach die Tür auf. Wir müssen reden.«

Ich weiß, was du getan hast, Ava. Ich kochte vor Wut und kam zu dem Schluss, dass ich bereit war, ihr entgegenzutreten, meiner Erzfeindin. Der Frau, die ich mit Vergnügen zu Fall bringen würde, wenn die Zeit reif war. Ich zog den Riegel weg und riss die Tür auf. »Ava.«

»Jade, es tut mir leid, das war keine Absicht. Deine Fotos haben sich automatisch hochgeladen, und es tut mir leid, es tut mir zutiefst leid.« Sie sah aus, als würde sie gleich weinen.

Doch ich war nicht David oder Kai, ich würde auf ihre Krokodilstränen nicht reinfallen. »Weißt du, ich würde dir ja gern glauben, wenn du nicht noch so viel anderes getan hättest«, fauchte ich.

»Was meinst du?«

»Du hast es wegen der Beförderung zu weit getrieben. Zuerst nutzt du Olivias Tod aus, dann zeigst du einem Topkunden das Foto, um mich unmöglich zu machen, und …« Ich beschloss, es auszusprechen, ihr einen mächtigen Schlag zu verpassen, und senkte die Stimme. Der Zeitpunkt war ebenso gut wie jeder andere. »Und jetzt schläfst du auch noch mit David.«

Sie war fassungslos und wich einen halben Schritt zurück. Auf einmal war sie so blass wie ihre Haare.

»Und war es das wirklich wert? Das alles nur, um mich auszustechen?«, fragte ich schäumend.

»Das mit David hat nichts mit dir zu tun, Jade. Ich schwöre.«

Wenigstens stritt sie es nicht ab. »Wie kommst du denn darauf? Schließlich kann ich jetzt, wo du in seinem Bett liegst, nicht mehr gegen dich gewinnen, nicht wahr? Egal was ich tue, ich werde die Stelle nicht kriegen.«

Sie stotterte und wusste nicht, was sie sagen sollte.

»Allerdings habe ich noch ein Ass im Ärmel, Ava. Ich kann den Leuten zeigen, was du getan hast, wie weit du gegangen bist. Ich habe Beweise. Ein Foto.«

»Was?« Sie riss Mund und Augen auf. »Wie das?«

»Ich bin euch bei der Sommerparty gefolgt und habe euch geknipst. Ihr seid in sein Schlafzimmer gegangen.«

Erpressung.

»Und ich werde es benutzen, weißt du. Wenn er dir den Job gibt. Dann versende ich es an alle, ich schicke es an die Presse. Ich werde euch öffentlich vernichten.«

Atemlos und zitternd stand ich vor ihr, berauscht von meinem Sieg. Endlich.

»Jade … das darfst du nicht tun, du verstehst nicht. Das Foto darf nicht an die Öffentlichkeit gelangen.«

»Okay. Dann kündige, verlass die Firma, verzichte, mach mit David Schluss und lass dich feuern. Mir ist egal, wie du es anstellst.«

Sie holte tief Luft. »Es ist, als hättest du vergessen, was wir getan haben. Was wir zusammen durchgemacht haben.«

Gleich würde sie etwas über Olivia sagen, und das konnte ich nicht ertragen. Auf keinen Fall wollte ich mit ihr über Olivia reden. Ich wandte mich ab. »Ich habe das nicht vergessen«, widersprach ich bestimmt. »Ich denke die ganze Zeit daran.«

»Dann kannst du mich nicht derart bedrohen, Jade, es steht zu viel auf dem Spiel.«

»Du meinst, ich soll mich zurücklehnen und dir die Stelle überlassen, ja? Einfach so? Und wenn nicht, dann ruinierst du uns beide?«

»Ich nicht, aber du offenbar, bei der ersten Gelegenheit. Ich weiß gar nicht, ob ich die Stelle überhaupt will, ehrlich gesagt, besonders nicht nach dieser Unterhaltung.« Sie überlegte kurz, ihr schien etwas einzufallen. »Das ist doch lächerlich, Jade. Wir waren mal Freundinnen. Was ist los mit uns?«

Ich würde mich nicht von ihr umstimmen lassen, nicht, nachdem sich alles so schön fügte. Mir war klar gewesen, dass sie versuchen würde, meinen Plan zu zerreden. Ich hätte mich dafür wappnen sollen, ich musste bestimmter auftreten. Sie wollte die Stelle mehr als sonst was, das wusste ich.

Komm, Jade, das kannst du besser. Ich spürte, dass sie meine Hände nahm, dass ihre weiche, warme Haut mich in Versuchung brachte nachzugeben.

»Bitte, Jade, hör mir zu: Es muss nicht so sein.«

An dem Abend stieg ich in mein klappriges Bett und zog mir die Decke bis unters Kinn. Das Bettzeug, das ich seit vier oder fünf Wochen nicht mehr gewechselt hatte, roch anheimelnd nach mir, nach Marlboro Reds und billigem Parfüm. Ich war betrunken und hatte eine Handvoll Pillen eingeworfen, um den Albtraum vom Vormittag nicht immer wieder von vorn zu durchleben. Nach dem Meeting hatte ich von Josh eine Nachricht bekommen. Sich hinter einem Bildschirm zu verstecken war definitiv seine Stärke.

Falls es dich tröstet: Ich finde, dass du auf dem Foto klasse aussiehst.

Nein, das tröstete mich nicht. Na ja, vielleicht ein bisschen. Ich war wütend, hatte einen geradezu biblischen Zorn auf Ava, obwohl sie mich irgendwie dazu gebracht hatte, mich mit ihr zu versöhnen, mich von Neuem überzeugt hatte, loyal zu sein und alles für mich zu behalten. Mir fielen die Augen zu, mein Kopf war schwer. Ich überlegte, Josh zu antworten, aber nach ein paar Entwürfen merkte ich, dass ich noch nicht bereit war, Frieden zu schließen. Ich wollte ihn zappeln lassen. Sollte er ruhig Angst haben, dass er es sich mit mir verdorben hatte, weil er nicht mir, sondern ihr zu Hilfe geeilt war. Und ehe ich es mir anders überlegen konnte, sank ich, erschöpft von den irdischen Anstrengungen, dem Schlaf in die Arme und ließ mich ins Traumland tragen.

27

Ava

Hypernervös saß ich vor seinem Büro und wartete darauf, dass seine Sekretärin mich zu ihm hineinließ. Ich war zum Personalgespräch gebeten worden, dem letzten, bevor er sich entscheiden würde, wem er die Teamleitung anvertraute. Aber während ich dasaß, zweifelte ich, ob ich das überhaupt noch wollte. Welchen Sinn hätte das? Ich hatte mich für die Stelle angestrengt, als ich meine Arbeit noch liebte, als ich zu David ein normales Verhältnis hatte und meine Arbeit für W&SP der einzige Lichtblick in meinem sonst so tristen Leben war. Aber jetzt war alles anders. David wollte mehr, als ich zu geben bereit war. Jade drohte, meine weitere Karriere zu sabotieren, wenn ich nicht Platz machte. Charlies Briefe kamen in immer kürzeren Abständen, und sein Ton wurde immer wütender. Diese Woche hatte ich jeden Abend einen vorgefunden, den er durch den Briefschlitz gestopft hatte. Sie aufzuheben und wegzuwerfen war zu einem widerwilligen täglichen Ritual geworden. Ich riss sie auf, las die erste Zeile, faltete sie sorgfältig zusammen und steckte sie in die Küchenschublade zu den anderen.

Du denkst, du kannst es besser, nicht wahr? Du musst wieder mit mir reden. Wir treffen uns morgen am …

Ich habe noch keine getroffen, die so perfekt und schön ist wie du. Du bist mein Ein und Alles.

Wie ich sehe, hältst du deine Fenster jetzt gut verschlossen.

Dreckige Schlampe, du hast mich gar nicht verdient.

Das war typisch Charlie: Er terrorisierte mich, stalkte mich, machte mir Angst, abends nach Hause zu kommen.

Doch wenn ich bei W&SP kündigte, aus Olivias Haus auszog, mich von David trennte, den Job und Jade hinter mir ließ, dann würde das alles aus meinem Leben verschwind…

»Sie können jetzt reingehen«, sagte seine Sekretärin in meinen Gedankenstrom.

Eine letzte Gelegenheit, dachte ich und ergriff den kalten Türknauf. Drinnen saß David in einem der gelben Chesterfield-Sessel, die eine Sitzgruppe bildeten, und blätterte in Notizen. Er sah nicht auf, als ich hereinkam, zeigte aber mit einem Arm auf den Sessel neben sich.

»Hallo«, sagte ich freundlich, und als er nicht reagierte: »Soll ich lieber noch mal wiederkommen?«

Er blätterte zerstreut in den Unterlagen und gab keine Antwort. Stattdessen hob er die Hand und bedeutete mir, still zu sein, so als hätte er mich nicht hergebeten und zehn Minuten lang draußen warten lassen, damit er zu Ende bringen konnte, was immer er gerade tat … Ich war nicht verpflichtet, mich seinen Machtspielchen zu unterwerfen. Also versuchte ich, sein Verhalten nicht an mich herankommen zu lassen, und lehnte mich leise seufzend zurück.

»Stimmt etwas nicht?«

Mein Seufzen ärgerte ihn.

»Nein, tut mir leid«, antwortete ich. Er hielt mit dem Blättern inne, dann drehte er den Kopf zu mir und sah mir prüfend in die Augen.

»Hör zu, Ava, ich muss mich bei dir entschuldigen. Offenbar hat unsere Nacht neulich bei dir Unbehagen ausgelöst. Es tut mir leid, dass ich die Signale missverstanden habe, wirklich. Ich hoffe, du kannst mir verzeihen.«

Er gab einen Fehler zu. Das hatte ich nicht erwartet. Ich wusste nicht, wie ich darauf reagieren sollte, zumal ich auch nicht wusste, welche Signale er meinte, da ich mich an gar nichts erinnern konnte. Ich sah in sein trauriges Gesicht, betrachtete die Falten. Er war müde. Konnte ich ihm sein Benehmen verzeihen? Ließen sich mildernde Umstände geltend machen wegen des Todes seiner Tochter?

Ich war mir nicht sicher. Deshalb sagte ich nichts.

»Nun, als Entschuldigung möchte ich dir die Stelle anbieten. Ava Wells, jüngste Teamleiterin in der Firmengeschichte. Klingt gut, oder?«

Ich war verblüfft. »Wie bitte? Einfach so?« Sofort dachte ich an Jade. Kam ein Nein überhaupt infrage?

»Du hast dich hier bewährt, nicht wahr? Außerdem hatte ich nie im Sinn, jemand anderen zu nehmen. Es stand von Anfang an fest, dass du die Stelle bekommst, Ava.«

»Wow, ich bin sprachlos«, stammelte ich. »Danke.«

Sein verschlagenes, schmallippiges Lächeln sagte mir, dass das noch nicht alles war.

»Können wir deine neue Verantwortung besprechen?«

Ich wechselte nervös die Sitzhaltung.

»Wie du weißt, bedeutet deine neue Aufgabe, dass du nur mir unterstellt bist.« Er schwieg für einen Moment. »Und ich habe gerne Gewissheit darüber, dass ich meinen Angestellten vertrauen kann. Das verstehst du doch sicher.«

Ich nickte langsam. Die Hände ineinandergelegt, strich ich mir unablässig über die Fingerknöchel.

»Erlaubst du mir ein paar Fragen?«

»Natürlich.«

»Bist du ein vertrauenswürdiger Mensch, Ava?«

Ich zögerte. *Ich weiß, was du getan hast.*

»Und ehrlich?«, fügte er hinzu.

»Ja«, antwortete ich hastig. »Ich denke, das bin ich.«

»Könntest du mir rasch deine Lebenssituation erläutern?«

Ich senkte den Kopf. Meinte er das ernst? Er blickte auf, hielt den Stift schreibbereit über dem Papier und wartete auf meine Antwort.

»Ich wohne in einem deiner Häuser …«

»Allein?«

»Ja.«

Er machte sich schweigend eine Notiz.

»Und dir ist klar, dass das Haus mit Sicherheitskameras ausgestattet ist?« Ich begriff, worauf das hinauslief. »Möchtest du deine Antwort noch ändern, Ava? Bevor ich sie notiere?«

»Du hast Charlie gesehen, stimmt's? Auf den Videos. Er kommt zurzeit jeden Abend und wirft einen Brief durch den Briefschlitz. Ich lasse ihn aber nicht ins Haus.«

»Warum hast du mir das nicht erzählt?«

»Weil ich dich nicht verärgern wollte.«

»Verärgern? Du verärgerst mich nicht, indem du mir die Wahrheit sagst, Ava. Verstehst du das nicht? Ich dachte, das sei zwischen uns längst klar und ich hätte deutlich gemacht, was ich erwarte. Du hast gerade behauptet, du seist vertrauenswürdig und ehrlich, aber du hast mir einiges verschwiegen. Wieder mal.«

Es gab nur eine Möglichkeit, mit David auszukommen: Ich musste mich in die Frau verwandeln, für die er sorgen wollte.

»Das wollte ich nicht, David. Es ist nur, weißt du …« Ich ließ meine Stimme ein bisschen schwanken. »Ich musste so lange allein mit Charlie zurechtkommen. Es ist für mich noch ganz ungewohnt, dass ich dir alles anvertrauen kann.«

Ich griff nach seiner Hand und merkte, dass ihn meine Berührung weichmachte.

»Also bist du mit niemandem zusammen?«

Ich schluckte.

»Du bist jetzt vollkommen ehrlich zu mir, ja? Und es gibt keine Geheimnisse zwischen uns, richtig?«

Ich weiß, was du getan hast.

Ich konnte mich nicht überwinden, zu sagen, was er hören wollte, darum drückte ich nur seine Hand und nickte.

»Du bist ein wunderbarer Mann.«

»Wenn dir Charlies Briefe Angst machen, Ava, kann ich zu dir ziehen. Ich würde auf dich aufpassen.«

Ich sah weg, weil mich der Gedanke, ihn im Haus zu haben, noch mehr abstieß als der ums Haus schleichende Charlie.

»Du erinnerst mich an sie, weißt du«, sagte er leise. Eine unsichtbare Last drückte mir die Brust zusammen, während ich mit meinen inneren Dämonen kämpfte. Plötzlich war ich blind vor Tränen. »Ich möchte dich einfach umsorgen.«

Die Tränen fielen auf meine Unterarme. »Ich weiß, David. Und dafür bin ich dir sehr dankbar.«

Doch das war nicht mehr wahr. Ich hielt seine Hand fest.

»Wir werden es langsam angehen lassen, Liebling, mach dir keine Gedanken.«

Verwischten wir die Grenze, die wir einvernehmlich gezogen hatten? Mir wurde schwindlig. Ich atmete tief durch, um mich zu fangen, denn mir war bewusst, wie furchtbar kompliziert mein Leben schon wieder geworden war.

Und David wusste nicht mal die Hälfte.

28

Jade

Für das abschließende Beförderungsgespräch war der Meetingraum im Untergeschoss bestimmt worden, und ich ging die Treppe hinunter. Dort unten brannten hellere Lampen, um den Mangel an Tageslicht wettzumachen, und an den Wänden hingen Gemälde mit viel Gelb.

Ich hatte eigentlich den schicken Blazer anziehen wollen, der immer über meinem Bürostuhl hing, hatte aber im letzten Moment entsetzt bemerkt, dass er durch den gelegentlichen Kontakt mit der Wand einen Farbstreifen bekommen hatte. Deshalb trug ich ihn jetzt überm Arm, um zu zeigen, dass ich einen bürotauglichen Blazer besaß, ihn zu dem wichtigsten Personalgespräch meines Lebens nur nicht überzog.

Mir war klar, dass ich unpassend aussah, und mir zitterten die Knie, als ich auf den Meetingraum zuging.

Ich wollte David die Hand geben, doch er erhob sich nicht und behielt die Finger verschränkt auf dem Tisch.

»Danke, dass Sie sich die Zeit für mich nehmen«, sagte ich und zog meine verschmähte Hand zurück. Ich nahm ihm gegenüber an dem Glastisch Platz. Er hatte weder Papier noch ein iPad oder Handy vor sich liegen. Da waren nur er und ich und mein ruinierter Blazer. Ich legte ihn auf den Tisch – die große freie Glasfläche zwischen uns war mir so unangenehm, dass ich sie mit etwas füllen wollte. Doch sobald er dort lag, wirkte das grässlich, zu leger und unernst, und ich bereute meine Entscheidung. Rasch griff ich danach, um ihn hinter mich über die Stuhllehne zu hängen, aber in meiner Hast fegte ich ihn zu Boden. Um das

Missgeschick möglichst geräuschlos zu beheben, beugte ich mich über die Armlehne, konnte ihn aber nur mit den Fingerspitzen greifen, und dafür war der Blazer wiederum zu schwer.

»Lassen Sie ihn liegen«, sagte David und schürzte die Lippen. »Es wird nicht lange dauern.«

Seine Feindseligkeit entmutigte mich. Deshalb fing ich an zu reden. »Ich wollte Ihnen noch mal danken, weil …«

Er hob die Hand. »Wollen Sie die Stelle wirklich, Jade?«

»Ja, natürlich. Ich habe acht Jahre lang darauf hingearbeitet.«

»Und Sie halten sich für geeignet?«

Das letzte Wort dehnte er ein wenig.

»Unbedingt, ja, definitiv.«

Er zog die Brauen hoch und nickte langsam, als hätte er mit einer anderen Antwort gerechnet.

»Aha. Gut. Dann sagen Sie mir: Warum haben Sie die Stelle mehr verdient als Ava?«

Mein Magen zog sich zusammen. Er wollte, dass ich sie herabsetzte. Das war meine Chance. Hatte er sie dasselbe gefragt? Hatte sie unser Geheimnis etwa ausgeplaudert?

»Nun, sie ist absolut gut in ihrem Job, aber ich bin schon länger in der Firma und habe einen Wissensvorsprung, den sie nie einholen wird.«

Er schaute beeindruckt, und für einen Moment glaubte ich, ein Lächeln zu sehen.

»Sind Sie vertrauenswürdig, Jade? Ein ehrlicher Mensch?«

Ich sah für einen Moment zur Seite.

»Ich schätze Mitarbeiter, auf die ich mich verlassen kann, loyale Mitarbeiter. Betrug oder Täuschung oder Unehrlichkeit kann ich nicht dulden. Schon gar nicht auf dieser Ebene.«

Ich dachte an das Foto von ihm und Ava. An meine Erpressungsabsicht. Meine Versicherungspolice, die mir die Beförderung garantierte. Ava hatte mich schon ausmanövriert. Ich konnte das Foto nicht benutzen, nicht nach dem, was er gerade gesagt hatte.

»Ich verstehe«, entgegnete ich zitternd.

»Und was würde Olivia Ihrer Meinung nach sagen? Wen würde sie für diese Aufgabe gutheißen?«

Ich schauderte. Ich hasste es, an Olivia zu denken. Ihre Stimme wurde in mir laut. Sie wollte keine von uns beiden als Teamleiterin.

»Ich wünschte, wir könnten sie fragen«, antwortete ich nach langem Zögern und lächelte gezwungen.

Er stutzte. Sein Blick kroch über mein Gesicht und drang durch den Schleier.

»Sie waren mit ihr zusammen, nicht wahr? In ihrer Todesnacht.«

In meinem Bauch entstand eine Unruhe, als wimmelte er von Würmern, und ich fühlte mich buchstäblich verdorben. Ich dachte an den Abend vor neun Monaten zurück. »Ava und ich waren mit ihr aus.«

Ich wollte möglichst wenig preisgeben.

»Ja«, sagte er darauf. »Aber warum haben Sie der Polizei nicht erzählt, dass Sie sie nach Hause gebracht haben?«

Mein Computer zeigte sechs Uhr an. Nach dem nervenaufreibendsten Personalgespräch meines Lebens wuchsen meine Schuldgefühle und Ängste. Ich war mir nicht sicher, ob David mir abkaufte, dass wir das bei der Polizei ausgesagt hatten. Ich könne mir auch nicht erklären, wieso das nicht in der Akte stand, meinte ich zu ihm, spürte aber, dass er etwas wusste. Ich sollte Ava warnen.

Die Hausbar hatte immer mittwochs geöffnet, und normalerweise mied ich sie, aber heute Abend überlegte ich, eine Ausnahme zu machen. Ava gesellte sich dort häufig zu den Kollegen, und so hätte ich Gelegenheit, mit ihr zu sprechen. Ich klappte meinen Taschenspiegel auf und schmierte mir Concealer über die Stressflecke, die am Kinn blühten, zweifellos durch die Besprechung, tupfte mir Pfefferminzgloss auf die Lippen und zupfte meine unordentliche Frisur zurecht. Ich wünschte, ich hätte mir am Morgen die Haare gewaschen, denn sie glänzten nicht so wie sonst. Ich tauschte meine flachen schwarzen Schuhe gegen die glänzenden High Heels. Ich wollte wenigstens passend aussehen.

Ein leichter Lösungsmittelgeruch stieg mir in die Nase, und ich blickte über den Schreibtisch. Georgette trug eine Schicht Glitzer auf ihre Nägel auf.

»Kommst du mit runter in die Bar, Jadey?«, fragte sie, ohne aufzuschauen. Mit vorgestreckter Zungenspitze richtete sie ihre Aufmerksamkeit auf den Ringfinger. Ich dachte an Ava und das, was ich ihr sagen musste, und sah sie mir die Antwort geben, die mich restlos beruhigen würde: *Mach dir keine Sorgen, Jade, er hat dich nach Olivias Todesnacht nur gefragt, weil neue Hinweise ans Licht gekommen sind. Die Polizei ermittelt jetzt einen bestimmten Zeitraum, aber da hatten wir das Haus schon verlassen. Ich habe ihm erklärt, dass es in unserer ersten Aussage nicht enthalten war, weil sich die Polizei für diese Zeitspanne nicht interessierte. Das hat sich jetzt geändert. Bitte mach dir keine Sorgen.*

»Sicher. Ich werde da sein. Hast du irgendein Parfüm bei dir, das ich benutzen darf?«

Sie warf mir ein Fläschchen zu, auf dem *Fantasy* stand. Vielleicht macht das meine Fantasien wahr, dachte ich, als ich mich damit einsprühte.

Und dann leuchtete mein Handy auf. Josh.

Bitte rede mit mir.

Ich sah zu ihm hinüber. Er hatte sein Handy schon wieder weggesteckt und sprach mit der benachbarten Kollegin. Ihre neuen Zähne waren ein bisschen zu groß geraten. Sie war überhaupt nicht seine Liga. Noch eine Nachricht ging ein.

Du siehst heute Abend toll aus!

Seit dem Fotodesaster hatte ich ihn zappeln lassen. Er war nicht für mich eingetreten oder hatte mich in Schutz genommen, und dass ich darüber nicht glücklich war, hatte ich ihn spüren lassen. Er hatte sich entschuldigt. War vor mir auf den Knien gerutscht. Und vielleicht wäre ich heute Abend bereit, ihm zu verzeihen. Ich dachte darüber nach, wie sich die Dinge entwickeln könnten, wenn ich mit Ava alles wieder ins Lot brächte. Mein Job hatte natürlich Vorrang. Aber vielleicht war meine Sorge unnötig. Vielleicht würde Josh auf mich zukommen, wenn sich die Hausbar leerte, mich mit seinen schönen Augen anblicken und sich zu mir neigen, um zu fragen, ob ich zur U-Bahn ginge. Ich würde Ja sagen, und er würde vorschlagen, unterwegs dahin in einem gemütlichen Pub Halt zu machen. Da würden wir ein paar Gläser zu viel genießen, dann würde er ein Taxi rufen, und draußen auf dem Bürgersteig würden wir uns küssen, und wenn das Taxi vorfuhr, würde er fragen, ob ich mit zu ihm kommen will. Auf dem Rücksitz würde es zur Sache gehen, kurz darauf würden wir in seine Wohnung stürzen, uns mit dem Lichtschalter nicht aufhalten, sondern die Schuhe von den Füßen treten und einander auf dem Weg ins Schlafzimmer ausziehen. Er würde mich hart küssen, der Alkoholgeruch in seinem Atem würde mich erregen. Am Morgen würden wir uns zu unterschiedlicher Uhrzeit krankmelden und noch stundenlang im Bett kuscheln, um uns besser kennenzulernen. Bei Sonnenuntergang würden wir merken, dass wir den ganzen Tag noch nichts gegessen hatten. Josh würde Pizza bestellen, wir würden einander damit füttern und dabei kichernd überlegen, was unsere Kollegen wohl davon hielten. Nach dieser Nacht würde ich seine Wohnung nicht mehr verlassen, denn am nächsten Tag würde er mich bitten, zu ihm zu ziehen. Und fünf Jahre später, wenn ich die Königin des Büros war, gleichzeitig den gesamten Kundenbereich leitete und nebenbei mit Seifen oder Schmuck Geld verdiente, würden wir zärtlich an jenen Abend im Pub zurückdenken und augenzwinkernd sagen: Wenn wir nicht noch was trinken gegangen wären, wäre das alles nicht passiert!

George und ich gingen zusammen in die Hausbar hinunter und zogen einen billigen Duftschleier hinter uns her.

»Bitte sehr, Schatz«, sagte George fröhlich, als sie mir ein großes Glas Rotwein in die Hand drückte. »Nach der Woche, die du hinter dir hast, ist das genau das Richtige.«

Ich sah sie misstrauisch an. Was wusste sie? »Wie meinst du das?«

Sie redete gar nicht erst drum herum. »Schatz, ich weiß von dem Foto in eurem Meeting. Ich hab's gesehen, tut mir leid.«

Mir war, als kämen die Wände auf mich zu. Sie änderte den Ton. »Du sahst heiß aus! Für wen war es?«

»Ich möchte nicht darüber reden«, sagte ich leise. Wenn sie es gesehen hatte, dann wusste es jeder.

»Buh, wie langweilig! Na komm, erzähl doch mal!«

Ihr Blick war gierig.

Wenn ich ihr überhaupt nichts verriet, würde sie etwas erfinden. Also machte ich vage Andeutungen.

»Okay. Na ja, ich treffe mich zurzeit mit jemandem, schon eine Weile, und er steht auf sexy Fotos. Er ist jünger als ich.«

»Oooh! Wie aufregend!« Sie glaubte mir nicht. »Wie heißt er?«

Ich sah sie vielsagend an. Als ob ich *dir* das verraten würde, *Schatz.*

»Ist es der, von dem du neulich die Blumen bekommen hast? Alle haben darüber geredet, über die rätselhafte Lieferung.«

Ich hätte ihr längst eine Geschichte dazu erzählen sollen. Dann wäre ich jetzt glaubwürdiger.

»Er ist wirklich aufmerksam«, krächzte ich.

»Und reich, wie es aussieht. Das war kein Billigstrauß. Ein paar rote Rosen waren dabei! Er muss dich wirklich mögen.«

»Ja, scheint so. Jedenfalls will ich nicht, dass die anderen davon erfahren. Das muss unter uns bleiben.« George strich mir über den Arm und versprach mir, mein Geheimnis nicht auszuplaudern. Sie würde das Gegenteil tun, das wussten wir beide.

Ich überließ Georgette Davids Silikonsekretärin, die mit einer Flasche Champagner zu uns gekommen war und stolz bemerkte, dass sie nie etwas anderes trank. Es sind immer die geschmacklosesten Leute, die solche dummen Regeln aufstellen, weil sie einem zeigen wollen, wie kultiviert oder vornehm sie sind. Jede Wette, dass sie nach zwei Gläsern nicht mehr zwischen Bollinger und Lambrusco unterscheiden konnte. Ich setzte mich in einen der großen Ledersessel, schlug züchtig die Beine übereinander und schob mir das Kleid dazwischen, damit niemand das Darunter sehen konnte. Zur Abwechslung. Sollte ich Josh jetzt antworten? Er war in der Bar noch nicht aufgekreuzt, und ich sehnte mich danach, ihn zu sehen. Und unsere Offline-Beziehung in Gang zu bringen. Vielleicht lag es am Wein, als ich die Finger über das Handydisplay bewegte, aber ich wollte direkt sein, kühn sein, ich wollte, dass aus der Sache mit uns etwas Richtiges wurde. Ich wollte das nicht länger verbergen müssen.

> Wie wär's, wenn du auf ein Glas nach unten kommst? Dann können wir vielleicht danach noch einen trinken gehen. Ich würde gern von dir persönlich hören, wie leid es dir tut.

Ich hatte ein gutes Gefühl dabei. Ich dachte nicht daran, wie es mir gehen würde, wenn er ablehnte. Das kam in meinem Plan nicht vor. Ich kippte den letzten Schluck Wein hinunter und ging durch die nun gut gefüllte Bar zur Theke, um mein Glas aufzufüllen. Mist, der Wein war alle. Das bedeutete einen Abstecher in den Vorratsraum. Ich rannte die Treppe hinunter ins Untergeschoss. Dort war es unheimlich still, und die Lampen schalteten sich nur durch Bewegungsmelder ein. Durch die Glastür war außer Dunkelheit nichts zu sehen, ein geschwärztes Fenster ins Unbekannte. Zaghaft öffnete ich sie und hoffte, das Licht werde sich dadurch einschalten, sodass ich dafür nicht erst in die Schwärze zu treten brauchte. Es dauerte zwei Sekunden, aber dann flammten eine Reihe Lampen nacheinander auf und führten mich wie die Notbeleuchtungsstreifen im Flugzeug zu meinem Ziel. Ich lief an dem Meetingraum vorbei und gab am Vorratsraum den Zahlencode ein. Das Schloss entriegelte mit einem Klicken. Um die Tür zu öffnen, musste ich mich mit ganzem Gewicht dagegenstemmen, denn sie hatte einen gedämpften Türschließer, der es unmöglich machte, den Raum hastig zu betreten. Der Wein wurde in der Ecke hinter der Tür gelagert. In dem gekühlten Raum bekam ich sofort eine Gänsehaut an meinen nackten Armen, und deshalb beeilte ich mich. Da die Raumtemperatur auf Weißweine und Champagner eingestellt war, lagen die Rotweine in einem kühlschrankähnlichen Gerät, in dem es wärmer war. Ich strich über die Flaschen. Cabernet Sauvignon, nein, miese Erinnerungen. Malbec, zu schwer. Pinot Noir, zu fruchtig. Merlot, hm, okay, Merlot war der Richtige. Ich nahm eine Flasche heraus und warf die Tür des Wärm-Kühlschranks zu.

Auf dem Weg nach draußen hörte ich etwas aus dem hinteren Teil des Lagerraums, hinter den vielen Regalen mit Kundenvorräten. Zuerst wollte ich es ignorieren, aber als ich mich der Tür zuwandte, hörte ich es wieder, ein gedämpftes Zwiegespräch, und es zog mich an wie ein Magnet. Was war so geheim, dass es hier unten besprochen werden musste? Meine Neugier ließ sich nicht mehr zügeln. Auf Zehenspitzen schlich ich in die Richtung und huschte an den Regalgängen vorbei, sodass die Stimmen genauer auszumachen waren. Ich hörte sie lachen, küssen, rascheln. Ich spähte durch die Lücken in den Regalen, und dann sah ich sie – Ava. Die Haare zerzaust, die Wangen gerötet, die Augen geschlossen, die obersten Knöpfe ihrer durchscheinenden Bluse geöffnet, die Arme hinter dem Rücken, küsste sie den Mann, der sie an eines der Regale voller AthLuxe-Klamotten drückte. Ich ließ die Weinflasche fallen. Sie zersprang auf dem Holzboden, der teure Merlot spritzte hoch und landete auf meinen Pumps, überzog meine Beine mit roten Flecken, um dann hinabzurinnen, breitete sich zu einer Pfütze aus und floss in die Dielenritzen. Beide drehten erschrocken den Kopf zu mir. Ava lächelte entschuldigend und zog die Unterlippe zwischen die Zähne. Josh zeigte kaum eine Regung, er ließ sie nicht einmal los.

Vielleicht hatte er gewollt, dass ich es herausfinde.

Vielleicht hatten sie mich die ganze Zeit über verarscht.

29

Ava

Die Rotweinlache breitete sich aus und nahm immer mehr Fläche ein, entfaltete größtmögliche Wirkung.

Ich fragte mich, wie lange sie dagestanden und uns beobachtet hatte, bevor sie die Flasche fallen ließ und hinausrannte.

»Unser Geheimnis ist wohl gelüftet«, sagte Josh nervös lachend und küsste mich am Hals.

Mir war flau.

Niemand hatte das mit uns erfahren sollen. Noch nicht.

30

Jade

Fluchtartig verließ ich den Lagerraum. Die Lampen im Gang reagierten erst, wenn ich schon an ihnen vorbei war, sodass ich immerzu ins Dunkle rannte. Ich hastete die Treppe hoch und durch die Glastür nach draußen auf die Straße, ohne meine Sachen von oben zu holen. Ich wollte nur noch eins: nach Hause.

Die Waggons waren rappelvoll und der Lärm und die Wärme beklemmend. Es war nicht mal ein besonders heißer Tag gewesen, aber es war feucht und schwül. Normalerweise hätte ich einfach auf die nächste Bahn gewartet, doch das kam jetzt nicht infrage. Ein Mann im Nadelstreifenanzug bekam meine verzweifelte Hast zu spüren, denn ich riss ihn beinahe um, als ich mich in den Waggon drängelte.

»Nicht so heftig, junge Dame!« Er sah mich ungehalten an. Ich wich seinem Blick aus, und ohne mich zu entschuldigen, kehrte ich ihm den Rücken zu, lehnte die Stirn an die Tür und hoffte inständig, die Fahrt möge schnell vorbei sein.

Mit gesenktem Kopf eilte ich in Denmark Hill den Bahnsteig entlang. Mein kurzärmliges Kleid gab meine käsigen Arme den Blicken preis, sodass ich unter all den sonnengebräunten Leuten enorm auffiel. Ich fing an zu weinen. Gerade als ich dachte, wir hätten unsere Differenzen beigelegt, gerade als ich dachte, wir hätten faire Verhältnisse geschaffen, agierte sie *wieder* hinter meinem Rücken und warf uns zurück. Zuerst hatte sie David für sich gewonnen und nun auch Josh. *Meinen Josh.* Ich schnaubte unwillkürlich, als ich daran dachte, wie widerwärtig sie war. Sie war wirklich zu allem fähig, wenn es um ihre Karriere ging. Ein Mann wich vor mir zurück, weil ich einen lauten, anschwellenden Ton von mir gab. Die Leute starrten mich an, sie hielten mich wohl für eine Verrückte. Ich rannte wie eine Besessene, gönnte mir keine Verschnaufpause und hielt endlich auf meine Haustür zu. Da erst wurde mir klar, dass ich meine Handtasche nicht bei mir hatte und folglich auch keinen Schlüssel.

Weinend warf ich mich gegen die Tür, die mich von der Abgeschiedenheit im Innern trennte, und tat mir die Schulter so empfindlich weh, dass ich in die Knie ging. Ich schlug mit den Fäusten an die Tür und schrie, damit mir jemand öffnete.

Doch es war niemand da.

Zur Firma zurückzufahren war mir unmöglich. In Gedanken spielte ich ein Szenario durch, in dem ich mitgenommen und frierend durch die Eingangstür trat. Im gesamten Barbereich würde es schlagartig still werden, alle würden mich anstarren. Jeder würde es wissen. Ich würde meine Sachen holen, man würde nur mein Schniefen und Rascheln hören wie von einer Ratte im Gleisbett bei Nacht. Und kaum wäre die Glastür hinter mir wieder zugeglitten, bräche ein Stimmenlärm los, und alle würden über mich reden und lachen.

Der Gedanke gab mir den Rest.

Statt mich dem auszusetzen, fasste ich einen tollkühnen Plan. Ich rannte zur Mülltonne, hob den schwarzen Sack heraus, den ich mit den verdorbenen Mahlzeiten einer Woche vollgestopft hatte, und kippte ihn aus. Der Gestank war entsetzlich: fischig, schimmlig, käsig. Es stank wie Verwesung, ungelogen, aber das war mir egal. Ich atmete ihn ein, allein auf mein Vorhaben konzentriert. Ich steckte den linken Arm in den Müllsack, in die klebrigen, schleimigen Müllsäfte, wickelte ihn mir um den Ellbogen und trat vor das Fenster.

Ich stellte mir Avas puppenhaftes Lächeln im Moment der Entdeckung vor, hob den eingewickelten Arm und schlug mit aller Kraft zu. Die Fensterscheibe zersplitterte. Der Arm war jetzt mit Scherben gespickt und blutete an manchen Stellen. Eine nach der anderen zog ich heraus, ich genoss geradezu den Schmerz, dann riss ich mir den Plastiksack herunter. Das Loch war groß genug, um hindurchzusteigen, doch dabei blieb ich mit dem Kleid an den Glaszacken hängen und schnitt mich erneut, an den Beinen ebenfalls. Ich war der schlechteste Einbrecher der Welt.

In meiner Straße interessierte das niemanden. Ich wohnte in einem der wenigen Viertel, wo eine Verrückte lautstark in eine Erdgeschosswohnung einbrechen konnte, ohne dass sich jemand darüber beschwerte.

»Was machst du denn da?«

Meine Mitbewohnerin stand plötzlich im Wohnzimmer. *Schock, Horror, Empörung!*

»Ich dachte, du wärst ein Einbrecher! Warum hast du die Scheibe zertrümmert?«

Ich antwortete nicht. Es gab nichts zu sagen. Meine Welt war zusammengebrochen, und nichts war mehr wichtig. Alles, was ich mir erhofft hatte, worauf ich mich gefreut hatte, war innerhalb eines Augenblicks zu Nichts zerfallen, und wenn ich die beiden nicht ertappt hätte, würde ich noch immer in der Illusion leben, die seine Lügen erzeugt hatten. Ich hatte sie zusammen gesehen, sie zusammen gehört, eingehüllt vom Geruch des herrlichen Merlot, der über den Boden floss. Wieso hatte ich immer Pech mit Rotwein? Wie ein Unglücksbringer war er mit meinen schlimmsten Erinnerungen verbunden. Ich hatte die Trockenheit der Luft geschmeckt, als eine unirdische Präsenz meinen Kehlkopf packte und mich verstummen ließ. Ich hatte das kalte Metall des Türknaufs berührt, als ich floh. Diese Erinnerung würde ich niemals loswerden, denn sie war mit jedem meiner Sinne verknüpft. Von Schnittwunden bedeckt legte ich mich auf die Scherben unter dem vorhanglosen Fenster, stinkend und abstoßend und schmerzerfüllt.

31

Ava

Dass ich Josh mochte, hatte ich zum ersten Mal an einem eisigen Abend im vergangenen Februar gemerkt. Ich machte Überstunden, um nicht nach Hause gehen zu müssen, trank Kaffee, um mich wach zu halten, und sah zu, wie draußen der Schnee fiel. Das Klicken meiner Fingernägel auf der Tastatur war ringsherum das einzige Geräusch. Gedanklich war ich mit meiner Trauer um Olivia und meinen Schuldgefühlen beschäftigt, und Charlie hatte mich schon den ganzen Tag mit Textnachrichten bombardiert. Zuerst entschuldigte er sich, weil er das Abendessen, kurz bevor ich es auftragen wollte, in den Abfall gekippt hatte, und als die reumütige Masche bei mir nicht zog, schlug er einen anderen Ton an.

> Du brauchst heute Abend nicht nach Hause zu kommen. Deine Sachen werden auch nicht mehr da sein.

Er schickte immer mehr solcher Drohungen. Ich wurde sie allmählich leid und ihn auch. Josh machte ebenfalls Überstunden, nachdem er kürzlich nach seiner Auszeit wegen Olivias Tod in die Agentur zurückgekehrt war, und als er schließlich den Heimweg antreten wollte, kam er in mein Büro. Während seiner Auszeit waren wir uns nähergekommen, hatten uns geschrieben und getröstet, Anekdoten über Olivia ausgetauscht, und sobald er wieder zur Arbeit kam, zog es uns zueinander wie zwei Magnete. An jenem Abend streckte er sich auf dem schwarzen Sofa in meinem Büro aus, das seine lange Gestalt fast gänzlich einnahm, und nicht mal die grellen Deckenlampen ließen in seinem schönen Gesicht einen Makel erkennen. Er rief mich zu sich, um mir etwas auf seinem Laptop zu zeigen, ein albernes Video, und wir saßen dicht nebeneinander, sodass sich unsere Beine und Arme immer wieder berührten. »Du hast so ein süßes Lachen.« Das sagte er zu mir, worauf ich den Daumen zwischen die Zähne schob und zum Spaß das Gegenteil beteuerte. Es gestaltete sich weder schwierig noch peinlich, sondern er neigte sich langsam, aber zielstrebig zu mir, fasste mir unters Kinn, zog mich heran, als hätte er mich an einer Schnur, und küsste mich zart auf die Wange. Dann brachte er mich zur U-Bahn. Dabei zogen wir die Kapuzen tief ins Gesicht, damit uns niemand erkannte, und gingen Hand in Hand, als hätten wir nichts zu verbergen, durch die verschneiten Straßen. Er wusste von vornherein, dass wir nicht einfach eine unbekümmerte Beziehung anfangen konnten, und tatsächlich war es schon nicht einfach, bevor David hereinplatzte und alles komplizierte.

Dabei war es meine Absicht gewesen, die Dinge möglichst einfach zu halten. Ich erzählte Josh nicht alles, was ich durchmachte, damit ich bei ihm einfach ich selbst sein konnte, die, die ich gewesen war, bevor Charlie mich quälte und verbog. Und während ich das so handhabte, erlebte ich etwas völlig Neues, das ich noch nie empfunden hatte: Freiheit, Selbstvertrauen, Unbeschwertheit und Liebe. Wenn ich mit Josh zusammen war, schien es, als hätte er alle Bitterkeit von mir genommen und durch Zuckerwatte ersetzt. Sogar heute, an meinem Tiefpunkt, ging es mir sofort besser, nur weil er bei mir war. Ich war ein Kind auf einem Rummelplatz und hatte den größten, nettesten, kuschligsten Teddybären gewonnen. Er war damit einverstanden, unsere Beziehung geheim zu halten, zumindest bis sich die Situation mit Charlie geklärt hätte, bis die neue Teamleiterin ernannt, bis ich in eine eigene Wohnung umgezogen wäre und bis wir es David erzählt hätten. Josh machte das Warten nichts aus, er war damit zufrieden, es in meinem Tempo anzugehen. Deshalb hatte ich ihm nicht in allen Einzelheiten erzählt, wie Charlie mich behandelte. Auch nicht, dass er mir einen Heiratsantrag gemacht hatte. Ich hatte ihm nichts über die Nacht der Sommerparty erzählt. Ich hatte es ihm nicht erzählt, als ich vermutete, dass David mehr als eine Freundin in mir sah. Ich hatte ihm nicht erzählt, dass David mir die Stelle der Teamleiterin angeboten hatte, als würde ich in die oberste Ebene seiner Mafia eingeführt. Und ich hatte Josh nicht erzählt, wie verzweifelt meine Lage war und wie sehr ich auf Davids finanzielle Hilfe angewiesen war. Stattdessen stellte ich meine Wohnsituation als völlig unproblematisch dar – »David hat mir angeboten, in Olivias Haus zu wohnen, solange ich mir etwas Neues suche. Es ist nur für ein paar Wochen. Ist das nicht nett von ihm?«

Josh gegenüber tat ich so, als pflege David ein väterliches Verhältnis zu mir, das ich einfach nur dankbar annahm – »David ist wie ein Fels in der Brandung, wirklich, eine große Hilfe.«

Nachdem ich am Morgen nach der Sommerparty neben David aufgewacht war, wusste ich erst einmal nicht, welche Konsequenzen ich ziehen sollte. Ich war fast überzeugt, ich müsse etwas falsch gemacht haben und hätte deshalb kein Recht, ihn mit Anschuldigungen zu konfrontieren, zumal ich nichts beweisen konnte. David war Joshs einziger Verwandter, und ich glaubte, es würde die Beziehung zwischen Josh und mir zerstören, wenn ich etwas gegen David sagte. Darum hielt ich den Mund.

Jetzt aber wusste Jade über uns Bescheid, und es würde sich bald herumsprechen. Ich musste noch einmal mit ihr reden, es ihr erklären … sofern das überhaupt möglich war.

Sie würde am Boden zerstört sein. Und dann würde ich mit David reden müssen.

Bei dem Gedanken, reinen Tisch zu machen, wurde mir übel.

Das alles war ein Riesenschlamassel!

Mein Plan, so vage er gewesen war, hatte völlig anders ausgesehen, und ich fragte mich, ob er sich überhaupt noch verwirklichen ließe. Würden wir je einfach Josh und Ava sein können?

Eigentlich war ich nicht gewillt, meinen Traum aufzugeben, war nicht dazu bereit. Josh war ein sehr ausgeglichener, amüsanter, attraktiver Mann, und ich liebte ihn. Und er liebte mich.

32

Jade

Meine Lider öffneten sich flatternd über meinen trockenen Augen. Ich sah alles verschwommen. Glasscherben knirschten unter mir, als ich mich auf die Seite drehte. Ich stank, aber das war mir egal. Meine Haut war eiskalt, meine Hände bläulich verfärbt, weil ich am offenen Fenster geschlafen hatte, doch ich nahm das kaum wahr. Ich wollte Wein. Die Scherben schnitten mir in die Handflächen, als ich mich aufstützte. Auf allen vieren kroch ich kraftlos wie eine kranke Katze in die Küche und nahm eine Flasche Sauvignon blanc aus dem Kühlschrank. Auf der Uhr am Herd war es vier Minuten nach sechs.

Ich hörte Absätze klappern. Meine Mitbewohnerin kam hereingerauscht.

»Wirklich?«

Ich sah sie nicht an, sondern nahm mir eine Handvoll Pillen und schleppte mich zurück ins Wohnzimmer. Ich zog die Decke vom Sofa, die ich noch nie gewaschen hatte, legte mich auf den Boden und schloss die Augen, um meine Mitbewohnerin nicht sehen zu müssen.

»Du darfst dir das nicht antun, Jade. Du musst dich der Realität stellen. Du hast also herausgefunden, dass der Typ ein Arschloch ist? Tja dann, willkommen in der Wirklichkeit.«

Halt die *Klappe.*

»Er war praktisch Single.«

Halt die Klappe.

Ich zog mir die Decke über den Kopf, worauf mich Staubgeruch einhüllte. Ich hatte es satt, ich hatte sie satt, ich hatte Josh satt. Alles und jeden. In meinem Magen rumorte es.

»Egal was passiert ist, Wein um sechs Uhr früh ist keine Lösung, das Büro zu schwänzen ist keine Lösung. Steh auf, geh duschen, räum die Scherben weg und geh zur Arbeit!«

Ich rastete aus. Mit aller Kraft, die ich noch hatte, brüllte ich sie an, brüllte wegen jedem ihrer Worte, weil sie mich verurteilend anstarrte, weil ich litt wie ein Tier. Als ich nicht mehr konnte, ließ ich mich auf den Boden sinken, wischte mir die Spucke vom Kinn, die bei meinem Gebrüll vom Mund geflogen war. Sie stand zähnefletschend in der Ecke. Warum verzog sie sich nicht einfach? Ich schraubte mir die Flasche auf und starrte sie an, während ich ein Drittel hinunterkippte. *Da! Das halte ich von deinen verdammten Ratschlägen.*

Mein Handy meldete eine Nachricht.

Wohin bist du gestern Abend verschwunden?

33

Ava

Unsere Beziehung war noch in der Anfangsphase, sehr, sehr frisch. In der Phase, auf die man zurückblickt, wenn man müde und alt und mürrisch geworden ist und sich vorstellt, noch einmal dahin zurückzukehren. Zumindest Josh lebte in der rosaroten Welt der jungen Liebe, und wäre die Situation anders gewesen, wäre ich mit ihm dort gewesen und hätte das glückliche Leben geführt, das scheinbar nur Familien in der Frühstücksflockenwerbung erreichen können. Manchmal konnte ich den Stummschalter unserer Beziehungsfernbedienung drücken und mich für einen erhebenden, seligen Augenblick von allem unnötigen Lärm befreien, und dann war ich ganz auf ihn, auf unsere Liebe, unsere Zukunft gerichtet. Ich lebte für diese stillen Momente.

Noch ein wenig erhitzt lagen wir beieinander auf dem frischen Baumwollbettzeug, und ich starrte ihn an, während er döste. Nach Davids Drohungen wegen mangelnder Ehrlichkeit und Integrität hatte ich Bedenken gehabt, in Olivias Haus zu übernachten, und als Josh mich fragte, ob ich bei ihm bleiben wolle, nahm ich das Angebot an. Ich wünschte mir, jede Nacht bei ihm bleiben zu können. Ich wünschte mir, die Seifenblase würde ewig halten.

Ich beschloss, David zu sagen, ich sei für einen Abend zu meinen Eltern gefahren, ich hätte den Geburtstag meiner Mutter völlig vergessen und sei dann noch aufgebrochen, obwohl es schon spät war. Ihn anzulügen war nicht die beste Idee, das war mir klar, aber das war nur vorübergehend, bis ich mir einen Ausweg überlegt hatte.

Zart strich ich mit der Fingerspitze von Joshs Nacken

aus seinen Rücken hinunter über jeden Höcker seiner Wirbelsäule. Er schüttelte sich ein bisschen, dann schnappte er blitzschnell meine Hand, wie eine Schlange die Kiefer um eine Maus schließt, und hielt mich fest.

»Was hab ich dir gesagt? Darfst du mich im Schlaf kitzeln?« Er konnte es nicht leiden, wenn ich ihn streichelte, aber ich wollte es mir nicht verkneifen! Er hatte einen wahnsinnig schönen Körper!

»Was hält der Tag heute für dich bereit, Schönste?« Er sah schläfrig aus, aber seine hellblauen Augen sprühten vor Leben.

»Hm, mal überlegen. Jade tut ihr Möglichstes, um den AthLuxe-Launch zu einem Reinfall zu machen, Kai wird uns beim nächsten Fehler feuern, und David ahnt nicht, wie nah wir daran sind, seinen größten Neukunden zu verlieren.«

Ich schmiegte die Wange an seinen Hals und genoss seine Körperwärme. Ich hatte keine Lust, zur Arbeit zu gehen, ich wollte einfach alles vergessen und den ganzen Tag lang bei ihm liegen.

»Ziemlich übel, hm? Jade ist furchtbar geworden, als wäre sie ein ganz anderer Mensch.« Er zog mich in seine Arme. »Uns beiden wird es gut gehen, Ava, solange wir einander haben.«

Ich schaltete den Lärm der Außenwelt ab und schwelgte in seinen Worten.

»Ich sollte heute mit ihr reden«, sagte er zögernd.

Ich stöhnte. »Willst du, dass ich dabei bin?«

»Ich halte es für besser, wenn ich mit ihr allein spreche. Dann fühlt sie sich nicht so in die Enge getrieben, weißt du?«

»Glaubst du, dass sie es Georgette erzählt? Wenn ja, weiß es bis Mittag das ganze Büro.«

Er schob die Finger zwischen meine und lachte, als wäre unser aufgedecktes Geheimnis eine Kleinigkeit und eigentlich nicht der Rede wert.

»Es tut mir leid. Das ist nur meine Schuld, weil ich mich im Büro nicht länger zusammenreißen konnte. Ich kann einfach nicht widerstehen, wenn …« Er hob mich auf sich, handhabte meinen Körper mühelos, sodass meine Beine rechts und links an seinen Hüften lagen. Dann schob er mir die Haare hinters Ohr. Ich schauderte. Die Geste erinnerte mich an David. Sie führte mir vor Augen, wie wenig Josh wusste.

»Wir sollten es David lieber früher als später sagen«, meinte er, als hätte er meine Gedanken gelesen, und verscheuchte damit Liebe, Lachen und Leichtigkeit aus seinem Schlafzimmer und ließ die unwillkommene Wirklichkeit herein.

»Vielleicht morgen? Heute hast du ja das Meeting in Croydon.«

»Perfekt«, sagte er.

Und einfach so trieb ein weiteres Geheimnis einen Keil zwischen uns. Eine weitere Lüge, die ich ersonnen hatte, um zu überleben, ein Problem, das nicht so einfach aus der Welt zu schaffen war. Ich musste mit David sprechen, bevor Josh es tat. Aber im Augenblick hing ich der Fantasie nach, einfach davonzurennen, Tausende Meilen zwischen mich und London zu bringen, zwischen mich und die lebensvergiftende Firma.

34

Jade

Die schaumige Neige rann aus der Bierdose in meine dehydrierte Kehle. Malzig und warm, der Geschmack der Verzweiflung, erinnerte mich an meine erste Erfahrung mit der Flucht in den Alkohol. Wenn ich in den Schulferien zu Hause war und alle schliefen, schlich ich mich nachts die Treppe hinunter und stahl zwei Dosen Bier aus dem Spaßvorrat meiner Eltern. Ich nahm sie mit in mein Zimmer und trank allein. Der Alkohol half mir, die langen, einsamen sechs Wochen zu ertragen. Ich war nie gut darin gewesen, Freundschaften zu schließen. Meine Eltern verbuchten das Trinken unter »Teenagerphase« und kamen nicht auf die Idee, mit mir könnte etwas nicht stimmen, denn sie selbst hatten auch keine Freunde.

Ich legte mich aufs Sofa – auf dem ich häufiger schlief als in meinem Bett oben – und hob hoffnungsvoll die Dose an den Mund, um einen weiteren Schluck zu frühstücken, doch es war kein Tropfen mehr drin. Na, meinetwegen. Sollte mir recht sein. Das war kein guter Zeitpunkt für die Flucht in den Alkohol. Ich musste mir einen Plan ausdenken. Ich warf die leere Dose auf den Boden, wo das dünne Aluminiumblech scheppernd auf seinesgleichen traf und zwischen die unzähligen leeren Dosen und Zigarettenschachteln rutschte.

Mein Zorn war nicht zu besänftigen. Josh hatte mich nicht nur belogen und ein Spiel mit mir getrieben, sondern seinetwegen stand ich auch als dumme Nuss da, die Nacktselfies von sich verschickte. Ich gehörte damit zu den vielen hirnlosen Frauen, die zu weit gingen und Dinge taten, die sie nicht tun wollten, nur um einen Mann für sich einzunehmen, und obwohl ich all das für ihn getan hatte, war Ava wieder die Siegerin. Er hatte sich für sie entschieden. Sie hatte ihn bekommen, diesen betrügerischen, asozialen, dreckigen, schnöseligen Scheißkerl.

Ich freute mich schon auf den Tag, an dem sie entdeckte, dass er sie ebenfalls betrog. Dann würde ich mit einer Schachtel Popcorn in der vordersten Reihe sitzen und jubelnd für eine Zugabe klatschen. Ich schleppte mich nach oben in mein Zimmer und zog mir mein unkompliziertes Tunikakleid an. Ein säuerlicher Geruch umgab mich, als ich es über den Kopf zog und merkte, dass es an den Achselhöhlen noch feucht war.

Ich fuhr mit dem Bus zur Arbeit und wählte einen der hinteren Sitze auf dem Oberdeck. Mir wurde klar, als ich Bier auf der Zunge schmeckte, dass ich vergessen hatte, mir die Zähne zu putzen. Ich schabte mir mit einem Fingernagel über die Zähne und hebelte weiter hinten Plaque aus einer Lücke. Ein junges Pärchen setzte sich auf die beiden Plätze vor mir. Wütend starrte ich auf ihre Hinterköpfe, als er den Kopf auf ihre Schulter legte und die Hand in ihren Mantel schob. Ich zog ein böses Gesicht. Im Berufsverkehr waren Zärtlichkeiten unangebracht. Wahrscheinlich war die Beziehung noch neu. Paare, die schon länger zusammen waren, hatten nicht den Drang, anderen Leuten ihr Glück derart unter die Nase zu reiben. Ich dachte an ihre armen Kolleginnen, die sich bestimmt ständig ihre Geschichten anhören mussten, ihre jüngsten Eskapaden mit dem umwerfenden … hm, er sah aus wie ein Michael – mit dem umwerfenden Mike. Umwerfender Mike. Das klang wie ein Widerspruch in sich. Jede Wette, dass ihre Kolleginnen das auch dachten. Und da hatten sie recht. Welcher Don Juan benutzte denn die Schulter seiner Geliebten als Kissen? Offenbar war er dieser moderne Typ Mann, bei dem sie die Spinne selbst aus der Badewanne entfernen musste, der es ihr überließ, die Regale im Gästezimmer aufzubauen, der aber auch erwartete, dass sie kochte, putzte, wusch und bügelte. Ich hatte fast Lust, ihr zur Arbeit zu folgen und ihr die Augen zu öffnen. Dieser Typ war der schlimmste. Ungefähr so stubenrein wie ein Lama, mit genauso zottigen, ungekämmten Haaren, und sie musste ihm wahrscheinlich jeden Morgen diesen lächerlichen Männerdutt binden, weil er nicht mal das selber konnte.

Während ich sie mit Blicken tötete und mir ausmalte, wie sehr ihre Kolleginnen sie hassten, holte ich mein Handy aus dem Rucksack, öffnete die Fotoalben und scrollte sie durch bis zu der Aufnahme von David und Ava. Ich zoomte sie heran, betrachtete jedes Detail, musterte die gruselige Blässe von Avas Gesicht. So würde sie aussehen, wenn sie tot war. Ich lächelte. Es würde mir eine Freude sein, Josh das unter die Nase zu halten.

Der Bus steckte im Stau, und die Fenster beschlugen. Ich lehnte den Kopf gegen die Scheibe und ließ das Kondenswasser in meine Haare laufen. Ich dachte an den bevorstehenden Arbeitstag. Wie befriedigend es sein würde, ihr die Unbeschwertheit aus dem Gesicht zu fegen! Es sollte wirklich eine Grenze dafür geben, wie lange man mit jemandem, den man nicht ausstehen kann, zusammenarbeiten muss. Die ersten paar Monate kommt man noch klar, dann wird jeder Tag anstrengender, man hört auf, seine Abneigung zu verbergen, und bald liegt man nachts wach und malt sich aus, wie man denjenigen am liebsten umbringen würde. Bei Ava war ich inzwischen so weit.

Zahl es ihr heim.

Nein, das reicht nicht.

Du musst mehr wagen, einen großen Coup landen, damit es ein für alle Mal vorbei ist.

Du musst ihr Blut schmecken.

35

Ava

Kais Nummer leuchtete auf meinem Apparat auf, und ich nahm ab, um nicht weiter über mein Verhängnis nachzugrübeln.

»Ava, ich habe überlegt, ob wir beim Launch Tüten mit Werbegeschenken verteilen sollten.«

Nichts davon war mir noch wichtig.

»Hmhm«, antwortete ich gereizt.

»Sollten wir für die VIPs anderes in die Tüten packen? Vielleicht sollte ich jedem Prominenten ein persönliches Kärtchen schreiben, Sie wissen schon: ›Willkommen bei der Präsentation unserer Kollektion, herzlichen Dank für Ihre Hingabe und Liebe zu unserer Fitnessmodelinie, wenn Sie Fragen haben, zögern Sie nicht, mich persönlich anzusprechen, hier ist meine Nummer.‹«

Ich zog eine Braue hoch. Wer empfand Hingabe und Liebe für eine Sportbekleidungsmarke? Du lieber Himmel. Was für Fragen erwartete Kai denn auf seiner Fitnessmoden-Hotline zu hören? Das war solch ein kompletter Unsinn. Ich musste an mich halten, um das Gerät nicht in die Ladeschale zu knallen. Ich biss die Zähne zusammen, und Kais oberflächliches, geistloses Gerede ging weiter.

»Ich denke nur, na ja, es wird großartig, sobald wir die A-Promis sicher haben. Vielleicht könnte ich sie zum Essen einladen? Jedem ein T-Shirt schenken, dann die Paparazzi rufen, damit sie uns beim Rauskommen knipsen. Oder soll ich das lieber alles auf meine Instagram-Seite stellen? Könnten Sie das organisieren?«

Kai wollte mit einem Promi gesehen werden und fünf

Minuten Ruhm absahnen. Sein Plan war ebenso durchsichtig wie tragisch. Doch leider durfte ich ihm das nicht sagen.

»Ich denke, das ist eine großartige Idee. Mit wem möchten Sie als Erstes essen gehen? Einem Kardashian?« Ich war sarkastisch, aber seine Eitelkeit vernebelte ihm den Blick für die Realität, und er merkte nicht, dass ich mich abgemeldet hatte, zu allem Ja sagte, weil es mir nichts mehr bedeutete.

»Ich liebe die Kardashians! Aber das Restaurant würde ich gern selbst aussuchen. Und ich werde einen Stilberater für den Abend brauchen. Nein, warten Sie, ich brauche ein Glamour-Team.«

Bis auf wenige Ausnahmen hatten unsere Kunden in PR-Fragen keinerlei Gespür. Es gehörte zu meinen Aufgaben, das zu wissen und ihnen dennoch das Gefühl zu geben, als würden sie sich bestens auskennen.

»Kann ich sonst noch etwas für Sie tun?«

Kai verneinte und beendete das Gespräch, gerade als ich Josh seinen Mantel nehmen sah. Er brach zu seinem Meeting in Croydon auf. Beim Hinausgehen lächelte er mich nicht an, was ich auch gar nicht von ihm erwartete, und ich selbst wandte mich meinen E-Mails zu. Die oberste brannte mir Löcher in die Netzhaut.

Ava, in mein Büro bitte. David

Sie bestand nur aus sechs Wörtern, aber sie hob meine Welt aus den Angeln. Er wusste es. Er wusste von Josh und würde mich gleich feuern. Meine rechte Hand fing an zu zittern. Wenn ich schon älter wäre, dachte ich in dem Moment, dann würde ich jetzt durch den Stress einen Schlaganfall bekommen. Wieder überlegte ich, einfach abzuhauen, doch andererseits wollte ich auch dafür geradestehen, was ich getan hatte. Denn mein naives Ich hoffte, David vielleicht bewegen zu können, mir zu verzeihen.

Ich stand vom Schreibtisch auf und stieg die Treppe zu seinem Büro hinauf. Die ersten Stufen fielen mir am schwersten. Meine Nerven lagen blank, und mein Magen zog sich zusammen. Bei unserer letzten Begegnung hatte er mir unmissverständlich klargemacht, was er auf keinen Fall duldete: Lügen. Und Nebenbuhler. Jetzt war ich im Begriff, ihm zu sagen, dass ich nicht nur mit einem anderen zusammen war, der mir wirklich viel bedeutete, sondern dass dieser Mann auch noch sein Adoptivsohn und einziger Verwandter war.

Ich schlenderte an seiner Sekretärin vorbei und reagierte nicht mal, als sie mich anblökte: »Entschuldigen Sie, Sie dürfen nicht einfach hineingehen, ich muss zuerst anfragen, ob er …«

Zu spät. Sie wollte sich gerade von ihrem Stuhl erheben, aber da machte ich schon Davids Tür hinter mir zu. Sie war kein besonders guter Torwächter. Ihre Reaktionszeit war haarsträubend. Ich traute mich nicht, seinen Geruch einzuatmen, denn der war so einschüchternd, dass er meinen Fluchtreflex auslöste. Deshalb achtete ich darauf, durch den Mund zu atmen. Als das Türschloss einschnappte, behielt ich noch für einen Moment die Hand am Knauf. Das Metall zu spüren war sonderbar beruhigend. Ich holte hastig Luft und drehte mich zu ihm um.

Er blickte auf. »Ava.«

Seine Stimme lauerte am anderen Ende des Raums, und ich sah ihn seine Lesebrille absetzen. »Danke, dass du heraufkommst.«

Auf Small Talk war ich nicht vorbereitet. »Kein Problem«, erwiderte ich. Mehr fiel mir nicht ein.

Ich setzte mich ihm gegenüber und schob die Hände unter meine Oberschenkel wie eine Schülerin, die gleich der Schule verwiesen werden soll. Als ich darauf wartete, dass er das Gespräch eröffnete, fiel mein Blick auf die Fotos auf seinem Schreibtisch. Auf einem war eine glückliche Olivia zu sehen, irgendwo an einem schönen Strand, mit einer Sandschaufel in der Hand und Eiscreme an ihren pummeligen Wangen. Daneben ein schwarz-weißes Familienporträt. Olivia kniete in der Mitte und lächelte ernst in die Kamera, David und seine Frau neben ihr in Freizeitkleidung der Neunziger: stark gebleichte Jeans und riesige gemusterte Hemden. Das dritte Foto stammte aus jüngerer Zeit, ein Selfie, das ich von ihren Social-Media-Seiten kannte: tief liegende gelbliche Augen, erschreckend dünne Arme, stark überschminkte Lippen, die blonden welligen Haare über die rechte Schulter nach vorn gelegt. Dieses traf mich besonders. Das Foto war ein Hilfeschrei, ihre Traurigkeit so eklatant, dass man unmöglich darüber hinwegsehen konnte. Dennoch hatten wir das getan. Wir alle. Es trieb mir die Tränen in die Augen. Am liebsten hätte ich die Uhren zurückgedreht, sie in die Arme genommen und ihr gesagt, dass ich ihr helfen würde, gesund zu werden. Doch das konnte ich natürlich nicht. Was geschehen war, ließ sich nicht rückgängig machen. Ich schluckte den Kloß in meinem Hals hinunter.

»Du weißt vermutlich, was ich dich fragen will«, begann er unheilverkündend. Mein Mund war wie ausgetrocknet, ich war von Kopf bis Fuß angespannt. »Wo warst du gestern Nacht, Ava? Mit wem warst du zusammen?« Mir stockte der Atem. »Ich habe mir die Kameraaufnahmen angesehen, um mich zu vergewissern, dass du gut zu Hause angekommen bist. Und gestern Abend bist du nicht aufgetaucht. Du hast mir nicht gesagt, dass du irgendwohin willst.« Er sprach langsam. »Also, sag es mir jetzt.

Mit wem warst du zusammen? Wo warst du? Das ist kein guter Anfang für deinen ersten Tag als Teamleiterin, Liebes.«

Ich hatte die Hände ineinandergelegt. Es sah aus wie bei einer Toten im Sarg. »Bei Josh«, brachte ich mühsam hervor. Dabei konnte ich ihn nur eine Sekunde lang ansehen, denn eine gefährliche Mischung aus Zorn, Eifersucht, Verwirrung, Fassungslosigkeit und Kränkung zeichnete sich in seinem Gesicht ab. Ich spürte, dass er sich zur Ruhe zwang, und hörte seinen Atem. Ich glaube nicht, dass ich ihn je zuvor hatte atmen hören. Alles, was er tat, war immer sehr zielgerichtet, denn er schätzte es nicht, überrascht zu werden. Ich sah auf den Boden und wusste, ich hatte die Büchse der Pandora geöffnet.

»Wie bitte?« Seine Augen leuchteten dunkel, fast schwarz.

»Wir sind zusammen«, sagte ich, den Blick auf ein Stäubchen unter seinem Schreibtisch geheftet. Ich klang unterwürfig, jämmerlich, wünschte mir sehnlichst, zu entkommen. Ich hätte fliehen sollen, als ich die Chance dazu gehabt hatte. Davids Miene war dagegen ausdruckslos bis auf ein winziges Flackern in den Augen, das ich nicht deuten konnte. Hatte er es vermutet?

»So.« Er schürzte die Lippen. »Du bleibst gern innerhalb einer Familie, ja, Liebes?«

Mir war, als hätte ich einen Tritt an den Kopf bekommen, und der Raum drehte sich taumelnd. Olivia sah mich von dem Foto höhnisch an. *Ich dachte, wir sind Freundinnen, Ava!*

»Ich habe ein furchtbar schlechtes Gewissen deswegen, wirklich.« Ich drängte Tränen zurück.

»Du hast mich benutzt. Du hast mich benutzt, um Charlie verlassen zu können. Und Josh war deine Absicherung, dein Ersatzplan? Wenn er erfährt, was du getan hast, wie berechnend du vorgegangen bist, dann … Nun ja, ich nehme an, du hast es ihm nicht erzählt. Umso besser.« Er schlug mit der Faust auf den Schreibtisch, eine wütende, endgültige Geste. Ein Fotorahmen kippte und fiel über die Kante. Funkelnde Glasscherben verteilten sich über den Boden. Ich fuhr erschrocken zurück und zitterte vor Angst.

»Verschwinde«, sagte er höhnisch grinsend, und seine Wut züngelte in den Mundwinkeln.

Die Straßen waren leer, als ich in Pimlico aus der Bahn stieg. Prasselnder Sommerregen schlug mir ins Gesicht, als wollte er mir eine Lektion erteilen, und ich ging, so schnell mich meine Füße trugen, durch die Seitenstraßen zu Olivias Haus. Ich konnte jetzt nur noch eines tun.

Der Wind nahm zu. Eine warme Bö fuhr mir in die Haare und wehte sie mir über die Schultern, dann donnerte der Regen herab wie eine Sturzflut und durchnässte mich bis auf die Haut. Ich achtete auf den Bürgersteig vor mir und beschwor ihn, sich zu verkürzen, damit ich schneller ins Trockene gelangte. Aus dem Augenwinkel sah ich jemanden im Regen stehen und blickte auf. Die Gestalt schälte sich aus dem Regendunst. Ein Mann. Ruhig. Groß. Er wartete. Halb verborgen. Das war unverkennbar er.

Josh.

Mir sank das Herz, als sein markantes, eindrucksvolles Gesicht mich durch den Regen anstrahlte. Wieso stand er vor Olivias Haus? Wir hatten vereinbart, dass er nicht hinkommen würde, bevor mit David alles bereinigt war.

»Gutes Timing!«, rief er. Im Gegenteil, dachte ich.

»Croydon war deprimierend«, sagte er, als wäre alles wie immer, und dadurch fühlte ich mich noch schlechter. Zu dieser Normalität würden wir nie wieder zurückkönnen. Im Haus schlang ich die Arme um ihn, so weit ich irgend konnte, und hielt ihn fest. Mir war egal, wie nass wir beide waren. Er küsste mich auf die Stirn, und ich zog den Kopf zurück und sah ihm in die Augen.

»Was machst du hier?«, fragte ich. Wir lösten uns, um die nassen Mäntel auszuziehen.

»David hat angerufen. Er wollte sich hier mit mir treffen. Er wird gleich hier sein.«

Fast gaben meine Beine unter mir nach.

»Wie war dein Nachmittag?«, fragte er. »Du wirkst ein wenig niedergeschlagen.« Er strich mir durch die nassen Haare und hob mein Kinn an, sodass ich gezwungen war, in seine schönen Augen zu blicken. »Weiß David es schon?«

Ich zögerte, unschlüssig, was ich sagen sollte. »Meiner Mutter geht es schlecht.«

»Was? Oh Gott, ich hatte keine Ahnung, das tut mir leid.« Er neigte den Kopf ein wenig zur Seite und sah mich aufmerksamer an. Konnte er mir ansehen, dass ich log?

»Ich muss heute noch zu ihr fahren. Es tut mir leid, du wirst es David allein beichten müssen.«

Ich redete mir ein, dass ich nach außen hin halbwegs wie immer wirkte. Innerlich sah es dagegen ganz anders aus. Mir war schwindlig, mein Herz klopfte wie wild, mein Atem ging flach. Die Anzeichen einer bevorstehenden Angstattacke.

»Kannst du noch eine halbe Stunde bleiben?«, fragte er hoffnungsvoll. »Ich habe uns Pizza bestellt.«

Wenn es doch nur so einfach wäre! Mir schlotterten die Knie, als er in die Küche ging, und die Welt kippte um neunzig Grad, meine Ohren klingelten, dass ich fast nichts anderes hörte, und mein Kopf drohte zu platzen. Aber irgendetwas zog mich vom Abgrund weg. Mein Überlebensinstinkt vielleicht. Mein nächster Schritt.

Meine Flucht. Ich rannte nach oben und warf alles, was hineinging, in einen Koffer. Das meiste dürfte Olivia gehört haben, doch das war mir in dem Moment egal. Ich besaß nichts Eigenes mehr. Was mein nächster Schritt sein würde, wusste ich noch nicht, nur dass ich wegmusste. Ich dachte nicht darüber nach, was ich einpackte. Was mir bei meinem Gang durchs Schlafzimmer unter die Finger kam, landete im Koffer. Was nicht, blieb dort. Vielleicht würde ich heute Abend nach Hause fahren, dann an die Küste. Oder nach Übersee? Amsterdam? Spanien? Amerika? Ich hörte Josh an die Tür kommen, dann fiel ein Schatten ins Zimmer.

»Ist alles okay?«

Ich zuckte zusammen, als seine Stimme in meine Überlegungen drang. Nach einem kurzen Seufzer antwortete ich. »Ja, ja, natürlich. Ich muss nur nach Hause fahren.«

Er schaute auf meinen überquellenden Koffer. Der Deckel würde ganz bestimmt nicht zugehen.

»Wie lange willst du wegbleiben?« Er schoss mir einen Blick zu. Einen, der sagte: *Ich weiß, dass du mich anlügst, aber ich weiß nicht, warum. Ich möchte dir vertrauen, weil ich dich liebe, aber du machst mich gerade verrückt.* Die Vorstellung, wie er sich fühlen würde, wenn David ihm erzählte, was wir miteinander getan hatten, war mir unerträglich. David war besessen von Loyalität und Ehrlichkeit, und Josh war genauso. Wie hatte ich nur glauben können, das würde für mich keine Konsequenzen haben? Ich löste mich mühsam von seinem eindringlichen Blick.

»Solange ich gebraucht werde, nehme ich an.«

Unter seinen aufmerksamen Augen wuchs meine Reue, und je stärker ich sie wegzudrängen versuchte, desto hartnäckiger blieb sie. Mir war, als versänke ich in Morast, als zöge mich jede Bewegung tiefer hinein, als müsste ich meine ganze Energie mobilisieren, um mich zu befreien, und es wäre dennoch vergeblich. Ich warf ein paar Kleidungsstücke aus dem Koffer, damit sich der Deckel schließen ließ, zog den Reißverschluss zu und schob mich mit dem Koffer an Josh vorbei. In meinem Wettlauf gegen die Zeit rannte ich die Treppe hinunter.

»Ruf mich an, wenn du da bist, okay?« Er war nur wenige Stufen hinter mir.

»Klar«, sagte ich auf der Haustürschwelle. Ich sah ihn über die Schulter an. »Der Verkehr wird schlimm sein. Wahrscheinlich dauert es ewig. Bleib deswegen nicht auf.« Plötzlich merkte ich, dass mir Tränen über die Wangen liefen. Ich wusste, ich würde ihn nicht anrufen. Ich würde ihn nie wieder anrufen.

»Weine nicht, Ava. Alles wird gut. Solange wir beide ehrlich zueinander sind, okay?«

Die Worte brannten wie Säure und öffneten meine Schleusen.

Er drehte mich zu sich herum und versuchte, die Tränenflut mit Küssen und Versprechungen zurückzudrängen. Er werde am Wochenende nachkommen, wenn ich dann noch dort sei. Dabei wiegte er mich in seinen Armen hin und her und machte mir den Abschied damit noch schwerer.

»Du wirst mir fehlen«, schniefte ich und drückte mir die Finger an die Augen.

»Du mir auch.«

Einen lichten, schönen Moment lang erlaubte ich mir die Illusion, dass wir eines Tages wieder vereint sein würden. Ich würde ihm einen Brief schreiben und alles erklären, er würde wütend sein, sich abweisend verhalten, mir aber nach ein paar Tagen verzeihen. Wir würden wieder zusammenfinden und Pizza essen, als wäre nie etwas vorgefallen. David würde mich wieder einstellen, vielleicht würde ich einige Monate härter arbeiten, um mich zu bewähren, dann würde er mich befördern, und alles wäre wieder im Lot. Wieder normal.

Das wäre vielleicht realistisch gewesen, wenn ich gewisse Dinge nicht getan hätte. Wenn Olivia noch am Leben gewesen wäre. Denn selbst wenn wir diese Katastrophe überwinden könnten, lauerte da noch eine andere, eine viel monströsere darauf, ans Licht zu kommen. *Ich weiß, was du getan hast*, heulte der Wind und schleuderte den Regen gegen die Hauswand. In Joshs Augen schien kurz etwas auf, als ich mich von ihm löste, aber es blieb bei einem Flackern. Es verschwand, bevor ich es deuten konnte.

»Ich liebe dich«, sagte ich kraftlos und mehr zu mir selbst, dann lief ich zu meinem alten, verbeulten Wagen.

Noch bevor ich den Motor anließ, schrieb ich meiner Mutter eine Nachricht, nur für den Fall, dass Josh sie anriefe. Dadurch würden sie gegebenenfalls gemeinsam zu dem Schluss kommen, dass ich etwas Abstand brauchte, und würden mir hoffentlich genügend Zeit lassen, damit ich verschwinden konnte.

Ich fahre jetzt für ein paar Tage weg. Zu viel Stress im Büro. Brauche einfach mal frische Luft. Vielleicht komme ich euch auf dem Rückweg besuchen.

Es dauerte zwei Stunden, um aus London herauszukommen, aber schließlich näherte ich mich dem ländlichen Bereich und wechselte von der vierspurigen Autostraße auf schmale, schlüpfrige Nebenstrecken. Der Regen hatte nachgelassen, und die Sonne ging unter, der Himmel war ein Aquarell in Rosa, Grau und Rot. Ich stellte mir vor, wie frisch die feuchte Luft draußen roch. Ich beschloss, nach Oxford zu fahren und im ersten Hotel abzusteigen, das mir gefiel. Ich war noch ein wenig benommen von meinem tränenreichen Abschied von Josh, und meine Panik war noch nicht ganz überwunden, aber das lag nur daran, dass mein Körper nicht die Energie hatte, sie aufrechtzuerhalten. Während der Fahrt hatte ich mir immer wieder vorgestellt, David würde Augenblicke nach meiner Abfahrt in Olivias Haus ankommen und Josh alles über uns sagen, und Josh wäre überrumpelt und würde sein Möglichstes tun, um das alles zu begreifen. Er würde wütend sein. David würde ihn beruhigen. Er würde ihm versprechen, mir zu kündigen, und ihm raten, nach vorn zu blicken. Ich stellte mir vor, dass Josh zu ihm sagte, Charlie habe am Ende doch recht gehabt. Dass ich lügen und fremdgehen würde. Dass ich unehrlich sei. Dass ich nur an mir selbst interessiert sei. Dass ich sie beide benutzt habe, um voranzukommen. *Aber sie war letztendlich doch nicht clever genug, nicht wahr?*, würde er zu David sagen. David würde Jade die Teamleitung übergeben, sie würde in mein Büro ziehen, und bald wäre ich in der Firma vergessen. Alle Spuren von mir ausgelöscht.

Ein gelber Schein füllte meinen Rückspiegel, und dummerweise blickte ich auf, sodass ich geblendet wurde. Immer wieder flammte Fernlicht auf, und ich blinzelte heftig, um die unförmigen Objekte, die kurzfristig auf meiner Netzhaut erschienen waren, loszuwerden. Hinter mir fuhr ein SUV. Ich bremste herunter. Vielleicht wollte er mich nur rasch überholen?

Falsch gedacht.

Das Fernlicht traf erneut meinen Spiegel, diesmal länger, und mein Herz fing an zu rasen. Ich drehte das Radio ab und gab kräftig Gas. Ohne Musik erschien mir die Situation noch bedrohlicher, und ich summte vor mich hin, um mir einbilden zu können, alles wäre in Ordnung. Ich behielt die Fahrbahn und den SUV im Auge. Davon abgesehen war ich ratlos. Der Wagen blinkte, und der Fahrer, der dank des blendenden Lichts nicht zu erkennen war, streckte den Arm aus dem Seitenfenster. Er wollte, dass ich links ranfuhr.

Einen Moment lang fuhr ich weiter, aber als der Fahrer zum dritten Mal Lichthupe gab und weiter blinkte, beschloss ich, nachzugeben.

Mit stotterndem Motor fuhr ich an den Straßenrand, begleitet vom rhythmischen Ticken des Blinkers, und schaltete den Wagen aus. Aufgeregt atmend wartete ich und bewegte die Zehen in meinen Turnschuhen. War das eine Zivilstreife? Vielleicht war ein Rücklicht defekt. Gab es ein Problem mit der Versicherung? Die fremde Wagentür wurde geöffnet. Das Leder meines Sitzes knirschte, als ich mich zum Rückspiegel beugte, doch im Scheinwerferlicht konnte ich nur Schattenrisse sehen. Vielleicht war der Fahrer nur ein verantwortungsbewusster Mensch, der mir mitteilen wollte, dass mein Kofferraumdeckel ein wenig offen stand. Oder dass sich ein Fasan in der Stoßstange verfangen hatte. Die Wagentür wurde energisch zugeschlagen.

Eigentlich hätte ich aussteigen sollen, um mit dem Mann zu reden. Jeder normale Mensch hätte das getan, doch mir war unbehaglich zumute, und ich behielt eine Hand am Lenker, die andere am Zündschlüssel, für den Fall, dass ich plötzlich losfahren wollte. Der Fahrer kam an mein Seitenfenster. Verblüfft sah ich in das vertraute Gesicht.

Was hier geschah, begriff ich erst, als es zu spät war. Mit dem Fuß tastete ich nach dem Gaspedal, mit der Hand nach dem Zündschlüssel, aber vor Aufregung verfehlte ich beides, und schon wurde das Seitenfenster zertrümmert, und eine behandschuhte Hand hielt mir den Mund zu und trieb meinen Schrei zurück in meinen Hals. Der Zündschlüssel wurde abgezogen, während ich auf meinen Angreifer einschlug, damit er von mir abließ. Aber vergeblich. Meine Versuche, mich zu retten, endeten damit, dass er meine Arme abfing und eine Faust um meine Handgelenke schloss. Er hatte mehr Kraft in der einen Hand als ich in beiden Armen und drückte meine Handgelenke so fest zusammen, dass ich den eigenen Puls spürte. Ich konnte sie nicht bewegen und drehte wild die Augen hin und her. Ich versuchte, mich loszureißen, indem ich den Rücken durchbog und trat, stieß mir aber nur heftig die Schienbeine und Knie. Ich atmete hektisch, panisch und kreischte mit zugehaltenem Mund. Dann nahm er die Hand plötzlich weg. In dem Moment setzte mein schlecht trainierter Überlebensinstinkt ein, und ich schrie mit ganzer Kraft, so laut es einem Menschen möglich ist, gellend und wild, damit mich jemand hörte, der in der Nähe war. Nervös bewegte er sich schneller, und im nächsten Moment sah ich seine Hand mit einem Lappen auf mein Gesicht zukommen. Ich warf den Kopf hin und her und kniff die Lippen energisch zusammen, da mir klar war, wozu der Lappen dienen sollte.

Behandschuhte Finger zwängten meine Mundwinkel auseinander. Ich widerstand, so gut ich konnte. Der modrige Geruch des Lappens löste bei mir einen Würgereiz aus. Meine Kiefergelenke schmerzten, während ich gegen die Kraft der Finger ankämpfte, und ich spürte, dass meine Kraftreserven zur Neige gingen. Wenn ich mich jetzt nicht befreite, dann gar nicht mehr. Die Scheinwerfer blendeten mich, als ich aufblickte, dann überraschte ich den Täter, indem ich den Mund aufriss und schnell und hart in die Finger biss, die mich knebeln wollten. Ich hörte Knochen brechen, doch der Täter ließ nicht von mir ab, sondern unterdrückte seinen Aufschrei, dann brachte er plötzlich eine übermenschliche Kraft auf und zwängte mir das nasse Tuch in den Mund. Ich würgte, als ich unwillkürlich die Zunge in den Rachen zurückzog, um der Berührung auszuweichen. Ein Stoffstreifen wurde mir über den Mund gelegt und am Hinterkopf zusammengeknotet, so straff, dass mir die Mundwinkel aufrissen und bluteten. Ich bekam kaum Luft,

Tränen liefen mir übers Gesicht. So sah ich ihm flehend in die Augen. *Bitte nicht, bitte nicht.*

Im nächsten Moment schlug mir ein giftiger Geruch entgegen. Ich schüttelte heftig den Kopf und stemmte die Füße von Neuem gegen das Armaturenbrett, um seiner Hand zu entkommen, die mir einen getränkten Stoffbausch aufs Gesicht drücken wollte. Ich wehrte mich vergeblich. Der Bausch fand sein Ziel, geriet mir halb in die Augen. Mein Herz hämmerte. Mein Atem ging flach und hastig. Ich wehrte mich bis zuletzt und versuchte, mich von dem schwarzen Abgrund wegzureißen. *Nein, nein, nein!* Dann wurde ich bewusstlos.

Sieben Tage später

ÖFFENTLICHER APPELL GEGEN POLIZEILICHE ENTSCHEIDUNG

Ava Wells als Ausreißerin eingestuft

Vor sieben Tagen wurde die 28 Jahre alte Ava Wells, zuletzt wohnhaft in Pimlico, von ihrem Freund Joshua Stein als vermisst gemeldet. Heute fordern die Eltern der Vermissten die Öffentlichkeit auf, sich von ihrem Zuhause fernzuhalten und die Ermittlungen der Londoner Polizei zu respektieren, während die Kritik an der Entscheidung wächst, die Suchanstrengung aufgrund der Indizienlage zu verringern.

Die letzten bezeugten Augenblicke der jungen Frau wurden von der Polizei vollständig dargelegt, um die Entscheidung zu rechtfertigen. Der öffentliche Druck ist groß, denn der Fall hat inzwischen weltweit Beachtung gefunden. »Wie schon in den Medien ausführlich dargelegt wurde«, so Detective Inspector Frederick Crow, »packte Ava Wells vor ihrem Verschwinden am Nachmittag des 12. Juni einen Koffer, kaufte einen Hinflug nach Dublin, hob eintausend Euro von einem Geldautomaten ab und fuhr von ihrem Haus in der Londoner Innenstadt zum Flughafen Heathrow. Ihr Wagen wurde dort auf einem Kurzzeitparkplatz gefunden. Daran fanden sich keine fremden DNA-Spuren oder Fingerabdrücke, sondern nur die von den Menschen ihrer unmittelbaren Umgebung. Ava schickte, kurz bevor sie wegfuhr, eine Textnachricht an ihre Eltern und teilte mit, dass sie eine Auszeit brauche. Sie sei von der Arbeit gestresst. Ava Wells ging am selben Tag an Bord des Flugzeugs mit Ziel Dublin. Wir stehen in Verbindung mit den irischen Behörden, die ihren genauen Aufenthaltsort noch ermitteln. Bei dieser Gelegenheit möchten wir die Öffentlichkeit daran erinnern, dass ein Erwachsener das Recht hat, das Land zu verlassen, ohne Angehörigen und Freunden zu sagen, wohin er reist. Wir verstehen, dass das für die Betroffenen sehr schwer ist, aber die Wells zweifeln nicht daran, dass Ava London freiwillig verlassen hat, und wir bitten die Medien und alle Bürger, ihre Privatsphäre zu achten. Wir werden weiter mit unseren irischen Kollegen zusammenarbeiten, damit der Verbleib der jungen Frau rasch geklärt wird.«

36

Jade

Seit Ava vermisst wurde, ging es im Büro chaotisch zu. Josh war noch nicht wieder zurückgekehrt – inzwischen wussten alle über ihre Beziehung Bescheid –, Georgette war untröstlich und hysterisch, Kai benahm sich wie Queen Victoria in ihren Trauerjahren, und ich musste die angefangenen Arbeiten von Ava übernehmen.

David rief mich heute Morgen sofort zu einer Besprechung. Er kam ins Haus, nachdem er der Polizei bei ihren Ermittlungen geholfen hatte, und mir zitterten die Hände, als ich zaghaft an seine Tür klopfte. Ich hoffte inständig, dass er nichts anderes als Ava im Kopf hatte und seine neugierigen Fragen, wo ich in der Nacht von Olivias Tod gewesen war, erst mal beiseitelassen würde.

Seine feuerspeiende Torwächterin hatte mich zu ihm reingelassen, und ich war schon gereizt von deren Fragen. Es war das erste Mal, dass mir Zugang in seine Festung gewährt wurde. Mir schwirrte der Kopf, weil ich mir alle möglichen Katastrophen ausmalte, die in den nächsten Minuten eintreten könnten. *Vielleicht wirft er mir irgendetwas vor. Oder er feuert mich fristlos. Oder er bringt mich um.* Ich ballte die Faust. Das war der Moment, sich zu entscheiden: Kampf oder Flucht, und irgendwo über mir übertönte eine übermenschliche die negativen Stimmen und ermutigte mich in einem fort. Ausnahmsweise holte ich die Stimme in den Vordergrund und ließ mich von ihr stärken, damit ich einen Fuß vor den anderen setzen konnte.

Jetzt ist es so weit. Das ist der Moment, auf den du gewartet hast.

Alles wird dir gehören.

Vergiss sie.

Du tust das Richtige.

In Davids Büro war alles darauf getrimmt, einschüchternd zu wirken. Von dem thronartigen Schreibtischsessel bis zu dem schwarzen Marmordekor, durch das der Raum an exklusive Klubs im Fernen Osten erinnerte. Es war gar nicht lange her, seit wir uns bei dem schrecklichen Personalgespräch gegenübergesessen hatten, bei dem er Fragen stellte und verschleierte Drohungen aussprach, und als ich mich nun näherte, konnte ich an nichts anderes als seinen ruhelosen Blick denken. Ich musste mich zu jedem Schritt zwingen. Zaghaft, die Hände vor dem Bauch verschränkt, ging ich in meinen Schnürpumps auf den Mann zu, der mir solche Angst einflößte. »Einen Moment, Jade.«

Er schrieb etwas, und solange blieben seine Augen auf den Bildschirm gerichtet. Ich setzte mich und schob die gekreuzten Füße unter den Stuhl. Seine Augäpfel wirkten heute gelblich, und er kniff die Lider ein wenig zusammen. Wahrscheinlich hatte er nicht viel Schlaf bekommen. Ich wagte einen Blick durch die Fensterfront nach draußen, solange ich darauf wartete, dass er sich mir zuwandte. Die Höhe verzerrte den Blick. Die Leute unten auf der Straße schrumpften auf Ameisengröße, und obwohl sie sicher eine Aufgabe hatten, einen Zweck erfüllten, wirkten sie ganz unbedeutend. Eine Gruppe überquerte die Ampelkreuzung, dann nahm kurz darauf eine andere, gleich aussehende Gruppe ihren Platz ein. Es fiel schwer, Anteil an Leuten zu nehmen, wenn sie so klein waren: so winzige Leute mit winzigen Problemen. Im Gegensatz zu meinen.

»Schön, Sie zu sehen«, sagte er. Ich drehte hastig den Kopf zu ihm und fand den Mut, in sein kantiges, hohlwangiges Gesicht zu blicken.

»Jade, da Ava nicht da ist, möchte ich gern, dass sie die Position der Teamleiterin annehmen. In solchen Situationen brauchen die Mitarbeiter eine feste Hand, und ich baue darauf, dass Sie alle wachrütteln.«

David kam gern sofort zum Wesentlichen und tat das ernst und aufrichtig. Ich überlegte angestrengt, wie ich mich ausdrücken sollte. In seiner Gegenwart verstummte ich häufig, und diese Begegnung bildete keine Ausnahme. Doch heute war es ein bisschen anders als sonst. Innerlich jubelte ich und musste das verbergen, und am liebsten hätte ich einen Freudentanz aufgeführt. Ich war ungeheuer stolz auf mich! Er sah in mir eine couragierte, führungsstarke Persönlichkeit, und genau das war ich.

»David, ich nehme die Beförderung rückhaltlos an. Danke, dass Sie mir die Chance geben.«

Sowie ich zu reden aufhörte, wurde mir bewusst, dass ich mich angehört hatte wie ein übereifriger Kandidat beim Vorstellungsgespräch in der US-Serie *The Apprentice*.

Warum konnte ich nicht einfach mal normal sein? Er nickte. Ich war entlassen. Ich hatte aber ein paar Fragen und bemühte mich, selbstbewusster zu klingen.

»Ich wüsste gern noch, ob die Stelle jetzt mir gehört. Die Beförderung wird nicht aufgehoben, wenn Ava zurückkommt?«

»Die Stelle gehört Ihnen.«

David hatte sich bereits wieder seinem Bildschirm zugewandt.

»Ich möchte es dem Team heute noch sagen. Ist das okay? Dann ziehe ich mit meinen Sachen in Avas Büro um. Ich lasse ihre Sachen einpacken und aufbewahren.«

Ich stand auf und platzte fast vor Zuversicht und Stolz. Ich hatte es geschafft, trotz allem. Ich hatte es tatsächlich geschafft!

»Was immer Sie für richtig halten«, sagte er noch, aber ich war mir nicht sicher, ob er mir zugehört hatte.

Beschwingt, als hätte er mir einen Orden verliehen, verließ ich Davids Büro. Endlich heilte meine Seele. Die Beförderung war das Ergebnis von acht Jahren Blut, Schweiß und Tränen, und ein überbordendes Glücksgefühl bestätigte mir, dass sich der Kampf darum gelohnt hatte. *Du hast Ava im Job geschlagen, aber sie hat dir Josh weggeschnappt. Und war er nicht eigentlich der Hauptgewinn?*

Ich brachte die Stimme zum Schweigen. Das mit Josh und mir war noch nicht vorbei. Was, wenn unsere Online-Beziehung nur noch nicht zu ihrer wahren Form gefunden hatte? Das würde sie noch. Zumindest hoffte ich, dass es dazu kam, sobald er die Wahrheit über Ava erfahren hatte. Fragte sich nur, wie ich ihm die beibringen sollte. Es schien mir ein bisschen unsensibel zu sein, ihm einfach das Foto von Ava und David zu zeigen, während er sich jeden Tag den Kopf darüber zerbrach, wo sie sein könnte.

Als ich, einen Kopf größer als vorher, zu meinem Schreibtisch stolzierte, dachte ich darüber nach, wie er mich zuletzt angesehen hatte. In seinen hellblauen Augen hatte ich noch nie die geringste Bosheit oder Hinterlist gesehen. Er hatte es nicht verdient, von einer wie Ava so benutzt und weggeworfen zu werden. Aber wenn die Zeit gekommen wäre, würde ich seine Wunde heilen, ihn lehren, wieder zu lieben.

Vielleicht hatte das alles ja genauso passieren sollen, überlegte ich, trat meinen Drehstuhl zur Seite und ließ mich hineinfallen. Das Universum ließ in seiner göttlichen Weisheit immer genau das Richtige geschehen – es dauerte nur manchmal eine Weile, bis man das erkannte. Ich nahm ein Haargummi vom Schreibtisch und band mir meine schwarzen Locken zu einem hohen Pferdeschwanz, raffte auch die kurzen Haare im Nacken mit hoch, ohne mich daran zu stören, dass sie sich gleich wieder daraus lösen würden. Ich sah zu dem freien Platz, der früher Georgette gehört hatte. Am Polster hafteten noch einige von ihren langen blond gefärbten Haaren. Sie hatte kaum mit mir gesprochen, seit Ava verschwunden war, und war mit ihren Sachen wieder zu den anderen ins Großraumbüro gezogen, wo sie früher gesessen hatte. Dort waren die Schreibtische kleiner, der Platz enger, Topfpflanzen standen auf überfüllten Ablagekörben, altes Make-up vertrocknete auf den Tischen neben Notizen voller Textmarker und alten Kundenpräsentationen. Es war mir egal. Ich verstand zwar nicht, warum sie dorthin zurückwollte, aber es war mir egal.

Es war Zeit, dass ich mich auf mein wichtigstes Vorhaben konzentrierte. Ich jagte eine E-Mail an das Team raus.

Dringlichkeitssitzung im Besprechungsraum, alles andere verschieben, es ist wichtig.

Ich begab mich dorthin und wartete ungeduldig darauf, dass sich meine faulen Mitarbeiter von ihren Sitzen lösten und zu mir kamen. Was hatten sie an dem Wort *Dringlichkeit* nicht verstanden? Sie bewegten sich wie Elefanten in Sirup. Ich trommelte mit den Fingern auf dem Glastisch, um meinen Ärger abzulassen, der mit jeder Sekunde wuchs. Jedes Ticken der aufreizenden Wanduhr führte mir vor Augen, dass kostbare Augenblicke meines Lebens vergeudet wurden. Als sich meine Truppe endlich eingefunden hatte, ergriff ich das Wort.

»Gut, nachdem nun alle hier sind, habe ich etwas bekannt zu geben.« Ich hob die Stimme wie ein Ausbildungsoffizier vor neuen Soldaten.

Um der dramatischen Wirkung willen hielt ich kurz inne.

»Ich bin eure neue Teamleiterin.« Köpfe schnellten herum, Augen weiteten sich, Hände zuckten.

Das hatte ich nicht erwartet. Einen Moment lang war ich enttäuscht, dass nicht einer klatschte oder mir gratulierte.

Ich fuhr fort. Allerdings brachte die Enttäuschung meinen inneren Despoten ans Licht.

»Und ich fange mal sofort an. Dieses Team ist seit einer Weile nicht gut geführt worden, und es ist an der Zeit, das zu korrigieren. Zuallererst möchte ich mit jedem einzeln sprechen.«

Die Stimmung verschlechterte sich, und eine junge Kollegin mit Grübchen und Goldringen wechselte das Standbein, damit die allgemeine Anspannung ein wenig nachließ.

»Georgette, mit dir werde ich anfangen.« Sie machte ein Gesicht, als wäre sie bereit für den Dritten Weltkrieg. »Ihr anderen dürft gehen.«

Georgette weigerte sich, ihre allzu lässige Haltung auch nur geringfügig abzuschwächen, was ihren Mangel an Respekt deutlich ausdrückte. Während wir darauf warteten, dass sich der Raum leerte, zeigte sie mir ungeniert ihre Missachtung, stand weiter an die Glaswand gelehnt und drehte sarkastisch grinsend ihren Kuli zwischen den Fingern. Die übrigen Kolleginnen verschwanden ohne das leiseste Geflüster. Ich hörte nur ihre Kleider rascheln und spürte ihre Anspannung und die Vorfreude auf die Mittagspause, in der sie nach draußen strömen und sich das Maul zerreißen würden.

»Nimm Platz«, sagte ich zu Georgette, nachdem die Tür geschlossen war.

»Ich ziehe es vor zu stehen.«

Wir standen uns gegenüber, sie an der einen, ich an der anderen Wand. Ich dachte, gleich würde der Sheriff hereinstürmen und unser Duell verhindern. Doch Georgette war nicht klar, dass sie es jetzt mit der neuen Jade Fernleigh zu tun hatte, die sich den ersten Platz nahm und nicht mehr mit Engelsgeduld darauf wartete, dass ihn ihr jemand zuwies.

»Nein, du wirst dich setzen«, erwiderte ich schon wesentlich bestimmter und klarer, um meinen Willen durchzusetzen. Da gab es kein Vertun, diese Jade duldete keinen Widerspruch von den Mitarbeitern.

Ich setzte mich als Erste, um ihr ein Beispiel zu geben. Darauf zog sie sich widerstrebend einen Stuhl unter dem Tisch hervor und ließ die Beine über den Holzboden schleifen, um ein lautes, störendes Geräusch zu erzeugen. Ich verzog das Gesicht. Sie setzte sich auf genauso umständliche Art hin und rückte nicht an den Tisch heran, sondern wahrte den Abstand. Es war jämmerlich. Sie benahm sich wie ein bockiger Teenager.

»Georgette, gefällt dir dein Job?«, fragte ich, schaute auf meinen Notizblock, dann in ihr Gesicht. Sie reagierte spöttisch.

»Was glaubst du wohl?«

»Es ist nicht nötig, dumme Antworten zu geben.«

»Ich würde sagen, bis vor fünf Minuten hat er mir noch gefallen«, höhnte sie.

»Demnach würde es dir nichts ausmachen, wenn du nicht länger hier arbeitest.«

»Das würde ich nicht sagen …«

Ich bemerkte ein leichtes Schwanken in ihrer Stimme.

»Gut. Du möchtest ihn also behalten? Das ist interessant«, sagte ich, nur um sie zu ärgern. »Das Problem ist jedoch, ich glaube dir nicht, und mit Lügnern habe ich keine Geduld.« Ich hatte von David Steins Gesprächsmethoden etwas gelernt. Ihr Gesichtsausdruck wechselte, und sie überlegte kurz, was sie darauf sagen sollte.

»Was habe ich dir eigentlich getan, Jade?«

Die Frage verblüffte mich. Für einen Moment verlor ich die Fassung und spie ihr meine Antwort entgegen. »Du hast dich für Ava entschieden, als du eigentlich für mich arbeiten solltest! Du hast mich auf der Sommerparty eine blöde Kuh genannt. Du erzählst alles weiter, was hier irgendjemand sagt, wie ein Papagei. Du bist faul und langsam wie eine Schnecke, du machst zu viele Fehler, und das alles nur, weil du mich nicht respektierst und nicht zuhörst. Aber das wird sich jetzt ändern.«

Ich fing mich wieder und zügelte mein Temperament.

»Das heißt, ich kann in meinem Team keine unterdurchschnittliche Leistung hinnehmen. Wenn ich mich auf meine Mitarbeiter nicht verlassen kann, wie sollen wir dann etwas zustande bringen?«

Angestachelt von meiner Wut feuerte sie zurück.

»Also geht es darum, dass ich Ava lieber mag als dich. Bist du zwölf Jahre alt, oder was? Ava ist verschwunden, Jade. Ver-schwun-den.« Sie betonte das noch mal unnötig. »Ich weiß nicht, ob du das mitbekommen hast, während du dich hast befördern lassen und jetzt so tust, als gehörte der Laden dir.«

Ich schäumte innerlich. Ava war eine falsche Schlange. So viel Aufmerksamkeit hatte sie überhaupt nicht verdient, nur weil sie abgehauen war! Aber ich wusste, warum sie das getan hatte: Nachdem ich sie mit Josh erwischt hatte, war ihr klar geworden, dass ich ihn und David gegen sie aufbringen könnte. Aus Angst war sie geflohen wie ein Ferkel vor dem Schlachter, anstatt für ihr Handeln die Verantwortung zu übernehmen. Aber das würde sie noch tun, dafür würde ich sorgen.

»Sie war gerade mal fünf Minuten weg, und schon wechselst du die Seiten. Und das obwohl nichts darauf hindeutet, dass etwas Schlimmes passiert ist! Ich verstehe nicht, wieso ihretwegen das ganze Büro in Aufruhr ist! Sie ist abgehauen!«, schrie ich.

»Sie ist seit einer Woche verschwunden, Jade! Sie ist nicht einfach verreist. Da ist definitiv was passiert, etwas Schreckliches.«

»Woher willst du das wissen?«, fragte ich. »Vielleicht ist das ja ganz typisch für sie.«

»Fällt es dir wirklich so schwer, wenigstens ein bisschen Sorge oder Achtung zu zeigen?«

»Wir sitzen hier nicht, um über meine Achtung gegenüber Ava zu reden, sondern über deine gegenüber mir.«

»Du kannst mir nicht kündigen, Jade, dazu hast du nicht die Befugnis«, hielt sie mir selbstgefällig entgegen und ordnete ihre goldenen Armbänder.

Ich empfand eine mörderische Wut, war bereit zu vernichten. »Es wäre nicht weiter schwierig, etwas gegen dich vorzubringen, George. Ich habe vollen Zugang zu allen unsachgemäßen E-Mails, die du verschickt hast. Ich habe mir sogar die Mühe gemacht, sie in einem Ordner zu sammeln. Ich habe jedes unangemessene Outfit, das du im Büro getragen hast, dokumentiert, jeden Fehler, den du gemacht hast, jedes Gerücht, das du in Gang gesetzt hast.« Wir starrten einander an, und ich redete weiter. »Ich kann zahllose E-Mails vorweisen, in denen du von betrunkenen Nächten erzählst, mit Kunden flirtest, über Kollegen abscheuliche Bemerkungen machst. Das alles schmeckt meiner Ansicht nach sehr nach Missbrauch der Arbeitszeit, meinst du nicht auch?«

Ich hatte keine Ahnung von Arbeitsrecht, ich wollte ihr nur Angst machen, damit sie glaubte, ich würde mich auskennen. Es wirkte. Sie rutschte unruhig auf ihrem Stuhl hin und her.

»Was willst du?« Sie überspielte ihre Nervosität mit passiv-aggressivem Verhalten.

Ich blieb unerschütterlich. »Loyalität.«

»Ich soll dir Treue schwören? Soll das ein Witz sein?« Sie war schachmatt gesetzt und ging dazu über, mich lächerlich zu machen.

»Überhaupt nicht.«

»Na gut, meinetwegen. Ich schwöre Treue vor der Flagge der Vereinigten Staaten von Jade.« Sie ahmte die amerikanische Aussprache nach, legte eine Hand aufs Herz und hob die andere zum Schwur. Ihre Armbänder klirrten.

»Wenn du dich weiter so benimmst, kannst du gehen.«

Sie musterte mich. »Was muss ich denn tun, um meine Loyalität zu beweisen?« Sie deutete mit den Fingern Anführungszeichen an.

»Als Erstes sollst du Avas Sachen aus ihrem Büro räumen. Ich werde dort einziehen. Pack ihr Zeug in Kartons, und bring sie nach unten ins Lager.«

»Wie bitte?«, rief sie aus. »Wenn Ava zurückkommt, wird sie ihr Büro wiederhaben wollen.«

»Die Stelle gehört jetzt mir«, fauchte ich und leckte mir über die Lippen, wie um Avas Blut zu schmecken. Sie blickte mich entsetzt an, als wäre ihr gerade etwas klar geworden, dann verließ sie den Raum. Ich konnte das Büro unmöglich selbst ausräumen, das würde ein falsches Signal senden.

Ich nahm mir für den nächsten Tag vor, George zu kündigen. Sie war nicht mehr tragbar.

Am nächsten Morgen um kurz vor neun stürmte ich in die Agentur. Das war mein erster Tag als Teamleiterin, und ich war kampfbereit. Den vergangenen Abend hatte ich in der stark belebten Oxford Street verbracht, auf der Jagd nach einem Outfit, das für mein geplantes Blutvergießen geeignet war. Doch am Ende kaufte ich ein Oberteil, das ich mal an Ava gesehen hatte, eines mit breiten schwarzen und schmalen gelben Querstreifen. Zu einem schwarzen Bleistiftrock würde es die richtige Botschaft vermitteln: Ich bin eure Königin. Ich fragte mich, ob Josh wohl wieder im Büro sein würde. Ich wünschte es mir verzweifelt, denn ich würde es nicht mehr lange aushalten, ohne sein Gesicht zu sehen.

Sobald ich einen Fuß auf den Schieferboden der Eingangshalle gesetzt hatte, merkte ich, dass etwas nicht stimmte. Die viel zu gut gelaunte Schickimickitusse an der Rezeption verließ ihren Platz, als sie mich kommen sah. Das Gezwitscher, mit dem sie sonst jeden Mitarbeiter empfing, blieb auffallend aus. Schweigend stieg ich mit vier Kollegen in den Aufzug, die sich seltsamerweise in dieselbe Ecke drängten und mir viel Platz ließen. Auf meinem Weg in die Küche war es genauso sonderbar. Eine Frau mit weißen Deokränzen an ihrem schwarzen Kleid und noch duschfeuchten Haaren wartete nicht ab, bis das Wasser kochte, sondern goss es sich lieber lauwarm über den Teebeutel, als mit mir im selben Raum zu bleiben. Als sie an mir vorbeieilte, schaltete ich den Wasserkocher wieder ein und wartete darauf, es brodeln zu hören. In der Zwischenzeit goss ich mir ein bisschen Milch in die Tasse und gab einen halben Teelöffel Zucker dazu. Jemand erschien in der Tür, machte aber sofort wieder kehrt. Ich warf einen Teebeutel in die Tasse, füllte sie mit kochendem Wasser auf und nahm sie mit. Als ich durch die Doppeltür trat, wurde es still im Großraumbüro. Sie hatten über mich geredet. Beklommen ging ich langsamer.

Was war los? Ich bog um die Ecke zu meinem neuen Büro, und da sah ich es: Jemand hatte meine an Josh gesandten Fotos vergrößert ausgedruckt und an die Glaswand geklebt. Die Tasse fiel mir aus der Hand und landete mit einem dumpfen Knall am Boden, der heiße Tee ergoss sich über meinen Rock. Es dauerte einen Moment, bis ich mich wieder rührte, denn erst mal starrte ich auf die grotesken Bilder, die so entstellend beschnitten und zusammengeklebt waren, dass man davor erschrak wie in einem makabren Spiegelkabinett. Doch sobald ich mich bewegte, wurde ich blitzschnell und holte kaum Luft dabei. Der Schock über das Geschehene war noch nicht in mein Bewusstsein vorgedrungen, und die Dringlichkeit, die Beweise zu entfernen, war das Einzige, woran ich denken konnte. Gott sei Dank war Josh nicht da. Die Blätter ließen sich mühelos ablösen, und es dauerte nicht lange, bis ich alle heruntergerissen hatte. Eine Praktikantin wies ich barsch an, das Papier vom Boden wegzuräumen. Ich glühte vor Zorn, weil sie nicht längst damit angefangen hatte. Meine Arme zuckten ein wenig. Durch meine ungestümen Bewegungen und die öffentliche Demütigung war ich ein zitterndes Nervenbündel. Ich schwitzte stark in dem neuen gestreiften Top, mein Gesicht glänzte und war fleckig. Ich schloss die Augen und versuchte, mich auf meine Autorität zu besinnen. Ich durfte so etwas nicht dulden. Es war dringend geboten, ein überzeugendes, knallhartes Zeichen zu setzen. Als ich die Augen wieder aufmachte, spiegelten sich die betroffenen Gesichter meiner Mitarbeiter in der Glaswand meines neuen Büros. Wer hatte das getan? Und wie? Zwar konnte ich es nicht wissen, hatte aber einen starken Verdacht. Ich rief sie, ohne mich zu meinem feindseligen Publikum umzudrehen.

»Georgette, in mein Büro.« Die würde ich nicht bloß feuern, die würde ich vernichten.

Nach ein paar stillen Augenblicken sagte jemand: »Sie ist weg, Jade. Sie hat gestern gekündigt.«

Eine Niederlage.

37

Du schreibst auf, warum sie hier ist. Obwohl es eigentlich ganz klar ist.

Verrat
Untreue
Lügen
Rache
Vergeltung
Tod

38

Jade

Dem Team fiel es schwer, mich als Leiterin zu akzeptieren. Das Büro kam mir viel enger vor als sonst, und jeden Tag lief ich jemandem über den Weg, der mich nicht leiden konnte. Georgettes gemeiner Streich hatte mir den Start enorm erschwert. Da ich an ihr kein Exempel mehr statuieren konnte, musste ich kreativ werden, um mir den Respekt meiner aufmüpfigen Mitarbeiter zu verdienen. Und obendrein lief die Arbeit mit den Kunden nicht gut. Da nun Ava, Josh und Georgette fehlten, gestalteten sich die Vorbereitungen des AthLuxe-Launchs ziemlich holprig. Ich hatte geglaubt, das in den Griff zu kriegen, aber mir war nicht klar gewesen, wie viel die drei geleistet hatten, und daher versank ich in Arbeit. Erschwerend kam hinzu, dass ich mit den Gedanken woanders war. Jetzt, da ich die Teamleitung übernommen hatte, begann ich alles infrage zu stellen. Brauchte die Welt *wirklich* eine Sportmodenschau?

Das Telefon zwischen Ohr und Schulter geklemmt, redete ich mit Kai, ohne auf die Zeit zu achten, und las gleichzeitig eine dringende Pressemitteilung. Ich hörte nur mit halbem Ohr zu, während er sich aufgebracht beschwerte.

»Das ist nicht gut genug, Jade! Wir planen den Launch schon seit Monaten, und jetzt, wo er kurz bevorsteht, steckt der Karren im Dreck, der Gaul hat einen Herzinfarkt, und heute eröffnen Sie mir, dass die Kutsche in Flammen steht!«

Er hatte recht, es stand schlimm. »Ich denke, wenn wir es nur um zwei Wochen verschieben …«

Er fiel mir ins Wort. »Kommen Sie mir jetzt nicht damit!« Mit heller Stimme fuhr er fort, vermutlich um mich nachzuäffen. »Keine Sorge, Kai, die Kutsche steht in Flammen, aber wenn wir sie zwei Wochen sich selbst überlassen, geht das Feuer von allein aus, und alles ist wieder wunderbar.« Dann redete er in normaler Tonhöhe weiter, aber voller Wut. »Darauf kann ich wirklich verzichten, Jade! Bringen Sie das gefälligst in Ordnung!«

»Natürlich, natürlich, hören Sie, wir haben alles im Griff, es wird großartig, der Launch wird fantastisch.«

Ich hob mein Wasserglas und schluckte zitternd meine wohl fünfzehnte Pille, um mich zu beruhigen. Die Dinger wirkten nur nicht mehr. Ich würde deswegen zum Arzt gehen müssen, hatte aber keine Zeit dafür. Es kam keine Reaktion auf mein leeres Versprechen, und ich fragte mich, ob er gerade aus dem fünfzehnten Stock gesprungen war.

»Sie fehlt mir«, sagte er schließlich. »Ich arbeite lieber mit blonden Leuten zusammen, die dunkelhaarigen bringen mir nur Unglück. Mein Ex war dunkelhaarig, er war eine Hexe. Er muss mir einen Fluch angehext haben, damit ich nie wieder einen Dunkelhaarigen daten kann. Jetzt weiß ich, dass sich der Fluch auch auf die Arbeit erstreckt.«

Ich hätte ihn am liebsten erwürgt. *Ja, meine Haarfarbe hängt unmittelbar mit meinen beruflichen Fähigkeiten zusammen, ich werde sie gleich nachher färben.* Dann dachte ich: Vielleicht ist das gar keine schlechte Idee. Einen Neuanfang konnte ich im Grunde gut gebrauchen, einen Typwechsel. Kai würde die Geste zu schätzen wissen, und außerdem gab es einen ziemlich wichtigen Menschen, dem ich mit blonden Haaren vielleicht auch besser gefiel.

Nach Feierabend setzte ich mich zu Hause rauchend aufs Bett, um mir in Ruhe einen Plan auszudenken, und schnippte die Asche auf den staubigen Teppichboden. Meine Mitbewohnerin war wieder da. Ich hatte sie seit Wochen nicht mehr gesehen, aber da war sie, gesund und munter. Ich machte mir nicht die Mühe, aufzustehen und sie zu begrüßen, denn sie würde sowieso gleich hereinplatzen.

»Jade! Du bist in den Nachrichten!« Sie blieb in der Tür stehen.

»Wirklich?«

»Deine Firma, nicht du persönlich. Was ist ihr passiert, Jade? Was ist Ava passiert?«

Ich warf die Zigarette auf den Boden, stand vom Bett auf und stampfte auf sie zu, und nachdem ich sie einen Moment lang angestarrt hatte, knallte ich ihr die Tür vor der Nase zu, dass mein Nachthemd wehte.

»Zuerst stirbt Olivia, dann verschwindet Ava«, rief sie durch die Tür. »Was ist nur mit den Frauen in deinem Büro? Was bist du? Eine Art Fluch?«

»Ich will nicht über Olivia reden. Oder über Ava. Geh weg, geh einfach, lass mich in Ruhe!«

Danach hörte ich sie endlich weggehen und war wieder allein. Ich durfte mich durch sie nicht von meinem Vorhaben ablenken lassen, sonst würde ich es mir womöglich noch anders überlegen. Ich griff meinen Anorak vom Türhaken und zog ihn über mein Nachthemd, schob die Füße in die bequemen Turnschuhe und rannte die Treppe hinunter nach draußen, bevor sie mir noch mehr Fragen stellen konnte. Es regnete schon seit Tagen, und noch immer fielen dicke warme Tropfen auf die schwüle Hauptstadt. Darum zog ich mir nach den ersten Schritten die Kapuze über und joggte den Bürgersteig entlang. Meine Sohlen schleuderten schmutzige Spritzer gegen meine Beine. Als der Zeitungsladen an der Ecke näher kam, lief ich langsamer. Ich drückte die Tür auf, angewidert, weil ich ins Nasse fasste, und eine roboterhafte Tonfolge machte auf mich und meine unordentliche Erscheinung aufmerksam. Suchend ging ich durch die Regale. Mal ganz im Ernst, nach welchen Kriterien ordneten die ihre Waren? Spaghetti neben Kinderbüchern, Alufolie neben Luftmatratzen, Druckerpapier neben 2011er Royal-Wedding-Andenken. Ich wandte mich dem winzigen Beauty-Sortiment zu. Zum Glück gab es, was ich brauchte. Haarfarbe. Ich nahm die abgegriffene Packung aus dem Regal und eilte zur Kasse, wo ich sie vor dem mürrischen jungen Mann auf die Theke knallte.

»Sechzehn Pfund«, sagte er mit starkem Akzent.

Ich wühlte in der Jackentasche, in der ein Zwanzig-Pfund-Schein sein musste, fand ihn und legte ihn triumphierend hin.

»Vier Pfund.«

Ohne eine Miene zu verziehen, legte er die Münzen auf die Theke und packte das Färbemittel in eine kleine Tüte. Ich joggte heim, stieß den Schlüssel ins Schloss, um hinter mir abzuschließen, und dachte, wie nutzlos das jetzt war – wenn jemand einbrechen wollte, würde er einfach durch das Loch in der Fensterscheibe einsteigen, das ich mit einem Müllsack und Gaffa-Tape zugeklebt hatte.

Ich eilte nach oben ins Bad, nahm die Gebrauchsanleitung aus der Packung – leicht verwirrt, weil sie nur auf Griechisch abgedruckt war – und richtete mich, so gut es ging, nach der Bildanleitung auf der Rückseite des hauchdünnen Blättchens. Wütend kämpfte ich mit den Plastikhandschuhen, denn meine Hände waren für die Einheitsgröße nicht schmal genug. Schließlich öffnete ich die Flasche. Die leuchtend blaue Masse darin roch frisch, steril und chemisch, und meine Gedanken wanderten zu der Frage, wie schnell das Zeug ein Loch in meine Speiseröhre brennen würde, wenn ich es schluckte. Kopfschüttelnd schob ich die Vorstellung von meinem verätzten Innern beiseite und wischte mit dem Unterarm über den Spiegel, der mit einem schmierigen Film überzogen war – es war Gott weiß wie lange her, seit ich ihn geputzt hatte. Ich trug das Färbemittel rings um den Scheitel auf und verstrich es bis zu den Haarspitzen.

Eine halbe Stunde mindestens musste das Zeug einwirken. Das nahm ich an, weil in dem Piktogramm mit der Uhr eine 30 stand. Ich setzte mich auf den Fliesenboden und ließ mir gnadenlos die Kopfhaut anätzen, denn es brannte ganz ordentlich. Hoffentlich waren mit der Zahl nicht dreißig Sekunden gemeint.

Nach achtzehn Minuten hielt ich es nicht mehr aus und sprang unter die Dusche, um mir hektisch die Chemikalien aus den Haaren zu spülen. Während sich der starke Geruch mit dem lauwarmen Wasser mischte, floss eine wolkige gelbliche Brühe in den Abfluss. Nachdem ich mir die Haare frottiert hatte, verließ ich das Bad, ging in mein Schlafzimmer und nahm den Föhn vom Nachttisch. Vor dem Spiegel sah ich meiner Verwandlung zu. Bewundernd strich ich mit den Fingern durch meine neuen Haare und föhnte mir die weißblonden Strähnen, die sich ein bisschen strohig anfühlten.

Doch damit gab ich mich noch nicht zufrieden.

Ich zog meine Make-up-Schublade auf und fand ganz hinten den alten schwarzen Eyeliner. Ich zog mir zittrige Lidstriche, die ich im äußeren Augenwinkel mit einem Aufwärtsbogen abschloss, genau wie Ava.

Ich sah zur Uhr: kurz nach halb neun.

Zeit zu gehen.

Vor Olivias Haus angelangt, duckte ich mich hinter einen klotzigen Geländewagen, der mitten in der Stadt völlig deplatziert wirkte. *Mensch, fahrt einen mit Elektroantrieb, wenn ihr unbedingt in London Auto fahren müsst!* Langsam kratzte ich mit dem Fingernagel über den Lack. *Geschieht ihnen recht.*

Die Fahrt hierher hatte über eine Stunde gedauert, und

jetzt ging es auf zehn Uhr zu. Der Regen legte eine Pause ein, aber die Luft roch noch danach. Ich schaute auf meine Hände, die an den Fingerspitzen gelb geworden waren, und schob sie tief in die Taschen. Statt Nachthemd und Anorak trug ich meine dunkle Jeans und das neue schwarzgelbe Oberteil. Ich war zufrieden, denn ich sah genau aus wie sie.

Dann sah ich ihn, meinen Josh, er ging von einem Zimmer ins andere. Ich war erleichtert, denn ich war nur aufgrund eines Bürogerüchts hierhergefahren. Es wurde geflüstert, dass er in Olivias Haus wohnte für den Fall, dass Ava zurückkäme. Manche fanden, dass er überreagierte. Andere glaubten, dass er etwas verbarg. Er telefonierte, dabei zog er die Brauen zusammen und schlug sich mit der Faust an die Stirn. Ich wollte am liebsten ins Haus rennen, in die hell erleuchteten weißen Räume, und ihm versprechen, dass alles gut würde und dass ich nicht glaubte, was die Leute über ihn redeten.

Nachdem ich noch ein paar Minuten abgewartet und ihn beobachtet hatte, brachte ich die Kraft auf, mich der imposanten Haustür und den absolut überflüssigen Marmorsäulen zu nähern. Die diversen Schlösser waren ein Hinweis an jeden Einbrecher, dass er es gar nicht erst zu versuchen brauchte. Ich fragte mich, wie Josh wohl reagieren würde, wenn er mich sah.

Unsere Online-Beziehung war auf Eis gelegt, seit ich ihn mit Ava ertappt hatte. Er hatte zwar versucht, es wiedergutzumachen, doch ich hatte ihn ignoriert. Dann war sie verschwunden, und es war wohl seine Pflicht, sich vor ihrer Familie und den Medien wie ein perfekter Freund zu verhalten. Doch ich wusste, wie es wirklich war. Er wollte *mich.* Den wahren Josh interessierte es nicht, wohin Ava verschwunden war. Wie würde er meinen neuen Look finden? Vor Aufregung hatte ich Schmetterlinge im Bauch, die immerzu im Kreis flatterten. Ich konnte nicht ruhig bleiben, denn die Begegnung würde ein wirklich ausschlaggebender Moment in unserer Beziehung sein. Ich versprach mir, jedes Detail in Erinnerung zu behalten, damit wir später während unserer Ehe gemeinsam daran zurückdenken konnten. Dass ich mir eigens vorher die Haare gefärbt hatte, würde ich wahrscheinlich für mich behalten. Stattdessen sollte ich mir eine andere Geschichte zu meiner Verschönerung ausdenken.

Ich zog die Hand aus der Tasche und klopfte an die schwarz lackierte Tür. Nach drei kräftigen Schlägen schob ich die Hand wieder in die Tasche und wippte auf den Fersen und Zehen. Ein oder zwei Minuten vergingen. Ich überlegte, das Unternehmen abzubrechen. Ich beruhigte mich mit langsamen, tiefen Atemzügen und hielt mir vor Augen, weshalb ich gekommen war. Dann hörte ich jemanden reden. »Muss jetzt sowieso Schluss machen, da ist jemand an der Tür, ja, ich rufe später noch mal an.« Es war seine Stimme. Mehrere Riegel wurden zur Seite gezogen, und die Haustür öffnete sich und gab den Blick in den feudalen Flur frei.

»Jade?«

Sein Gesicht sprach Bände. Ungläubig nahm er den Anblick der blonden Schönheit in sich auf, die vor ihm stand.

»Oh, entschuldige, du hast mich mit den Haaren ja noch gar nicht gesehen«, sagte ich lässig.

»Nein«, erwiderte er. Es klang ein bisschen beeindruckt. Dann änderte sich sein Ton. »Woher kennst du die Adresse?«

»Na ja«, begann ich und ärgerte mich, weil ich mir für die Frage nichts überlegt hatte. »Ava und ich sind mal bei Olivia gewesen. Und, na ja, ich habe gehört, dass du hier bist.«

»Stimmt«, antwortete er, dann verstummte er verlegen.

Ich blickte ihn hoffnungsvoll an. *Na komm, Josh, ich bin doch keine Stalkerin. Gib mir nicht das Gefühl, ich wäre eine.*

»Möchtest du reinkommen?«

Ich seufzte erleichtert, als er zur Seite trat und mich in den herrlichen Raum ließ, in dem modernes Weiß, schwarze Akzente und barockhafte goldene Schnörkel sich gegenseitig betonten.

»Wow«, staunte ich angesichts des luxuriösen Ambiente. »Tut mir leid, wenn das eine unpassende Zeit ist, aber ich war gerade auf dem Heimweg und muss dich dringend etwas fragen wegen des Launch-Events. Ist das okay?«

Ich klimperte mit den Wimpern und fragte mich, ob er auch fand, dass ich wie sie aussah.

»Sicher«, antwortete er. Mehr nicht.

Er redete mit mir, als hätte er mich niemals nackt gesehen. Es war surreal, aber im Grunde vorhersehbar. Seine sonst so strahlenden hellblauen Augen waren ungewohnt dunkel und die Falten in den Augenwinkeln ausgeprägter. Die Polizei hatte in den Tagen nach Avas Verschwinden das Haus auf den Kopf gestellt und schließlich die Ermittlung eingestellt. Das hatte ihn bestimmt geschlaucht. Sein graues T-Shirt hatte einen Tomatenfleck. Nicht dass mich das davon abbrachte, ihm die Klamotten vom Leib reißen zu wollen. Selbst in düsterer Stimmung war er hinreißend.

»Erst mal möchte ich sagen, wie leid es mir wegen Ava tut«, begann ich, war aber ein bisschen abgelenkt von seiner Sweathose, die etwas tiefer saß als seine schwarzen Boxershorts. »Ich denke ständig an sie und hoffe wirklich, dass die Polizei sie bald findet.«

»Danke.« Angesichts seiner Einsilbigkeit war mir unbehaglich. Vielleicht macht es ihn nervös, dass ich das Image des perfekten Freundes ins Wanken bringen könnte.

»Ich meine es ernst. Wir haben uns zwar nicht immer

blendend verstanden, aber ich hätte nie gewollt, dass so etwas, na ja, was immer da passiert ist.« Das war wohl ziemlich durchsichtig, und ich fühlte mich ein bisschen schuldig, weil mich ihr Verschwinden keinen Deut kümmerte.

Er schwieg und hielt die Arme verschränkt, während wir im Flur voreinander standen. Er bot mir nichts zu trinken an. Offenbar wollte er nicht, dass ich blieb, und ein paar von meinen Schmetterlingen verendeten mitten im Flug.

Ich hatte nicht damit gerechnet, dass er sich *so* reserviert verhalten würde.

»Jedenfalls, was den Launch betrifft ... Ich nehme an, das ist im Moment das Letzte, woran du denkst, aber Kai ist wirklich mächtig wütend, und ich brauche deine Hilfe.« Ich lächelte ihn an.

»Wobei?«, fragte er und kratzte sich am Hinterkopf.

Einzelheiten hatte ich mir nicht überlegt, ich wollte nur, dass er mit mir redete.

»Ehrlich gesagt ... bei allem. Meinst du, du kommst bald wieder ins Büro?«

Warum sagte er nicht endlich, wie sehr ich Ava ähnelte? Es war fast so, als ob er meine Verwandlung absichtlich ignorierte, obwohl er mich doch genau so haben wollte.

»Ich weiß es noch nicht. Ich dachte, die Arbeit könnte mich ablenken, damit ich nicht immer daran denke, was eigentlich vorgeht. Aber neulich habe ich es versucht, und es hat mich verrückt gemacht. Mir ist alles gleichgültig, solange sie verschwunden ist. Nichts ist wichtiger, als sie zu finden und zurückzuholen.«

Seine Stimme schwankte.

»Ich verstehe«, sagte ich. Obwohl das natürlich nicht stimmte. Denn wie sehr konnte ihn das interessieren, wenn er zur selben Zeit versuchte, eine Beziehung mit mir anzufangen?

»Gibt's was Neues?«, fragte ich gleichgültig.

»Nicht das Geringste. Die Polizei bringt rein gar nichts.« Er seufzte.

Zwischen uns entstand ein angespanntes Schweigen, da wir beide die Rollen spielten, die man uns in der Welt nach Ava zugewiesen hatte.

»Sie ist nach Irland geflogen. Warum sollte sie das tun?« Er kratzte sich wieder genauso den Kopf wie eben und klang geistesabwesend. Er stellte nicht mir diese Frage.

»Bist du sicher, dass du zurechtkommst, Josh? Kann ich dir vielleicht was zu essen machen oder irgendwas einkaufen? Ich bin da, wenn du mich brauchst. Trotz allem, was zwischen uns vorgefallen ist. Trotz der Fehler.« Ich zog schon vorsorglich den Kopf ein, weil ich mit Zurückweisung rechnete. Er blickte mich neugierig an.

»Es geht mir gut, danke.«

Der Schlag war nicht so tödlich wie erwartet, aber mir schoss die Schamröte ins Gesicht, und deshalb wollte ich nur noch weg. Ich lächelte ihn an und ging zur Tür. »Entschuldige, dass ich dich gestört habe, ich hätte nicht herkommen sollen.«

»Sei nicht albern.« Er fasste mir an die Schulter, als ich an ihm vorbeiging, und jagte mir Schauder durch den Körper, während ich mir sehnlichst wünschte, die Berührung würde andauern. »Es war schön, dich zu sehen. Danke, dass du nach mir sehen wolltest und mir Hilfe angeboten hast«, sagte er leise.

Nach einer nervtötenden Fahrt mit mehreren Nachtbussen kam ich nach Hause. Sein letzter Satz ging mir immer wieder durch den Kopf. Ich zog mein Nachthemd wieder an, das ich in meiner Eile, mich in Ava zu verwandeln, auf dem Boden liegen gelassen hatte, und ging durch den Flur ins

Bad. Es roch inzwischen anders. Man dachte nicht mehr, da hat jemand ein ziemlich scharfes Reinigungsmittel verwendet, sondern dass das Bad mit Chemiewaffen angegriffen wurde. Deshalb putzte ich mir die Zähne im Flur, an die abblätternde violette Tapete gelehnt. Nach ungefähr dreißig Sekunden rannte ich mit zugehaltener Nase ins Bad und achtete darauf, nicht einzuatmen, solange ich den Schaum ausspuckte.

Als ich im Bett lag, dachte ich an ihn. Seinen Bartschatten und die ungekämmten schwarzen Haare. Seine Bauchmuskeln, die zwischen seinen Boxershorts und dem T-Shirt hervorlugten. Seine starken Hände und seine Berührung und seine Abschiedsworte. *Danke, dass du mir Hilfe angeboten hast.* Wie ich die Sache sah, hatte er mein Angebot gar nicht abgelehnt, er hatte nur den Schein des perfekten Freundes wahren wollen, sogar mir gegenüber. Das war es! Nur ich konnte durch die Maske blicken, weil ich ihn kannte, weil ich wusste, wie er wirklich war. Und ich durfte ihn nicht zu hart beurteilen, denn er kannte die Wahrheit über sie noch nicht. Wahrscheinlich hatte er sogar ein schlechtes Gewissen. Ich beschloss, ihm trotzdem zu helfen. Seine Augen hatten förmlich danach geschrien, auch wenn seine Worte etwas anderes sagten.

39

Du wusstest, es würde leicht werden, der Polizei die passenden Indizien zu liefern, damit sie die Ermittlungen in eine andere Richtung lenken: ein gepackter Koffer, ein Flugticket, ihr Reisepass, Abhebung am Geldautomaten … Du brauchtest den Medien nur einen Tipp zu geben, um auf die Polizei Druck auszuüben. Die würde dumm dastehen, wenn sie zurückrudern müsste, es war wahrscheinlich, dass sie sich an Plan A hielt. Du hattest dich gründlich über ähnliche Fälle informiert und dir angesehen, wie die Ermittler vorgehen.

Avas Nachricht an ihre Mutter war von Vorteil gewesen. Dadurch sah es noch mehr danach aus, als wäre sie lediglich verreist.

Du hast eine Doppelgängerin bezahlt, damit sie mit Aer Lingus nach Dublin fliegt. Sie trug eine Sonnenbrille und ein Basecap, unter dem ihre hellblonden Haare zu sehen waren. Die Passkontrolleure sind bei jungen weißen Frauen nicht allzu misstrauisch. Sie wurde nicht mal gebeten, die Mütze abzunehmen.

Die meisten Leute würden dich nicht mal für einen sorgsamen Planer halten, der alle möglichen Folgen und Zufälle im Voraus bedenkt. Aber du bist viel besser und anpassungsfähiger, als man dir zutraut, denn das musstest du schon dein ganzes Leben lang sein.

40

Jade

Ich hatte Freya zu meiner Stellvertreterin ernannt. Sie war der Typ, der in der Schule Kapitänin der Hockeymannschaft wird, eine abgehärtete Frau mit großen Schneidezähnen und hervorragender Haltung. Sie war nicht meine erste Wahl gewesen. Zuerst hatte ich jemand Neues einstellen wollen, weil meines Erachtens niemand in der Firma den Ansprüchen genügte, doch ich hatte nicht die Zeit, jemanden Geeignetes zu suchen. Daher saß Freya jetzt an Georgettes Platz. Und sie war ganz okay. Zum Beispiel roch sie viel weniger nach Haarspray als ihre Vorgängerin und konnte außerdem etwas für sich behalten. Doch sie hatte auch definitiv etwas Sonderbares an sich. Seit ein paar Tagen beobachtete ich sie nun. Sehr genau. Anscheinend stand sie auf Rituale und Routine. Sie brachte sich jeden Tag eine kleine Plastikdose mit grünem Salat und magerem Fleisch mit. Jeden Tag den gleichen grünen Salat, das gleiche Fleisch. Sie trank um zehn eine Tasse schwarzen Kaffee aus derselben Tasse und dann noch mal eine um zwei. In der Hinsicht war sie geradezu neurotisch, und ich empfand allmählich eine ungesunde Mischung aus Neid und Voreingenommenheit, wenn sie ihren überaus bescheidenen Lunch in sich reinstopfte. Ich fragte mich, ob ihr Essen Angst machte. Und immer wieder, wie stark diese Angst sein mochte.

Kai hatte sich für heute angekündigt, und Freya und ich bereiteten alles für den Showdown vor. Es würde nicht schön werden. Für den Launch war nicht genug getan worden, und es blieb nur bedauerlich wenig Zeit bis dahin. Ich hatte die Praktikantin gebeten, uns etwas zum Mittagessen zu besorgen, wollte sehen, wie stark Freyas Hemmung war. Würde ich sie mit einem Thunfischsandwich und Schokoladenkeksen von ihrer gewohnten Mahlzeit abbringen können? Kai stürmte durch die Doppeltür und hielt direkt auf den Sitzungsraum des Vorstands zu. Seine dunkelrote Schultertasche schwang dramatisch an seiner Seite.

»David kommt auch«, kündigte er an, als er an meinem Schreibtisch vorbeistolzierte, ohne mich auch nur anzusehen. *Scheiße.*

»Das ist übel«, sagte ich zu Freya.

»Was soll ich tun?«, fragte sie mit schwankender Stimme und sichtlich besorgt.

Sie war zu jung, um mit solch einer Besprechung klarzukommen, und wenn die Umstände anders gewesen wären, hätte ich sie ihr vielleicht erspart. Doch mit einer schwächeren Person neben mir würde ich selbst unbestreitbar besser erscheinen. Ihre Unzulänglichkeiten würden auffallen, und ich könnte das Debakel auf mein unterdurchschnittliches Team schieben.

»Sei einfach du selbst, sei professionell«, antwortete ich. »Du wirst das gut machen«, versprach ich ihr in das sommersprossige Gesicht, wenn auch nicht besonders überzeugend.

Ich betrat den Sitzungsraum. Kais Blick war auf sein Blackberry geheftet, er tippte ungehalten auf der Tastatur.

»Hallo«, sagte ich. Keine Antwort. »Wie geht es Ihnen?«, fragte ich optimistisch.

»Was glauben Sie denn, wie es mir geht?«, antwortete er wütend. »Verdammt gestresst bin ich, um das Mindeste zu sagen.« Er knallte sein Handy hin und verschränkte die Arme. »Um Himmels willen, was haben Sie mit Ihren Haaren gemacht?«

Ich fasste mir an die stumpfen Strähnen. Mir war nicht

klar gewesen, dass sie vom Blondieren furchtbar trocken werden würden, und ich sah ein, dass sie heute Morgen nicht so schön aussahen wie erhofft. Ich war kaum mit dem Kamm durchgekommen, es war grauenhaft gewesen. Freya trat auf Zehenspitzen hinter mich und legte mir so unauffällig wie möglich ihre Notizen vor, dann glitt sie auf den Stuhl, der am weitesten von Kai entfernt stand.

»Es war Zeit für eine Veränderung«, antwortete ich, verärgert, weil er es nicht zu schätzen wusste, dass ich ihm zuliebe und wegen seines Fluchs erblondet war.

Die Praktikantin eilte mit den Sandwiches und den Keksen herein, verteilte eifrig die Teller auf dem Tisch und machte dabei ein Gesicht wie auf einer Beerdigung. Ich beobachtete Freya aufmerksam. Sie schaute kein einziges Mal zu den Tellern, sondern verwendete ihre Energie darauf, die vorbereiteten Sitzungsunterlagen noch einmal zu lesen.

»Kai, möchten Sie zugreifen, solange wir auf David warten?« Ich hielt ihm einen Teller mit Sandwiches hin. Er nahm sich stattdessen einen Keks und scheuchte die Sandwiches weg.

»Freya?« Mein Gesicht glühte. Das war der Moment, auf den ich gewartet hatte.

»Ich habe mir etwas von zu Hause mitgebracht, aber danke«, sagte sie.

»Sei nicht unhöflich.«

»Ich möchte wirklich nichts.«

»Ich bestehe darauf.« Ich wollte sie reizen. Sie biss an und streckte sichtlich unsicher die Hand nach dem Teller aus. Sie nahm sich das kleinste Sandwich. »Nimm noch eins«, verlangte ich.

Sie gehorchte und biss widerstrebend von dem kleineren Brot ab. Offensichtlich focht sie einen inneren Kampf aus, ob sie kauen und schlucken sollte. Ich nahm mir ebenfalls zwei, und wir aßen schweigend, während wir auf den Chef warteten. Kais Zorn und Freyas Angst bestimmten die Atmosphäre.

Die plötzliche Stille jenseits der offenen Tür war das sichere Zeichen, dass David die Etage betreten hatte, und Sekunden später sah ich seine imposante Gestalt hereinkommen.

»Es tut mir leid, dass ich mich ein wenig verspätet habe«, sagte er mit der Sorglosigkeit eines Mannes, der keine Ahnung hatte, was ihm bevorstand. Als Freya ihn in seinem teuren Anzug und dem senfgelben Schlips sah, zog sie sich noch mehr zurück, und bis er seinen Platz am Kopf des Tisches eingenommen hatte, saß sie mit gesenktem Kopf und gekrümmtem Rücken da.

»Wie ich höre, sind wir mitten in einer Krise«, begann David, verschränkte die Arme und lehnte sich zurück.

»So ist es«, sagte Kai. »Willkommen in Shit Creek.«

Er trug einen Batikpullover, der ihm bis zu den Knien reichte, und enge weiße Jeans. Er sah lächerlich aus, und David fiel es zweifellos schwer, ihn ernst zu nehmen.

»Dann werde ich mal anfangen, Kai, wenn Sie erlauben«, sagte ich.

Ich musste in der Sitzung die Fäden in der Hand behalten, David beweisen, dass ich die starke, zuverlässige Teamleiterin war. Das Problem war nur, dass ich nicht viel vorzuweisen hatte, und deshalb musste ich Zeit schinden. »Freya, möchtest du als Erste durchgehen, was du in der vergangenen Woche erreicht hast?«

Sie stotterte ratlos herum. Ein Weißbrotkrümel hing an ihrer Unterlippe. Ich hoffte sehr, durch sie besser dazustehen.

»Nun ja, okay, ich, äh, also, nicht ich direkt, aber Henny, Entschuldigung, Henrietta hat sich um die Medien gekümmert. Die von der *Mail* haben einen Rückzieher gemacht, das Video, das wir für *Facebook Live* geplant hatten, wurde zurückgestellt, weil die jetzt über die andere Modenschau berichten, die zur selben Zeit stattfindet wie der AthLuxe-Launch, und äh, na ja, die einzige Zeitung, die tatsächlich teilnehmen will, ist eine, die Kai nicht dabeihaben möchte. Also das ist dann schon alles. Tut mir leid.«

»Warum fängst du nicht mit den guten Neuigkeiten an?«, scherzte ich, um die Laune der beiden Männer zu heben.

»Weil es keine gibt«, antwortete sie gedämpft.

»Was ist mit der Sicherheitsfirma? Die sind mit ihren Überprüfungen jetzt fertig, oder?«, fragte ich.

»Ja.«

»Na also, es gibt doch etwas Positives.«

Kai konnte seine Wut nicht länger zügeln und wurde laut.

»Welchen Zweck hat denn eine verdammte Security, wenn keine Presseleute und keine Zuschauer kommen?!«

David regte sich nicht, und ich sah nervös zu ihm hinüber. Kai fuhr fort. »Denn als ich mich zuletzt danach erkundigt habe, hatten Sie von unseren hundert Eintrittskarten gerade mal dreizehn verkauft. Die Frontreihe wird wohl leer sein, bislang habe ich nämlich nicht von Ihnen erfahren, wer dort sitzen wird. Die berühmten Leute, die angeblich die übrigen Plätze einnehmen werden, wie Sie mir versprochen haben, gibt es nicht, ich hatte auch kein Dinner mit irgendeinem maßgeblichen Prominenten, und den Medien ist scheißegal, was wir da treiben, da uns jetzt ein anderes Event, von dem wir seit *Wochen* wissen, die Schau stehlen wird!«

»Nun, ich freue mich, Sie darüber zu informieren, dass wir inzwischen an die fünfundsiebzig Karten verkauft haben.«

»Und ich freue mich *nicht*, Sie darüber zu informieren, dass das verdammt noch mal nicht gut genug ist! Das Event ist in sieben Tagen! Und ich will meine Plätze nicht mit normalen Leuten füllen! Ich will die Besten! Die Besten!«

In Wirklichkeit hatte ich den allergrößten Teil der Karten an unsere Angestellten verteilt und wollte die entgangenen Einnahmen im Gesamtbudget des Events ausgleichen, indem ich entsprechend mehr unter »Pressebewirtung« verbuchte. Wenn Kai das wüsste, würde er ausrasten.

»Hören Sie, Kai, beruhigen Sie sich. Wir haben noch eine Woche Zeit, um die Veranstaltung publik zu machen, die Tickets zu verkaufen und für mehr Wirbel zu sorgen, ehrlich, solche Event-Vorbereitungen laufen immer so. Das Blatt wird sich noch wenden«, beteuerte ich, obwohl ich wusste, dass dazu ein Wunder nötig wäre.

»Sie haben mir A-Promis versprochen. Also, wer kommt, Jade? Wer wird in der Frontreihe sitzen? Sagen Sie es mir!« Er warf die Hände hoch.

»Freya, hast du dazu etwas?«

Sie sah mich erschrocken an, denn das war definitiv meine Aufgabe. Das war meine Aufgabe, seit ich sie Ava abgerungen hatte, doch ich hatte es total vergeigt. Ich hatte vergessen, den Prominenten Verträge zuzusenden. Nun hatten alle Leute das Geld genommen und abgesagt, um zu der anderen Modenschau zu gehen. Das hatte ich erst heute Morgen festgestellt.

Freya musste jetzt unbedingt mitspielen. Mir Zeit verschaffen, damit ich mir etwas einfallen lassen konnte.

Ihre Stimme schwankte. »Nein, ich, also, ich habe mit keinem gesprochen.« Sie sah mich an. »Ich dachte, das tun Sie.«

Sie fiel mir in den Rücken. Also würde ich sie auch feuern müssen. Es war so schwer, gute Leute zu finden.

»Kai, wir werden feststellen, wie weit die Sache gediehen ist, und setzen Sie dann in Kenntnis.«

»Das reicht nicht.«

Er tobte, er stand auf und zeigte direkt auf mich. »Ava hätte das alles im Griff gehabt.«

Verlegen sah ich beiseite.

»Ich wusste sofort, als Sie das übernommen haben, dass unser Launch den Bach runtergeht. Ich verstehe nur eines nicht: warum Sie immer noch so tun, als wäre alles okay. Glauben Sie, Sie könnten mir ewig Sand in die Augen streuen? Was genau werden Sie tun, wenn nächste Woche niemand kommt? Das würde ich zu gern wissen. Schaufensterpuppen hinsetzen? Photoshop?« Schnaufend setzte er sich wieder hin. »Wir zahlen dieser Agentur nicht das viele Geld für solchen Mist.«

Mit dem Mist meinte er mich.

David räusperte sich. »Gut. Ich denke, es ist klar, was wir tun müssen.« Er hielt die Arme weiterhin verschränkt und sah mir in die Augen.

»Jade, Sie sind raus aus dem Projekt.«

Mir schlug das Herz bis zum Hals. *Raus dem Projekt?*

Sein Blick schwenkte zu Kai.

»Kai – wir werden das einem anderen Mitarbeiter übertragen. Außerdem müssen wir verschieben. Wenn die Konkurrenzveranstaltung uns die wichtigen Gäste und Medien wegnimmt, bleibt uns nichts anderes übrig.«

»Okay. Wahrscheinlich haben Sie recht«, sagte Kai, dem sichtlich eine Last von den Schultern fiel. *Ach so, wenn David eine Verschiebung vorschlägt, ist das also revolutionär, wenn ich das tue, kommt das nicht infrage.*

»Ich empfehle Ihnen, um einen Monat zu verschieben«, sagte David. »Das gibt der neuen Teamleitung Zeit, die Vorgänge in den Griff zu bekommen. Ich werde sie gleich mal herholen.« David stand auf und schritt ins Großraumbüro. Ich war wie versteinert.

Raus aus dem Projekt und sofort degradiert?

»Verzeihung, ich muss mal.« Freya rannte aus dem Raum, wahrscheinlich, um sich auf der Toilette zwei Finger in den Hals zu stecken.

»Hoffentlich sind Sie jetzt zufrieden«, sagte ich zu Kai, sowie wir allein waren.

»Ich bin verdammt entzückt«, entgegnete er verbittert.

David und meine Nachfolgerin standen in der Tür. Fast hätte ich mich übergeben. »Kai, das ist Georgette.«

Also hatte sie hinter den Kulissen ihr eigenes Spiel getrieben, ja? Offiziell hatte sie keine Lust gehabt auf die Stelle der Teamleiterin, stand aber sofort bereit, kaum dass ich gescheitert war. Ich war beinahe beeindruckt. Mein Protegé hatte mich überholt. Und sie hatte sich ebenfalls verwandelt: Ihre Nägel waren kurz geschnitten und dezent lackiert, und statt der langen, strähnigen Haare trug sie jetzt einen akkuraten, schlichten Bob.

»Hallo, Jade«, sagte sie.

David bedeutete ihr, meinen Platz einzunehmen, und sprach dann mit Kai, blind gegen den Verrat, der sich unter seinen Augen abspielte.

»Beginnen Sie beide doch mit der Übergabe. Jade, möchten Sie mit mir kommen?« Das war keine Bitte, das wusste ich.

Schweigend stand ich auf und schoss George im Vorbeigehen einen gemeinen Blick zu.

Wieso hatte ich es dazu kommen lassen? Ich war ungeheuer wütend auf mich. Ich hätte es wissen müssen. *Du darfst niemandem vertrauen.* Ich musste mich sammeln, bevor ich David alles erklärte. Er würde das verstehen, nicht wahr? Er musste das einfach verstehen.

Er schloss die Tür des Sitzungsraums und ließ Kai mit Georgette, der neuen Teamleiterin, allein. Ich konnte es kaum glauben. Dann wandte er sich an die Mitarbeiter des Großraumbüros.

»Darf ich um Ihre Aufmerksamkeit bitten?«, forderte er respekteinflößend.

Die hatte er bereits.

Ich stand neben ihm und versuchte zu erraten, was er jetzt vorhatte. Würde er bekannt geben, was gerade passiert war?

»Ich muss Ihnen leider mitteilen, dass Jade Fernleigh, die seit acht Jahren bei uns arbeitet, soeben ihre Kündigung eingereicht hat. Ich habe widerstrebend eingewilligt, sie gehen zu lassen.«

Gemurmel ging durch den Raum, und ein paar Leute schlugen sich die Hand vor den Mund. Das war, als würde ich öffentlich gehängt und das ganze Dorf sähe zu, wie mein erschlaffter Körper am Galgen baumelte.

»Bitte geben Sie Jade gemeinsam mit mir einen wohlverdienten Applaus für ihre Bemühungen, und wünschen Sie ihr Glück für ihr nächstes Unternehmen.« In einigen Schreibtischnischen wurde halbherzig geklatscht. Jeder wusste, was wirklich vorging. Das war eine von Davids Machtdemonstrationen, schlicht und einfach. Und ich konnte ihn durch nichts daran hindern. Er drehte sich auf dem Absatz um und ging. Nur der Duft seines teuren Rasierwassers blieb zurück, als ich wie angewurzelt dastand, ratlos, was ich jetzt tun sollte. Meine Zeit an der Spitze war so kurz gewesen wie das Leben einer Eintagsfliege. Mein Traum, die Königin zu werden, war geplatzt.

Mir zitterten die Hände, die Tränen strömten mir übers Gesicht. Bis auf ein, zwei schrille, grausame Lacher und unterdrücktes Gekicher war es still im Raum.

Nachdem ich ewig so dagestanden hatte, sammelte ich

meine Gedanken und zwang mich, zu meinem Schreibtisch zu gehen. Ich packte die wichtigsten persönlichen Dinge in meinen Rucksack. Bald war er so voll, dass der Reißverschluss kaum noch zuging. Ich beschloss, auf den Rest zu verzichten, hängte ihn mir über die Schulter und verließ das Büro. Sollten sie sich doch um den übrigen Kram zanken. Auf dem Weg nach draußen ging ich an Freya vorbei. Ihre wässrigen Augen und ein schwacher Geruch nach Erbrochenem waren meine letzte Erinnerung an die acht Jahre bei W&SP.

Auf dem Heimweg stieg ich vor dem Supermarkt aus, der zwei Haltestellen von meinem Haus entfernt lag. Ich hatte bei der Arbeit total versagt, aber während der Bus in die Haltebuchten hinein- und wieder rausgefahren war, um Sozialschmarotzer, nutzlose, fette Arbeitslose und ungewaschene Studenten aufzunehmen, war mir allmählich eine Idee gekommen.

Vielleicht gab es doch einen Weg zurück. Als ich den Laden betrat, nahm ich mir frisch entschlossen einen Einkaufskorb von dem hohen Stapel am Eingang. Hastig suchte ich mir zusammen, was ich brauchte: Zwiebeln, Knoblauch, Hackfleisch, Kartoffeln, Tomaten, Worcestersoße. Das Gericht hatte ich seit Jahren nicht mehr gekocht, hatte das Rezept aber noch ungefähr im Kopf. Eine Kassiererin mit künstlichem Gebiss und einer misslungenen Dauerwelle rechnete meinen Einkauf zusammen, dann fragte sie mich, ob ich eine Tüte bräuchte.

»Natürlich brauche ich eine«, antwortete ich gereizt.

»Immer locker bleiben«, erwiderte sie, was ich von einer in ihrem Alter nicht erwartet hätte. Ungeduldig wippte ich mit der Fußspitze, während sie eine Ewigkeit brauchte, um die Plastiktüte von der darunterliegenden zu lösen.

»Vergessen Sie's, ich brauche keine«, schnaubte ich, als sie es nach dem sechsten Versuch noch nicht hingekriegt hatte.

»Wie Sie wollen.«

Sie hatte einen jamaikanischen Akzent und lächelte in sich hinein. Hatte sie das etwa absichtlich getan? Ich packte mir die Sachen in den Arm und zog meine Karte am Lesegerät vorbei.

»Blöde Kuh«, zischte ich, als ich mich von der Kasse wegdrehte und ging.

Kurz vor dem Ausgang griff mir eine kräftige Hand um die Schulter.

»Moment noch, meine Liebe, Sie müssen mit mir kommen.« Ich hörte einen nördlichen Akzent heraus, der in London ungewöhnlich war.

»Wozu? Ich hab's eilig«, erklärte ich und wollte einfach weitergehen.

»Es gab eine Beschwerde. Sie sind gegen eine unserer Kassiererinnen ausfällig geworden.«

Die Hand griff fester zu.

»Was soll der Scheiß?« Ich verlor die Fassung und fuhr zu demjenigen herum. »Sie wollte mir keine Plastiktüte geben!«

»Hier entlang, meine Liebe.« Ein zweiter Sicherheitsmann erschien und nahm mich bei der anderen Schulter.

»Schon gut, hören Sie, ist ja gut!«, kreischte ich und stieß mit Schulterbewegungen ihre Hände weg, denn ich musste meine Einkäufe festhalten.

Die beiden stämmigen Kerle führten mich trotzdem in einen kleinen Raum im hinteren Bereich des Supermarkts. Die alte Jamaikanerin saß sichtlich aufgewühlt in einer Ecke.

Sie zeigte auf mich und rief: »Die war's! Sie hat mich eine blöde Kuh genannt.«

Sie tupfte sich mit einem Taschentuch die Tränen ab.

Die Sicherheitsleute blieben bei der Tür stehen, und eine mollige Frau setzte sich neben die blöde Kuh. Ich musterte sie von oben bis unten. Sie konnte kaum älter als zwanzig sein, aber laut dem Schildchen an ihrem Kragen war sie die Filialleiterin Carly. An ihren Ohren prangten große silberne Kreolen, und ihre schlecht sitzende weiße Bluse kämpfte darum, über dem prallen Busen geschlossen zu bleiben.

Einen Moment lang hatte ich Mitleid mit der blöden Kuh. Carly als Vorgesetzte zu haben konnte kein Vergnügen sein.

»Ich möchte nicht die Polizei rufen müssen, aber wir vertreten eine Null-Toleranz-Politik, wenn unsere Mitarbeiter beleidigt werden.« Carly klang, als spielte sie die Filialleiterin bloß. Wahrscheinlich hatte sie bei einem eintägigen Lehrgang in Slough gelernt, so zu sprechen. Ich hatte keine Zeit, mir diesen Quatsch anzuhören.

»Hören Sie, es tut mir wirklich leid wegen – wie heißt sie?«, fragte ich.

»Tay.«

»Es tut mir wirklich leid, wenn Tay dachte, ich nenne sie so, aber ich habe das gar nicht gesagt. Ich will hier keinen Wirbel machen. Ich habe zu Hause eine Familie zu versorgen.« Kaum war die Lüge ausgesprochen, stutzte ich. Würde mir jemand die Familie abkaufen? »Ich muss jetzt wirklich nach Hause.«

Ich wartete, ob mich jemand durchschaute, aber als niemand reagierte, redete ich weiter.

»Entschuldigung.«

»Okay, tja, wir müssen uns in dieser Sache auf die Seite unserer Mitarbeiterin stellen, fürchte ich. Deshalb erteile ich Ihnen Hausverbot, okay?«

Wieso fragte sie mich, ob ich das okay fand?

»Das heißt, Sie werden nicht noch mal herkommen dürfen, okay?«

Danke für die Erklärung. »Gut. Kann ich jetzt gehen?«

»Terry bringt Sie hinaus.«

Mein zweiter Versuch, den Supermarkt zu verlassen, war wesentlich erfolgreicher, aber ich wurde immer wütender. Das war schon die zweite Ungerechtigkeit des Tages, und vor lauter Frustration kamen mir wieder die Tränen. Ich konnte überhaupt nichts hinkriegen. Es gab nur einen Menschen, der mir jetzt guttun würde.

Als ich schließlich zu Hause ankam, lümmelte sich meine Mitbewohnerin auf dem Sofa im Wohnzimmer vor der zugeklebten Fensterscheibe, und der Fernseher lief.

Werden Carol und Andy sich richtig entscheiden? Gleich geht's weiter, nach der Werbepause …

Ich schloss die Haustür mit der Hüfte und balancierte meine Einkäufe in den Armen, damit sie mir nicht wegrutschten.

»Frag mich bloß nicht, warum ich so früh zu Hause bin«, rief ich warnend. Der Fernseher verstummte.

»Warum bist du so früh zu Hause?« Sie kam mir hinterher in die Küche. Ich lud die Sachen auf dem Tresen ab und suchte in Schränken nach einer Bratpfanne und einer Auflaufform.

»Lass mich raten.« Sie genoss es. »Du bist nicht krank, also ist Ava wieder da und du hast dich geweigert, mit ihr zu arbeiten?«

Ich machte das Geräusch eines Summers für eine falsche Antwort. »Nächster Versuch.«

»Du hast das Gebäude in die Luft gesprengt.«

»Wieder falsch.«

»Moment, du wurdest nicht gefeuert, oder?«

»Ding-ding-ding.«

Sie gackerte vor Lachen. »Warum?«

»Weil Ava Kai so weit in den Arsch gekrochen ist, dass ich keine Chance hatte«, seufzte ich. »Und während ich damit beschäftigt war, mit Ava klarzukommen, plante Georgette einen Umsturz.«

»Oh! Das tut mir leid, Jadey-wadey«, sagte sie, auf Singsang geschaltet, und ging zurück ins Wohnzimmer, um sich die nächste aufregende Fortsetzung von Carols und Andys Alltagsdilemma anzusehen. Ava hatte dafür gesorgt, dass sie als Einzige die gläserne Decke durchbrechen würde, aber gerade als es mir gelungen war, ein Loch hineinzuschlagen, um ihren Platz einzunehmen, war Georgette durch einen Spalt an mir vorbeigeschlüpft und hatte es mit einer Tonne Zement hinter sich zugegossen. *Egal. Ganz egal. Konzentriere dich auf den nächsten Schritt. Konzentriere dich auf den Plan.* Ich briet Zwiebeln, gab das Hackfleisch und die Tomaten hinzu, kochte und stampfte die Kartoffeln und strich eine Schicht oben auf die Tomatenmischung. Ich stellte den Auflauf in den Backofen und ging nach oben, um mich umzuziehen. Sie kam mir nach.

»Wieso kochst du? Du kochst doch sonst nicht?«, fragte sie neugierig.

»Das ist für einen Freund. Wie wollen heute Abend zusammen essen.« Ich sah sie nicht an, während ich ein Outfit zusammenstellte. *Vielleicht einen Rock und ein Top mit tiefem Ausschnitt?*

»Sind wir nicht befreundet, Jade? Das waren wir doch immer, oder?«

Ich weigerte mich, sie anzusehen.

»Jade?«

Sie kam näher. Ihre eiskalten Arme umschlangen mich, dass ich kaum noch Luft bekam.

»Jade?«

Ich wehrte mich heftig und befreite mich aus ihrer Umarmung.

»Olivia, lass das!«, schrie ich, als ihre toten Augen sich vor meine schoben und ihre blauen Lippen zitterten.

»Wir sind Freundinnen, nicht wahr?« Ich gab keine Antwort. »Warum hast du mir nicht geholfen, Jade? Warum hast du mich sterben lassen?« Ich konnte das nicht mehr ertragen und rannte kreischend durch ihren Geisterleib und die Treppe hinunter in die Küche, griff mir den lauwarmen Auflauf aus dem Ofen, rannte hinaus und knallte die Tür hinter mir zu.

Ich sprang in den Bus. Ein Mitfahrer half mir mit meiner Guthabenkarte für die öffentlichen Verkehrsmittel, weil ich Schwierigkeiten hatte, meine Auflaufform festzuhalten und gleichzeitig die Karte durchzuziehen. Ich ließ mich auf einem der Vorrangsitze hinter dem Busfahrer fallen – wenn ich je ein Anrecht darauf gehabt hatte, dann jetzt – und ließ meinen Gedanken freien Lauf. Die Rädchen drehten sich und arbeiteten, um die Zeit zurückzudrehen. Erinnerungen an Olivia flackerten auf, als blickte ich in ein Kaleidoskop. Ich hatte sie aus meinen Gedanken verbannt, und so kam sie stattdessen persönlich zu mir und wollte mich nicht mehr in Ruhe lassen, besonders wenn ich niedergeschlagen oder aufgewühlt war. Je mehr ich mich anstrengte, jenen Abend zu vergessen, nicht mehr daran zu denken, was ich getan hatte, desto lauter machte sie auf sich aufmerksam. Wir waren befreundet gewesen, ja, natürlich waren wir befreundet gewesen. Das hätte ich ihr sagen sollen. Damals in der Agentur hatten wir zusammengehalten wie Pech und Schwefel. Sie war einer der wenigen Menschen in meinem Leben gewesen, die mich mochten. Sonst konnte mich niemand leiden. Sie war freundlich zu mir gewesen. Sie verstand, wie es war, mit schwierigen

Eltern zu leben, sie verstand, wie es war, sich wie ein Außenseiter zu fühlen, wie jemand, der nirgendwo dazupasst. Ehrlich gesagt, sie schaffte das auf ihre coole Außenseiterart, denn sie war schön und ruhelos und unnahbar. Aber ihre inneren Dämonen verhinderten, dass sie sich akzeptiert fühlte, sie wurde nicht von anderen abgelehnt, wie es mir nämlich immer passierte. Ich fühlte mich schrecklich mit dem, was ich ihr angetan hatte. Sie hatte das nicht verdient.

Und dann war da noch Ava. Ava hatte nie Schwierigkeiten, sich irgendwo einzufügen. Ich wischte mir am unteren Lid entlang, an dem Tränen hingen, und dachte daran, wie sich alles zum Schlechten hin entwickelt hatte, seit Ava bei W&SP arbeitete, und wie schlimm es geworden war, nachdem sie so verbissen für ihre Karriere kämpfte.

Der Bus näherte sich der Lupus Street in Pimlico. Ich hoffte, dass Josh noch in Olivias Haus wohnte und nicht etwa wieder ausgezogen war. Dann fiel mir etwas ein: Ich hatte mir noch nicht überlegt, was ich zu ihm sagen würde, wenn er die Tür öffnete. Oh Gott. Ich brauchte noch Vorbereitungszeit. Mir schwirrten verschiedene Begrüßungssätze durch den Kopf. *Ein Shepherd's Pie am Abend, erquickend und labend! Nein, Jade, mach's nicht so kompliziert.*

Auf der Straße vor Olivias Haus standen etliche Nachrichtencrews mit ihren weißen Satellitenschüsseln und verwandelten sie in eine Filmkulisse.

Wenn Ava nicht blond wäre, würden sie nicht solchen Wirbel machen. Eine verwöhnte weiße junge Frau flüchtete vor ihren Problemen. Na und? Ich klopfte an die Haustür und wartete, wobei ich noch mehr Eröffnungssätze durchging. *Hallo, Sie haben Essen bestellt. Macht fünfzehn Pfund, Josh.*

Die Tür wurde geöffnet, und zum Glück redete Josh als Erster und rettete mich vor mir selbst.

»Jade. Du schon wieder«, sagte er perplex. »Du wärst besser nicht hergekommen. Die nehmen alles auf.« Er deutete auf die Übertragungswagen.

»Ich habe dir einen Shepherd's Pie gemacht.« Ich hielt ihm die Auflaufform hin. Er stutzte.

»Wow, das wäre nicht nötig gewesen.« Er bat mich nicht herein. Warum bat er mich nicht herein?

»Ich kann bleiben und mit dir zusammen essen, wenn du möchtest, falls du Gesellschaft brauchst.« Ein Versuch. Ich hielt ihm den Auflauf noch näher hin, und schließlich nahm er ihn entgegen, unsicher, wenn man es wohlwollend ausdrücken wollte.

»Okay, sicher, danke.« Er trat beiseite, um mich hereinzulassen, und mein Herz schlug vor Freude Purzelbäume. Mein Plan hatte Erfolg! Endlich mal! Endlich lief etwas so, wie ich es wollte! Ich schlenderte in den Flur und folgte Josh in die Küche. Beim letzten Mal, als ich bei ihm gewesen war, hatte er mich nur in den Flur gelassen. Also war das ein Fortschritt. Die Küche war genauso wie erwartet: minimalistisch und schick, alles weiß, grau und schwarz. Es sah toll aus. In solch einer Küche hätte ich wirklich Lust zu kochen.

Ich dachte an das Wohnzimmer, das daran angrenzen musste, und meine Erinnerungen drohten mich zu überschwemmen. Ich versuchte, sie zurückzudrängen, wusste aber schon, was passieren würde. Schließlich hatte sie während der ganzen Busfahrt hinter mir gesessen und die Fingernägel in meine fleischigen Schultern gekrallt.

»Machst es dir gemütlich, hm?«, sagte Olivia. Ihre Stimme klingelte mir laut in den Ohren. Ich wusste, sie war da, natürlich, und trotzdem zuckte ich vor Schreck zusammen. »Das ist nicht mehr dein Haus«, murmelte ich leise, und beim Umdrehen hoffte ich, dass Josh es nicht gehört hatte. Doch sein Gesichtsausdruck verriet es.

»Geht es dir gut?«, fragte er, und das war albern, denn ich sollte mich um ihn kümmern, nicht umgekehrt!

»Natürlich geht es mir gut!«, antwortete ich ein bisschen zu abwehrend. »Nun setz dich, Josh. Ich möchte sehen, dass du etwas isst. Du siehst dünn aus. Wo sind die Teller?«

Er deutete auf die Oberschränke hinter mir, und ich beeilte mich, sie auf die Kücheninsel zu schaffen. Ich nahm einen Löffel aus der Schublade an der Seite und teilte großzügige Portionen aus. *Genauso wird es sein, wenn wir wirklich zusammen sind. Ich koche ihm das Essen, wir leben in einem modernen, tollen Haus.* Nachdem ich ihm seinen Teller vorgesetzt hatte, beugte ich mich über meinen und musterte das Essen. Irgendwas stimmte damit nicht: Rosa Saft sickerte aus dem Hackfleisch, die Kartoffeln waren vollkommen blass, und die Tomatensoße sammelte sich am Grund des Tellers. *Das hat gar nicht gegart. Mein Shepherd's Pie ist noch roh. Olivia hat mich abgelenkt, ich habe ihn zu früh aus dem Ofen genommen.* Ich riss seinen Teller zu mir und gab seine Portion zurück in die Auflaufform.

»Es ist nicht gar«, erklärte ich ihm. Er war schrecklich still geworden. Ich trug den Auflauf zum Herd und drückte auf die Knöpfe. Im Backofen surrte es, als ich die Heißluft in Gang setzte.

»Das wird nicht lange dauern. Alles okay? Hältst du den Hunger noch aus?«

»Mir geht es gut«, sagte er nachdenklich. »Aber was dich angeht, bin ich mir nicht so sicher.«

»Warum sagst du das immer wieder?«, blaffte ich.

»Nun ja, es ist das zweite Mal, dass du unangekündigt hier aufkreuzt, Jade. Dabei kennen wir uns kaum. Wieso das plötzliche Interesse? Wieso das Essen? Warum diese aufwendige Fürsorge? Hast du wegen irgendetwas ein schlechtes Gewissen?«

Er unterstellte mir ein verborgenes Motiv. »Und? Hast du?«, zischte Olivia irgendwo. Dabei stürzte ich auf ihn zu und fasste ihn bei den Armen. Seinen Körper zu fühlen machte mich für einen Moment sprachlos.

»Weißt du, wo Ava ist, Jade?«

»Wie bitte? Nein, natürlich nicht.« Die Frage verblüffte mich. »Sie ist abgehauen, Josh. Keiner weiß, wo sie ist.«

»Hör zu, Jade, es tut mir leid. Es ist nur so: Die Polizei unternimmt nichts. David hat alles getan, um Druck auszuüben, und nichts scheint zu wirken. Aber du kreuzt bei mir auf und benimmst dich sonderbar. Da mache ich mir zwangsläufig Gedanken.«

In dem Moment fiel mir auf, dass er dunklere Schatten und tiefere Falten um die Augen hatte als beim vorigen Mal. Armer Josh. Das setzte ihm wirklich zu, obwohl er sie eigentlich nicht liebte. Er war so ein mitfühlender Mensch.

»Josh, warte mal – wie hast du das gemeint, als du sagtest, wir kennen uns kaum?«

»Ich meinte das nicht im eigentlichen Sinne, schließlich arbeiten wir seit Jahren zusammen. Aber wir sind nicht befreundet, nicht wahr?«

Er hatte keine Ahnung, wie oft er in letzter Zeit auf meinen Gefühlen herumgetrampelt war. Ich fragte mich, was von meinem Herzen noch übrig sein konnte.

»Ich weiß, das ist eine komische Situation, alles ist in der Schwebe, aber ich würde sagen, wir waren mehr als Freunde, Josh. Viel mehr als das.«

Er sah mich an, als wäre ich verrückt, und ich wich einen Schritt zurück.

»Die SMS, Josh, die Fotos …« Sein verständnisloser Blick sagte alles, und mir wurde auf einmal klar, dass nicht er mir geschrieben hatte, sondern jemand anders. Jemand, der mich demütigen und beschämen wollte.

»Wovon redest du? Was für SMS?«

»Oh Gott«, stotterte ich. »Das war sie.« Ich holte mein Handy hervor, öffnete den langen Chat mit ihm und zeigte ihm die intimen Nachrichten und Fotos. »Das kam definitiv nicht von dir?«, fragte ich zutiefst verlegen. Er schüttelte den Kopf und nahm mein Handy.

»Was ist denn das?«, murmelte er ungläubig. »Das ist krass, das ist krank. Ich bin überhaupt nicht in den sozialen Medien. Ich dachte, das wüsstest du. Ich kann die nicht ausstehen.«

»Dann war es Ava«, folgerte ich entschieden. Ich musste mich an der Kücheninsel festhalten, so schwindlig war mir angesichts ihres Verrats.

»Ava würde so etwas nicht tun«, erwiderte er mit völliger Gewissheit und gab mir das Handy zurück. »Welchen Grund hätte sie überhaupt dazu?«

Ich überwand meine Übelkeit. »Josh, denk mal nach. Sie war es, die bei dem Meeting mit Kai das Foto veröffentlicht hat. Das konnte sie tun, weil sie von dem Foto wusste. Sie wusste, was ich dir geschickt hatte, weil sie dahintersteckt.«

»Also, nein, so ist es nicht gewesen, Jade. Dein Foto wurde automatisch geladen, als sie dein Handy mit dem Laptop verbunden hat.«

Ich fing an, hin und her zu gehen, und setzte die Puzzleteile zusammen. »Sie wollte mich demütigen. Sie hat getan, was sie konnte, damit ich nicht Teamleiterin werde. Und das ist typisch für sie. Ich bin so dumm gewesen. Ich kann nicht glauben, dass ich jetzt erst dahinterkomme.« Das murmelte ich vor mich hin, dann bemerkte ich Olivia in der Küchentür. Ich schrie sie an, uns allein zu lassen.

»Jetzt mal langsam«, sagte er und sah mich flehend an. »War es nicht George, die den Posten von dir übernommen hat? Sie kann es doch genauso gut gewesen sein.« Ich musste sofort daran denken, wie sie mich angesehen hatte, als sie meinen Platz einnahm. Ihr selbstgefälliges Gesicht war wie eine Ohrfeige gewesen. Und dann noch die vergrößerten Fotos von mir an meiner Bürowand.

»Sie hat mich auch hintergangen.«

»Alle haben es auf dich abgesehen, ja?«

Er sagte das, als würde ich mir alles nur einbilden.

Für einen Moment war es völlig still, und Josh rieb sich die müden Augen.

»Was glaubst du, wo sie ist, Jade? Wohin ist sie verschwunden?«

Ich schaute erstaunt. »Du liebst sie tatsächlich, stimmt's?«

»Ja«, antwortete er.

Ein Schlag für meine Gefühle.

»Was ist mit mir?«, piepste ich, ohne ihn anzusehen, und wusste die Antwort schon. »Magst du mich überhaupt?«

»Natürlich mag ich dich, Jade, nur …«

»Nur eben nicht so«, schloss ich.

Er sah mich an und zog die Schultern bis zu den Ohren hoch. »Es tut mir leid.« Er machte ein langes Gesicht, als er mich enttäuschte.

Kurz darauf drang Rauch aus dem Backofen. Obwohl ich mir sicher war, dass ich ihn auf Heißluft eingestellt hatte, war der Grill eingeschaltet. Der Auflauf war verbrannt, und ich kippte ihn in den Müll. Stattdessen aßen wir ein gegrilltes Käsesandwich und tranken zusammen eine Flasche Wein. Wir unterhielten uns über die Arbeit, tauschten Erinnerungen an Olivia aus, und als ich in den frühen Morgenstunden nach Hause kam, fand ich, dass das die schönste Nacht meines Lebens gewesen war, obwohl meine große Liebe mich abgewiesen hatte.

FREUND DER VERMISSTEN EMPFÄNGT NÄCHTLICHEN BESUCH

Joshua Stein, der Freund der vermissten Ava Wells, erhielt gestern am späten Abend Besuch von einer Frau.

Es handelte sich dabei um Jade Fernleigh, eine Kollegin in der bekannten PR-Agentur Watson & Stein Partners, die laut gut informierter Quellen »krankhaft in ihn verliebt« ist und gegenüber der Vermissten eine »erbitterte Rivalität« empfindet.

Unsere Exklusivfotos zeigen das Paar, wie es eine Flasche Wein trinkt und einen schönen gemeinsamen Abend in dem Haus verbringt, in dem Ava wohnte, bevor sie verschwand.

»Wäre ich verschwunden, wäre ich nicht besonders froh, wenn mein Freund in der Zeit mit einer anderen Wein trinkt. Ich finde das verdächtig«, schreibt @MaryF1 auf Twitter.

Obwohl diese Fotos ein ganz neues Licht auf den Fall werfen, bleibt die Polizei dabei, dass Ava Wells sich eine Auszeit genommen hat, und das obwohl die irischen Behörden keine Erkenntnisse über ihren Verbleib haben.

Wenn Sie mehr Informationen über die Frau auf diesem Foto haben, rufen Sie bitte unsere Nachrichtenredaktion an. Und ein kleiner Hinweis: Wir bezahlen unsere Quellen!

41

Jade

Ich wachte in meinem Bett auf, müde, aber entspannt. Der Abend hatte mir gutgetan. Dass die Nachrichten gar nicht von Josh stammten, hatte mich zuerst umgehauen, aber seine Ehrlichkeit mir gegenüber beruhigte mich enorm.

Und dann schaltete ich das Radio ein und hörte, was die Sprecherin sagte.

»Laut neusten Presseberichten hat sich Joshua Stein von Jade Fernleigh, mit der er gestern einen schönen Abend verbrachte, entschieden distanziert. Er sagte in einer Stellungnahme: ›Die Fotos, die heute Morgen veröffentlicht wurden, vermitteln ein ganz falsches Bild. Jade Fernleigh ist eine Kollegin, wir sind nicht mal befreundet. Sie hat mich nur aufgesucht, um Firmenangelegenheiten mit mir zu besprechen. Ich hoffe, damit Gerüchten entgegenzuwirken und die Ermittlungen wieder auf das Wesentliche zu lenken, nämlich die Suche nach Ava Wells.‹ Sobald es etwas Neues in dem spannenden Fall gibt, werden wir Sie darüber informieren.«

Seine Stellungnahme goss nur Öl ins Feuer. War Josh das denn nicht klar? Wusste er überhaupt nicht, wie es in der Branche lief?

Mit weichen Knien ging ich die Treppe hinunter. Ich war mir nicht sicher, wie spät es war, aber es war stickig, und die Sonne schien in die Küche und hatte den Hackfleischgeruch von gestern Abend wiederbelebt.

Moment, dachte ich. Josh wusste genau, welche Wirkung seine Stellungnahme in den Medien hatte.

Hatte er das mit Absicht getan?

Warum wollte er die Öffentlichkeit gegen mich einnehmen?

Der Briefkastendeckel klapperte, als ich still auf dem klebrigen Linoleum stand. Der blecherne Klang hallte durch meinen Gehörgang und drang in mein Gehirn. Ich drehte den Kopf in Richtung der Geräuschquelle. Das gefiel mir nicht. Wie langsam die Klappe angehoben worden und dann zugeknallt war. Ich drehte mich um und öffnete die Tür zum Flur. Der Schimmelgeruch war überwältigend, sodass ich mir den Pyjamaärmel an die Nase drückte, um ihn nicht direkt einzuatmen. Mir wich die Farbe aus dem Gesicht, als ich mein Gesicht sah, das mir von der soeben eingeworfenen Zeitung entgegenblickte: ich mit sechzehn Jahren, unordentlich, verängstigt, hohlwangig. Das Mädchen, das ich mit aller Kraft hatte loswerden wollen, war mit einem Schlag wieder da, diesmal auf der Titelseite des populärsten Boulevardblatts.

Ich hob die Zeitung auf. Mir zitterte die Hand. Ich hatte keine bestellt. Die hatte mir jemand gezielt durch den Briefschlitz geschoben.

JETZT SPRECHEN DIE KOLLEGEN DER VERMISSTEN AVA WELLS

Es war, als wäre die Schlagzeile von der Titelseite aufgesprungen und hätte mir einen vernichtenden linken Haken verpasst. Ich bekam keine Luft und wich taumelnd zurück, bis ich gegen die Wand stieß. Ich rutschte daran hinunter bis zum Boden, meine Beine trugen mich nicht mehr. Ich landete auf der ungeöffneten Post, den überfälligen Rechnungen von Wochen, und verschlang jedes Wort der Meldung.

Aufgebrachte Kollegen von Ava Wells, die meinen, dass in dem Fall zu wenig unternommen wird, äußern sich heute in einem Exklusivinterview. Sie betonen das ihrer Meinung nach katastrophale Versagen der Polizei bei der Ermittlung und fordern, dass das Verschwinden wieder als Entführungs- oder Mordfall eingestuft wird.

Die brisanten Vorwürfe bringen Bewegung in den bereits eingehend untersuchten Fall, der in die dritte Woche geht, ohne dass die Behörden in Irland sich zum Verbleib von Miss Wells geäußert haben.

Mittlerweile steigt der öffentliche Druck auf die Regierung, der Premierminister wird wegen weiterer Mittelkürzungen bei der Polizei in den sozialen Medien scharf angegriffen. Roy Turnbull, ein ehemaliger Polizeibeamter, sagt: »Die Polizei arbeitet bereits am Limit, weil sie unsere Grenzen schützen muss. Da bleiben kein Geld und keine Zeit, um gegen gewöhnliche Kriminelle vorzugehen. Es ist eine Schande, dass wir uns um unsere Leute nicht kümmern können.«

Am Wochenende wird vor Scotland Yard eine Demonstration stattfinden, wenn in dem Fall kein Durchbruch erzielt wird oder mehr Mittel für die Aufklärung bereitgestellt werden.

Den restlichen Artikel überflog ich nur. Ich war hellwach vor Aufregung, und mir klebte die Zunge am Gaumen.

Josh hatte etwas mit Avas Verschwinden zu tun. Er musste die Hexenjagd eingefädelt haben: Das Timing war ein zu großer Zufall. Ich musste noch mal mit ihm reden. Mir Gewissheit verschaffen.

42

Jade

Ich trat von einem Bein aufs andere und wartete darauf, dass er an die Tür kam. Die Journalisten erkannten mich und kamen mit Kamerateams aus ihren Ü-Wagen. Ich klopfte noch einmal lauter und drängender.

»Josh!«, rief ich. Er riss die Tür auf, blieb aber in der Öffnung stehen. Ich trat näher, aber da er keinen Platz machte, kapierte ich.

»Jade, das muss aufhören. Ich bin mitten bei einer Sache.«

»Wieso reden alle über mich, Josh? Warum heißt es im Internet, ich hätte etwas mit Avas Verschwinden zu tun? Was hast du getan, Josh?«

»Hast du denn etwas damit zu tun, Jade? Es ist … dein Verhalten …«

Ich beschimpfte ihn laut, und er sah mich mitleidig an.

»Jade, es war keine gute Idee, dass du noch mal hergekommen bist.«

In mir legte sich ein Schalter um, und mit einem Ausfallschritt stellte ich den Fuß auf die Schwelle, damit er mir die Tür nicht vor der Nase zumachen konnte.

»Sie war nicht so wunderbar, wie du glaubst, Josh. Sie hat dich betrogen!«

»Was? Jade, bitte, sei doch leise.«

Ein gemeines Grinsen machte sich auf meinem Gesicht breit.

»Sie war hinter deinem Rücken mit David zusammen! Das ist wahr, ich kann das beweisen!« Meine Stimme klang schrill und triumphierend.

Doch er glaubte mir nicht.

»Du musst gehen«, sagte er entschieden und stieß die Tür gegen meinen Fuß.

»Josh. Hör zu. Ich will nur reden.« Ich angelte das Handy aus der Tasche, weil ich ihm das Foto von Ava und David zeigen wollte. Dann würde er mir glauben. Dann würde er erkennen, dass sie mir die Nachrichten geschickt hatte, dass sie sich selbst mit ihren hinterhältigen Lügen in diese Lage gebracht hatte.

Er zog die Brauen zusammen und trat zur Seite. Endlich ließ er mich herein. Sowie ich den Fuß von der Schwelle nahm, schlug er die Tür zu. Nach dieser brutalen, endgültigen Zurückweisung ging ich in einer Woge von Gefühlen unter. Ich hatte alles verloren, meinen Job, meine Zukunft, meinen Josh.

Und nun glaubte jeder, ich hätte Ava entführt oder ermordet.

Du hast *jemanden ermordet, Jade.*

Ich trommelte mit den Fäusten gegen seine Tür, weigerte mich zu gehen und schrie und jammerte, er solle mich reinlassen. Meine Stimme klang so schrill und ungestüm, ich erkannte sie kaum wieder.

Nur durch ihn würde ich meinen Job zurückbekommen!

Nur durch ihn würde ich glücklich werden!

Nur er konnte mir noch helfen!

Nachdem ich mir die Knöchel wund geklopft und keine Kraft mehr hatte, versagte auch meine Stimme, und als ich nicht weiter rufen konnte, sank ich zu einem Häufchen zusammen. Halb auf der Steinstufe liegend, wo mir die Kälte in die Knochen drang, lehnte ich meinen schweren Kopf gegen die Tür. Nur vage war ich mir der Geräusche der Kameras bewusst, die mich aufnahmen, während ich meine Fäuste betrachtete, die von meiner Sisyphus-Anstrengung blutig und geschwollen waren. Ich wünschte, ich wäre tot.

»Sie müssen von dem Haus weg, Miss«, sagte jemand in dunklen Hosen. In dem Moment begriff ich, was um mich herum passierte. Ich sprang auf und rannte los. Weg von der Zurückweisung, dem Schmerz, weg von Josh. Mir blieb nichts anderes übrig, als mich nach Hause zurückzuziehen, zurück zu meinem Kummer, meiner Verwirrung und Einsamkeit. Was sollte ich jetzt tun, nachdem mein Leben in Scherben lag?

KOLLEGINNEN VON JADE FERNLEIGH UND AVA WELLS ÄUSSERN SICH ZUM VERMISSTENFALL

»Gleich nachdem Ava im Büro fehlte, hat Jade mich angewiesen, Avas Schreibtisch auszuräumen. Ich glaube, Jade wusste, dass sie nicht mehr zurückkommt.« Georgette Giani, 31, Teamleiterin bei Watson & Stein Partners, die mit Jade und Ava zusammengearbeitet hat, äußert sich zu dem Verschwinden von Ava Wells, die zuletzt vor ein paar Wochen vor ihrem Haus gesehen wurde. Ms Giani sprach mit einem unserer Journalisten in einem brisanten Enthüllungsgespräch und gab ihr Recht auf Anonymität auf, um die Polizei wachzurütteln.

»Als Erstes möchte ich Sie fragen: Trauen Sie Jade Fernleigh zu, einen Mord zu begehen?«

»Absolut. Sie ist zu allem fähig. Sie weiß überhaupt nicht, was Mitgefühl heißt. Sie ist ein äußerst ichbezogener Mensch und eine Soziopathin. Ich kenne niemanden, der so verbohrt ist wie sie. Ihr war nur eines wichtig: Avas Leben zu ruinieren. Sie wollte vor ihr befördert werden, sie wollte ihr den Freund ausspannen, und der Gedanke, der bloße Gedanke, das könnte vielleicht nicht klappen, machte sie verrückt. Es ist furchtbar, dass die Polizei uns noch nicht zu ihr befragt hat. Ich sage Ihnen: Sie war es.«

Freya Hanlin, 22, eine Führungskraft bei Watson & Stein Partners, sagte: »Jades Verhalten hat sich völlig verändert, nachdem Ava weg war. Sie wurde größenwahnsinnig, war besessen von ihrer neuen Macht als Teamleiterin.«

»Nur um es unseren Lesern verständlicher zu machen: Stimmt es, wenn ich sage, dass Jade zur Teamleiterin ernannt wurde, gleich nachdem Ava verschwunden war?«

»Ja. Und es gab noch andere Auffälligkeiten. Sie hat sich die Haare hellblond gefärbt, genau wie Avas, und sie hat sich genauso geschminkt wie sie, sie hat sich sogar ein Oberteil gekauft, das auch Ava getragen hat. Ich weiß nicht, ob Ava es an dem Abend anhatte, als sie verschwand, aber die Polizei sollte das herausfinden. Denn das könnte ein wichtiger Hinweis sein.«

43

Nein, diese Enthüllung gehört nicht zu deinem Plan. Du wolltest die Polizei glauben machen, dass Ava aus freien Stücken verreist ist: kein falsches Spiel, keine Ermittlung, keine unangenehmen Fragen. So hast du es gern, so hattest du es geplant. Nichts Verdächtiges, nichts Unschönes.

Aber du weißt, was jetzt getan werden muss. Du musst dich an die neue Situation anpassen. Dir bleibt keine andere Wahl.

Sie liegt nebenan, betäubt und kaum bewegungsfähig.

Sie hat sich nicht kampflos ergeben. Du hast wohl gewusst, dass sie das nicht tun würde. Menschen kämpfen nun einmal um ihr Leben, selbst wenn es zwecklos ist.

Aber die Entführung war erfolgreich. Wenn es einen Zeugen gäbe, hätte der sich längst bei einer Zeitung gemeldet. Die Zeitungen machen es einem sehr leicht, sich unsichtbar zu machen. Sie geben Leuten wie dir alle nötigen Informationen, geben Wort für Wort alles an die Öffentlichkeit, was die Polizei weiß, was sie nicht weiß, was sie vermutet.

Du bist ihr von London aus gefolgt, mit angemessenem Abstand. Sie hatte es nicht bemerkt, denn sie ist nicht besonders aufmerksam. Sie hat nicht aufgepasst, wenn es auf den Straßen still wurde, und die Sicherheitskameras existierten für sie nicht. Das vertraute Nummernschild ist ihr nicht aufgefallen.

Du hast sie geliebt. Du dachtest, sie liebt dich auch. Sie gehörte dir. Ihr hättet zusammen sein sollen für den Rest eures Lebens, aber sie hat das verdorben. Sie hat alles ruiniert.

Jetzt schläft sie, die blonde Schönheit. Sie schläft in dem Raum, den du für sie vorbereitet hast, als dir klar wurde, dass sie log. Dich betrog.

Jetzt bist du mit ihr allein.

Du beobachtest sie.

Du berührst sie.

Du nimmst ihr den Knebel ab.

Die Risse an den Mundwinkeln sind gelb geworden und verschorft. Du streichst mit dem Daumen über ihre prallen Lippen.

Du hast ihr den Knebel wieder in den Mund gesteckt, dabei ihre Zunge gefühlt und das Band wieder hinter dem Kopf in den zerzausten Haaren verknotet.

Zerlaufene Wimperntusche hat ihre blassen Wangen beschmutzt. Du wischst sie weg.

Bei dem Handgemenge ist ihre Kleidung zerrissen. Du betastest sie am ganzen Körper. Du fragst dich, ob sie dich noch liebt. Dein Mädchen. Sie riecht erdiger als in deiner Erinnerung.

Sie verdient es nicht, so leicht zu sterben. Nicht, bevor sie den Grund kennt.

44

Jade

Die Polizei klopfte an meine Tür. Ich wusste, dass sie es waren, ich wusste, sie würden mich auf diese Weise holen kommen, und das laute Klopfen, das ich gerade gehört hatte, sagte alles. Zwei Wochen lang hatte ich die Storys und den Klatsch und die Gerüchte über meine offensichtliche Beteiligung an Avas Verschwinden ertragen, deshalb war ich gewissermaßen auf den Augenblick vorbereitet. Darauf gefasst.

»Miss Fernleigh?« Die Stimme drang gedämpft durch die hölzerne Barriere.

Ich war völlig benommen, und als ich die Tür öffnete, nur einen Spaltbreit, wurde mir langsam bewusst, dass ich mich zwei Wochen lang nicht mehr umgezogen hatte.

Eine der beiden Polizistinnen rümpfte deutlich die Nase über den Schimmelgeruch, der ihr aus dem Flur entgegenwehte, und zog den Kopf zurück, sodass sich ihr Doppelkinn zeigte. Ich betrachtete ihren strengen kleinen Haarknoten und dachte, dass sie der Typ war, der Stoffsäckchen mit Duftkräutern füllt und in den Kleiderschrank hängt.

Sie gewann die Fassung zurück. »Wir müssen Ihnen ein paar Fragen zum Verschwinden von Ava Wells stellen.«

Durch den schmalen Spalt zur Außenwelt beobachtete ich sie und dachte, wie leicht es wäre, sie wieder auszusperren und mich von dem Problem abzuwenden. Ich könnte einfach die Tür schließen, ins Wohnzimmer zurückgehen und mich aufs Sofa legen.

»Miss Fernleigh, wir möchten Sie auf dem Revier befragen.« Sie fasste an die Tür und wollte sie weiter aufdrücken, doch ich war schneller und schlug sie zu, schob den oberen und den unteren Riegel vor und kreischte in meinem Kopf, um die Polizistinnen zu übertönen, die mir befahlen, sie hereinzulassen.

Augenblicke später brachen sie die Haustür auf und rissen mich aus meinem Zuhause. Sie rangen mich nieder, um mich aus meiner Bruchbude in die ungewohnte Außenwelt mitzunehmen, hielten mich fest an den Handgelenken gepackt und drückten meinen Nacken nach unten. Draußen war es blendend hell. Ich kniff die Augen zu, damit mir das Licht keine Löcher in die Pupillen brannte, und stolperte beim Schritt über den Bordstein. Neue Hände nahmen mich in Empfang und hielten mich bei den Schultern fest. Ich linste durch die leicht geöffneten Lider, als sie mich herunterbeugten und in den Streifenwagen schoben, und durch die Lücken zwischen Gliedmaßen und Schutzwesten sah ich sie auf der anderen Straßenseite, ihre blonden Haare leuchteten in der Sonne. Mit zusammengekniffenen Augen spähte sie durch den grellen Sonnenschein, um mich besser zu erkennen. Sie hatte ein Kind bei sich, das an ihrer Bluse zog. Sie hob es auf den Arm und strich ihm über den winzigen Kopf, während sie zusah, wie ich weggebracht wurde, gefesselt und in die Enge getrieben.

45

Ava

Mein Herz schien im Kopf zu schlagen, als ich zu mir kam, und ich hatte Schmerzen, als ob eine Schwellung am Gehirn gegen den Schädelknochen drückte. Meine Augen waren so trocken, dass es wehtat, die Lider auch nur einen Spalt weit zu öffnen. Mein Mund war ausgefüllt mit einem sehr groben, widerlichen Stoff, meine Mundwinkel eingerissen und straff gespannt, mein Gesicht dadurch zu permanentem Grinsen verzogen. Ich schaute nach meinen Fingern und Zehen. Sie waren noch vorhanden. Sie ließen sich nicht sofort bewegen, was bei mir Ängste auslöste, sie könnten gelähmt sein, aber nach einer Weile zuckten sie, als das vertraute Kribbeln des zurückfließenden Blutes einsetzte. Ich konnte spüren, dass jemand mich gefesselt hatte. Die Haut brannte unter dem Strick, als ich mich zaghaft bewegte, um meinen Spielraum auszutesten. Ich drückte die Fingernägel in die Handflächen, bis Blut kam, und sammelte eifrig meine DNA unter den Nägeln, was sie rotbraun verfärbte.

Für einen Moment dachte ich, es hätte keinen Sinn, sich dagegen zu wehren. Mein Verstand hatte die Situation nüchtern bewertet wie ein Computer und daraus geschlossen, dass Widerstand zwecklos war. Doch dann gelangte ein Atemzug in meine Lungen und änderte alles.

Ich wartete ein paar Augenblicke ab, leerte und füllte meine Lungen mit möglichst viel Luft, dann ließ ich die Erinnerung kommen, lud Farben, Stimmen, Gedanken und Empfindungen hoch, sodass die Bilder hinter meinen geschlossenen Augen lebendig wurden.

Angst spielte mit meinem kraftlosen Körper, doch der

Atem in meinen Lungen drängte mich zu handeln und ermutigte mich zu kämpfen.

Noch einmal prüfte ich den Spielraum der Fesseln. Zu eng. Es brannte furchtbar, als ich zum zweiten Mal versuchte, sie abzustreifen. Ich machte die Augen auf.

Ein einzelnes Fenster gegenüber.

Ein Bett.

Ein Zettel neben mir.

Verrat, Untreue, Lügen. Rache, Vergeltung, Tod.

Ich machte die Augen wieder zu. Tränen sammelten sich hinter den Lidern, und der kratzige Schmerz ließ ein wenig nach.

Ich muss fliehen!

Ich konzentrierte mich erneut und nutzte meine Angst als Antrieb, um zu planen. Ich erfasste die Raummaße, schätzte die Bewegungen ab, die zur Flucht nötig wären, prüfte, wie sich Fesseln und Knebel verhielten.

Mein Herz machte einen Sprung und klopfte schneller, denn ich sah, dass meine Kleidung zerrissen war.

Mit einer schwungvollen Bewegung wollte ich mich aufsetzen und spürte eine Kette an meinem Hals, die ich vorher nicht bemerkt hatte. Die Stärke der Kettenglieder raubte mir die Willenskraft, und ich fiel zurück auf die Matratze wie eine Stoffpuppe.

Ich schloss die Augen. Zu mehr war ich nicht imstande.

46

Jade

Ich wartete auf dem überfüllten, engen Polizeirevier und nutzte mein Recht zu schweigen. Meine Hände waren noch hinter dem Rücken mit Handschellen gefesselt. Ich saß auf einem dünnen Plastikstuhl an einem Tisch und dachte, dass das magere Dekor ringsherum die harte Realität der Mittelkürzungen abbildete, über die ich vorhin etwas gelesen hatte. Ich dachte darüber nach, was meine Kollegen über mich gesagt hatten. Und wie sie sich verschworen hatten, um mich in Schwierigkeiten zu bringen. Die Polizei durchschaute offenbar nicht, dass ihre leeren Anschuldigungen durch Hass und Verbitterung motiviert waren, und das wunderte mich.

Neben mir saß der mir zugewiesene Anwalt. Er hatte vorhin mit mir gesprochen, aber die Bewegungen seines dicken weißlichen, flauschigen Schnurrbarts hatten mich derart fasziniert, dass ich nicht zuhörte.

»Sind wir so weit?« Ein Polizist – nicht einer von denen, die mich hergebracht hatten – sprach den Anwalt an. Seine Statur war geformt durch eine ausgewogene Ernährung mit Bier und Auflauf, und ich misstraute ihm sofort. Also hieß es: wir gegen die.

Der Anwalt in seinem verschossenen grauen Anzug und mit fleckigem blauen Schlips raunte mir zu: »Denken Sie daran, Sie dürfen zu allem schweigen.«

Ich blickte auf den Tisch und war zum zweiten Mal mit meinem Spiegelbild konfrontiert, diesmal auf Metall. Mein altes Ich, das ich hinter mir gelassen hatte, das ich so dringend hatte abstreifen wollen, verhöhnte mich.

»Ich bin DI Crow.« Der Name passte. Mit seiner Hakennase und den zu langen Fingernägeln hatte er etwas von einer Krähe. »Bereit?«, fragte er.

Ich rührte mich nicht. Stattdessen konzentrierte ich mich auf eine dunkle Masse, die sich in einer Ecke des Raums sammelte und Ranken über den nackten Beton zur Decke ausstreckte. Ich hörte ihn einen Knopf an dem Rekorder drücken, der zwischen uns auf dem Tisch stand. Ich warf einen Blick darauf und dachte, wie düster das rote Lämpchen schien. Das Auge des Teufels.

»Die Befragung wird aufgenommen in einem Vernehmungsraum in Shepherdess Walk, London. Ich bin Frederick Crow, Detective Inspector der Metropolitan Police Force. Miss Fernleigh, bitte nennen Sie Ihren vollständigen Namen und Ihr Geburtsdatum fürs Protokoll.«

Ich erstarrte. Tentakeln der Dunkelheit kamen aus der Ecke hervor und glitten rasch unter der Decke entlang, die hintere Wand hinab und über den Boden. Schnapp. Etwas griff um mein rechtes Fußgelenk. Ich lehnte mich ein wenig auf dem Stuhl zurück, um die schwarze schlangenhafte Kreatur zu beobachten, die an meinem Bein leckte. Der Wind pfiff mir um die Ohren.

»Lassen Sie sich ruhig Zeit«, sagte der Polizist sarkastisch.

Ich hörte seine Stimme und zwang mich, die Leute anzusehen, die bei mir waren. Ihre Pupillen starrten zurück, die bierbäuchige Krähe hielt die Finger verschränkt und die Ellbogen aufgestützt, ein schwarzer Wurm glitt an seinem Hals hinab. Der Anwalt rieb sich immer wieder den Schnurrbart, um den Schleim von der Schnecke wegzuwischen, die über sein Gesicht kroch. Die Polizistin neben der Krähe saß zurückgelehnt da, neutral, unberührt von den Ranken, wie eine Taube in der Dunkelheit. Ich schaute wieder nach unten. Inzwischen hatte sich der Boden in einen wabernden Teich aus dickem schwarzem Teer verwandelt. Glänzende Aale mit scharfen Zähnen schwammen darin und zischten, bereit, uns hinabzuziehen in die klebrige Falle, damit wir erstickten.

»Es ist okay, Sie können antworten«, sagte der Anwalt. Auf seiner Stirn bildeten sich Schweißperlen wie winzige Vergrößerungsgläser. »Können wir der jungen Dame ein Glas Wasser besorgen, bitte?«

Die kleine Freundlichkeit trieb die Dunkelheit zurück, und sobald sie weg war, hellte sich der Raum auf, die schwarze Masse zog sich zurück und war wieder auf die Ecke beschränkt. Die Taube flog hinaus. Ich schüttelte den Kopf und versuchte zu vergessen, was ich gerade gesehen hatte.

»Mein vollständiger Name ist Jade Iris Fernleigh. Mein Geburtsdatum ist der 3. Dezember 1984.«

Nach mir redete der Anwalt. »Ich bin Nick Jones, Rechtsanwalt.« Seine Stimme war schwach, und ich überlegte, ob er seiner Aufgabe gewachsen war.

Die Tür ging auf, und die Polizistin stellte einen halb vollen Plastikbecher mit Wasser vor mich hin. An der Oberfläche zerplatzten Bläschen. Eigenartiges Wasser.

»Ich bin Police Constable Katherine Rice.«

Die fette Krähe hetzte durch weitere Angaben wie Uhrzeit, Datum und dergleichen.

»Um neunzehn Uhr zehn verließ Miss Ava Wells ihr Haus aus freien Stücken und fuhr in westlicher Richtung stadtauswärts. Sie wurde am nächsten Morgen von ihrem Partner Mr Joshua Stein als vermisst gemeldet. Miss Fernleigh, einige Bürger haben bestimmte Behauptungen gegen Sie aufgestellt in Bezug auf Miss Wells' Verschwinden. Als Erstes möchten wir erfahren, wo Sie an dem Abend gewesen sind.«

Der Anwalt blickte mich an.

»Ich war zu Hause.«

Der Anwalt unterbrach mich. »Ich kann Ihnen nicht vorschreiben, wie Sie sich bei der Befragung zu verhalten haben, Jade, aber Sie haben das Recht, auf jede Frage mit ›Kein Kommentar‹ zu antworten.« Das Weiße seiner Augen glänzte.

»Waren Sie allein?«, fragte der rundliche Polizist.

»Olivia war …« Ich überlegte es mir anders. »Ich war allein.«

»Wer ist Olivia?« Die Krähe hatte einen Wurm entdeckt und zerrte ihn aus seinem Loch.

»Niemand.«

Es dauerte nicht lange, da kamen die Fragen wie aus der Maschinenpistole. Er stellte schon die nächste, bevor ich die vorige so ganz begriffen hatte. An meinem Blickfeldrand nahm ich die dunkle Masse in der Ecke wahr, die wieder anschwoll, sich aus den schlangenhaften Kreaturen mit dunklen, glänzenden Gliedern in etwas Finstereres verwandelte, in etwas Hohes, Dünnes, Baumartiges mit langen, tastenden verzweigten Fingern und rindenartigen Zähnen.

»Sie waren an dem Abend also allein. Haben Sie jemanden angerufen, eine Textnachricht geschickt, kann jemand Ihre Angabe bestätigen?« Er redete immer in demselben nüchternen Tonfall.

Ich behielt die Gestalt im Auge. »Nein.«

»Haben Sie etwas mit Miss Wells' Verschwinden zu tun?«, hakte er nach.

Sie wuchs zu voller Größe an. »Nein.«

»Kennen Sie jemanden, bei dem das der Fall ist?« Sie streckte eine Hand nach der neutralen Polizistin aus.

»Nein.«

»Erzählen Sie mir von Olivia. Wer ist sie?«

Ich blieb auf den Baummann konzentriert und antwortete, ohne nachzudenken. »Ich habe sie getötet.«

Die Polizisten wechselten einen Blick. Da erst hörte ich, was ich gesagt hatte, und versuchte, mich wieder auf mein Gegenüber zu konzentrieren. Ich sagte immer genau das Falsche, mein Kopf war wie zugesponnen, ich konnte mich an die Wahrheit nicht erinnern und mir erst recht keine geschickten Lügen ausdenken.

»Wir haben mit Ihrer Therapeutin gesprochen. Sie sagt, dass Sie seit mehreren Wochen nicht mehr zu Ihren Sitzungen gekommen sind. Ist das korrekt?«

»Ja.«

Meine Kehle war trocken. Ich sehnte mich nach einem Schluck Wasser.

»Können Sie uns sagen, wann Sie zuletzt bei einer Sitzung gewesen sind?«

»Das weiß ich nicht mehr genau«, krächzte ich.

»Könnten Sie fürs Protokoll nennen, welche Medikamente Sie derzeit einnehmen?«

»Kein Kommentar.«

Von dem Anwalt kam ein ironisches Schnauben.

Was sie nicht wussten, war, dass ich meine Pillen regelmäßig nahm und mehr, als ich wahrscheinlich sollte, aber sie hielten mein altes Ich nicht in Schach, sie wirkten nicht, und jetzt konnte ich nichts tun, um die Stimmen und die Kreaturen aufzuhalten. Die Baumfrau bewegte sich schnell aus der Ecke heraus und hinter mich, wo sie einen dunklen Schatten über mich warf.

Du weißt noch, wie du mich getötet hast, nicht wahr? Hast mir die Luft genommen, mir das Leben genommen und es vertuscht.

Sie redete mit Olivias Stimme, ihre ätzende Zunge peitschte gegen meinen Rücken.

Die Taubendame mit den runden Alabasterwangen hatte einen warmen schottischen Akzent.

»Brauchen Sie eine Pause, Jade?«

Ich hörte jemanden murmeln.

»Du warst selber schuld, Olivia.«

Das Vollmondgesicht des Polizisten schaute alarmiert. Er hörte zu, während das Murmeln immer lauter wurde – es redete mit meiner Stimme. Die Schwärze sickerte erneut aus den Wänden und wallte schneller auf mich zu. Ich musste auf etwas draufsteigen, damit sie die anderen und nicht mich erfasste. Ich sprang auf und kletterte auf den Tisch, was mit unangenehmem Lärm einherging, da mein Plastikstuhl umkippte und Geschrei losbrach, und dann wurde ich von mehreren Armen gepackt, die mich wieder herunterziehen wollten. Es war kalt im Raum. Deshalb krümmte ich mich zu einer Kugel zusammen und war dadurch auch schwer zu packen. Ich wollte es der Gestalt so schwer wie möglich machen, mich in die Schwärze mitzunehmen.

»Warum hast du das getan? Warum hast du mir nicht geholfen?«

Der dicke Polizist und mein nutzloser Anwalt flohen aus dem Raum und ließen die Schottin im Teer zurück, die vor der Bedrohung nicht weichen wollte.

»Ihnen passiert nichts, Liebes, alles in Ordnung«, sagte sie mehrmals und hielt mich am Arm.

»Ich wusste, man würde mir die Schuld daran geben«, schluchzte ich unter dem Schmerz der Erinnerung.

»Wo haben Sie sie hingebracht?«

Sie hielt meinen Arm fester. Der wuchsfreudige Umfang der zähen Dunkelheit verband uns jetzt. Ihr Gesicht veränderte sich, machte sie zu jemand ganz anderem.

Ich reagierte instinktiv, schlug mit den Armen um mich und stürzte mich dann auf sie. Ihre Haut sammelte sich unter meinen Fingernägeln, als ich ihre Maske wegkratzte. Wer steckte wirklich darunter? Sie kreischte. Dabei riss ich uns beide um, und wir fielen in die Grube und gingen zusammen in der blubbernden schwarzen Masse unter.

Eine Alarmsirene heulte, aber ich achtete kaum darauf. Augenblicke später bekam ich einen mächtigen Schlag an die Stirn und wurde bewusstlos.

47

Du hast ihr nicht genug zu essen gegeben und kaum etwas zu trinken. Wahrscheinlich würden dich alle ein Monster nennen. Einen kaltherzigen, durch und durch gefühllosen Psychopathen. Aber du warst nicht immer so, nicht wahr? Sie würden wahrscheinlich einen Film über dich machen, über den Fall, genau genommen. Würden sie, wenn sie herausfänden, was du getan hast, was du durchgezogen hast. Doch das wird ihnen nicht gelingen, und deine Geschichte bleibt unerzählt. Wie schade.

Du beobachtest sie auf dem Bildschirm. Sie versucht, sich aufzusetzen. Aber sie ist angekettet. Sie soll wissen, wie tief sie dich gekränkt hat. Die Fesseln sind eine wirksame Machtdemonstration. Sie kann nicht fliehen, und niemand würde sie hören, wenn sie schreien könnte. Vielleicht wirst du sie heute füttern, ihr die Fesseln abnehmen – du willst, dass sie leidet, dass sie glaubt, es gäbe eine Möglichkeit zu überleben, und dann nimmst du sie ihr. Sie hat dich betrogen. Jetzt kannst du den Spieß umdrehen und ihr zeigen, wie sehr das schmerzt.

48

Jade

Olivia lächelte mich vom Ende des Ganges an, als ein schielender Wärter mich zu einer Zelle zog. Das Gefängnis erinnerte mich an ein Museum, ein Relikt aus längst vergangener Zeit, wo man früher Matrosen und Betrunkene für kleinere Vergehen einsperrte, aber nicht an ein modernes Hochsicherheitsgefängnis. Die Wände waren beliebig gestrichen, an vielen Stellen nackter Beton, die Wände so nass, dass man es roch. Ich sah das Wasser heruntertröpfeln, pelziges Moos wuchs, wo es wollte. Ich horchte auf den gleichmäßigen Takt meiner Schritte und fing an, sie zu zählen, während wir den Gang entlangliefen. Es half, Olivias Stimme auszublenden, die neben mir lebhaft auf mich einredete.

»Du kommst ungestraft mit deiner Tat davon. Aber wie willst du dich hier rausbringen? Du gehst hier drauf. Drauf, drauf, drauf!«

Die letzten drei Worte schrie sie, dabei drehte und verrenkte sie sich, schlug Purzelbäume und Räder. Sie trug den bunten Anzug eines Zirkusdirektors, war stark geschminkt und verteilte Eintrittskarten an imaginäre Leute.

»Treten Sie näher, treten Sie näher, und sagen Sie Lebewohl – diese Hexe wird aufgehängt!«

Die Tür schlug hinter mir zu, und ich war allein. Fernes Geschrei hallte von den cremefarbenen Betonwänden wider. Ein Waschbecken und eine Toilette aus Stahl lauerten in der Ecke, an den Rändern rostig, abgenutzt und veraltet. Ein Bett nahm die hintere Wand ein. Ich konnte mich auf nichts konzentrieren und spürte nur, wie elend und krank ich mich fühlte. Mir tat alles weh, und ich sah zu, als meine Hände ein Eigenleben annahmen. Sie zitterten, ohne dass ich darauf Einfluss nehmen konnte. Versuchsweise setzte ich mich auf sie, dann legte ich mich darauf. Mir lief der Schweiß in Strömen, und ich hatte das Gefühl, dass mein Blut kochte, so heiß war mir. Hastig zog ich mir die schweißnassen Kleider vom Leib, zitterte und schwitzte gleichzeitig und warf sie auf den Boden. Ich setzte mich im Schneidersitz aufs Bett, rückte hin und her, bis ich eine Stelle gefunden hatte, wo ich keine Sprungfeder spürte, und beschwor mich, zu überleben.

Ich ließ mich von der Nacht einhüllen. Mein Geist tauchte nun im freien Fall und völlig außer Kontrolle in gefährliche Tiefen. Meine Träume waren gewaltvoll und selbstmörderisch, und als ich erwachte, spürte ich entsetzt den dicken Strick um meinen Hals und versuchte, den Kopf aus der Schlinge zu ziehen.

Olivia beugte sich über mich.

»Jade, Liebes, wach auf, wir müssen schnell sein, es bleibt nur noch wenig Zeit.« Ihre strahlenden Augen waren voller Angst.

»Was ist los, wo bin ich?«, stammelte ich.

»Du bist im Gefängnis. Aber keine Sorge, ich habe einen Plan.«

»Warum hilfst du mir?« Ich setzte mich auf und rieb mir die Augen, um den Schlaf zu vertreiben.

»Weil ich weiß, dass du mich eigentlich nicht töten wolltest.« Das sagte sie mit Überzeugung.

Ich nickte und hörte mir ihren Plan an.

»Sie halten dich für schuldig. Wahrscheinlich tragen sie gerade die Beweise zusammen, um behaupten zu können, dass du Ava entführt hast. Früher oder später werden sie auch herausfinden, was du mit mir gemacht hast.«

Ich nickte mechanisch. Ich hörte sie das sagen und akzeptierte es als wahr.

»Aber sie haben noch nichts bewiesen, nicht wahr?«

Nein, hatten sie nicht. Es blieb noch Zeit.

»Was muss ich tun?« Ich war zu allem bereit.

»Du musst natürlich deine Haare loswerden. Die enthalten zu viel DNA, und die verrät jedes deiner Geheimnisse. Sie können deine Haare mit jedem Verbrechen in Verbindung bringen, Jade.«

»Das geht nicht. Hier gibt es keine Schere, keine Rasierklinge.«

»Oh, Jade, es gibt immer einen Weg … Reiß es eben aus. Tu, was nötig ist. Du willst doch überleben, nicht wahr? Du willst nach Hause, oder nicht?« Die böse Drehung ihres Kopfes beunruhigte mich, aber ich tat es, denn ich wollte nach Hause.

Ich nahm mich zusammen, schloss die Augen, griff mir in die Haare und holte Schwung.

Fieberhaft riss ich mir Haare aus, fing mit den flaumigen an den Schläfen an, zuerst dünne Strähnen, dann dicke, dann ganze Fäuste voll, als ich mich an den brennenden Schmerz und das Reißen gewöhnt hatte. Auf dem Beton vor mir wuchs ein Haufen aus Haaren, Blut und Hautfetzen. Allmählich ging es mir besser. Ich gewann die Kontrolle zurück. Ich zählte dabei und hatte einen festen Rhythmus erlangt, als ich vor der Zelle eine Stimme hörte. Eine Bewegung. Ein Kratzen.

»Hallo?« Meine Stimme klang dünn.

Niemand antwortete, und die Geräusche verstummten.

Ich saß still da, mit glühenden Augen und aufgerissenem Mund. Eine Hand in den Haaren am Scheitel, horchte ich und roch das Blut.

Die Geräusche musste ich mir eingebildet haben, denn da war nichts. Niemand kam mir zu Hilfe.

Ich sah wieder auf den Boden, der mit Teilen meines

Körpers bedeckt war, und spürte die Last der Reue. Ich hob die Hand an den Kopf, es war ungewohnt, große kahle Stellen zwischen einzelnen Büscheln und blutigen Löchern zu ertasten. Olivia stand in der Ecke und spielte mit ihren langen blonden Locken, die sie immer wieder um den Zeigefinger wickelte.

»Jetzt musst du deine loswerden«, sagte ich.

»Was meinst du damit?«

Mit einem Satz sprang sie aus der Ecke zu mir, dicht vor mein Gesicht, und drückte die Stirn an meine, ihre Spucke hing an meinen Wimpern.

»Iss es.«

»Was?«

»Nur so kannst du es verschwinden lassen! Sonst finden sie es überall!«

Hektisch griff ich nach den Haaren und stopfte sie mir in den Mund, schluckte, ohne zu kauen, würgte die trockenen, toten Beweise verbissen hinunter. Die Strähnen waren dick und verfilzt, und Haut hing daran. In meinem Rachen bildete sich ein Knäuel, während ich kläglich mehr davon hinunterwürgte. Es war zwecklos. Ich kotzte. Haare kamen aus meinem Mund, stinkendes Blut und Kotze klatschten auf den Boden. Ich tauchte die Finger in die ekelhafte Mischung und beobachtete Olivia aus dem Augenwinkel, die sich mir noch einmal zuwandte. Sie nahm eine bekotzte Haarsträhne, bog den Kopf zurück und schluckte sie. Sie starrte mich an. Also sollte ich dasselbe tun. Sie wusste, was für mich das Beste war. Sie war gekommen, um mir zu helfen. Sie war meine Freundin.

Als sich wieder ein Knäuel in meinem Rachen staute, geriet mein Magen heftig in Bewegung. Ich wusste, dass etwas nicht stimmte, und fing an zu würgen, als mein Mageninhalt hochstieg und ans Licht wollte wie eine schnell wachsende Pflanze. Eine zweite Welle brandete hoch, viel stärker als die vorige, und wollte ebenfalls hinaus. Doch sie wurde von dem Haarknäuel daran gehindert.

Mir wurde schwarz vor Augen, weil ich keine Luft mehr bekam.

»Sir! Ich brauche hier Hilfe!«

»Du lieber Himmel. Was hat sie getan …«

49

Ava

Ich bemerkte jemanden neben mir, hörte Schritte auf dem Teppich, fühlte die Luftbewegungen.

Er näherte sich mir, und ich krümmte mich zusammen, zog die Knie bis an die Brust. Ich hörte mich selbst wimmern.

»Hör auf«, sagte er.

Warum tat er das?

Eine Hand schloss sich um mein Fußgelenk, dann schnitt er das Seil zwischen den Füßen durch. Danach durchtrennte er die Fesseln an den Handgelenken und nahm mir den Knebel aus dem Mund.

Das Gefühl war unvergleichlich, die Freiheit, die ich am ganzen Körper empfand, und wie das Leben in meine Haut zurückkehrte. Ich wollte ihn umarmen.

»Ich komme später wieder.«

Die Kette um meinen Hals hatte er nicht entfernt.

Nachdem er weg war, versuchte ich erneut, mich aufzusetzen. Diesmal ging es besser, weil ich mich auf die Hände stützen konnte. Beim Hochkommen wurde mir schwindlig, und ich spürte die Leere im Magen.

Die einfache Bewegung des Aufsetzens brachte mir diverse schmerzende Stellen in Erinnerung, und die Haut am Rücken reagierte empfindlich darauf, in eine andere Richtung gezogen zu werden. Ich merkte, wie sehr mir die Mundwinkel wehtaten. Ich schaute auf meine zerrissene Kleidung. Mein Körper war voll bunter Blutergüsse. Ich hatte Schnittwunden, sie waren frisch und nicht tief, aber zu viele, um sie zu zählen. Meine Handgelenke waren wund gerieben, und am Kopf ertastete ich eine Beule.

Ich konnte mich an keinen Kampf erinnern.
Ich konnte mich an so gut wie gar nichts erinnern.
Das musste sich ändern.
Ich schloss die Augen und dachte zurück.

50

Jade

Ich blinzelte heftig, denn was ich sah, war ein lückenhaftes Mosaik. Nach und nach traten die Formen deutlicher hervor, und ich sah eine Frau, die mir gegenübersaß. Es roch beklemmend nach Desinfektionsmitteln, und als ich mich bewegen wollte, bemerkte ich die Kanüle in meinem Unterarm. Ich lag in Kunstfaserbettlaken gehüllt, die sich statisch aufluden, war mit Handschellen an das Geländer des Bettes gekettet. Sie wollten mich also im Schlaf umbringen. Ich dachte, wie sehr Olivia die poetische Gerechtigkeit meiner Situation zu schätzen wüsste.

Neben mir piepte es in einem fort. Ich richtete meine Aufmerksamkeit auf den langen Schlauch, der mit der Kanüle im Arm verbunden war. Ich war zu benommen, um etwas dagegen zu tun, obwohl ich wusste, dass Gift darin war.

»Jade, hallo, ich heiße Barbara.« Sie hatte Tränensäcke unter den Augen, Falten an der Stirn und trug verknitterte Kleidung. Sie sah aus wie eine gute Mutter. Hatte sie in dem Sessel geschlafen?

Ich wollte ebenfalls Hallo sagen, aber mein Mund ließ sich nicht öffnen, und mein Kopf nickte nicht.

»Ich wollte nach Ihnen sehen, ob es Ihnen einigermaßen gut geht. Wir haben Ihnen starke Medikamente gegeben, die gegen die Halluzinationen wirken, und wir mussten Sie operieren, um die Haare aus dem Magen zu entfernen.«

Halluzinationen.

Offenbar wusste sie, dass ich Olivia überall sah, wohin ich auch ging und egal, was ich tat.

»Die Dosierung war recht hoch, deshalb müssen wir Sie ganz langsam entwöhnen. Ich habe eine Hypnotherapie zur Behandlung empfohlen. Wir können morgen damit anfangen, wenn Sie sich kräftig genug fühlen.«

Sie drückte meine Hand, und ich versank wieder in Schwärze.

»PSYCHOTISCHE« JADE FERNLEIGH TROTZ GESTÄNDNIS VON JEDEM VERDACHT FREIGESPROCHEN

In der neusten schockierenden Wende im Fall Ava Wells wurde die »labile, unberechenbare« Jade Fernleigh von allen Vorwürfen freigesprochen, obwohl sie kein Alibi für den Abend von Avas Verschwinden hat, obwohl einige Kolleginnen gegen sie ausgesagt haben und obwohl sie offenbar von Ava besessen war. Der Verdacht wurde aufgrund ihrer psychischen Erkrankung fallen gelassen.

Die Polizei gab dazu folgende Stellungnahme ab: »Die Befragung von Ms Jade Fernleigh konnte nicht ordnungsgemäß durchgeführt werden. Sie ist derzeit in einer sicheren medizinischen Einrichtung untergebracht und hätte ohne vorherige Prüfung ihres psychischen Zustands weder einer polizeilichen Befragung unterzogen noch in einer Zelle inhaftiert werden dürfen. Die Versäumnisse werden gründlich untersucht. Es liegen keine Beweise vor, die Miss Fernleigh mit dem Verschwinden von Ava Wells in Verbindung bringen. Sie wird nicht weiter verdächtigt.«

51

Josh

Man weiß nie, ob das gewohnte Leben nicht am nächsten Tag in die Brüche geht. Plötzlich ist die Katastrophe da. Es gibt keine Warnung, keine Vorbereitung, nichts, das den Schlag abfedert. Alles bricht auseinander. Eben sitzt man noch beim Frühstück, liest die Handynachrichten, und im nächsten Moment ruft jemand an und sagt: *Ich muss dir etwas mitteilen. Sitzt du gerade?* Ich war auf dem Rückweg vom Supermarkt zu Olivias Haus – da hatte ich mich seit Avas Verschwinden einquartiert – und ging an ganz gewöhnlichen Leuten vorbei, die ihre Besorgungen machten. Allen sah ich in die Augen und fragte mich, ob ihnen bewusst war, wie nah sie am Abgrund wandelten. Aber durch das warme Sommerwetter schaute ich nur in lächelnde, zufriedene Gesichter, die gerade nicht leidensfähig und weit davon entfernt waren, solch ein Leid nachzuempfinden. Aber das sagte mir auch, dass keiner von ihnen in jüngster Zeit einen Schlag abbekommen hatte, dass keiner ihrer Lieben vermisst wurde, gestorben war oder im Sterben lag. Mein Gesicht dagegen war ein offenes Buch, das von einer frischen emotionalen Katastrophe handelte, aufgeschlagen auf Seite eins. Dinge wie Sonnenschein und Regen werden so unwichtig, wenn jemand in Gefahr ist, den man kennt. Sich wegen des Wetters zu sorgen ist ein Luxus, der den Glücklichen vorbehalten ist, und tatsächlich hätte ich kaltes Wetter vorgezogen. Dann hätte ich mich nützlich gefühlt. Kälte zu ertragen hätte mich in gewisser Weise mit ihr verbunden.

Meine erste Erfahrung mit lebensverändernden Verlusten betraf meine Eltern. Sie waren im Urlaub, ich in der Schule. Mitten in einer Mathearbeit. Interessanterweise dachte ich immer als Erstes an den Moment, als David in der Tür des Klassenraums erschien, das erste Anzeichen, dass etwas Schlimmes passiert war. So jung ich damals noch war, ich begriff es sofort. Es stand ihm ins Gesicht geschrieben. Ich erinnere mich noch ganz deutlich an mein vorherrschendes Gefühl in dem Moment: Peinlichkeit. Musste er wirklich im Beisein meiner Freunde so viel Aufmerksamkeit erregen? Was, wenn er jetzt etwas sagt, das mich zum Weinen bringt? David stand in der Tür, und mein erster mächtiger Gedanke war, er solle wieder gehen.

Natürlich tat er das nicht. Er war hereingeplatzt und ging ein wenig langsamer, als sich alle Augen auf ihn richteten, als sich ein Funke von sozialem Verständnis durch sein Dringlichkeitsgefühl bahnte und er erkannte, dass wir eine Klassenarbeit schrieben.

»Josh, würdest du bitte?«

Das war alles, was er sagte.

Mit gesenktem Kopf stand ich von meinem Tisch auf und verließ die Klasse so schnell wie möglich. Er legte einen Arm um mich, und auch das war mir furchtbar peinlich, und mir war schlecht, weil ich mindestens für den Rest der Woche als schwul verspottet werden würde.

Wie es dann weiterging, wie viel mir gesagt wurde und wie es mir gesagt wurde, daran erinnere ich mich eher undeutlich. Die Wahrheit wurde mir im Lauf der Jahre häppchenweise verraten, mit dem Effekt, dass all die Erinnerungen miteinander verschmolzen und meine Kindheit dadurch nun hinter Traurigkeit und Wut verschwimmt. Damals betrieb ich wild entschlossen meine Selbstzerstörung, weil *David* nicht mein Vater war und ich mir von *ihm* nichts sagen lassen wollte. Olivia war vermutlich der einzige

Mensch, der mich vor dem Absturz bewahrte. Wie ich war sie geschädigt, und das verband uns miteinander. Ihre Mutter war tot, in jungen Jahren an einer Überdosis gestorben. Unsere Erfahrungen unterschieden sich ein wenig, weil sie sich an ihre Mutter kaum erinnerte. Sie sagte, sie habe nur wenige Bilder im Kopf, und die klarsten seien so deprimierend, dass sie nicht gern daran denke. Kate Watson war im Wohnzimmer gestorben, mit einer Zigarette, die ein Loch in den Teppich brannte, in der Hand. Olivia erinnerte sich, dass sie einmal hungrig war und um ihre Mutter herumsprang wie ein Welpe, der an die Zitzen heranwill. Sie sagte, ihre Mutter habe eine ganze Weile reglos dagelegen. Sie fragte sich, ob das an ihrem Todestag gewesen sei. Kein Weinen, keine Knochenbrüche, kein großer Abgang. Nur eine brennende Zigarette und ein erloschenes Leben. Das arme Mädchen.

Ich mochte Olivia wirklich. Und mit ihr als Beinahe-Schwester fand ich wieder Halt im Leben. David dagegen, den ich damals nicht leiden konnte, zog mich vom Abgrund der Sucht zurück. Bei Olivia gelang ihm das letztendlich nicht. Allmählich kamen er und ich miteinander aus. Vermutlich lag das einfach daran, dass ich erwachsen wurde, meine Gefühle begriff und erkannte, dass David für den Tod meiner Eltern nichts konnte, sondern mir vielmehr geholfen, für mich gesorgt, mich aufgezogen hatte wie einen eigenen Sohn, und das trotz all der Zumutungen von meiner Seite.

Mit zweiundzwanzig fing ich an, für ihn zu arbeiten, und das Ziel einer beruflichen Laufbahn, die Erfahrung, etwas gut zu machen, stärkte mich und stieß die Entwicklung an, dank derer ich mein Leben ins Lot bringen konnte. Es lief gut für mich, ich lebte in geordneten Verhältnissen, ich hatte eine eigene Wohnung, ich ging mit Frauen aus, war glücklich, und ein paar Jahre später wurde eine junge Frau in der Agentur eingestellt, nach der ich verrückt war.

Sie hieß Ava. Sie strahlte eine große Verlockung aus. Ein schönes, bezauberndes, rätselhaftes Wesen, zu schön, um wahr zu sein. Ich fühlte mich enorm zu ihr hingezogen, war fasziniert von dem, was in ihrem Kopf vorging, und von den Kurven unter ihrer Kleidung. Wenn ich mir nur vorstellte, sie würde sich mit mir unterhalten, verspürte ich eine schmerzhafte Sehnsucht. Zu Anfang hatten wir wenig Kontakt zueinander, aber nach Olivias Tod wurden ihre Sirenenrufe noch verlockender, und wir kamen zusammen, fanden zueinander, noch ehe einem von uns klar war, wie viel wir füreinander empfanden. Und jetzt war meine Sirene verschwunden. Es war, als müsste ich damit fertigwerden und Olivia von Neuem verlieren, ein trauriges Bündel in demselben makabren Paket. Ich sah ehrlich keinen Sinn mehr im Leben, wenn allen, die ich liebte, etwas zustieß.

An der Haustür angekommen, schob ich den Schlüssel ins Schloss. Ich zögerte einen Moment lang und überlegte zu klopfen. Denn vielleicht würde Ava die Treppe heruntergerannt kommen und mir die Tür öffnen, vielleicht würde ihr Glanz herausstrahlen, ihr Vanilleduft würde mich einhüllen, wenn sie sich zu mir beugte, um mich zu küssen. Obwohl Olivia so viele Jahre ein wichtiger Teil meines Lebens gewesen war, der mich am Laufen hielt, war es Ava, durch die ich mich wie ein neuer Mensch fühlte. Ich war endlich aus der Asche der Katastrophen emporgestiegen. Ich ließ zu, dass mich jemand liebte. Und nun war sie verschwunden, und ich stellte alles infrage. Warum kamen wir nur einer Handvoll Menschen so nah? Das war so riskant, so problembelastet. Das hatte überhaupt keinen Sinn, oder? Man setzte alle Hoffnungen in ein paar ausgewählte Menschen, baute seine Zukunft ganz darauf, dass diese Auserwählten das Leben mit einem verbringen. Aber, und das war die Krux, man konnte nicht pausenlos mit diesen Menschen zusammen sein und ihnen sagen, sie sollten nicht so nah an den Abgrund herantreten, wenn sie ein Foto machten, sie zwingen, mit ihren Brustschmerzen zum Arzt zu gehen, sie warnen, dass der Lkw hinter ihnen aus der Spur geriet oder dass das Flugzeug, in das sie steigen wollten, für eine schlechte Sicherheitsbilanz bekannt war.

Und schließlich starb jemand von ihnen. Und das Leben ging in die Brüche und wurde furchtbar. Denn man hatte so viel von sich in die Beziehung investiert, dass man für immer mit einer Handvoll schrecklicher Fragen zurückblieb. *Wo stünden wir heute? Wie viele Kinder hätten wir jetzt wohl? Was hätte sie in dieser Situation getan? Wären wir noch zusammen? Hätte uns etwas auseinandergebracht?* Und wenn man einen Partner verloren hat, lebt man mit einem anderen weiter, und alles fängt von vorne an. Warum? Nachdem ich fast jeden verloren habe, der mir wichtig war, weiß ich jetzt, dass es wahrscheinlich besser ist, allein zu leben, auf eine Familie zu verzichten und nur für ein paar Monate jemanden in sein Leben zu lassen, um ihn dann daraus zu streichen, wenn es ernster wird. Auf diese Weise kann keine Asche mehr entstehen, und es bleibt die eigene Entscheidung, sich von einem Menschen zu verabschieden, nicht die des Universums oder Gottes sogenannten Plans.

Ich hatte beschlossen, bei ihr zu wohnen, bis man sie gefunden hatte. David wusste über Ava und mich Bescheid, und obwohl er die Neuigkeit nicht gut aufgenommen hatte, war er in dieser ernsten Situation doch froh, dass ich da war. Die Polizei war der Ansicht, dass sie aus freien Stücken nach Irland geflogen war, und zeigte mir die körnigen Aufnahmen einer Sicherheitskamera, auf der eine blonde Frau mit Baseballkappe und großer Sonnenbrille einem Mitarbeiter vom Bodenpersonal ihren Boardingpass vorzeigt. Ich beteuerte, dass das nicht Ava sei, doch die Polizisten reagierten auf meine Widerrede, als wäre ich ein verblendeter Angehöriger, der einen langen Abschiedsbrief anzweifelt, so als wäre das dasselbe wie ein unscharfes Foto von jemandem, der sich als Ava verkleidet hatte.

Ich erzählte den Ermittlern alles, wie irrational und sprunghaft sie in den Stunden vor ihrem Verschwinden gewesen war, dass sie mir vorlog, sie würde zu ihrer kranken Mutter fahren, dass sie beim Abschied unverhältnismäßig bewegt war. Dass alles vollkommen restlos falsch gewesen war. Ich wünschte, ich wäre ihr an dem Abend nachgefahren. Der Gedanke war mir in dem Moment tatsächlich gekommen, und das machte es mir noch schwerer, mit der Situation zurechtzukommen. Ich hätte ihr Verschwinden verhindern können.

Ich blieb zögernd im Durchgang zur Küche stehen. Im Supermarkt hatte ich Müllbeutel gekauft für die Lebensmittel, die sie im Kühlschrank zurückgelassen hatte und die inzwischen vor sich hin schimmelten oder sonderbar rochen. Ich musste sie beseitigen und aufhören, die unangenehmen Aufgaben vor mir herzuschieben, die mir zusetzten. Denn die wollte ich auch niemand anderen erledigen lassen, weil der vielleicht etwas Wichtiges von ihr wegwerfen würde. Für jeden Schrank brauchte ich eine Ewigkeit. Jedes Stück hielt ich eine Weile in der Hand und dachte zum Beispiel, dass sie diese Packung Spaghetti aus einem besonderen Grund gekauft, mit ihren eleganten Fingern geöffnet und eine kleine Portion verbraucht hatte. Ich fragte mich, was sie dazu gegessen hatte.

Meine Mundwinkel zogen sich nach unten, während ich die Packung noch ein wenig länger in der Hand hielt, dann legte ich sie in den Schrank zurück. Wenn Ava zurückkehrte, würden wir zusammen Spaghetti bolognese essen. Ich würde kochen. Mit verschwommenem Blick machte ich mich an die nächsten Schubladen, in der Hand den Müllbeutel. Die oberste war sehr schwergängig und ließ sich nur ein Stückchen weit herausziehen, da sie bis zum oberen Rand mit Papier vollgestopft war. Ich hätte in dem Moment keinen Grund dafür nennen können, aber ich wollte unbedingt herausfinden, was darin war. Plötzlich war ich aufmerksam gespannt, und der Tränenschleier verflüchtigte sich, während ich die Hand durch die schmale Lücke schob und das viele Papier zusammendrückte, durch das die Schublade blockierte. Zentimeterweise ruckelte ich es heraus. Die Briefe waren alle gleich, und ein paar Ausdrücke sprangen mir entgegen: Schlampe. Flittchen. Betrügerin.

Alle waren von ein und demselben Mann unterschrieben: Charlie.

Es waren mindestens fünfzig. Ein paar steckten in Umschlägen ohne Briefmarke. Also hatte er sie durch den Briefschlitz geschoben. Wieso hatte die Polizei die nicht gefunden? Mir wurde flau bei dem Gedanken, dass sie die Briefe vor mir verheimlicht hatte. Warum hatte sie das getan? Ich wusste, was sie mit Charlie durchmachte. Wir machten das gemeinsam durch, oder zumindest hatte ich das geglaubt. Ich las den Brief, der zuoberst lag und offenbar der jüngste war:

Bei meiner Beerdigung sollst du Weiß tragen. Du hättest meine Braut sein sollen. Das ist poetisch. Such diese Woche ein Kleid aus. Es wird nicht mehr lange dauern. Und wenn du in der Kirchenbank stehst und an mich denkst, sollst du wissen, dass du an den Tränen schuld bist, die ringsherum geweint werden. Es muss so nicht enden. Wenn du nur auf mich hören würdest. Oder besser noch: Trage Rot, Ava. Das passt zu dem Blut an deinen Händen. In Liebe, Charlie

Einen Augenblick später rief ich die Polizei an. Mir zitterten die Hände, als ich darüber nachdachte, wie lange die Beweise, durch die ich Ava zurückbekommen würde, vor meiner Nase gelegen hatten. Wie die Ermittler sie bei der Durchsuchung übersehen haben konnten, war mir ein Rätsel. Das Telefon klingelte nur ein Mal, dann meldete sich jemand mit befriedigender Effizienz.

»Polizei. Wie kann ich Ihnen helfen?« Sie klang zu fröhlich, die Stimme volltönend und nicht im Geringsten amtlich.

»Ich rufe in dem Vermisstenfall Ava Wells an. Ich habe in ihrer Wohnung einen Stapel Briefe entdeckt. Die stammen von ihrem Ex. Ich denke, er könnte sie entführt haben.«

Es blieb einen Moment lang still in der Leitung. »Könnten Sie sie aufs Revier bringen? Ich sorge dafür, dass jemand für Sie Zeit hat.«

Es wurde schon dunkel, aber ich machte mich sofort auf den Weg. Die Briefe waren der Weg zu Ava, das spürte ich.

Mein trauriges Gesicht sah ich in allen spiegelnden Flächen des hell erleuchteten Reviers, als ich mich an Betrunkenen und besorgten Angehörigen vorbei zum Anmeldetresen begab. Ich hatte den Reißverschluss meines grünen Parkas bis zur Nase zugezogen, meine Haare waren zerzaust, und wenn mich jemand hätte beschreiben müssen, hätte er gesagt, ich hätte einen Bart. Keine Bartstoppeln, nein, eine buschige Monstrosität, ein ungepflegtes Nest auf der unteren Gesichtshälfte. Ava mochte Bärte nicht. Ich würde mich vor unserem Wiedersehen rasieren müssen. Denn wiedersehen würden wir uns. Das musste ich mir immer wieder sagen. Ich dachte an ihre Haare, wie sie bei jeder Bewegung über ihre Schultern strichen und in verschiedenen Blondtönen schimmerten. Ich dachte daran, wie weich sie sich anfühlten, und dass mein Bart das krasse Gegenteil war. Was hätte ich jetzt darum gegeben, die Finger durch ihre goldenen Strähnen gleiten zu lassen, ihre Haut streicheln, ihre Lippen küssen zu können!

DI Frederick Crow begrüßte mich. Wir hatten schon ein paarmal miteinander gesprochen. Das war nicht besonders angenehm verlaufen, da er darauf beharrte, dass Ava vor mir davongelaufen war, und ich dabei blieb, dass er und seine Leute ein Haufen bürokratischer Idioten waren. Er lächelte knapp und gab mir die Hand, aber die Steilfalte zwischen den Brauen verriet ihn. Er war über meinen Besuch genauso wenig erfreut wie ich. Ich erschien sicherlich noch distanzierter als sonst, denn seine erste Frage ignorierte ich. Ich war abgelenkt durch einen Straßenmusikanten mit rotbraunem Gesicht, der gerade mit einem Akkordeon hereintanzte und sang »We wish you a merry shitmas«. Die Coverversion, die der Welt noch gefehlt hatte. Vor allem mitten im Sommer.

»Mr Stein?«

»Ja, Verzeihung«, brummte ich, als mir klar wurde, dass er mich bereits zu seinem Schreibtisch führen wollte. Er öffnete uns die Sicherheitstür zu einem Besprechungsraum, der nicht für Verdächtige bestimmt war. Bequeme Stühle, Topfpflanzen, schwarz-weiße Bilder in halbwegs guten Rahmen, ein künstlicher Geruch, der an Frischluft erinnern sollte. Das war ein Raum, wo man den Angehörigen mitteilte, dass ein Familienmitglied ermordet aufgefunden worden war und man noch nicht wisse, wer der Täter war. In zweien solcher Räume war ich inzwischen gewesen. Ich zog meinen Parka aus und setzte mich. Mein blaues T-Shirt hatte vom langen Tragen einen Grünstich bekommen. Scheiß drauf, es gab wirklich Wichtigeres als die Frage, wie ich heute roch.

»Tee? Kaffee?«, fragte Crow.

Ich lehnte ab.

»Die sind für Sie.« Ich holte das Bündel Briefe aus der Jackentasche und legte es zwischen uns auf den Tisch. Ich gab einen tiefen Seufzer von mir. »Ich hatte Ihnen ja von Charlie erzählt, ihrem Ex.« Ich hielt inne, weil ich ihn nicht verärgern wollte, und sprach ruhig und wohlüberlegt weiter. »Aber nicht mal ich wusste, wie übel es tatsächlich war. Ich hatte keine Ahnung von diesen Briefen.«

Fred Crow zog sich Handschuhe über und blätterte die Schriftstücke durch. Daran hätte ich eigentlich auch denken sollen. Er schürzte die Lippen, machte ein unschlüssiges Gesicht und überflog einen nach dem anderen.

Ich spürte den Puls an meiner Schläfe, meine Ungeduld.

Wir haben wirklich nicht die Zeit, um jeden zu lesen, Kumpel, wir müssen mehr Leute darauf ansetzen, Charlie aufzuspüren.

»Okay«, seufzte Crow und nickte. Er schlug die Fingerknöchel gegeneinander. Er schloss die Augen. »Wir konnten Charlie bisher noch nicht finden.« Er kniff sich in die Nasenwurzel.

Mein Rücken verspannte sich bis in den Nacken, und ich spürte den Druck bis unter die Schädeldecke. Das hatte er mir schon gesagt, als Ava fünf Tage lang vermisst wurde.

Wir haben Mr Munk noch nicht gefunden, aber machen Sie sich keine Sorgen, unsere besten Jungs sind damit befasst.

Obendrein war er so verdammt sexistisch.

Jungs. Was ist mit euren Mädchen, Crow? Lasst ihr die noch nicht bei der Kripo arbeiten? Zu riskant?

Er redete weiter. »Wir versuchen, schon seit Ava vermisst wird, mit Mr Munk in Kontakt zu kommen. Er ist nirgends aufzutreiben. Er hat sich nicht bei seinen Eltern gemeldet, nicht mit Freunden gesprochen, nichts. Und wenn wir ihn nicht finden, können wir ihn nicht vernehmen, und wenn wir ihn nicht vernehmen, können wir ihn auch nichts zu diesen Briefen fragen.« Er raffte sie zusammen. Ein dünner Schweißfilm glänzte auf seiner Stirn. Crow war gestresst.

Ich allerdings auch.

»Sind die nicht ein bisschen mehr als verdächtig?«

»Nicht unbedingt«, antwortete er irritierend diplomatisch.

»Klar.« Ich legte die Hände flach auf den Tisch und riss mich zusammen. »Ich verstehe nicht, wie Ava und Charlie gleichzeitig vom Erdboden verschwinden können. Niemand hat eine Ahnung, wo sie sind, und niemand findet das ausreichend verdächtig, um eine groß angelegte Suche zu starten.«

»Nun, den Indizien nach ist Ava in Irland«, hielt er mir entgegen. Auf diesen Teil seiner beschissenen Ermittlungsarbeit kam er immer eifrig zurück und hielt so stur an der falschen Fährte fest, als wäre das ein Superbeweis.

»Sie ist nicht in Dublin. Ich habe Ihnen schon gesagt, dass die Frau auf dem Foto nicht Ava ist«, widersprach ich heftig. Mir kam allmählich die Wut hoch.

Er blieb ruhig. »Mr Stein, selbst wenn sie es nicht ist, wir müssen ermitteln, wer die Frau war und warum jemand solch ein Ablenkungsmanöver geplant hat.«

»Ist das nicht verdammt offensichtlich?« Ich war erschüttert und sah dem DI dabei zu, wie er sich auf die antrainierte Routine besann.

Werden Sie nicht sauer auf die Freunde und Angehörigen, Fred, die machen eine schwere Zeit durch.

»Zunächst mal, Mr Stein, haben Sie uns etwas Wertvolles gebracht. Als Nächstes werden wir ermitteln, ob Charlie Verbindungen nach Irland hat, Kollegen, frühere Reisen dahin, Visa und dergleichen. Er könnte das Ablenkungsmanöver inszeniert haben, von dem Sie so überzeugt sind.« Er senkte den Blick und machte sich Notizen.

»Was zum …?«, begann ich aufgebracht. Ich verlor die Beherrschung. »Charlie ist Ire, das wissen Sie doch. Das wussten Sie schon die ganze Zeit, nicht wahr?« Laut fluchend stand ich auf und trat gegen den Tisch.

»Wir haben ein Team auf ihn angesetzt«, erwiderte Crow und stand ebenfalls auf, aber sichtlich mitgenommen.

»Tja, dann vergrößern Sie das Team, lassen Sie Ihre Leute nicht bloß Anrufe abfangen.« Ich konnte nicht anders, ich wurde wieder lauter. Das war zu wichtig, um auf Nachdruck zu verzichten.

»Hören Sie, Mr Stein. Wir sind Profis, und Sie müssen uns unsere Arbeit machen lassen. Wir entscheiden, wie ermittelt werden muss. Wenn wir jedem Hinweis nachgehen wollten, der reinkommt, müssten wir unsere Leute durch die ganze Welt schicken und in jeder Ecke des Landes verrückten Verdächtigungen nachgehen, die die Leute bereits für Tatsachen halten. Wir müssen unsere Ressourcen intelligent einsetzen.«

Intelligent?

Mein Puls pochte heftig. Zuerst hatten sie Ava als Ausreißerin eingestuft. Der Fall ist abgeschlossen, keine weiteren Fragen bitte, Schluss mit den Medienberichten, es gibt keine Story. Dann hatten sie lediglich durch den Druck der Medien gegen Jade Fernleigh ermittelt, eine Frau, die derart in Selbsttäuschungen gefangen war, dass sie kaum funktionieren konnte, und hatten sie bis zu ihrem Zusammenbruch verhört, sodass sie nun in einer Nervenklinik untergebracht war, damit sie sich von den Strapazen erholen konnte. Und nun ignorierten sie das offensichtliche Motiv ihres Ex-Freundes und hatten sich nicht mal die Mühe gemacht, gegen ihn zu ermitteln, und nur halbherzig nach ihm gesucht. Welchen Zweck hatte die Polizei, wenn ich selbst herausfinden musste, wo Ava war? Ich versuchte, mich zu beruhigen, aber meine Fäuste blieben geballt, die Zähne zusammengebissen, Arme und Schultern angespannt. Ich war bereit zu kämpfen.

»Halten Sie es für möglich, dass die beiden zusammen durchgebrannt sind?«, fragte Crow.

Wollte er mich provozieren? Ich gab keine Antwort und atmete nur wütend durch die Nase.

»Sie hat die Briefe vor Ihnen verheimlicht. Also war da vielleicht mehr dran? Sie wissen, manche Frauen lieben das Drama in einer leidenschaftlichen Beziehung, die Aufmerksamkeit und so weiter …«

Mir kam dermaßen die Wut hoch, dass sie mir in den Arm fuhr und ich die Faust auf den Tisch knallte. Dabei stieß ich einen primitiven Schrei aus. Ich blickte auf die neu entstandene Delle in der Blechplatte des Tisches und wünschte, Crows Gesicht hätte die abbekommen.

»Sie Vollpfosten«, zischte ich, nahm meine Jacke und schlug die Tür hinter mir zu. Unterwegs nach Hause rief ich die Presse an.

MÖGLICHER DURCHBRUCH IN VERMISSTENFALL

Ava Wells' »besitzergreifender, gestörter« Ex-Freund wurde von der Polizei bisher weder aufgespürt noch verhört, so der vernichtende Vorwurf von Miss Wells' derzeitigem Partner, Joshua Stein.

Ava hatte sich zuvor verbittert von Charlie Munk getrennt und nach einem Vorfall häuslicher Gewalt sogar bei der Polizei gegen ihn ausgesagt, und nun gibt es neue Beweise, die nahelegen, dass Munk sie in der Zeit vor ihrem Verschwinden gestalkt und Drohbriefe an sie geschickt hat.

Avas verzweifelter Partner, Josh Stein, sprach heute Morgen mit uns. »Die Polizei denkt nicht mal an die grundlegendsten Dinge. Was, wenn er auch in dem Flugzeug saß? Hat das mal jemand überprüft? Weiß überhaupt jemand, wo er ist?«

Wir wollten heute Morgen mit DI Crow sprechen, aber er hat es abgelehnt, sich dazu zu äußern.

52

Jade

Ich lag auf dem dünnen blauen Bettlaken, das auf der Haut juckte, und griff unter meine nackten Beine, um mich zu kratzen. Aufgrund der starken Medikamente konnte ich nicht lange über etwas nachdenken, aber wenn ich mal einigermaßen klar war, versuchte ich mich zu erinnern, was mit mir passiert war.

Ich wusste, dass ich schon eine Weile hier war, denn die Sonne stand höher am Himmel. Kaltes Licht schien durch das Fenster am Ende des Raums. Ich schaute über zwei Nachbarbetten hinweg nach draußen und über das Gelände. In der Ferne sah ich ein Paar mit einem Hund den Weg entlangspazieren. Wie wunderbar wäre es, da frei umherzulaufen, in der frischen Landluft, die so kräftig roch. Ich dachte an frisch gemähtes Gras, duftende Blumen in fremden Gärten, stellte mir vor, über blühenden Lavendel zu streichen …

Ich bemerkte mein Spiegelbild in der Fensterscheibe, und das lenkte mich von den Spaziergängern ab. Es war kein vollständiges Spiegelbild, mehr eine blasse Skizze. Ich sah kurze, ungekämmte dunkle Haare, die ich als meine erkannte, aber anstelle der gewohnten grünen Augen blickten mich schwarze Höhlen an. Ich betastete mich, um mich zu vergewissern, dass ich es war. Rippen und Hüftknochen ragten hervor. Offenbar war mir vorher gar nicht aufgefallen, dass ich Gewicht verloren hatte. Ich schaute zu meinen Füßen hinunter. Die Nägel waren lang und unlackiert, meine blasse Haut leicht violettstichig, straff und von dicken Adern durchzogen.

Machten das die Aasvögel? Mir das Fleisch wegpicken, bis ich nur noch ein Skelett war?

Meine Geheimnisse sind alles, was von mir bleibt, dann zerrupfen sie die auch. Ich rief nach jemandem, der mich ins Bad bringen konnte. Ich setzte mich auf, wartete geduldig auf das *flip flop, flip flop* der türkisfarbenen Crocs auf dem Linoleumboden. Halb acht, sagte die Uhr an der Wand und tickte.

Eine Frau kam herein. Sie hatte schiefe Zähne und strähnige Haare. Sie nahm mich beim Arm und brachte mich ins Bad. In dreißig Minuten würde mir der Rest der Hirntoten hierher folgen und mit starker Seife gewaschen werden. Vielleicht glaubten die Anstaltsleiter, sie könnten damit unsere Defizite wegbleichen. Ein wesentlicher Teil unserer Rehabilitation. Sauberer Körper, sauberer Geist! Ich erleichterte mich auf der Toilette. Die Frau drehte sich ein wenig weg, steckte sich die Finger in die Ohren und bewegte sie hin und her, so als interessierte es sie nicht, was ich tat. Sie drehte sich aber nicht allzu weit weg, für den Fall, dass ich den Kopf in die Schüssel steckte und versuchte, mich in meiner Pisse zu ersäufen. Sie griff mir unter die Ellbogen, als ich nicht von selber aufstand. Ich roch ihr Ohrenschmalz, während sie meine Unterhose hochzog. Sie schob mich in die Duschkabine, wo sie mich abspritzte wie ein Zootier, dann brachte sie mich zurück in mein Zimmer. Als Nächstes das Frühstück. Ich wartete. Ich dachte an nichts, mein Kopf war leer, ich verfolgte, wie der Sekundenzeiger über das Zifferblatt wanderte, wartete still darauf, dass es halb neun wurde. Mehr konnte ich nicht tun, nur schauen und warten, schauen und warten.

Ich hörte das vertraute Geräusch des Türschlosses, und die Psychiaterin, die die Aufgabe hatte, mich wieder hinzukriegen, steckte den Kopf herein.

»Jade, wie geht es Ihnen heute Morgen?« Barbaras rosiges Gesicht verzog sich zu einem fröhlichen Grinsen. »Ich hörte, Sie sind heute schon früh auf.«

Tatsächlich fühlte ich mich anders als sonst. Ich hatte Lust, rauszugehen, an dem Feld, das ich durchs Fenster sah, spazieren zu gehen, mit den Hunden zu spielen, die mir begegneten. Ich wollte mich nicht jeden Tag für den Rest meines Lebens auf dieselben Abläufe beschränken. Nicht immerzu nur Hypnotherapie machen.

»Ich möchte mich erinnern, was passiert ist«, antwortete ich ehrlich.

»Das ist fantastisch. Dann gehen wir doch ins andere Zimmer.«

Sie machte mich los, und wir gingen nebeneinander den Gang hinunter zu ihrem Büro.

Das war hell erleuchtet, alle Lampen eingeschaltet. Ich dachte, ich würde mich daran verbrennen, wenn ich ihnen zu nahe käme.

»Können Sie die ausmachen?«, fragte ich und kniff die Augen zusammen, als ob mich jemand mit einer Taschenlampe blendete.

Ich hörte das Quietschen ihrer Gummisohlen auf dem Boden, das entschiedene Schnappgeräusch eines Lichtschalters, und dann war es relativ dunkel. Ich machte versuchsweise die Augen ein bisschen auf und spähte wie durch einen Briefkasten in den Raum. Das Deckenlicht war ausgeschaltet, nur eine kleine blaue Lampe auf Barbaras Schreibtisch brannte noch, und das matte gelbe Licht drang nicht weit in den Raum vor.

»Ist es so besser, Jade?« Sie klang beruhigend, entschlossen. Sie mochte mich.

Nachdem ich nun klarer sehen konnte, holte ich tief Luft, machte die Augen auf und schaute mich um. Nackte weiße

Wände, Barbaras leerer Schreibtisch, mein Stuhl, die blaue Lampe.

»Wo möchten Sie beginnen, Jade?«, fragte sie, den Füller über dem Notizblock, um meine Geheimnisse niederzuschreiben.

»Können wir einfach bloß reden? Ohne Stift und Papier?«

Sie dachte einen Moment lang über die Bitte nach, dann legte sie den eleganten Füller auf die Seite.

»Danke«, sagte ich. Ich schaute auf meinen Schoß und versuchte, in Worte zu fassen, was mir im Kopf herumgegangen war. Die schlecht sitzende Segeltuchhose, die ich trug, gehörte mir nicht, auch nicht die abgenutzten schwarzen Turnschuhe. Beides stammte aus einem Korb voll abgelegter Kleidungsstücke von der Station, die zwei Dinge gemeinsam hatten: Sie hatten weder Reißverschluss noch Knöpfe und würden keinen neuen Modetrend anstoßen. »Ich glaube, die neuen Medikamente helfen mir.«

»Das ist gut, Jade. Es ist eine Weile her, seit Sie von Halluzinationen berichtet haben«, entgegnete Barbara optimistisch.

Einen Moment lang dachte ich an Olivia und versuchte, mir vorzustellen, wie sie aussah. In meinen Halluzinationen hatte sie keine besonderen Merkmale. Sie war nicht so sehr physisch, sondern verbal präsent. Die alte Olivia hatte gelbe Augen, blonde Haare, gebräunte Haut und ein freches Lächeln gehabt. Aber die neue Olivia hatte gar keine sichtbaren Merkmale, ihre Stimme dagegen entsprach der wirklichen. Wenigstens glaubte ich das.

»Wie alt wäre sie jetzt?«, fragte ich, zupfte an einem Nagelhäutchen, um mich von dem inneren Schmerz abzulenken.

»Olivia? Mal sehen.« Barbara blätterte ein paar Seiten in

ihrem Notizbuch um. Sie schabten geräuschvoll gegeneinander. »Dreißig.«

»Ah.« Meine Stimme schnappte über.

»Geben Sie sich die Schuld daran, was ihr zugestoßen ist?«, fragte Barbara.

Ich ließ mich gegen die Rückenlehne sinken und spürte das kolossale Gewicht der Verantwortung. Ich war dem Thema von Olivias Tod immer ausgewichen, und wenn ich aus der Hypnotherapie aufwachte, ließ ich keine Gefühle mehr an mich heran, damit mir nichts anzumerken war. Mir verschwamm die Sicht, die Tränen liefen schnell über und tropften auf meine geborgten Kleider.

»Natürlich. Ich hätte das verhindern können.«

Barbara klang unerschütterlich. »Wie wär's, wenn Sie mir genau erzählen, was passiert ist? Ich kann Ihnen nicht helfen, wenn ich nichts weiß.« Sie stand auf und kam zu mir, ging neben mir in die Hocke und nahm meine Hände, damit ich aufhörte zu zittern.

»Ich hätte ihr helfen sollen, ich war bei ihr«, heulte ich und wusste doch tief in mir, dass es nicht meine Schuld gewesen war. »Ich hätte an ihrer Stelle sein sollen.« Barbara drückte meine Hände, doch in der Leere in meinem Herzen wuchs Angst, und meine Gedanken sprangen zu jenem Abend zurück, von dem ich wünschte, es hätte ihn nie gegeben.

53

Jade

Ein Jahr zuvor

Der Nachtklub war ein faszinierender Mix aus Glamour und Schmutz. Stampfende Beats vibrierten zwischen schwarzen Ziegelmauern, der Raum war voll schöner Zwanzigjähriger, die ihre langen Glieder und schlanken Muskeln auf Samtmöbeln ausstreckten. Sie schlürften dreifach gefilterten Wodka und snifften erstklassigen Stoff.

Für Londons Elite nur das Beste.

Ich war ganz in schwarzes Leder gekleidet. Roter Lippenstift war mein einziges Accessoire. Die Welt lag mir zu Füßen.

»Guck mal, was Charlie mir gegeben hat«, sagte Olivia boshaft lächelnd und deutete mit dem Kopf zur Damentoilette. »Das ist guter Stoff. Möchtest du auch?«

»Nein danke, aber geh ruhig«, antwortete ich überfordert.

»Wie du willst. Aber sag es nicht Ava. Sie soll nicht wissen, dass ich gerade einen schwachen Moment habe. Ein winziger Zug kann schließlich nicht schaden. Ich kann jederzeit wieder aufhören.«

Ava war noch nicht lange bei W&SP, drang aber schon auf mein Territorium vor. Ich hatte bei Liv schon ein paar Entzugstherapien erlebt, aber keine war sonderlich erfolgreich gewesen. In einer Hinsicht war ich froh, dass Avas erster Versuch genauso wenig nützte wie meiner.

Die Musik war laut, und Olivia wollte sichergehen, dass ich nichts verriet.

»Versprichst du mir, dass du Ava nichts sagst?«, fragte sie und wartete ab, ob ich nickte, bevor sie zur Toilette eilte. Sie trug eine anthrazitfarbene Jacke, in der sich jeder andere totgeschwitzt hätte, aber sie war dünner als eine Schaufensterpuppe in der Bond Street, sodass ihr die Hitze nichts ausmachte.

Ich zog mein Handy hervor und starrte auf das schwarze Display. Ich brannte darauf, Josh zu schreiben und zu fragen, ob er sich uns heute Abend anschließen wolle, aber ich zögerte noch. Unter einem dienstlichen Vorwand hatte ich mir von Olivia seine Nummer geben lassen und wollte jetzt nicht übereifrig erscheinen. Wir kannten einander kaum, obwohl wir in derselben Firma arbeiteten. Und gerade als ich etwas schreiben wollte, das ich garantiert bereuen würde, erschienen Charlie und Ava mit ein paar Schnäpsen und bewahrten mich vor mir selbst. Ich mochte Ava, obwohl sie mich in den Schatten stellen wollte, indem sie Olivia vor ihrer Sucht zu retten versuchte. Sie war ehrgeizig und entschlossen, und soweit ich gesehen hatte, konnte man an solch einem Abend mit ihr Spaß haben. Von ihrem Freund hätte ich das jedoch nicht behaupten können. Er folgte ihr auf Schritt und Tritt wie ein zorniges Straßenkind.

»Wodka?«, bot Ava an.

Ich kippte eines der Gläschen hinunter und verzog das Gesicht, als der Schnaps eine Schneise in meine Speiseröhre brannte.

»Liv ist auf der Toilette«, erklärte ich, womit ich Olivia verriet, aber Ava sollte wissen, dass ihr Versuch, unserer Freundin zu helfen, schon gescheitert war. »Charlie hat ihr was gegeben.«

Ava schoss ihm einen Blick zu und schüttelte den Kopf. »Du hast ihr Drogen gegeben? Charlie, sie ist seit sechs Wochen clean. Warum tust du das?«

Sie bot ihm die Stirn, und zum ersten Mal fiel mir auf, wie stark die Adern an seinen Unterarmen hervortraten.

»Ich bin nicht ihr Boss. Sie kann tun und lassen, was sie will, verdammt.«

»Aber du hilfst ihr damit nicht, oder?«

»Gott, du bist so spießig, weißt du das? Kannst du nicht einfach mal Spaß haben? Lockerlassen? Vergessen?«

Er zog sie an sich und wollte mit ihr tanzen, aber sie machte sich ungestüm los und schubste ihn.

»Finger weg.«

Daraufhin rastete er aus. Er holte mit dem Arm aus, und gerade als er ihn nach vorn ziehen wollte, um Ava ins Gesicht zu schlagen, schritt ein Aufpasser des Klubs ein und stellte sich zwischen die beiden. Charlie griff ihn an, war aber kleiner als der Mann und außerdem betrunken. Der hielt ihn einfach mit beiden Armen fest, sodass Charlie sich nicht rühren konnte.

Ava kehrte ihm den Rücken zu, als er hinausgeschleift wurde. »Du tanzt mit keinem dieser Arschlöcher!«, brüllte er sie an. »Du kommst mit mir nach Hause! Sofort!«

Ich sah weg, weil ich mich für Ava schämte. Ihre Frustration war ihr anzusehen. Sie wartete, bis er draußen war, bevor sie etwas sagte, dann kippte sie noch einen Wodka hinunter und schüttete mir ihr Herz aus.

»Er lässt wieder alles an mir aus. Er weiß genau, dass ich ein Problem damit habe, wenn er zu viele Drogen nimmt. Deshalb nimmt er sie jetzt jeden Abend, verkauft sie sogar an Olivia. Dabei war sie in letzter Zeit so vernünftig. Ich weiß nicht, wie lange ich das noch aushalten kann.«

Dass Ava sich mir öffnete, war etwas Besonderes. Ich war es nicht gewohnt, dass Leute mich um Rat fragten. Aber Ava bei ihren Problemen mit Charlie zu helfen, wo ich nur auf eine gescheiterte Beziehung als Erfahrung zurückgreifen konnte, war nicht einfach. Ich hatte keine Ahnung, was ich dazu sagen sollte.

Deshalb entschied ich mich für eine sichere Entgegnung. »Das ist bestimmt nur eine Phase.« Und ich schlug die einzige Lösung vor, die mir einfiel. »Willst du tanzen?«

Ich hielt ihr die Hand hin, und Ava nahm sie. Ihre Haut fühlte sich weich an. Wir tanzten zusammen und vertrieben die Anspannung des Abends, indem wir die Songs mitsangen und die Hüften schwangen. Ava bewegte sich viel natürlicher als ich, sogar ihre seidigen blonden Haare schwangen im Takt, und ich war mir sicher, dass alle ihren schönen hüpfenden Körper anstarrten.

Ich beugte mich an ihr Ohr, roch ihren Vanilleduft, den sie sich vorher ins Haar gesprüht hatte, fasste ihr leicht an den Arm und verriet ihr meinen Herzenswunsch. »Ich hab überlegt, Josh zu schreiben. Ich mag ihn total. Meinst du, ich sollte das tun?«

Ava schüttelte den Kopf und rief durch die laute Musik: »Auf keinen Fall, nein.« Sie sah auf die Uhr, schüttelte ein paarmal ihr Handgelenk. »Meine Uhr ist kaputt!«, rief sie lachend und warf die Arme hoch. »Es ist zu spät dafür. Das wäre eine klare sexuelle Anmache! Außer du bist genau darauf aus?«

»Nein. Ich meine es ernst. Ich will …«

Ich stockte mitten im Satz, weil sich eine Frau durch die Tanzenden drängte und uns dabei ansah.

»Schnell. Eure Freundin hat zu viel genommen. Vielleicht war es stärker, als sie dachte. Ihr müsst sie nach Hause bringen. Sie ist in der dritten Kabine.«

Wir standen wie gelähmt da, jede wartete darauf, dass die andere die Initiative ergriff.

»Los!« Die Frau hatte rote und weiße Flecke im Gesicht. Olivia hatte offenbar nicht als Einzige zu viel genommen.

Zuerst sahen wir ihre Füße. Sie ragten weit auseinander unter der Toilettentür hervor, die sonnig gelben Gelnägel ihrer reglosen Zehen leuchteten. Ich eilte zu ihr und drückte zaghaft die Tür auf, die an Olivias Bein stoppte. Durch die Lücke konnte ich ihr verschmiertes Gesicht an der hinteren Wand sehen. Ihre Beine waren gespreizt, gaben ein wenig Spitze preis. An ihrer Oberlippe klebte weißes Pulver, der Inhalt ihrer Handtasche lag auf die schwarzen Fliesen verstreut.

»Nimm du ihre Arme«, sagte ich leise zu Ava, und wir zwängten uns in die Kabine. An der Wand hinter uns hing ein Plakat von einer Göttin, die den Zeigefinger an die Lippen gelegt hatte. Unter ihrem Blick zählten wir bis drei. Eins, zwei …

In dem Moment dachte ich, dass es stimmte, was man über das enorme Gewicht von Toten sagt. Selbst Olivia, die höchstens fünfzig Kilo wog, erschien mir tonnenschwer, und ich kam mächtig ins Schwitzen, als wir ihren reglosen Körper vom Boden hochstemmten und ich mir ihren linken Arm über die Schulter legte. Ihr Herz schlug hektisch, das spürte ich an meiner Seite, als wir sie nach draußen schleppten.

»Koch darf … es nicht wissen«, nuschelte sie, was immer das heißen sollte.

»Du hältst sie nicht hoch genug«, schnaufte Ava atemlos, als wir Olivia ins Haus trugen, Ava bei den Beinen und ich an den Schultern. Aber Olivia rutschte uns immer wieder aus den Händen, und jetzt schleiften ihre wasserstoffblonden Haare über den Boden. Wir machten was falsch.

Der Taxifahrer hatte nicht mit der Wimper gezuckt, als wir sie aus seinem Wagen zogen, wahrscheinlich war er einfach froh, weil er einen bewusstlosen Fahrgast heimgefahren und jetzt trotzdem keine Kotze auf den Rücksitzen hatte. Aber ich hoffte, dass keiner der Nachbarn unseren Auftritt beobachtete, denn die Szene wirkte nicht gerade unschuldig. Ich konnte Olivia nicht mehr halten, und ihr Oberkörper fiel wie ein Sack Kartoffeln auf den marmorierten Fußboden. Ein helles Knacken folgte, als sie mit dem Kopf aufschlug.

»Oh Gott«, stöhnte Ava, denn unter Olivias Kopf rann Blut hervor.

Ich holte tief Luft. Das Blut floss auf meine hochhackigen Stiefel zu.

»Zurück«, sagte Ava. Dann beugte sie sich hinunter und tastete nach dem Puls. »Sehr schnell, aber vorhanden.«

Olivia hatte Puls. Das war gut. Ich brauchte die Hand nicht vor ihren Mund zu halten, um festzustellen, ob sie atmete. Ihre Brust hob und senkte sich schnell und flach, aber immerhin. Das war ebenfalls gut.

Ava sprach sie an. »Olivia? Ist dein Kopf okay?«

Olivia rollte die Augen und bog den Rücken durch. »Bitte nicht Koch sagen«, bat sie wieder.

»Meinst du, sie braucht einen Rettungswagen?«, fragte ich, nachdem Ava ihre rudimentäre Untersuchung abgeschlossen hatte. Mir glühte das Gesicht vor Angst und Sorge.

»Ehrlich, ich weiß es nicht«, antwortete sie. »Aber sie atmet, sie spricht, und sie hat Puls. Vielleicht sollten wir sie ein paar Stunden beobachten.«

»Was ist mit ihrem Kopf?«, fragte ich. Ich fühlte mich schuldig, weil ich die Situation verschlimmert hatte.

»Sie hat ihn sich nur angeschlagen. Sie ist nicht ohnmächtig geworden. Das wird schon wieder.«

»Meinst du, David würde uns feuern, weil wir sie so liegen lassen? Was, wenn er uns Vorwürfe macht? Wenn er denkt, wir haben ihr die Drogen gegeben? Was ist mit Josh?

Wäre er dann nicht auch sauer? Er ist total dagegen, dass Olivia das Zeug nimmt.«

Während ich das sagte, wusste ich, dass Ava das auch schon durch den Kopf gegangen war. Ihr war klar, dass wir unseren Arbeitsplatz verlieren könnten. Zumindest könnten wir einen Verweis bekommen, ein Makel im Lebenslauf, solange wir in der Branche arbeiteten. David und Josh wussten von Olivias Sucht und verabscheuten dies. Josh war seit Jahren clean, und David war bekannt für seine erbitterte Härte. Wie könnten wir zulassen, dass solch eine Dummheit unser Ansehen bei ihm beschädigte? Eine Dummheit, die wir nicht mal verschuldet hatten?

Ava nickte mir zu, dann sah sie Olivia an, strich ihr übers Haar und redete beruhigend auf sie ein. Alles werde wieder gut.

»Sollen wir sie ins Bett bringen?«, fragte sie.

Ich schaute zur Treppe. »Keine Chance.« Sie X Stufen hochzuschleppen war unmöglich. Darum begnügten wir uns damit, sie im Wohnzimmer aufs Sofa zu legen. Dann setzten wir uns zu ihr, redeten kaum und sahen zu, wie sie immer wieder einschlief und zu sich kam, und horchten auf ihre unregelmäßige, mühsame Atmung.

»Was sollen wir jetzt tun?«, fragte ich irgendwann. »Ich habe keine Lust, die ganze Nacht hierzubleiben. Du etwa?«

Ava wirkte hin- und hergerissen. »Charlie wird ausflippen, wenn ich nicht nach Hause komme.«

»Sie wird schon wieder«, sagte ich, um mich selbst zu überzeugen.

»David darf nichts davon erfahren.«

»Schicken wir ihm eine Nachricht von ihrem Handy. So was wie: ›Tut mir leid, Dad, hab zu viel genommen.‹«

»Auf diese Weise bleiben wir außen vor.«

»Genau.«

»Und wenigstens haben wir jemandem Bescheid gesagt.«

»Sollen wir es Josh erzählen?«

Wir schickten die Nachricht von Olivias Handy ab und legten es auf die Sofalehne, damit sie notfalls Hilfe rufen konnte. Dann ließen wir sie halb bewusstlos in dem kalten Zimmer liegen und eilten nach Hause. Wir ließen sie im Stich, als sie uns am meisten brauchte. Wir ließen sie sterben, um uns vor Konsequenzen zu bewahren.

Am nächsten Morgen wurden unsere schlimmsten Befürchtungen wahr. Olivia kam nicht zur Arbeit, und Ava und ich mussten uns etwas überlegen, wie wir uns weiter aus der Sache raushalten könnten. Wir flüsterten miteinander in der Damentoilette. Keine von uns hatte schlafen können, und ich hatte auffallend dunkle Ringe unter den Augen.

»Wir geben ihr noch bis halb neun Zeit«, schlug ich vor. »Wenn sie dann nicht da ist, gehst du zu David und sagst, ihr hättet eigentlich ein Meeting anberaumt.«

»Und was sagen wir, wenn sie …« Ava konnte sich nicht überwinden, es auszusprechen. »Wir müssen der Polizei exakt dieselbe Geschichte erzählen.«

»Wir sind mit Olivia ausgegangen, haben etwas getrunken, sie war sternhagelvoll, und wir haben sie nach Hause gebracht. Auf diese Weise kann uns der Taxifahrer nicht belasten. Und nachdem wir sie ins Haus gebracht haben, sind wir ebenfalls nach Hause gefahren. Das ist praktisch die Wahrheit.«

»Das dürfen wir nicht aussagen. David würde ausflippen, wenn er hört, dass wir sie allein gelassen haben.«

»Okay, dann sagen wir, wir sind alle ins Taxi gestiegen und haben sie als Erste zu Hause abgesetzt.«

»Gut.«

»Was sagen wir wegen Charlie?«, fragte ich.

»Den müssen wir außen vor lassen. David wird mir Vorwürfe machen, wenn er erfährt, dass Olivia durch Charlies Drogen umgekommen ist.«

»Na gut. Dann sind wir uns also einig. Und im Grunde ist das alles wahr, weißt du?«

Ava nickte. Das stimmte. Abgesehen von der Tatsache, dass wir Olivia hätten helfen können und das unterlassen hatten. Abgesehen davon, klar, war das die reine Wahrheit.

Ich nahm Avas Hand. »Versprich mir, dass das auf jeden Fall unter uns bleibt. Egal was passiert.«

»Ich verspreche es.«

54

Ava

Es war stockdunkel.

Der Raum, in dem ich lag, kam mir vage bekannt vor, so als hätte ich schon mal davon geträumt. Aber ich konnte nicht sagen, ob das von den Betäubungsmitteln kam oder eine tatsächliche Erinnerung war.

Ich versuchte zu schlafen, aber meine Flashbacks kamen häufiger und deutlicher, drangen in meine Gedanken ein und verwandelten sie in schreckliche Albträume, sodass ich den Schrecken immer wieder durchleben musste, wenn ich die Augen schloss.

Im Wachzustand war es nicht viel besser. Mein Verstand spulte das Geschehen immer wieder ab, um eine Lösung zu finden. Wie hätte ich entkommen können? Was hätte ich anders machen können?

Ich kehrte zu dem Moment zurück.

Ich sitze im Wagen. Das Scheinwerferlicht blendet mich im Rückspiegel. Ich habe die eine Hand am Lenkrad, die andere am Zündschlüssel, um notfalls schnell losfahren zu können. Eine Gestalt kommt, von hinten angestrahlt, auf meine Tür zu: groß, kräftig. Ein Mann. Er kommt an mein Fenster, klopft. Sheff. Seinen wirklichen Namen kenne ich nicht, er hat ihn nie genannt, wollte nur, dass ich ihn Sheff nenne. Sheff, der Koch aus Sheffield. Der mehr wie ein Bodybuilder aussieht. Nun weiß ich, wieso.

Ich lag auf dem Bett noch in denselben Kleidern, in denen ich entführt worden war. Mein Körper war vielleicht außer

Gefecht gesetzt, aber mein Verstand nicht, ich war müde und verängstigt, aber geistig klar. Im Augenblick war ich mit der Frage beschäftigt, wie lange es dauerte, bis ich an Flüssigkeitsmangel sterben würde. Ich war mir sicher, gelesen zu haben, dass man schneller verdurstete als verhungerte, aber ich hatte keine Ahnung, wie lange ich schon in dem Raum lag, und wusste nicht, ob mir etwas eingeflößt worden war, damit ich am Leben blieb. Möglich, dass ich schon wochenlang gefangen war.

Ich konzentrierte mich aufs Atmen. Solange ich atmen konnte, war alles gut. Ich achtete auf meinen Herzschlag, der mir erschöpft vorkam. So als wollte er am liebsten aufhören.

Dann hörte ich in der Stille das Klappern und Quietschen, das mir inzwischen vertraut war.

Die Tür wurde geöffnet.

Das war ein entscheidender Augenblick. Und obwohl ich kaum die Kraft hatte, den Kopf zu heben, gingen mir lauter Fragen durch den Sinn. *Wer kommt da? Was will er? Warum bin ich hier? Ist das mein Ende?*

Sheff trat in mein Blickfeld und musterte mich mit seinen kalten Augen.

Ich stellte mir vor, ich würde auf ihn zurennen, ihn angreifen, ihm in die Eier treten, die Tür aufreißen, während er vor Schmerzen zu Boden ging, und nach draußen ins Freie hasten. Natürlich konnte ich das nicht. Erstens gehorchte mir mein Körper nicht mehr, und zweitens war ich so geschwächt, dass ich nichts von all dem hätte schaffen können.

Er stellte ein Sandwich und ein Glas Wasser neben mir auf den Boden.

War es vergiftet?

Ich stellte mir das Schlimmste vor: Wenn es vergiftet war,

dann würde ich lieber daran sterben, als langsam zu verhungern.

Es kostete mich das letzte bisschen Energie, die Mahlzeit zu mir heranzuziehen. Ich trank zuerst das Wasser, atemlos mit großen Schlucken, dann aß ich das Sandwich auf dem Bauch liegend, mit einer Hand nach unten greifend, um wieder abzubeißen. Im ersten Moment schien mein Mund vergessen zu haben, wie man kaut, und es dauerte eine Weile, ihn in Gang zu bringen. Sheffs Gesicht war ausdruckslos, verriet nichts.

Als ich fertig war, fühlte ich mich erheblich besser, stärker, als wäre meine Notlage nicht endgültig. Wenn ich ihn zum Reden bewegen könnte, würde ich vielleicht eine Lösung finden.

»Wer sind Sie?«, fragte ich in das kalte Schweigen, ein wenig überrascht vom Klang meiner Stimme.

Er sah nervös zur Decke, und ich folgte seinem Blick zu einem kleinen schwarzen Ring in der Ecke. Eine Kamera. Jemand sah zu.

Es knisterte, dann ertönte ein klarer Befehl. »Keine Fragen.«

Ich sah auf, die Stimme kam über eine Sprechanlage, also musste irgendwo ein Lautsprecher sein. Durch die Übertragung klang sie ein wenig verzerrt, sodass sie mir nicht unmittelbar bekannt vorkam.

Sheff hob den Teller auf und ließ die Krümel auf den Boden fallen. Wortlos ging er hinaus.

Als ich allein war, blieb ich auf dem Bauch liegen, pickte die Krümel auf und ließ meinen Gedanken freien Lauf.

Eine Frage erschien mir besonders relevant.

Ich hatte mich bei David nie erkundigt, ob er mir einen Koch ins Haus geschickt hatte, nicht wahr?

Wer ist der Mann?

55

Jade

Auf der Station verging die Zeit auf höchst ungewohnte Weise: Minuten waren lang wie Stunden, doch am Ende des Tages wunderte ich mich, wo die Zeit geblieben war. Ich war in ein eigenes Zimmer umgezogen, also nicht mehr inhaftiert, aber es war dennoch trostlos wie ein karges, lieblos eingerichtetes Hotelzimmer oder ein Internatszimmer für ungehorsame Teenager. Und ich war auf mich wütend, weil ich kaum Fortschritte machte. *Babyschritte.* Das würde Barbara sagen. *Versuchen Sie nicht, alles auf einmal zu schaffen, lassen Sie sich Zeit.*

Die Wände waren cremefarben und leer. Ein Einzelbett mit einer blau-rosa Tagesdecke stand an einer Seite, an der Wand gegenüber ein schlichter Kiefernschreibtisch und ein klappriger Kleiderschrank. Ich lag auf dem Bett und dachte an Ava. Was war ihr zugestoßen? Bisher hatte ich mir nie richtig, gründlich, sinnvoll darüber Gedanken gemacht. Vielleicht war sie tatsächlich abgehauen. Ich dachte über ihre Beziehung mit Josh nach. Und die mit David. Dann, als hätte in meinem Kopf jemand das Licht eingeschaltet, flammte ein Bild auf, und ich wusste sofort, das durfte ich nicht ignorieren. Ich griff zum Handy, das ich erst kürzlich wiederbekommen hatte, und wunderbarerweise wusste ich meine PIN noch. Ich scrollte durch meine Fotos und sah mir das an, das ich bei der Sommerparty in Davids Landhaus aufgenommen hatte, als er Ava in ein Zimmer trug. Das Foto, das ich Josh gezeigt hätte, wenn er mich nicht an der Tür abgewiesen hätte. Ich analysierte es mit neuer Gründlichkeit. Ihre Arme hingen schlaff herunter, ihr Kopf lag im

Nacken. Anfangs glaubte ich, sie lache ausgelassen, aber jetzt, bei näherem Hinsehen, schien sie mir bewusstlos zu sein. Und plötzlich war ich mir ziemlich sicher, wo sie war. Und wer bei ihr war.

56

Ava

Ich betastete die wunde Haut unter der Halsfessel.

»Bitte, nehmen Sie mir die ab. Ich kann doch sowieso nicht weglaufen«, flehte ich den Mann an, der hinter der Kamera lauerte, der mich jederzeit sehen und hören konnte.

»Auf gar keinen Fall«, antwortete er.

Dank Sheffs Sandwich fühlte ich mich kräftiger und hob den Blick zu der gläsernen Halbkugel und dem grünen Lämpchen unter der Zimmerdecke.

»Warum denn nicht?«, fragte ich.

»Du hast mich belogen«, antwortete die Stimme.

Ich wusste noch immer nicht, wer mein Entführer war. Sein Tonfall kam mir bekannt vor, aber er verzerrte die Stimme, um mir mehr Angst zu machen. Nach außen hin blieb ich teilnahmslos, aber innerlich ging ich die Wände hoch. Seine Antwort gab wenig Aufschluss. Ich hatte so viele Leute in so vielen Dingen belogen, um zurechtzukommen. Jeder von denen hätte mich entführen können.

57

Jade

Josh musste das Foto unbedingt sehen. Mir ging es nicht mehr um Rache, sondern ich war ehrlich um Ava besorgt. Wir waren mal so gut befreundet gewesen, bevor das alles passierte. Ich schickte es ihm mit einer E-Mail, weil ich so wahrscheinlich am schnellsten zu ihm durchdrang.

> Josh, das Foto habe ich bei der Sommerparty aufgenommen. Das wollte ich dir zeigen, als ich vor deiner Tür stand. Ich dachte damals, dass sie betrunken aussieht, aber vielleicht war sie betäubt? Hat David mal irgendwas darüber gesagt? Warum hat er sie in das Zimmer getragen?

Den restlichen Tag wartete ich auf eine Antwort, aber es kam keine, und als es dunkel wurde, machte ich mir ernste Sorgen.

Die Fenster waren schwarz, daher zog ich die Vorhänge zu und machte mich fürs Bett fertig. Die anderen auf der Station kamen auch zur Ruhe, und die Unterhaltungen hörten allmählich auf. Ich wartete, bis alle sechs Nachbarinnen ihre Zimmertüren geschlossen hatten. Als ich sicher war, dass niemand mehr auf dem Gang war, schlich ich auf Zehenspitzen zur Toilette. Ich tappte barfuß über den kalten Fußboden an nackten Wänden vorbei.

Die Toilettenbrille war kalt, als ich mich daraufsetzte. Das Fenster hatte jemand gekippt, damit sein Gestank abzog, und ich drückte mit aller Kraft, um möglichst schnell fertig zu werden. Dabei hörte ich ein Geräusch an der Tür, leichte Schritte näherten sich. Ich wischte mich hastig ab und stand auf, spülte aber nicht, um nicht auf mich aufmerksam zu machen. Ich hielt das Ohr an die Toilettentür, aber da war nichts mehr zu hören. Vielleicht hatte ich es mir bloß eingebildet. Nachdem ein paar Minuten still vergangen waren, fand ich, es sei sicher genug, um in mein Zimmer zurückzukehren. Niemand war zu sehen, als ich den Kopf hinausstreckte und über den Gang spähte. Also tappte ich so schnell und so leise wie möglich zu meinem Zimmer, machte die Tür hinter mir zu und schlüpfte ins Bett. Ich zog mir die Decke bis über den Kopf, um in meiner weichen Festung zu verschwinden.

Plötzlich klickte das Türschloss. Mir stockte der Atem, denn ich hörte jemanden hereinkommen. Das waren eindeutig die gleichen leisen Schritte wie zuvor an der Toilettentür. Ich war nicht mehr allein. Ich drückte mich tief in die Matratze und betete, dass sich derjenige nur in der Tür vertan hatte und gleich hinauslief, wenn er das bemerkte. Ich wusste nicht, ob ich schreien oder mich tot stellen sollte, während die Schritte näher kamen. In der Dunkelheit konnte ich seine Umrisse ausmachen: ein Mann.

Er stand vor meinem Bett mit einer Spritze in der Hand. Er war überrascht, weil ich wach war, und musste sich beeilen, um mir den Mund zuzuhalten, denn ich schrie aus Leibeskräften. Ich schlug ihm gegen den Hals und versuchte, ihm die Spritze aus der Hand zu winden.

»Hilfe!«, schrie ich durch seine Finger. Aber das drang sicher nicht bis auf den Flur. Die Angst raubte mir die Stimmkraft. Ich schluckte und holte tiefer Luft. »Hilfe!«, kreischte ich, und diesmal erreichte ich immerhin Zimmerlautstärke.

Der Mann wurde wütend und agierte umso entschlossener. Dabei stach er mir die Nadel tief in den Arm. Ich warf mich hin und her, um sie wegzuschlagen, beschwor meinen

Körper, eine Barriere gegen das Gift aufzubauen. Ich spürte das Brennen der Nadel und den Druck der eindringenden Flüssigkeit. Ich starrte dem Mann ins Gesicht, der allein auf die Spritze konzentriert war, nur darauf, seine Aufgabe zu Ende zu bringen.

»Sie werden glauben, dass du eine Überdosis genommen hast. Poetisch, findest du nicht?«, sagte er, weiter auf die Spritze konzentriert.

Ich wollte ihn fragen, warum er das tat, aber nach diesem Satz wusste ich genau, weshalb er gekommen war, was passiert war, alles. Es war sonnenklar. Das war die Rache für Olivias Tod.

Ein schrilles Klingeln brach in den sonderbar intimen Moment zwischen uns ein. Der Hauptalarm war aktiviert. Jemand hatte auf meinen Schrei reagiert. Der Mann richtete sich abrupt auf, riss die Nadel aus meinem Arm und sprintete zum Fenster. Ich wollte ihn aufhalten, aber die Welt gerann zu einer zähen Masse aus Formen und Schatten, die Droge benebelte meine Sinne. Ich versuchte, noch mal zu schreien, bekam aber nur ein sabberndes Genuschel zustande. Er fingerte am Fensterriegel herum, während sich Stimmen näherten. Meine Nachbarinnen, die ich unter allen Umständen gemieden hatte, waren jetzt meine einzige Chance zu überleben. Er öffnete den Schnappverschluss, seine behandschuhten Finger griffen um den Fenstersims, und mit einem Bein auf den Schreibtisch gestützt zog er sich hinauf.

»Hier drinnen!«, rief jemand.

Er glitt aus dem Fenster und verschwand in der Dunkelheit.

Als Letztes sah ich seine Augen, die das Licht vom Gang einfingen.

58

Josh

Meine Sohlen knallten auf dem Pflaster, als ich auf das Haus zuhielt, und mit starkem Herzklopfen stürmte ich durch die Tür. Teils hatte ich Angst, Crow könnte im Hinblick auf Ava recht haben. Warum hatte sie mir die Briefe verheimlicht? Was, wenn er richtig lag und sie einfach mit Charlie durchgebrannt war? Was wäre für mich schwerer zu verkraften? Wenigstens übten die Zeitungen Druck auf die Ermittler aus. Ein paar Journalisten hatten sogar mit mir Kontakt aufgenommen und gesagt, dass sie nun private Ermittler einschalten würden, um Charlie in Dublin aufzuspüren. Ich hatte viel über ihre Beziehung erfahren, seit über ihn berichtet wurde: dass er sie geschlagen hatte, dass sie sich in der eigenen Wohnung wie eine Gefangene gefühlt hatte, dass sie keine andere Möglichkeit gesehen hatte, als Davids Hilfsangebote anzunehmen. Ich wünschte, sie hätte mich damals eingeweiht. Ich hätte ihr helfen können …

Ich saß an der Kücheninsel und loggte mich in meine Büromails ein. 890 ungelesene E-Mails hatten sich in den vergangenen Wochen angesammelt. Aber die neuste weckte sofort mein Interesse.

Von: Jade Fernleigh
Betreff: Josh, was hältst du von diesem Foto?

Ich öffnete den Anhang. Darum war es also gegangen, als sie damals vor der Tür aufkreuzte wie Edward mit den Scherenhänden. Zitternd beugte ich mich näher an den Bildschirm, obwohl mich abstieß, was ich da sah. Mein erster Eindruck war, dass Ava sehr betrunken aussah und dass David sich lediglich um sie kümmerte. Doch bei näherem Hinsehen gab es deutliche Hinweise, wirklich klare Gründe, dass es sich anders verhielt. Zum Beispiel war ihre Haut gelblich, und die Tür hatte offenbar mehrere Schlösser. Er hielt sie fest, als hätte sie keinerlei Kontrolle über ihren Körper, und keiner von den beiden lächelte. Es war klar, dass die Situation ernster war.

Wo hatte Jade das Foto her? Wann war das aufgenommen worden? Wieso hatte weder Ava noch David etwas davon erwähnt?

Die letzten Wochen waren eine ununterbrochene Achterbahnfahrt gewesen. Zuerst Charlie, dann David und jetzt Ava. Kannte ich sie überhaupt richtig? All die Dinge, die sie mir verschwiegen hatte, machten keinen guten Eindruck. Ich antwortete Jade sofort. Mir fiel auf, dass sie die E-Mail von ihrem privaten E-Mail-Konto geschickt hatte. Ihre Chancen, in die Agentur zurückzukommen, waren gering, nachdem sie den AthLuxe-Launch vermasselt hatte.

Jade, wann hast du das Foto aufgenommen?

Als ich die E-Mail abschickte, fiel bei mir der Groschen. Ava hatte mir von einem goldenen Kleid erzählt, das sie zur Sommerparty tragen wollte. Das Foto konnte also in Davids Landhaus entstanden sein. Der Teppichboden würde passen.

Ich kaute auf den Nägeln, während ich meinen nächsten Schritt erwog.

Ich sollte David anrufen.

Ihn zur Rede stellen.

59

Ava

»Wer sind Sie?«, fragte ich und lauschte meinen Worten nach.

Die Sprechanlage blieb still, und ich wartete, stand reglos in meinen zerrissenen Kleidern da, mit der Kette um den Hals. Die vertrauten Geräusche beim Öffnen der Schlösser setzten ein, das Klappern und Quietschen, nach dem Sheff immer hereinkam und mir etwas zu essen brachte. Ich fing an zu sabbern wie ein abgerichteter Hund, der auf ein bestimmtes Geräusch hin aktiv werden soll. Die Ironie war an mich nicht verschwendet. Ich war seine Hündin, die er in einem Zwinger gefangen hielt, die um Futter bettelte und heulte, um freigelassen zu werden. Man konnte hören, dass die Tür dick und schwer war, vermutlich mit Stahl verstärkt oder sogar kugelsicher. Das Holz hatte ein paar lange Schrammen, und mir kam der Gedanke, dass ich womöglich nicht die Erste war, die dahinter gefangen gehalten wurde. Der Lichtstreifen aus der Außenwelt wurde breiter, als die Tür aufging. Berauschend frische Luft wehte aus dem Flur herein und in mein schmutziges Gesicht. Die schlanke Gestalt im Türrahmen gehörte jedoch nicht Sheff, und obwohl ich ihm direkt in die gelblichen Augen blickte, brauchte ich einen Moment, um zu begreifen, wer da vor mir stand.

David Stein.

Ich dachte daran, wie er mich vor all den Wochen überredet hatte, mit Charlie Schluss zu machen, in sein Haus zu ziehen, mich nach seinen Grundsätzen zu richten. Dachte an seine traurigen Augen, seinen überzeugenden Mund.

Der Gedanke gab mir einen Stich. Er hatte das alles von Anfang an geplant. *Er weiß, was ich getan habe.* Mit kurzen taumeligen Schritten bewegte ich mich von der Stelle unter der Kamera weg und zum Bett zurück. *Er weiß das mit Olivia, und ich bin hier, um für meine Fehler zu bezahlen.* Sein Handy vibrierte. Er riss es aus der Tasche und schaltete es aus.

Nur wir beide.

Genau wie bei der Sommerparty.

Mit aller Macht drängte ich die qualvolle, groteske Erinnerung an jene Nacht beiseite und konzentrierte mich stattdessen auf das winzige Fenster gegenüber dem Bett. Draußen nieselte es. Ein Film aus Regentropfen lag auf der Scheibe und ließ nur graues Licht hindurch. *Wenn ich die Zeit nur zu dem Abend zurückdrehen könnte!*

Er rümpfte die Nase, als ihm mein Geruch entgegenschlug, angewidert und zugleich entzückt, weil ich im Dreck lebte.

»Ava«, sagte er höhnisch grinsend. »Ich nehme an, du hast inzwischen erkannt, warum du hier bist?«

Ich sagte nichts. *Er weiß es.*

Er redete weiter leise, änderte aber den Ton. »Aber darüber willst du sicher nicht reden. Wahrscheinlich fragst du dich eher, warum du *noch* hier bist, warum ich dich habe leben lassen.« Er rieb sich das Kinn mit seinen knochigen Fingern. »Hab ich recht, Liebes?«

Ich sagte auch dazu nichts.

»Ach, eben warst du noch so selbstbewusst! Wie schade. Hat es dir die Sprache verschlagen?«

Seine katzenhafte Schnelligkeit schüchterte mich ein. Plötzlich knallte er die Tür zu und verriegelte sie. Dann näherte er sich.

Die Schnelligkeit war ein Schock, die polternden Schritte,

der Schwung seiner Schultern. Er wirkte irgendwie größer. Und enorm gefährlich. Zu denken, dass ich ein Jahr lang Hilfe von ihm angenommen hatte! Er hob die Hand und schlug mir ins Gesicht, dass mein Kopf zur Seite flog und ich plötzlich auf dem Bett lag. Meine Wange brannte wie Feuer. Seine Hand war wie eine Peitsche und hatte mir alles Bitten, allen Protest mit einem Schlag ausgetrieben.

»Darauf habe ich mich schon die ganze Zeit gefreut«, knurrte er und band mir brutal die Handgelenke mit dicken Plastikstreifen zusammen, so eng, dass sie mir ins Fleisch schnitten. Ich unterdrückte einen Aufschrei, denn die Befriedigung wollte ich ihm nicht verschaffen.

Ich rührte mich nicht und ließ die Augen nur einen Spalt breit offen. Die Atmosphäre zwischen uns war brenzlig. Ich konnte nur die untere Hälfte seines Körpers sehen. Seine Schuhe waren blitzblank, die Bügelfalten seiner Nadelstreifenhose makellos. Doch während seine äußere Erscheinung tadellos war, sah es in seinem Innern ganz anders aus. Er verknotete die Plastikstreifen, dann entfernte er sich vom Bett, rieb sich die Hände und murmelte etwas vor sich hin. Hinter der glänzenden Fassade lauerte ein Dreckskerl.

»Es hat zu viele Lügen gegeben, Ava. Zuerst Olivia …«

Das war es: Ich musste reden. Wenn ich am Leben bleiben wollte, musste ich den Mund aufmachen. Sofort.

»Ich habe Olivia nicht umgebracht«, sagte ich. Es klang heiser und schwach.

Ich hob den Kopf ein wenig an, um ihn besser sehen zu können.

Er blieb stehen und ließ die Arme herabhängen. Ich sah an ihm hinauf. Zuerst drehte er den Kopf und zog eine Braue hoch, dann drehte er sich ganz zu mir herum.

»Das weiß ich, Ava.« Er grinste schief und kam wieder näher. »Weil ich es getan habe. Ich habe Olivia getötet.«

»*Was?*« Ich war verwirrt. Hatte er mich denn nicht deshalb entführt? Weil Jade und ich sie im Stich gelassen hatten? Mord durch Untätigkeit oder wie immer man das nennen wollte.

»Sie war ungehorsam, Ava. Ich hatte sie gewarnt, dass sie ihre letzte Chance verspielt und wenn sie noch so einen Fehler beginge, dann wäre Schluss. Ich kann solch einen Verrat nicht dulden. Ich habe so viel für sie getan, und sie hat es mit Füßen getreten, genau wie ihre Mutter. Ich habe sie von Sheff beobachten lassen, genau wie dich. Aber es war nicht er, der mich in der Nacht damals auf ihren Betrug aufmerksam gemacht hat. Ich denke, das warst wahrscheinlich du.«

Ich konnte das alles nicht begreifen und fing wie auf Autopilot an zu reden. Die Worte kamen heraus, ohne dass ich es verhindern konnte.

»Sie hat eine Überdosis genommen.«

»Sie hatte zweifellos viel genommen. Und dein primitiver Ex-Freund hatte ihr ein billiges, schlechtes Zeug gegeben. Doch das hat sie nicht umgebracht. Ich bin in der Nacht ins Haus gegangen, nachdem mir jemand, du wahrscheinlich, von ihrem Handy eine Nachricht geschickt hatte, damit ich eingreife, und das half mir, dem ewigen Kreislauf von Verrat und Lügen ein Ende zu machen. Ich habe ihr die Überdosis verabreicht.«

Ich riss entsetzt die Augen auf. Jade und ich hatten Olivia also umgebracht, aber nicht durch Unterlassen, sondern durch unsere Nachricht an David. Wenn wir das nicht getan hätten, hätte sie die Nacht vielleicht überlebt.

Plötzlich veränderte sich Davids Benehmen, er atmete schneller und schob das Kinn vor. Und er begann, mit neuer Spannkraft auf und ab zu laufen. Die Erinnerung ans Töten brachte diese Seite an ihm zum Vorschein.

»Regeln werden von den Starken für die Schwachen festgesetzt, denn die müssen gehorchen, die müssen lernen. Zuerst meine Frau, dann Olivia und jetzt du. Denn keine von euch begreift, keine von euch gehorcht, keine von euch hat verstanden, wie ernst es mir war.«

Er packte mich am Hals und zerrte mich vom Bett, stieß mich mit seinem ganzen Körper gegen die Wand, dass es mir die Luft aus den Lungen trieb.

»Aber du bist die Schlimmste von allen. Das weißt du hoffentlich. Du hast mich glauben lassen, dass du mich liebst, dass du mit mir zusammen sein willst.«

Ich sah Sterne, als er mir den Kopf gegen die Wand schlug. Blut quoll mir aus der Nase. Ich versuchte, mich loszumachen.

»Hör auf, bitte, lass …«

Er schnitt mir das Wort ab. »Du hast mich benutzt, Ava. Du hast dich um Hilfe an mich gewandt, wegen Charlie, du hast mich in dein Leben gelassen, dich von mir umsorgen lassen, hast mich verführt mit deiner rührseligen Geschichte und deiner Verletzlichkeit. Erst später habe ich deine wahren Absichten begriffen: Du wolltest mich ausnutzen und mir dann einen Dolchstoß verpassen.«

»Du hast mir deine Hilfe angeboten. Ich habe dich zu nichts gezwungen.«

»Du wusstest genau, was du tust. Spiel jetzt nicht die Unschuld. Dafür ist es bei Weitem zu spät. Ich dachte, du brauchst Zeit für dich. Darum habe ich sie dir gegeben. Aber du warst die ganze Zeit über mit Josh zusammen! Direkt vor meiner Nase! Was für ein Luder!« Er spie mir die Worte ins Gesicht, dass mir Speichel an die Wimpern spritzte.

Sein Blick brannte sich in meine Augen, starr und zornig, forderte mich heraus, zu schreien. Ich gab jedoch keinen

Ton von mir, drehte den Kopf weg und beobachtete ihn nur aus dem Augenwinkel. Während des Wortwechsels war mir aufgefallen, dass sich von seinen dunklen, zurückgegelten Haaren eine dicke Strähne gelöst hatte und ihm über ein Auge hing. Ich hatte ihn noch nie unbeherrscht erlebt, hatte nicht geglaubt, dass seine Haare anders sitzen konnten als makellos glatt, und da die Maske gefallen war, sah ich zum ersten Mal, wie sehr er mich hasste, wie sehr er jeden Menschen hasste, wie stark er nach Rache und Kontrolle und Ordnung gierte.

»Ich habe dein Handy an mich genommen, an dem Abend, als du in Olivias Haus gezogen bist. Ich wollte mich vergewissern, ob du über Charlie die Wahrheit gesagt hattest. Ich habe alles gelesen, jeden Chat, jede E-Mail, jedes Geständnis. Danach habe ich dir vertraut. Ich habe mich auf dich eingelassen.«

Er redete immer schneller.

»Also habe ich dich belohnt: Ich habe Sheff geschickt, damit er ihn tötet.«

Ich wollte ihn nicht ansehen.

»Als ich dir das erzählte – dass ich mich um ihn gekümmert habe und du dir seinetwegen keine Gedanken mehr zu machen brauchst –, da habe ich dich für deine Reaktion bewundert. Ich habe mich selbst in dir gesehen. Jemand, den du geliebt hast, hat dein Vertrauen missbraucht und musste deshalb abtreten. Du hast das verstanden. Du hast kaum mit der Wimper gezuckt. Es war dasselbe wie bei Olivia und ihrer Mutter. Ich dachte, wir wären uns einig, du und ich. Wir hätten eine Verbindung. Also verstehst du vielleicht, warum du jetzt hier bist. Stell dir nur den umgekehrten Fall vor.«

Mein Magen fühlte sich an, als wäre er mit Treibsand gefüllt.

»Alles hätte so anders sein können«, sagte er.

Ich bekam nicht mehr genügend Luft. David hielt mich mit einer Hand am Hals gegen die Wand gedrückt, und die Kette scheuerte noch mehr an der wunden Haut.

»Ich wollte dich beschützen. Ich habe dich bewachen lassen und dafür gesorgt, dass du dich geliebt fühlst. Und dann begannen die Veränderungen …«

Er drückte fester.

»Ich habe deinen ersten Verrat entdeckt: Charlie hatte dir einen Antrag gemacht, und du hast es mir verschwiegen.«

Wieso war er darüber noch immer wütend?

»Aber es ist dir gelungen, mich zu beschwatzen. Ich glaubte, es sei bedeutungslos. Jetzt bin ich im Zweifel. Ich frage mich, ob mir Charlie nicht eher leidtun sollte. Damals hatte ich keine Ahnung, wozu du fähig bist.«

»Ich habe nicht gelogen«, brachte ich mühsam hervor. »Der Antrag hat mir nichts bedeutet.«

Ohne darauf einzugehen, redete er weiter. »Dann fand ich heraus, dass in Olivias Todesnacht etwas passiert sein musste – etwas, das dir ein schlechtes Gewissen machte, und ich wollte dich bewegen, mir die Wahrheit zu sagen, Ava. Das wollte ich wirklich. Ich habe dir so viele Gelegenheiten dazu gegeben.«

Ich stöhnte vor Schmerzen, wenn ich gegen seinen Druck Luft holte.

»Ich wollte dich nicht unverblümt danach fragen, sondern du solltest es mir von selbst erzählen. Das ist ein großer Unterschied, weißt du? Aber du wolltest dich nicht öffnen. Selbst nach allem, was ich getan habe, um dich dazu zu bewegen. Deshalb habe ich dich weiter in Olivias Haus behalten, habe dich ihre Kleider tragen lassen, dir kleine Liebesbriefe von Charlie geschrieben und sie jeden Abend durch den Briefschlitz eingeworfen.« Er lachte, als er meine Verblüffung sah. Mein Gehirn war gerade noch fähig zu verarbeiten, was er da gestanden hatte. »Ich schreibe gern Briefe mit der Hand.«

Ich dachte zurück an den Abend im Restaurant, als wir uns die Abschiedszeilen an Charlie ausgedacht hatten. Ich hätte selbst darauf kommen können, denn Charlie hätte gar nicht die Geduld gehabt, um Briefe zu schreiben.

»Ich dachte, du würdest mich bitten, auf dich aufzupassen, zu dir ins Haus zu ziehen. Darauf habe ich gehofft. Und dass du mir die Wahrheit sagen würdest, wenn wir uns nähergekommen wären. Doch das hast du nicht getan. Anfangs war das in Ordnung. Ich habe gewartet. Mir war klar, ich durfte dich nicht drängen. Du hattest gerade erst eine Beziehung beendet und wolltest nicht, dass ich einen falschen Eindruck von dir bekomme. Also hast du allein dort gewohnt, und ich habe gesehen, wie du die Wohnzimmertür zugemacht hast, weil du nicht an Olivias Todesnacht denken wolltest. Ehrlich gesagt bist du mit der Situation sehr gut umgegangen. Das hätte ich dir anfangs nicht zugetraut. In gewisser Hinsicht habe ich dich deshalb noch mehr gemocht, Ava. Du bist eiskalt. Genau wie ich.«

Durch den Luftmangel wurde mir immer wieder schwarz vor Augen, und er schien mir beinahe beeindruckt zu wirken, als das Grau des Raums mich zu schlucken drohte.

»Und dann hast du mich bei der Sommerparty verführt. Ich war geradezu beschwingt. Endlich entwickelte es sich in die gewünschte Richtung! Aber ich wollte es nicht erzwingen und habe dich deshalb nach deinem Rückzieher am nächsten Morgen in Ruhe gelassen. Und plötzlich wolltest du überhaupt nichts mehr von mir wissen. Das konnte ich nicht verstehen. Warum verführst du mich so heiß und weist mich dann kalt ab? Ich dachte, du liebst mich. Ich dachte, wir wären uns einig.«

Mein Körper fing an zu zucken, und er ließ mich los, sodass ich wie ein Stein zu Boden fiel. Ich griff mir an den Hals, um die Schmerzen zu lindern, und atmete gierig, füllte meine erschlafften Lungen mit der schalen Luft.

»Ich habe dir Sheff ins Haus geschickt, damit er aufpasst, ob du einen anderen hast. Er hat auch für Olivia gekocht. Er war immer halb Leibwächter, halb Koch. Er hat erstaunliche Fähigkeiten.«

Ich kauerte zitternd am Boden. Er war sichtlich stolz auf sich und hatte offenbar großes Vergnügen daran, mir genau zu erzählen, wie er mir auf die Schliche gekommen war. Wäre ich doch nur so geistesgegenwärtig gewesen und hätte ihn gebeten, mir das Sicherheitssystem zu zeigen! Ihm war es so wichtig gewesen, das zu installieren. Nicht dass er mir die Aufnahmen gezeigt hätte, in denen er die angeblichen Briefe von Charlie einwarf. Vielmehr hätte er sich geweigert, mir die Kameras zu zeigen, und dann hätte ich vielleicht erkannt, dass er nicht war, was er zu sein schien. Ich war in seine Falle getappt, ohne dass es ihn die geringste Mühe gekostet hatte.

Er musterte mich. »Warum wird man von denen, die man am meisten liebt, immer so furchtbar enttäuscht?«

Ich schüttelte den Kopf.

»Warum hast du mich belogen, Ava? Warum hast du mich betrogen? Warum hast du mich benutzt?«

Darauf konnte ich nichts sagen.

»Antworte!«

Er trat mir in die Rippen, und ich sprudelte los und sagte genau das Falsche. »Wir waren überhaupt nicht zusammen, wir waren nie ein Paar.«

»Wir haben miteinander geschlafen! Du hast im Haus

meiner Tochter gewohnt! Ich habe dich mit Kleidern und Essen versorgt. Wie kannst du behaupten, wir hätten keine Beziehung gehabt?«

Seine mörderische Wut, die dicht unter der Oberfläche brodelte, machte mir entsetzliche Angst. »Nun, vielleicht habe ich noch mal Glück gehabt.«

Ich fing an zu weinen. Er hatte mich in die Enge getrieben.

»Jämmerlich«, seufzte er.

Er strich sich die Haare zurück, die bei seinem Ausbruch in Unordnung geraten waren. Er fasste sich wieder und richtete sich gerade auf, strich sein Jackett glatt.

»Weiß Josh davon?«, fragte ich weinerlich.

Ich sah ihm in die Augen und wartete darauf, dass er mir sagte, Josh sei eingeweiht gewesen. Ich wartete auf das Ja, das mir das Herz brechen würde.

»Denk nur mal an seinen treuen Hundeblick, Ava, wirklich! Josh ist viel zu schwach für so etwas. Das ist bei Weitem nicht seine Liga, Liebes.«

Mein Herzklopfen ließ nach, als der Silberstreif am Horizont erschien.

»Aber ich fürchte, er weiß, dass etwas nicht stimmt. Wie sich herausgestellt hat, hatte Jade Fernleigh, obwohl sie die nutzloseste Angestellte der Welt ist, noch ein Ass im Ärmel. Sie ist mir bei der Sommerparty nach oben gefolgt und hat uns vor dem Zimmer fotografiert, in dem wir die Nacht verbracht haben.«

Mir fiel ein, dass sie mir im Büro von dem Foto erzählt hatte. Hätte ich es mir nur zeigen lassen! Vielleicht wäre es zu all dem gar nicht gekommen.

»Sie hat es vorhin an Josh geschickt. Alle ein- und ausgehenden Firmen-E-Mails, die meinen Namen enthalten, werden automatisch an mich weitergeleitet, eine Vorsichtsmaßnahme. Jedenfalls ruft er mich jetzt andauernd an. Ich werde morgen mit ihm reden müssen, sobald ich mir überlegt habe, was ich sagen werde.«

Er sah weg und dachte nach, dann ging sein Redestrom weiter.

»Nun ja, sie ist inzwischen tot, fürchte ich. Ein Kollateralschaden. Nicht dass sie mir nützlich gewesen wäre oder jemand anderem, wenn man bedenkt, in welchem Zustand sie zuletzt war.« Wie beiläufig er das erwähnte, war entsetzlich. Ich konnte es nicht glauben. »Was?«, fragte ich tonlos.

»Mit dem Foto ist sie mir in die Quere gekommen. Das war meine Privatsache. Sie hatte da oben nichts zu suchen. Das war *unsere erste gemeinsame Nacht*.«

Er grinste höhnisch. Ich schwieg.

»Sheff dürfte sie inzwischen beseitigt haben. Überdosis. In solchen Einrichtungen begehen sehr viele Leute Selbstmord. Sie lassen sich Drogen hereinschmuggeln. Oh Gott, da fällt mir ein, ich sollte wahrscheinlich eine Presseerklärung vorbereiten. Sie war eine wertvolle Mitarbeiterin und so weiter …« Seine Stimme verebbte.

»Wirst du Josh auch ermorden?«

Er seufzte, und in seinem Gesicht zeigte sich eine andere Regung.

»Der arme Josh. Als du zu mir kamst und mir erzählt hast, dass ihr zusammen seid, musste ich umdenken. Er hat nicht gewusst, was uns verband oder was ich für dich empfand. Ihn traf keine Schuld. Nur dich.«

Er ging vor mir in die Hocke, so nah, dass ich seinen Atem roch. Während ich den Kopf bis an die Wand zurückzog, fuhr er mit dem Mund an meinen Hals und nahm die Haut zwischen die Zähne. Ich machte mich möglichst klein, zog die Schultern hoch und versuchte verzweifelt, auszuweichen. Doch er hielt mich fest, und als er fertig war, stand er auf und wischte sich den Speichel vom Mund.

»Das hat dir neulich nachts gefallen«, höhnte er.

Ich betastete die Abdrücke seiner Zähne. Tränen liefen mir die Wangen hinunter zu dem nassen Fleck, den er hinterlassen hatte. Ich wollte ihn anspucken. Seinen Schädel an der Wand zertrümmern. Ihm die Haut vom Gesicht reißen. Stattdessen drückte ich die Fingernägel in die kleinen Mulden in der Handfläche, die ich bereits geprägt hatte, um mich lebendig zu fühlen, als ob ich Kampfgeist in mir hätte.

»Josh hat mich an dem Abend angerufen, nachdem du weggerannt warst. Natürlich wusste ich, dass du das tun würdest. Sheff wartete draußen schon in seinem Range Rover. Er ist dir gefolgt.«

Hätte ich doch nur …! Ich presste die Finger an die Stirn, um die brennende Reue zu unterdrücken. Ich hatte nie darauf geachtet, was für einen Wagen Sheff fuhr.

»Und du weißt nicht viel über die Ermittlung, nicht wahr? Das war eine Seifenoper, Liebes, wirklich. Die Medien waren aufgebracht, weil ich der Polizei eine so saubere falsche Fährte gelegt hatte. Obwohl die überzeugt waren, du wärst nur verreist, wollten die Medien mehr daraus machen. Ich hätte es eigentlich wissen müssen: Junge blonde Frauen üben immer eine Faszination auf die rechte Regenbogenpresse aus, nicht wahr? Der leitende Ermittler wollte es sich bloß einfach machen. Er hatte die Indizien, und alles, was dagegensprach, hat er schlicht ignoriert. Oxana saß bei Sheff im Wagen. Sie hat deinen dann nach Heathrow gefahren. Dein Reisepass war in deiner Handtasche. Sie hat sich wie du zurechtgemacht und hat den Flug nach Irland genommen, den ich zuvor gebucht hatte. Sie hat auch Geld mit deiner Karte abgehoben, und, nun ja, dein launenhaftes Verhalten gegenüber Josh und deine Nachricht an deine Eltern haben die Geschichte unterstützt. Damit war der Fall also erledigt. Ein, zwei Mal musste ich nachbessern, der Berichterstattung eine andere Richtung geben, damit die sich nicht auf Josh oder mich konzentrierte. Ich habe Georgette überzeugt, gegen Jade auszusagen. Als die dann entlastet wurde, habe ich meinen Trumpf ausgespielt: Charlie. Ich habe Oxana nämlich nach Irland fliegen lassen, weil er von dort stammte. Wusstest du, dass er nach eurer Trennung dahin zurückgekehrt ist? Da hat Sheff ihn aufgespürt, bei Cork. Josh hat die Briefe gefunden, was auch hilfreich war, denn dadurch brauchte ich nicht schon wieder als anonymer Tippgeber aufzutreten. Und nun sind wir hier! Beim grandiosen Finale. Wo die Gerechtigkeit endlich triumphiert.«

In hochtrabendem Ton verkündete er das große Ereignis einem unsichtbaren Publikum.

Ich begegnete seinem dreisten Blick und hielt ihm stand, stark und unnachgiebig. Seine Schultern zuckten, er knöpfte sich das Jackett auf, und auf Höhe seines Gürtels sah ich etwas blinken, aber das war nicht die Schnalle.

Er hatte ein Messer.

Schwungvoll zog er sich das Jackett aus. Er ließ es hochschnellen und niedersinken wie einen Matadorumhang, wenn der Stierkämpfer mit seiner Beute spielt, sie mit dem Schwenken des Umhangs von seinen Waffen ablenkt.

Lächelnd zog er das Messer aus der Scheide. Es war beängstigend lang und an der Spitze gezähnt. Er hielt es tief.

»Hinsetzen«, befahl er knapp. Er klang schroff und nüchtern, wieder vollkommen beherrscht. Ich setzte mich auf das Bett, gehorsam angesichts der Klinge.

Er nahm eine große weiße Pille aus der Hosentasche, schob die Finger zwischen meine Lippen und zwang mir die Zähne auseinander. Seine Finger schmeckten metallisch, und seine Haut war rau.

»Schlucken«, befahl er, wobei er mir den Mund zuhielt.

Ich schluckte.

60

Josh

Keine Antwort. Das kalte Summen verstärkte die schnelle Tonfolge aus dem Handy, die anzeigte, dass David den Anruf abgelehnt hatte. Es kam mir vor, als wäre die Zeit stehen geblieben, als wäre es unmöglich, dass noch etwas anderes in der Welt passierte, als stünde es völlig außer Frage, dass in diesem Moment kein anderes Ereignis auch nur annähernd so wichtig sein konnte, dass alle Anstrengungen und alle Aufmerksamkeit darauf gerichtet sein sollten, David zu finden. Ich stand vom Sofa auf und ließ von meiner Suche nach Charlie ab. Jades E-Mail machte mich hoffnungsvoll und niedergeschlagen zugleich. Was war bei der Sommerparty passiert, und warum hatte weder David noch Ava etwas erwähnt?

Mir wurde klar, dass ich eigentlich keinen Plan hatte, als ich nur mit einer vagen Ahnung die Stadt verließ. In Wirklichkeit war mir David schon immer ein Rätsel gewesen. Obwohl er so freundlich gewesen war, mich nach dem Tod meiner Eltern aufzunehmen, hätte ich ihn selbst nicht als freundlich beschrieben. Um die Wahrheit zu sagen, hatte ich immer den Eindruck gehabt, dass er mich adoptiert hatte, weil das für seinen Ruf das Richtige war, nicht für mich. Das Zusammenleben mit ihm war nicht liebevoll oder herzlich gewesen, und ohne Olivia, der ich mich anvertrauen konnte, wer weiß, was aus mir geworden wäre.

Nach dem Studium fing Olivia gleich bei W&SP an – ihre Zukunft hatte David schon für sie festgelegt, und er kaufte ihr ein Haus in der Innenstadt. Während des Studiums schmeckte sie zum ersten Mal die Freiheit und leistete sich dabei auch ihre ersten Fehlentscheidungen. Ich war jünger als sie und wohnte daher noch bei David, als sie anfing, Drogen zu nehmen. Aber wenn ich sie besuchte, schlugen wir zusammen über die Stränge, wahrscheinlich zum Ausgleich für die Jahre, die wir unter Davids strengen Ausgangsbestimmungen und Verhaltensregeln verbracht hatten. Und anfangs erfuhr David nichts von ihrem ausschweifenden Lebensstil. Sie war geschickt darin, alles vor ihm geheim zu halten. Als sie schließlich ihr eigenes Haus hatte und bei W&SP arbeitete, wurde sie träge und nachlässig und kam durch ihr Verhalten in die Schlagzeilen. David reagierte mit einer Machtdemonstration, gab ihr Genesungsurlaub und schickte sie in eine Entzugsklinik. Doch sie hielt stur an ihren Gewohnheiten fest.

Als ich in die Stadt in meine eigene Wohnung zog, verbrachte ich die ersten Monate hauptsächlich mit Olivia und ihren Drogenfreunden. Ich nahm ständig neue Jobs an, mein Leben entglitt mir, und erst als ich mit Olivia zusammen in der Zeitung zu sehen war, sichtlich high und halb weggetreten, als »schlechter Einfluss« tituliert, wurde David mir gegenüber richtig böse. Er sagte, dass ich keine Familie mehr haben würde, wenn ihm jemals wieder solch ein Foto von mir unter die Augen käme. Von da an nahm ich keine Drogen mehr, und David verzieh mir und bot mir eine Stelle bei W&SP an. Ich nahm dankbar an – etwas Besseres hätte mir gar nicht passieren können. Denn nun hatte ich ein regelmäßiges Einkommen und eine Aufgabe und war unabhängig.

Olivia dagegen widersetzte sich seinen Wünschen, und ihre Sucht wurde umso stärker, umso mehr David sie ihr verbot. Als sie weiter ungehorsam blieb, behandelte er sie immer grimmiger. Er karrte sie in eine Einrichtung nach der anderen.

»Bringen Sie meine Tochter wieder in Ordnung«, verlangte er jedes Mal und begriff überhaupt nicht, dass sie nichts weiter brauchte als seine liebevolle Aufmerksamkeit.

Ich hatte Angst um Ava. Hatte sie etwas getan, durch das er sich provoziert fühlte? Mir gingen alle möglichen Szenarien durch den Kopf, als ich von der Hauptstraße abbog und mit gedrosselter Geschwindigkeit über die kurvenreichen Landstraßen nach Taften Manor fuhr. Die Räder holperten über Steine und sanken in Spurrillen, eine Tortur für die Federung meines sportlichen Zweisitzers.

Ich bemerkte das orange Licht eines Blinkers hinter mir und sah im Rückspiegel einen großen Wagen. Ich bremste ein wenig ab, er ebenfalls, ich beschleunigte, er ebenfalls. Ich nahm ein paar Umwege, er folgte mir, und als ich die Allee zum Anwesen entlangrollte, vermutete ich das Schlimmste. Ich hatte einen Verfolger. Aber auch einen Vorteil. Ich kannte mich aus und wusste von dem Feldweg, über den man von der Seite zu dem Anwesen gelangen konnte und der von der Hauptzufahrt kaum zu erkennen war. Ich gab Gas, sodass ich in jeder Kurve in meinem Sitz unangenehm zur Seite geworfen wurde, aber ich hatte Erfolg: Der wuchtige Wagen hinter mir konnte mit meinem wendigen nicht mithalten. Dann schaltete ich die Scheinwerfer aus, bog scharf nach rechts auf den dunklen Weg ab und fuhr sogleich hinter eine hohe Hecke, sodass ich von der Allee aus nicht mehr zu sehen war. Nur der Mond beleuchtete meinen Weg.

Eine innere Stimme riet mir, nicht bis zum Seitentor zu fahren. Deshalb parkte ich in einer Einbuchtung der Hecke und ließ mir einen Moment Zeit, um mich zu beruhigen. Zufrieden, weil ich meinem Verfolger entkommen war, zumindest fürs Erste, stieg ich aus und machte mich auf den Weg durch die Dunkelheit. Die Schwüle des Abends trieb mir den Schweiß auf die Stirn. Über mir hielt das dichte Geäst das Mondlicht zurück.

Ein paar Minuten später kam das imposante Gebäude in Sicht, bedrohlich wie die Gefahr beim Showdown. Atemwolken drangen mir aus Mund und Nase, das Adrenalin pumpte durch meinen Körper und drängte mich, noch schneller zu laufen. Als ich die Deckung der Bäume verlassen musste, weil die freie Seitenzufahrt vor mir lag, stockte ich kurz.

Im Licht des Vollmonds wirkte das Haus wie ein Spukschloss, spektakulär und majestätisch, mitsamt Türmchen und wasserspeienden Scheusalen und einem Stück Wassergraben an der Rückseite. Der dunkelgraue Stein verwies auf eine lange Vergangenheit, die funkelnden Stellen im Granit ahmten den Sternenhimmel nach, die sauber gestutzten Hecken entlang der unbeleuchteten Auffahrt zur Vorderseite versicherten den Besuchern, dass dies kein Herrensitz mit Finanzklemme war.

Ein wenig wacklig auf den Beinen, sprintete ich wieder los, dem bedrohlichen Bauwerk entgegen. Ich hatte Angst. Ich hoffte inständig, dass Ava nicht hier war, denn wer wusste, in welchem Zustand sie sich dann schon befinden würde. Ich lief auf die Seite des Hauses zu, froh, dass es Nacht war. In den oberen Stockwerken brannte hier und dort Licht, aber im Erdgeschoss war es dunkel. Zwei Wagen parkten vorn in der Auffahrt: ein Range Rover und ein McLaren. Der McLaren gehörte David. Wem gehörte der andere? Meinem Verfolger?

Kurz hielt ich inne und überlegte, wie ich vorgehen sollte, aber die vielen Eventualitäten in Betracht zu ziehen, die sich in der nächsten Stunde ergeben mochten, war mir zu schwierig. Ich musste mich auf meinen Instinkt verlassen. Wenn ich an die Tür klopfte, würde das David Zeit geben zu vertuschen, was er gerade tat. Wenn ich ihn erwischen wollte, musste ich ins Haus schleichen und ihn überraschen. Ich suchte mir einen passenden Stein, einen scharfkantigen, schweren, und schlich damit geduckt weiter.

Etwa zwanzig Schritte vom Haus entfernt gab es ein Törchen, durch das man in den rückwärtigen Garten gelangte. Es war verschlossen, aber man konnte leicht hinübersteigen. Ich griff um die Eisenstangen und schwang mich geschmeidig hinüber, auch wenn sich die Spitzen schmerzhaft in die Handflächen drückten. Nachdem ich auf der anderen Seite sicher aufgekommen war, eilte ich durch den Garten und suchte mir eine geeignete Stelle zum Eindringen. Ein französisches Fenster kam in Sicht. Ich probierte den Knauf. Verschlossen.

Ich drückte das Gesicht an die Scheibe, sodass meine Nase einen Fettfleck hinterließ, und schaute, was für ein Raum dahinter lag. Es war eines der selten genutzten Wohnzimmer: elegante Sofas, Daunenkissen, ein vergoldetes Kamingitter. Ich schlug mit dem Stein auf den Knauf, der daraufhin abbrach, und schob den Finger in das Loch, als wüsste ich, wie man Schlösser knackt. Nichts tat sich. Deshalb drückte ich stattdessen mit meinem ganzen Gewicht gegen die Tür, um sie aufzustemmen. Ohne Erfolg. Zeit war ein wesentlicher Faktor. Ich musste mich entscheiden. Das Haus war nicht alarmgesichert, das wusste ich, und es war riesig. Wie wahrscheinlich war es, dass sie mich hörten, wenn ich die Scheibe einschlug? Andererseits, wenn David mich doch hörte, wäre der Überraschungseffekt dahin.

Ich kam zu dem Schluss, dass mir nichts anderes übrig blieb.

Welchen Sinn hätte die Überraschung, wenn Ava schon tot war?

Ich trat zwei Schritte zurück und schleuderte den Stein

gegen die Scheibe. Es klirrte laut und regnete Scherben, der Stein fiel polternd aufs Parkett. Atemlos spähte ich in das Zimmer, dann stieg ich vorsichtig an den Glasspitzen vorbei durch die Lücke. Mein Herz klopfte heftig. So schnell und so leise wie möglich durchquerte ich das Zimmer und den angrenzenden Flur.

61

David

Eine unerwartete Störung.

Ein dumpfer Schlag im Erdgeschoss.

Einbrecher?

Du wirst dich rasch darauf einstellen müssen, das ist eine Prüfung.

Du musst dich entscheiden: die Frau allein lassen und nachschauen oder bleiben und es drauf ankommen lassen?

Du darfst nichts dem Zufall überlassen, darfst nicht darauf vertrauen, dass Sheff eigenständig handelt. Du musst selbst reagieren. Du ziehst das Messer zurück und gehst hinaus.

62

Josh

Ich schaute auf meine teure Armbanduhr. Ein Geschenk von David zu meinem 21. Geburtstag. Es gab mir einen Stich, denn ich dachte daran, mit welchem Gesichtsausdruck er sie mir überreicht hatte.

»Die hat einmal deinem Vater gehört«, hatte er gesagt.

Was, wenn ich völlig falsch lag? Was, wenn er gar nicht der böse Größenwahnsinnige war, wie ich mir unterwegs eingeredet hatte? Er würde furchtbar wütend werden. Ich würde meine Stelle verlieren, ganz sicher … und ihn. Genau wie Olivia und Ava. Dann hätte ich keine Familie mehr. Ich riss mich zusammen, um die Situation nüchterner zu sehen, mich nur darauf zu konzentrieren, dass Ava vielleicht hier war, so gering die Chance auch sein mochte, und schlich weiter durch die Korridore. Da ich erst wenige Male hier gewesen war, kannte ich mich im Haus nicht gut aus und folgte darum meinem Bauchgefühl. Aber so fand ich den Aufzug.

Gerade wollte ich den auf den Knopf drücken, als ich erstarrte – er leuchtete auf, ehe ich ihn berührte. Jemand anders hatte den Aufzug gerufen. Ich sah die Ziffern der Anzeige nacheinander aufleuchten. Er hielt im ersten Stock. Ich hörte die automatische Ansage, dass sich die Türen öffnen würden.

Scheiße.

Ich brauchte ein Versteck.

Fünfzehn Meter entfernt befand sich ein Durchgang. Ich sprintete darauf zu.

Hinter mir hörte ich die langsame Aufzugmechanik arbeiten und dankte Gott, dass David sie seit meinem letzten Besuch nicht modernisiert hatte. So hatte ich genug Zeit zu verschwinden.

Ich gelangte in eine riesige Küche, in der vermutlich die Cateringteams beschäftigt waren, wenn Gesellschaften wie die Sommerparty stattfanden. Sie war ausgestattet mit Edelstahlgeräten und -tischen, über denen Töpfe und Pfannen hingen. Ich stoppte so abrupt, dass ich mich abfangen musste, und verbarg mich hinter der Tür, die ich einen Spalt breit offen ließ.

Ich wollte in den Flur spähen können, wusste aber auch, dass ich kein Risiko eingehen durfte. Mein Gegner war bereits auf der Jagd und daher äußerst aufmerksam.

Vorsichtig nahm ich eine glänzende Pfanne von ihrem Haken und hielt sie so, dass sich der Flur darin spiegelte.

Ein großer breiter Mann stieg aus dem Aufzug und blickte nach rechts. Das war nicht David.

Seine Fäuste waren wie Vorschlaghämmer.

Seine Bizepse wie Felsbrocken.

Er wirkte äußerst gewalttätig.

Mir wurde eiskalt.

Schlagartig war mir klar, dass ich dem Tod in die Arme gelaufen war. Meine Gedanken rasten. Es war ein Fehler gewesen, hierherzufahren. Unüberlegt, impulsiv, dumm. Ich hätte jemanden einweihen sollen, die Polizei, Crow, irgendwen.

Lautlos hängte ich die Pfanne an den Haken zurück und schlich geduckt in den hinteren Küchenbereich. Ich brauchte ein sicheres Versteck. War das mein Verfolger? Gehörte der Range Rover ihm?

Ich hörte seine Schritte näher kommen, sie wurden lauter, bis seine Sohlen auf den Gummiboden der Küche traten. Leicht zu reinigen, dachte er jetzt vermutlich. Obwohl er vielleicht einer von den ehemaligen SAS-Typen war, dieser Spezialeinheit der British Army, die mit zwei Fingern töten konnten, ohne große Blutlachen zu verursachen.

Mach es ihm wenigstens schwer, Josh, so unerfreulich wie möglich. Ich spürte, dass er näher kam. Sein Atem war nicht zu hören, meiner dagegen ging schnell und heftig, und wenn ich das hörte, dann er auch. Ich kauerte hinter einer Reihe Arbeitstische, die an der linken Wand standen, und schloss aus den Geräuschen, dass er die Schränke rings um die Kücheninsel prüfte und sich auf die hintere Wand zubewegte. Auf mich. Ich musste von dort weg. Noch einen Schritt abwarten, dann könnte ich mit dem Überraschungsmoment auf meiner Seite vielleicht vor ihm die Tür erreichen.

Drei, zwei, eins!

Und damit schnellte ich hinter dem Tisch hervor wie ein Sprinter von den Startblöcken und hetzte zur Tür.

Er schrie überrascht auf, aber ich hörte es kaum, ich war allein auf den Ausgang konzentriert.

Etwas flog zischend durch die Luft, dann schlug ein Taschenmesser in den Türrahmen, direkt neben meinem Kopf. Er brüllte frustriert, weil er mich verfehlt hatte.

Ich griff um die Klinke, stieß die Tür zur Seite und jagte über die Schwelle und den Flur hinunter.

Es würde nicht lange dauern, bis er das Messer aus dem Holz gezogen hatte und mir nachsetzte.

Der Aufzug.

Direkt vor mir.

Ich rannte aus Leibeskräften, warf mich gegen den Rahmen, um meinen Schwung abzufangen, und stach auf den Rufknopf ein. Die Türen glitten sofort zur Seite, ich sprang hinein und hörte auch schon die Schritte meines Verfolgers im Flur.

Ich drückte den Knopf für das fünfte Stockwerk.

Wenn der Kerl den Aufzug erreichte, bevor sich die Türen ganz geschlossen hatten, wäre ich erledigt.

Wenn er die Fingerspitzen in den Spalt streckte, würden die Türen wieder auseinandergleiten?

Mach schon, mach schon, mach schon!

Mir war schlecht.

Wieder falsch entschieden.

Warum nahm ich den Lift, wenn ich doch wusste, wie langsam das Ding war?

Die Türen glitten mit quälender Langsamkeit aufeinander zu, ich hielt es kaum aus.

Hektisch drückte ich den Schließknopf.

Seine raue Stimme hallte durch den Flur, als er vor dem Aufzug ankam.

Der Türspalt schloss sich.

Ich hörte ihn wütend auf den Rufknopf drücken, hörte die Messerklinge im Spalt scharren, sah die Klingenspitze, als die Kabine aufstieg.

Glücklicherweise nützte es ihm nichts mehr.

Doch er würde die Treppe hinaufrennen und vermutlich vor dem Aufzug oben ankommen.

Die Lifttüren öffneten sich im fünften Stock, gerade als die Tür zum Treppenhaus von meinem hünenhaften Verfolger aufgerissen wurde. Ich hatte keine Zeit zu überlegen, was ich tun sollte, es drängte sich von selbst auf: Angriff ist die beste Verteidigung. Mit lautem Gebrüll, in das ich meine ganze angestaute Wut legte, und angetrieben von dem verzweifelten Wunsch, Ava zu beschützen, stürmte ich auf ihn zu. Meine Schnelligkeit überraschte ihn offenbar, er stockte für eine Sekunde, lange genug, damit es mir einen Vorteil verschaffte. Ich griff um seine breite Taille und rammte den Kopf in seine Rippen. Ächzend krümmte er sich zusammen, während wir gemeinsam durch die Tür stürzten. Er erholte sich schnell und schwang die Fäuste. Von beiden Seiten hagelte es Hiebe gegen meinen Kopf. Wenn ich keine Gehirnerschütterung bekommen wollte, musste ich schneller sein und mehr Wucht entfalten, nur darin war ich ihm gegenüber im Vorteil. Ich drängte ihn zur Treppe, dann versetzte ich ihm laut brüllend einen Stoß, sodass er hintenüberkippte. Sein Boxhieb, der mich zweifellos k. o. schlagen sollte, verfehlte meine Schläfe nur knapp. Er taumelte rückwärts auf der obersten Stufe und ruderte mit den Armen, um das Gleichgewicht zurückzugewinnen. Ich ließ seine Taille los, und als er die Faust um meinen Unterarm schloss, verpasste ich ihm einen linken Haken an den Kopf. Er riss die Augen auf. Speichel und Blut spritzten auf uns beide. Seine Faust öffnete sich, seine Beine knickten ein, als er rückwärts die steile Eisentreppe hinunterfiel, sich den Kopf aufschlug.

Dann lag er da und zuckte krampfartig.

»Heilige Scheiße«, sagte ich. Mir schlotterten die Knie, und mein Magen rebellierte angesichts des vielen Blutes, das sich unter seinem Kopf ausbreitete.

63

David

Josh.

Ausgerechnet.

Nach allem, was du für ihn getan hast.

Du beobachtest von der Tür aus, wie er aus dem Treppenhaus hervortaumelt, kreidebleich. Deine Familie.

Dem Geschrei und dem Poltern konntest du entnehmen, dass er deinen Bodyguard erledigt hat. Teils bist du beeindruckt. Dass er Sheff überwältigt hat, ist eine beachtliche Leistung.

Du willst ihn nicht töten. Aber du bist vorsichtig.

Du darfst nicht zu viele Risiken eingehen. Du behältst das Messer in der Hand und schließt die Tür zu Avas Zimmer ab. Du musst ihn kampfunfähig machen, dann kannst du es ihm erklären. Wenn er erst einmal weiß, was sie getan hat, wie sie euch beide betrogen hat, wird er das verstehen.

64

Josh

Ich rannte auf die Tür zu, und es drehte mir den Magen um, als ich die abstoßenden Requisiten an den Wänden sah. Den Anblick würde ich nie vergessen. Da waren lauter Folterinstrumente ausgestellt wie in einem Museum, so als müssten Schildchen daran stehen und dem Besucher mitteilen, wozu sie benutzt wurden und woher sie stammten. Es gab Knüppel und Spieße, Zangen und Klammern ... und Zettel mit einzelnen Begriffen in großen, zornig hingeschriebenen Buchstaben: *Verrat, Untreue, Lügen, Rache, Vergeltung, Tod.* Diese sechs Worte wiederholten sich überall.

Ein großer Bildschirm stand auf einem weißen Schreibtisch in der Mitte und zeigte eine junge Frau. Sie war nur Haut und Knochen, hatte blonde Haare und lag zusammengekrümmt am Boden. Im ersten Moment war ich mir nicht sicher, aber sie war es. Das war Ava. Ich keuchte. Ava hatte eine Kette um den Hals und Schaum am Mund. Sie regte sich nicht.

War ich zu spät gekommen?

Ich stürzte hinüber, fasste den Bildschirm mit beiden Händen, als könnte ich ihr dadurch näher sein. Auf dem Schreibtisch lag ein großer Schlüsselring, aber mit modernen Schlüsseln. Ich nahm ihn und schaute mich um. Rechter Hand befand sich eine Tür, die noch stärker wirkte als die, durch die ich gerade hereingekommen war. Die Schlüssel gehörten eindeutig zu den Schlössern. Es waren fünf. Ich eilte hin, mein einziger Gedanke war, schnell zu Ava vorzudringen. Sie war so nah. Aber als ich den größten Schlüssel in das Hauptschloss steckte, stellte ich fest, dass sich die Tür schon aufdrücken ließ.

Mich packte die Angst.

Das war eine Falle.

65

David

Du hörst, wie Josh den Schlüssel ins Schloss steckt, und spürst, wie stark es ihn plötzlich verunsichert, dass die Tür sofort nachgibt. Natürlich war er nicht bereit wegzulaufen, nachdem er sie erst einmal gesehen hatte. Du kennst ihn gut. Du kannst vorhersehen, wie er reagieren wird. Deshalb weißt du auch, dass es schwierig werden wird. Du hörst die Dielen knarren, als er sein Gewicht nach vorn verlagert, um gleich hineinzustürmen und die Frau zu retten. Er macht den ersten Schritt in den Raum, und deine Falle schnappt zu. Du klemmst seinen Hals in die Armbeuge und drückst ihm das Messer an die Schlagader. Er öffnet den Mund und schreit. Oder krächzt vielmehr. Die Kraft, die du auf die Luftröhre ausübst, quetscht ihm den Kehlkopf.

»Wehr dich nicht, Josh«, verlangst du.

Sein Blick ist auf die Frau geheftet. Sie ringt mit dem Tod. Die Pille, die sie schlucken musste, enthielt eine tödliche Dosis Kokain, gemischt mit einem Beruhigungsmittel für Pferde. Eine wirklich giftige und doch wunderbar saubere Art, Gerechtigkeit zu üben. Nur weil die Welt nicht glauben würde, dass jemand wie Ava eine Überdosis nimmt, heißt das nicht, dass du sie nicht auf die Art töten kannst, die dir inzwischen so gut gefällt! Es gefällt dir zuzusehen, wie die Drogen wirken: dieser langsame Tod, das vergebliche Ringen.

»David, lass mich ihr helfen. Was immer du getan hast, ist dir verziehen. Wir müssen sie retten, bevor es …«

Du drückst den Arm fester zusammen und trittst ihm in die Kniekehlen, sodass er fällt. »Diese Frau.« Du nimmst das Messer von seinem Hals weg und zeigst damit auf Ava, auf ihren hinfälligen Körper. »Sie hat uns beide betrogen.«

Du spürst, dass er sich entspannt, sein Stress steht gerade nicht im Vordergrund.

»Sie ist eine falsche Schlange, Josh, sie hat uns benutzt. Hör zu, Ava und ich haben nach der Sommerparty miteinander geschlafen. Wir hatten *eine Beziehung*. Aber das war alles nur Lüge, vorgespielt, damit sie Olivias Haus bekommt, damit sie befördert wird, von meinem Geld leben kann, meine Freundlichkeit, meine Großzügigkeit ausnutzen kann. Und gleichzeitig war sie hinter meinem Rücken mit dir zusammen. Du kennst sie nicht, du weißt überhaupt nicht, wozu sie fähig ist.«

»Was … wieso … wann …?« Josh stammelt und stottert, du kannst die Rädchen in seinem Kopf schnurren hören.

»In diesem Haus ist es passiert, unsere erste gemeinsame Nacht.«

Er schäumt vor Wut, obwohl du ihm gerade die Augen über sie geöffnet hast.

»Du hast mich vor der Sommerparty auf Dienstreise geschickt. Du wolltest mich aus dem Weg haben, weil du etwas vorhattest. Ich glaube, *du* bist hier der Schuldige, nicht Ava. Ich glaube, du hast dich ihr aufgezwungen.«

»Aber sie hat es dir verschwiegen, nicht wahr?« Du reizt ihn. Du triffst ihn, wo es wehtut. »Wenn du so überzeugt bist, dass ich hier der Böse bin, warum hat sie es dir verheimlicht? Warum hat sie weiter für mich gearbeitet?«

»Warum hast *du* es *mir* verheimlicht?«

»Weil ich dir nicht das Herz brechen wollte.« Du sprichst jetzt sanft, ruhig und freundlich, du lässt seinen Hals los und legst ihm tröstend den Arm um die Schultern. Es wird nicht leicht für ihn, die Wahrheit zu akzeptieren.

Den nächsten Zug hast du allerdings nicht kommen sehen. Schnell und geschickt stößt er dir den Ellbogen in die Brust und treibt dir die Luft aus der Lunge. Du kannst nicht mehr aufrecht stehen. Vielleicht ist eine Rippe gebrochen. Deine Wut schwillt an. Er macht sich los und eilt zu ihr.

»Hast du gewusst, dass sie mit Charlie verlobt war?« Du keuchst vor Schmerzen.

Er macht ein langes Gesicht, während er ihr die Fesseln löst.

»Nein …«

»Es gibt vieles, das du nicht über sie weißt.«

Josh schaut finster, dreht sie aber auf den Rücken und drückt ihr rhythmisch auf die Brust, um sie wiederzubeleben.

»Es ist aus mit ihr«, röchelst du. Er stürzt sich auf dich, kreischt wie eine alte Vettel, aber du bist zu schnell für ihn und ziehst das Messer. Als er dir nahe kommt, stichst du es ihm in den Bauch. Es sollte nur eine Fleischwunde werden, aber wie er aufheult und sich die Wunde hält, aus der das Blut hervorsprudelt, verrät dir, dass du ihn schwerer getroffen hast.

Du weichst zurück, siehst ihn sich vor Schmerzen krümmen, die Hände auf die Wunde drücken. Reue. Du wolltest ihn nicht töten, du wolltest nur, dass er begreift.

Sein Blick zeigt dir, dass du versagt hast.

Er sinkt gegen die Wand, und dickes, schmutziges Blut strömt aus ihm. Das Blut deiner Familie. Du musst deine Reue beiseiteschieben. Der Plan hat sich geändert, also musst du dich umstellen.

Du taumelst von ihm weg. In dem Moment dringt Lärm herein, Stimmen und polternde Schritte sind zu hören.

»Keine Bewegung! Hände hoch! Aufstehen! Sofort!«

Ein Polizist zielt mit seiner Waffe auf deine Stirn. Sie sind leise eingedrungen, und du hast keine Möglichkeit zu fliehen.

Josh muss sie hergeführt haben. Oder er wurde beschattet. Wahrscheinlich hatten sie eine Einheit auf ihn angesetzt, die ihm überallhin gefolgt ist, damit er sie vielleicht zu Ava führt.

Denk nach.

Du stürzt zu den Lichtschaltern und schlägst mit der Hand darauf, worauf es dunkel ist. Josh schreit auf, als hätte ihn etwas getroffen, und etwas knallt, aber das klingt mehr nach einer Startpistole als nach einer richtigen Waffe. Im Raum herrschen Lärm und Chaos. Jemand stürmt mit gezogener Waffe herein, aber du nutzt die allgemeine Verwirrung und läufst tief geduckt zur Tür, die in den Überwachungsraum führt, der einzige Weg nach draußen.

Du schaffst es nach nebenan und auf den Flur.

Dort richtest du dich auf und wirfst einen Blick zurück. In dem Moment schreit jemand: »Stehen bleiben, oder ich schieße!« Die Warnung klingt wütend und endgültig. Du gehst lieber das Risiko ein, als den Rest deines Lebens hinter Gittern zu verbringen.

Du rennst.

Drei Schritte.

Noch zwei.

Noch einen …

Kugeln treffen deinen Oberkörper.

Rote Flecke wachsen auf deinem Hemd.

Du staunst, wie die Schüsse geklungen haben, wie schnell hintereinander sie kamen. Du bist atemlos vom Eindringen der Kugeln, zu geschockt, um Schmerzen zu empfinden.

Du fällst auf die Knie, spürst den Aufprall in den Kniescheiben, fasst dir an die Brust, verziehst hasserfüllt das Gesicht.

Vielleicht wird jemand doch noch ein Drehbuch über dich schreiben.

Eine Woche später

DAS WESPENNEST

Die vermisste Ava Wells, die die Polizei für eine Ausreißerin hielt, wurde vergangene Woche bei einer dramatischen Rettungsaktion von ihrem Entführer befreit und befindet sich jetzt auf einer Intensivstation. Die stümperhafte Ermittlungsarbeit der Polizei und ein Haufen falscher Spuren sind dafür verantwortlich, dass sie nicht eher gefunden wurde, und erst jetzt kommen die tatsächlichen Umstände des Falles ans Licht. Um die Ereignisse rund um Avas Entführung verständlicher zu machen, werden wir die neue Beweislage zusammenfassen und erklären, wie Avas Entführer den Ermittlern so lange entgehen konnte.

David Stein, der berüchtigte PR-Guru bei Watson & Stein Partners, verfügte über zahlreiche Kontakte zur Presse: Das war ein höchst effektives Werkzeug, um unter dem Radar zu bleiben. Denn wenn man sich die Berichte über Avas Verschwinden ansieht, glänzt David Stein verdächtig durch Abwesenheit. In Wirklichkeit steckte sein Büro hinter fast allen Indizien, die im Zusammenhang mit Avas Verschwinden auftauchten. Von W&SP kam der Tipp, dass Ava nach Irland geflogen sei – vielleicht aufgrund folgenden Kalküls: Wenn die Medien erst mal darüber berichtet hatten, würde die Polizei nicht mehr zugeben wollen, dass sie auf eine falsche Fährte hereingefallen war, und dann bei dieser Version bleiben. Avas Flugticket wurde mit einer Firmenkreditkarte bezahlt, die David gehörte. Die Frau, die mit Avas Reisepass das Flugzeug bestieg – mit Perücke, großer Sonnenbrille und Baseballkappe –, heißt Oxana und wurde von David für Beratertätigkeiten in seiner Agentur bezahlt. Das Sicherheitssystem in dem Haus, das Ava bis zu ihrer Entführung bewohnte, gehörte David Stein, und dennoch wurden die Videoaufnahmen von der Polizei nicht beschlagnahmt, da Mr Stein den Ermittlern glaubwürdig versichern konnte, dass die Kameras seit Monaten abgeschaltet waren. Georgette Giani hat inzwischen ausgesagt, David habe sie »unter Druck gesetzt«, damit sie Jade Fernleigh in Verdacht bringt. Er habe ihrer Meinung nach eine Schmutzkampagne angezettelt. Nachdem Jade als Verdächtige ausgeschlossen wurde, zeigten Mitarbeiter von W&SP als Nächstes mit dem Finger auf Avas Ex-Partner Charlie Munk. Die Polizei hat ihn noch nicht aufgespürt, aber je mehr wir in David Steins Umfeld graben, desto mehr Leichen kommen offenbar ans Licht. Vielleicht hat Charlie ein ähnliches Schicksal erlitten.

Bei genauerem Hinsehen könnten die Verbrechen David Steins schon vor vielen Jahren begonnen haben. Seine frühere Frau, Kate Watson, und ihre Tochter Olivia sind beide nach jahrelanger Sucht an einer Überdosis gestorben. Damals wurden die Todesfälle jedoch für unverdächtig gehalten. Nun aber rücken sie aufgrund von David Steins Taten wieder ins Licht und könnten neu untersucht werden. Was die Serienmördertheorie stützt, ist, dass Ava Wells mit dem gleichen Drogencocktail vergiftet wurde, der auch das Leben von Kate und Olivia beendete. Zudem haben sich frühere Partnerinnen von David Stein nun nach dieser Tragödie zu Wort gemeldet und bekräftigen den Verdacht, dass Ava nicht sein erstes Opfer war. Eine Frau, die nicht namentlich genannt werden möchte, sagt: »Nach Kates Tod hat er nie echte Trauer gezeigt. Er hat sich sehr schnell auf mich eingelassen und weigerte sich, über sie zu reden. Ich habe damals gedacht, dass jeder anders mit einem Verlust umgeht, aber jetzt glaube ich, dass er sich so verhielt, weil er ein Verbrechen begangen hatte.«

Ein weiteres Opfer dieser Geschichte ist Jade Fernleigh, Avas Kollegin, die aufgrund einer von David Stein inszenierten Intrige zeitweilig verdächtigt wurde. Aber wie sich jetzt herausstellt, ist es Jade zu verdanken, dass Josh, Avas Freund und Steins Adoptivsohn, zu David Steins Landsitz fuhr und Ava dadurch gerettet wurde. Jade wurde mit fast genau der gleichen Menge Kokain und Beruhigungsmittel ermordet, die auch in Avas Blut gefunden wurde. Die Polizei geht hier jedoch von einem anderen Täter aus, einem Auftragskiller namens Sheff, der jahrelang für David Stein gearbeitet hat. Was die Frage aufwirft, wie viele Menschen dieser insgesamt von seinem Killer umbringen ließ.

Ava wurde während ihrer Gefangenschaft von Stein betäubt und geschlagen. Bei ihrer Einlieferung in die Klinik sagten die Ärzte, sie stünde kurz vor dem Tod. Einzelheiten über ihre Verletzungen wurden noch nicht bekannt gegeben. Bedauerlicherweise starb Josh Stein am Tatort an einer Stichwunde, die sein Adoptivvater ihm kurz vor Eintreffen der Polizei zugefügt hat. David Stein und sein Killer wurden während der Befreiungsaktion ebenfalls getötet.

Avas Familie hat eine kurze Stellungnahme verfasst. »Wir bitten darum, unsere Privatsphäre zu achten, solange wir versuchen, über dieses Erlebnis hinwegzukommen.« Laut gut unterrichteten Quellen ist Ava »zutiefst verstört«.

Der Wespennest-Fall, wie er inzwischen immer häufiger genannt wird, hat in mehrfacher Hinsicht gezeigt, dass sowohl bei der Medienberichterstattung als auch bei den polizeilichen Ermittlungen von Anfang an schwerwiegende Fehler gemacht wurden. Unsere Redaktion und die Polizei werden dazu eine gründliche Untersuchung in die Wege leiten. Wir werden weiter über Avas Genesung berichten.

66

Ava

Der Arzt sagte, ich sei in dem Raum gestorben. Mein Herz habe aufgehört zu schlagen, und wenn die Polizei keine Wiederbelebungsmaßnahmen durchgeführt hätte, wäre ich jetzt tot. Als ich zu mir kam, fragte ich als Erstes nach Josh.

»Josh ist nicht mehr unter uns, er hat es nicht geschafft.«

In dem Moment wünschte ich mir, ich wäre nicht zu Bewusstsein gekommen. Ich war in dem Raum mit ihm zusammen gestorben und konnte nicht verstehen, warum nur ich und nicht auch er gerettet wurde.

Heute Morgen brachte mir eine Krankenschwester ein paar Zeitungen, solche mit seriöser Berichterstattung, damit ich begreifen konnte, was ich hinter mir hatte. David wurde darin als Serienmörder bezeichnet, als wahnhafter Egomane mit einem Gottkomplex und pathologischem Kontrollbedürfnis. Die Räume der PR-Agentur waren durchsucht worden, und überall wurden versteckte Kameras gefunden. Dabei kamen Bestechungen und Erpressungen ans Licht. Anscheinend hatte er im Lauf der Jahre nicht nur Olivia und mir seinen Willen aufzwingen wollen, sondern auch vielen Mitarbeitern, Konkurrenten und Freundinnen.

Bei der Durchsuchung von Olivias Haus waren Videoaufnahmen aufgetaucht, auf denen zu sehen war, wie David Olivias Haus in der Nacht, in der sie starb, betrat und wieder verließ. Also hatte er die Kameras nicht erst meinetwegen installiert. Diese Aufnahmen und die falschen Fährten – das Flugticket für Irland und die verkleidete Oxana – wiesen auf David als Täter hin. Die neuen Beweise überzeugten die Öffentlichkeit davon, dass er seine einzige Tochter ermordet hätte, und zwar auf den Tag genau zwanzig Jahre nach dem Tod seiner Frau. Deshalb war nun jeder überzeugt, dass er auch sie schon umgebracht hatte.

Sheff war durch einen Treppensturz zu Tode gekommen, und ein einzelnes Haar an seinem Arm brachte ihn mit Jades Klinikzimmer in Verbindung. Er hatte eine Reinigungskraft bestochen, damit sie ihn nach der Besuchszeit in die Station ließ, und Jade einen tödlichen Drogencocktail gespritzt. Den Zeitungsberichten zufolge wurde sie ermordet, weil sie ein bestimmtes Foto an Josh gesandt hatte. Sie hatte den Fall geknackt und Josh auf Davids Fährte gesetzt. Wenn sie das Foto nicht an Joshs Firmen-E-Mail-Adresse geschickt hätte – David fing alle Nachrichten, die seinen Namen enthielten, ab –, dann hätte sie überlebt. Aber sowie David die E-Mail gelesen hatte, schickte er seinen Bodyguard los, damit er Jade beseitigte. Vermutlich baute er darauf, Josh davon überzeugen zu können, dass ich freiwillig mit ihm ins Bett gegangen wäre. Ich werde nie erfahren, was Josh geglaubt hat und was nicht, aber ich hoffe inständig, dass er in seinen letzten Augenblicken nicht an meiner Liebe gezweifelt hat. Denn ich habe ihn geliebt und werde ihn immer lieben.

67

Ava

Ein Jahr später

Die salzige Meeresluft weht mir um die Nase. Ich liege auf dem Balkon meiner neuen Wohnung an der Küste. Die Sonne brennt, sodass der kühle Wind eine willkommene Linderung bringt. Man könnte sagen, dass ich vor meinen Problemen davongelaufen bin, als ich an die Küste zog, und vermutlich ist das wahr. Aber egal, wie weit ich von London wegziehe, die Albträume folgen mir.

Am häufigsten denke ich an Jade. Ich bereue, dass ich sie nach Olivias Tod weggestoßen und zwischen uns Mauern errichtet habe, anstatt Brücken zu bauen. Ich bereue alles, was ich in Olivias Todesnacht getan habe. Ich bereue, dass ich David jemals um Hilfe gebeten habe. Dass ich meine Karriere über mein Glück und meine Gesundheit gestellt habe. Ich bin so verbohrt gewesen bei meiner Arbeit in der Agentur und begreife erst jetzt, dass ein »Traumjob« völlig sinnlos ist, wenn durch ihn das übrige Leben zum Albtraum wird.

Ich hoffe, eines Tages wieder glücklich zu werden, und wenn ich mich auf keinen neuen Partner mehr einlassen kann, dann möchte ich wenigstens damit Frieden schließen, dass ich überlebt habe, während so viele andere umgekommen sind.

Eine lärmende Möwe landet auf einem Holzpfosten am Strand. Sie schreit und krächzt, als wäre sie in Gefahr oder hätte Schmerzen, und es ist weithin zu hören. Bald fliegt eine andere Möwe vorbei, und sie stimmen gemeinsam eine misstönende, raue Klage an. Ich beschließe, nach drinnen zu gehen, und klappe den Holzstuhl zusammen, den ich auf dem Balkon meines sonnigen Plätzchens stehen habe.

Ich lebe in einem neu gebauten Hochhaus mit Glasfront, in dem alle Wohnungen gleich sind. Das gibt mir ein gewisses Gefühl von Sicherheit. Zu mehreren ist man sicher, heißt es. Denn warum sollte jemand in den fünfzehnten Stock hochfahren, um in meine Wohnung einzubrechen, wenn es Hunderte andere im leicht zugänglichen Erdgeschoss gibt? Aber wenn doch jemand von draußen in meine Wohnung schauen sollte, wird er enttäuscht sein. Denn sie ist meinem Geschmack entsprechend extrem langweilig und minimalistisch eingerichtet. Das einzig Wertvolle ist der gebrauchte Fernseher im Schlafzimmer.

Aber ich bin nicht nur wegen der hohen Etagenzahl hier eingezogen. Der Komplex verfügt auch über einen Wachdienst, der rund um die Uhr im Einsatz ist, Zäune und Tore, die man nicht übersteigen kann, Codeschlösser an den Eingängen und Sicherheitskameras auf jedem Flur. In meiner Wohnung habe ich Kameras mit Bewegungsmeldern und Geofencing installieren lassen, sodass ich benachrichtigt werde, wenn in meiner Abwesenheit jemand eindringt. Seit das alles passiert ist, bin ich schrecklich paranoid geworden. Aber wenigstens lebe ich noch. Und ich bin allein und ohne Hilfe umgezogen, was für mich ein Riesenfortschritt war, auch wenn das anderen vielleicht läppisch erscheint.

Ich sitze im Morgenmantel im Sessel und bin in eine Liebesgeschichte vertieft, die im alten Rom spielt. Es ist spät, und mir fallen schon die Augen zu. Ich habe noch den Geschmack der heißen Schokolade im Mund, und in der Wohnung ist es gemütlich warm, auf dem Kaminsims brennt eine Kerze.

Und dann klopft es an der Wohnungstür, und es ist, als wäre meine Seifenblase geplatzt. Ich spitze die Ohren, an meinen Armen richten sich die Härchen auf. Leise lege ich das Buch hin und schleiche auf Zehenspitzen lautlos atmend zur Tür. Währenddessen erneutes Klopfen, mehrmals schnell hintereinander.

Alarmiert bleibe ich stehen.

Ich höre raschelnde Bewegungen vor der Tür und schleiche hin.

»Ich bin nebenan eingezogen. Wollte mich nur vorstellen«, ruft der Mann.

Doch davon lasse ich mich nicht einlullen. Welcher respektable Nachbar würde sich um diese Uhrzeit noch vorstellen?

Ich spähe durch den Türspion und sehe einen Mann da stehen. Wer ist der Kerl?

Mit den Händen ans Holz gestützt beobachte ich ihn. Er wendet sich zum Gehen und überlegt es sich anders, dreht sich noch einmal ganz um und klopft erneut. Die Vibration der dumpfen Schläge spüre ich bis in die Unterarme. Ich bin wie erstarrt, kann mich nicht rühren, denn jetzt habe ich sein Gesicht gesehen: die zornig pochende Ader an der Stirn, den mürrischen Mund, die schwarzen Haare, die rasierten Kopfseiten. Und dann die Faust, mit der er schon wieder klopft, um mich zum Öffnen zu bewegen.

Drei Mal, laut und energisch.

»Wir müssen uns unterhalten.«

Dank

Als Erstes möchte ich meiner Agentin Kate Nash für ihr Vertrauen, ihre unvergleichliche Arbeitsmoral und ihre Begeisterung danken. Durch sie ist mein Traum Wirklichkeit geworden. Vielen Dank auch an meine Lektorin Hannah Smith, die mir bei meinem Erstlingswerk die Hand gehalten hat! Ich bin ungeheuer froh, an sie geraten zu sein. Dank gebührt auch dem Team bei Aria, Vicky und dem großen Team von Head of Zeus.

Ganz besonders danke ich meiner Mutter und meiner Schwester, die eine Fassung nach der anderen gelesen haben. Ihr wart eine immense Hilfe, und das weiß ich sehr zu schätzen.

Und meinem unglaublichen Vater, der mich immer ermutigt hat, kreativ zu sein. Meinem Bruder: *Grazie.* Nana und Pompa, weil sie wunderbare Großeltern sind. Meiner zahlreichen Familie in Jersey und anderswo. Meiner lieben Nanny, die leider nicht mehr erleben konnte, dass ich dieses besondere Ziel erreicht habe.

Danke an meine wunderbaren Freundinnen, von denen einige eine sehr frühe Version der Geschichte ertragen haben: Georgie, Abby und Katie. An Fiona, die von Anfang an an mich geglaubt hat, lange bevor ich das selbst konnte. An Sophie und Emily, die mich immer ermutigt haben. Und an die Mädels in Jersey, die sich freuen werden, dass mein wildes Geschichtenerzählen ein Ventil gefunden hat.

Ganz herzlich danke ich all den wunderbaren Frauen, mit denen ich im Lauf der Jahre darin einig war, die toxische Rivalität unter Frauen entschieden abzulehnen. Dank auch denen, die toxisch waren.

Vor allem aber danke ich Colin. Ohne deine Freundlichkeit und Unterstützung hätte ich dieses Buch nicht geschrieben. Ich hoffe, du bist bereit für die nächsten verrückten Einfälle.